自在与通透

宋人笔记选读

卷二

郭国谦 著

作家出版社

第五章 读《涑水记闻》

王辟之的《渑水燕谈录》中有一则笔记，说司马光死后，其画像被刻版印售，京师老百姓“家置一本”，各地黎民百姓也都“争购之”，画工中有不少人因刻印司马光画像而致富。

能让老百姓如此敬重、爱戴的司马光，究竟有什么功德呢？他又是怎样的一个人呢？

跟大家一样，第一次听说司马光这个名字，便是来自那个著名的“砸缸”故事。后来，听说温水煮青蛙的结局并不像故事里说的那样，便也对司马光砸缸的真实性产生了怀疑。因为砸缸的故事里说，那掉进缸里的孩子是自己登高上去，然后不小心掉下去的，能爬高上低的孩子，少说也该有四五岁了吧？四五岁的孩子再不济也有一米上下的个头，那缸要淹住这么高的孩子，得有多大的体量啊！在那个时代，人们能造出来这样的大“缸”吗？如果有，小小年纪的司马光能砸得烂吗？最近读相关研究资料，发现自己当初的怀疑是有道理的。的确是人们以讹传讹，把《宋史》中的原始记录给窜改了，把司马光砸的“瓮”——一种用黏土烧造的瓦器类器物，说成了“缸”——用

陶土高温烧造的像石头一样坚硬结实的器物。

再后来，听到司马光的名字就不那么正面了。仔细回忆一下，应该是1974年前后，有一个叫“评法批儒”的运动，把历史上有点名气的人物都划成两大类：一类是革新的、推动历史进步的，叫法家，比如商鞅、韩非、李斯等；另一类是守旧的、逆历史潮流而动的，叫儒家，比如孔子、孟子、朱熹等。在宋朝，王安石改革变法，当然就是法家；司马光坚决反对变法，当了宰相之后尽废新法，自然就是儒家，就是守旧派。那时候不太懂这些大道理，只记得广播里、报纸上，经常批判司马光，说他站在官僚和大地主阶级的反动立场上。

等到上高中考上大学，才知道有套书叫《资治通鉴》，书名是宋神宗钦赐的，内容很有价值，“鉴于往事，有资于治道”，是历代统治者必读的典籍。其实，这书究竟怎么好，并不十分清楚，那时的中学课本里也没有选取其中的文章。上大学学的理科，虽说也抽空读些文史方面的书籍，但对这个大部头，还是退避三舍的。偶尔读一两本故事选编之类的小册子，多数都没

什么印象，只记得有一篇叫《孙权劝学记》的还有点意思，说的是孙权劝吕蒙读书的故事。一篇一百多字的短文，便为后世贡献出“吴下阿蒙”“士别三日，刮目相待”两个成语来。

司马光，字君实，陕州夏县人，生于宋真宗天禧三年（1019），宋仁宗宝元元年（1038）进士及第，历任并州通判、开封府推官、天章阁待制、侍训等职。宋神宗继位后，任翰林学士。王安石变法，司马光辞去在京官职，请求任职西京留守司御史台，退居洛阳，专心编纂《资治通鉴》十五年。元丰八年（1085）三月，神宗病死，哲宗继位，起用司马光知陈州，不久除授门下侍郎（副宰相），后正式拜相。哲宗元祐元年（1086）九月，因病去世，享年六十八岁。

司马光写史，着眼点在“资治”，所以他和我国古代大多数历史学家一样，对近现代史极其重视。《资治通鉴》从周威烈王一直写到五代后周，前后比较就可以发现，他对隋唐五代的史事，记录和考异都比先前的更为详细、精准。然而，司马光是生在北宋中叶的人，当他能够参加文化、社会、

政治等活动的时候，上距北宋建立已将近百年，所以只有宋朝建立后的历史，才能算作他的现代史。司马光认为，以大宋朝建立后这近百年来的成败得失为鉴，才可以更好地“有资于”今后的“治道”。所以，在完成《资治通鉴》之后，即着手收集当朝历史资料，准备写一部《资治通鉴后纪》。司马光以一个学问家的勤奋，在繁忙的政务之余，把他所看到、听到的所有关于政务处理、官员任用以及历代君主、文武大臣、朝章政典等重大事项，都一一记录下来。可惜的是，这些随手记录的杂记，司马光还没有来得及整理和编次，便撒手人寰，杂记手稿也相继散落民间。一直等到南宋绍兴六年（1136）前后，根据宋高宗的旨意，朝廷才组织力量将司马光的手稿进行收集整理，因司马光为山西省夏县涑水乡人，后来，人们便把编辑整理成书的这部杂记取名为《涑水记闻》。

《涑水记闻》是一部语录体笔记，大多数条目都注有述说之人，它比较详尽地记载了从宋太祖到宋神宗前后六朝一百余年的国故时政和内忧外患，反映了许多社会问题，为我们留下极其珍贵的史料。和《资治通鉴》一样，司马光的《涑水记闻》也有考证翔实、叙事详明、繁简得宜、文笔流畅等特点，颇值得一读。

陶穀——禅文已经写好了

笔记原文

太祖将受禅，未有禅文，翰林学士承旨陶穀在旁，出诸怀中而进之，曰："已成矣。"太祖由是薄其为人。

原文我读

宋太祖将要接受后周幼主柴宗训禅让皇位，可忘了准备在禅让仪式上柴宗训要宣读的诏书，翰林学士承旨陶穀当时就站在旁边，他伸手便从怀中拿出一篇文章，进献给太祖，说："已经写成在这里了。"太祖自从这件事之后，便瞧不起陶穀的为人了。

一时谬想

古往今来，要论拍马拍到马蹄上，被马蹄踢得最狠最重的，就数这位不识眼色的陶穀大学士了！

人家赵匡胤本来是要向天下传递这样的信息的：第一，陈桥兵变黄袍加身是手下将士们逼迫的，我是不得已才这样做的；第二，这龙椅皇位，是后周幼主柴宗训自己感觉自己不行坐不了，主动禅让给我的。你姓陶的倒好，竟然当着众人取出已经准备好的禅文，还扬扬自得地向大家显摆："已成矣！"你这样做，让文武百官们怎么看、怎么想呢？是我赵匡胤提前给你安排了？还是你火眼金睛，已经察觉到我有"反迹"了？你要真有本事，你咋不像人家东晋袁虎那样，也倚马可待，当着众人的面你说你刚受了柴宗训的委托，给我现场起草一篇禅文来！可是你姓陶的，你是咋整的呢？哈哈，陶穀这举动，真的让赵匡胤好难堪好窝火啊！

应当说，赵匡胤的兵变计划是极其周密的。先借着抵抗外敌的名头，领兵到京城外面转了一圈，说不得已，将士们非要把龙袍披到我身上。回到京师，本来我已经回到了办公室，他们还不依，又把我挟持到崇元殿。最后，幼主柴宗训主动出来宣读禅让诏书，我很无奈地坐上了这龙椅。可惜百密之中，总有一疏，偏偏把这禅位诏书的事给忘了，要是没有一纸这样的文书，怎么说明是人家柴宗训自己主动让位的呢？机灵的陶穀事先想到了这一层。当军士们簇拥着赵匡胤来到崇元殿，已经摆好受禅的架势，忽然想起忘了准备这张黄纸时，陶穀便信心百倍地出场了……

显然，在这件事上，司马光还是竭力维护后来成了宋太祖的赵匡胤的。他这则笔记——将来要用作写《资治通鉴后纪》的，要表达的意思也很清楚：这陶穀太钻营、太会投机，所以让宋太祖非常反感，"由是薄其为人"，自此不仅瞧不起他，也不重用他。据史料记载，这个在关键时刻为赵匡胤登基立下大功的人，临死也没有实现他的入相梦想。

这世上，固然有识时务者为俊杰一说，但做人太钻营了不好，一个劲儿地削尖脑袋往前拱，搞不好会碰得头破血流的。

赵匡胤——他竟敢如此避事

笔记原文

太祖亲征泽、潞，中书舍人[1]赵逢惮涉山险，称坠马伤足，止于怀州。及师还，当草制，复称疾。上怒，谓宰相曰："逢人臣，乃敢如此！"遂贬房州司户[2]。

词句简释

1 中书舍人：官名，于中书省掌制诰（负责起草、传宣诏命）。2 司户：官名，即司户参军。州府级设置，为知州（府）属官，正七品。

原文我读

宋太祖赵匡胤亲自率兵征讨李筠反宋武装，收复被其占领的泽、潞两州，随行的中书舍人赵逢害怕走山路危险，便谎称坠马摔坏了脚，留在怀州没有到前线去。等到宋太祖班师回朝，他听说有大量起草诏书的工作要交给他，便又说自己得了重病。宋太祖知道后，非常恼怒，对宰相说："赵逢作为一个臣子，竟敢如此避事！”于是，就把赵逢贬到房州，让他去做了一个品级很低的司户参军。

一时谬想

在李世民的《赠萧瑀》诗中，有一个千古名句，叫“疾风知劲草，板荡识诚臣”，意思是说，只有经过猛烈大风和动乱时局的考验，才能看出什么样的草是坚韧的，什么样的人是忠诚的。这赵逢要不是奉命随大军一起去“征泽、潞”，要不是征讨大军班师后他“当草制”，因“称疾”被赵匡胤看透了本质，凭他和老赵的老关系，将来的前途，那还未可限量着呢！这倒好，一不小心露了蹄爪，好凄惨啊，一个朝廷要员，呼啦一下子，被贬成一个小小的司户了。

文中的“太祖征泽、潞”，是北宋初年赵匡胤亲自出征消灭李筠反宋武装的一次重要战役。公元960年一月，赵匡胤发动“陈桥兵变”，黄袍加身坐上了龙位，后周昭义节度使李筠勾结北汉残余势力，于四月份起兵反宋，很快便占领泽、潞两州。赵匡胤为巩固刚刚建立的大宋政权，决定御驾亲征。

随大军一同出征的中书舍人赵逢，在后汉进士及第，后任后周史官，和赵匡胤是老相识。北宋王朝建立之后，赵匡胤欣赏其学识，重用他为中书舍人。这赵逢倒好，不仅毫无感恩之心，还处处耍小聪明，玩弄小把戏，遇见困难躲着走。赵逢谎称“坠马伤足”受伤留在怀州，不上前线，并不是他对后周有特殊感情，不想跟忠于后周的李筠打仗，而是他自己“惮涉山险”，规避行役。其实，作为一个高级文官，又是紧跟赵匡胤左右，即便到了前线，也不会有任何生命危险，这一点，想必赵逢自己也明白。他之所以畏缩不前，就是拈轻怕重，怕吃苦，不敢任事，这种做派，过去有，现在也不乏其人。这一类人，骨子里就是小人！

也许是赵匡胤宽宏大量，开始并不跟他计较，原谅了赵逢，书生嘛，没有经过阵仗，“惮涉山险”，怕走山路，也可以理解。但赵逢作为中书舍人——主要工作就是起草诏书，“及师还，当草制”，仗打完了，接下来的可是你的本职工作啊，你怎么又“复称疾”呢？赵匡胤便忍无可忍了，牙缝里挤出七个字："逢人臣，乃敢如此！"赵逢你别再表演了，我实在是看不下去了，哪儿凉快哪儿待着去！

公家人，"食俸禄"的，不管是干啥，在其位，就要谋其政、任其事，如果像赵逢那样，逢着难事就想溜号，遇见危险就要打退堂鼓，不光赵匡胤看不起，所有人都会唾弃之！元好问在诗里说得好："当官避事平生耻！"人得有羞耻心，啥事都不想干，啥苦都不愿吃，啥责任都不想负，一味投机取巧，那是一种懦弱，也是一种耻辱！这种人，即便"混"上去了，也稀松，人们在内心深处，还是鄙视他！

赵匡胤——这事不要向我报告

笔记原文

太祖时，宋白知举，多受金银，取舍不公。恐榜出群议沸腾，乃先具姓名以白上，欲托上旨以自重。上怒曰："吾委汝知举，取舍汝当自决，何为白我？我安能知其可否？若榜出别致人言，当斫汝头以谢众。"白大惧而悉改其榜，使协公议而出之。

原文我读

宋太祖在位时，有一年宋白主持在礼部贡院举行的省试，他收受了别人很多贿赂，在决定入选名单上不能做到公平公正。他担心榜文贴出去之后，会引起人们不满，造成朝野议论。于是，他提前列出考试合格的举人名次向宋太祖奏报，想假托太祖的旨意来让人不好提出异议。宋太祖看穿了他的把戏，愤怒地说："我让你去主持这次考试，谁合格谁不合格由你自己决定，你为什么要先向我报告？我怎么能知道谁可以谁不可以呢？等考试结果张榜公布以后，如果遭到众人的非议，我将砍下你的头颅向天下谢罪！"宋白听后惊恐万分，连夜把考试合格人员名单进行了彻底更改，使之符合人们的共同看法，然后才敢张榜公布。

一时谬想

这世上的人，甭管是过去还是现在，好人总占绝大多数，坏人是极少数。依我看，这坏人也各不相同，相当多数的坏人是为了自己的利益，直接损害别人、危害社会。其中还有一种比一般坏人更坏的坏人，他自己做了坏事，还嫁祸于人，让别人为他承担坏名。司马光这则笔记中说的宋白，就是这种坏透了的家伙！

这个宋白，他本人原本就是科举制度的受益者，大宋建立第二年便进士及第。入仕以后，更是官运亨通，一直做到吏部尚书方才离开岗位。宋太祖赵匡胤对他也是信任有加，曾让他三掌贡举，负责给朝廷选拔栋梁之材。可是，随着职务的升迁，这个家伙竟把“来时走过的路”忘得一干二净，明目张胆地利用手中的权力攫取私利。也可能是前两次执掌贡举有了经验，吃惯了酸梅子，第三次被任命为知贡举官后，他原本是打算要大捞一把的，所以，一接到差事，他便无所顾忌，敞开门子“多受金银”。考试还在进行，他已经按送钱多少，提前拟好了考试合格的进士、举人名单，可就在要张榜公布的前一天夜里，他突然想起来了，前两次掌贡举，因为“取舍不公”，考中的举子名单公布以后，“颇致讥议”，估计已经传到太祖耳朵里，这次可得吸取教训。怎么办呢？他急中生智：有了！就让皇上给我顶缸。我把这份名单先报给皇上，大家都知道皇上已经同意了，谁还敢龇牙？没有想到，宋太祖老江湖一个，硬是不上他的当：“我让你去主持考试，谁合格自然由你决定，你不必向我报告！如果录取名单公布后引起非议，一经查实，我将砍下你的狗头！”读至此处，不由得击节叫绝，哈哈，真想浮一大白！

宋白贪污腐化，“多受金银”，欺上瞒下，委实可恶。我们不禁要问，他为什么会有这么大的能量呢？因为他权力太大，且不受制约，一纸考卷，他圈个圈，便是“过省举人”，就可以当官了！这种事，如果不是遭遇宋太祖，如果宋太祖不是人情练达、火眼金睛，那后果将会是怎样的呢？

历史的经验告诉我们，防止宋白一类的坏人作恶，用制度来管着会更直接、更可靠一些。大宋朝以文立国，历代君主对科举考试都非常重视，他们吸取历史教训，相继对科举考试采取了一系列改革措施，终于使得这一关乎封建统治政权稳定的重要制度，逐渐走向正规、成熟。第一个举措是改两级考试为三级考试制度。宋初科举，仅有两级考试制度，即由各州举行的解试和礼部举行的省试。宋太祖为了选拔真正忠于其统治而又有才干的人担任官职，于开宝六年（973）实行殿试，即省试之后，还要进行一次由自己亲自主持的考试，由此正式确立了州试、省试和殿试的三级科举考试制度。宋太祖还下令，举子考试及第后，不准对考官称师门或自称门生，所有及第的人都是天子门生。第二个举措是实行“糊名考校法”。公元992年，宋太宗根据莆田人陈靖的建议，开始采用“糊名”考试法，就是把试卷上的考生姓名、籍贯等个人信息，都用纸糊上隐没起来，使阅卷官不知道试卷作者，以防考官徇私。第三个举措是实行“誊录试卷法”。糊名之后，考官还可以通过考卷上的笔迹认出考生姓名，公元1015年，宋真宗根据袁州人李夷宾的建议，实行“誊录试卷法”，即把考生的试卷交由专门的抄写员誊录成副本，考官评阅试卷时只能批阅副本，不仅不能知道考生的姓名，连考生的笔迹也无从辨认，进一步杜绝了科举作弊的可能性。

其实，现实生活中也不乏像宋白这一类的人，自己坏事干尽，却千方百计推脱责任，有的是拉大旗作虎皮，暗示其做法是领导意图、首长交办；有的是钻制度空子，自己做了坏事想方设法通过集体研究、上级批准等贴上护身符。这些人不仅败坏领导形象，还破坏政治生态。“庆父不去，鲁难未已”，这种人，是真正的祸害，必须坚决清除掉！

曹彬——我要缓一段时间再处罚他

笔记原文

曹侍中彬为人仁爱多恕，平数国，未尝妄斩人。尝知徐州，有吏犯罪，既立案，逾年然后杖之。人皆不晓其意。彬曰："吾闻此人新娶妇，若杖之，彼其舅姑[1]必以妇为不利而恶之，朝夕笞骂[2]，使其不能自存。吾故缓其事而法亦不赦也。"其用意如此。张锡云。

词句简释

1 舅姑：古代指公公、婆婆。2 笞骂：打骂。

原文我读

侍中曹彬宽仁慈爱，常以宽恕待人，他统兵平定好几个国家，但从没有草率杀过一个人。在他任徐州知府的时候，有个胥吏犯了罪，已经通过审理查明其罪行并作出判决，但是一年后才对这个小吏执行杖刑。人们都不晓得他这种做法是什么意思，曹彬说："我听说这人刚娶了媳妇，如果立即对这个小吏执行杖刑，她的公婆就必定会认为这个女子不吉利而厌恶她，一天到晚不打就骂使她无法生存下去。所以，我要缓一段时间对这个小吏执行刑罚，但我还要依法办事决不会赦免他。"曹彬考虑问题就是如此地细致深远！

以上是张锡说的。

一时谬想

法律不是冷冰冰的条文，法律的温度在于文化。作为一名长期在基层工作的法律人，对此我深有感触。执法、司法的目的是维护稳定、促进和谐，如果它没有在修复被违法犯罪破坏的社会关系方面起到积极作用，反而引发更大、更多的社会矛盾，那就与法治的初衷南辕北辙了。中华法系的核心就是要融天理、国法、人情为一体，一个合格的法律人，在履行职责时应当着眼全局，做到通天理、合人情、尊国法。

曹彬办这个案件，方法其实很简单，就是把判决和执行分开——案情已经查明了，判决也有了，但要等一等，晚一些执行。他这个做法，于我们现在的司法活动，应当有一些启发意义。

曹彬可不是一个普通的人，他的姨妈是后周太祖郭威的宠妃，后汉时他就担任成德军牙将，后周时官已经做到引进使。曹彬的为人和才干，深受宋太祖赵匡胤信任。他在征伐北汉、平灭后蜀、底定南唐等重要战役中，功勋卓著，为北宋的统一立下了汗马功劳。但是，曹彬为人却极其谦恭，在平定南唐入宫朝见时，名帖上竟只写"奉敕江南勾当公事回"，意思是说，我只是一个执行命令到江南办事回来的公差。我们可以想象得到，当这样的一个人主政一方时，属地的百姓是有何等的福气！曹彬能对一个普通罪吏"缓其事"，真可谓侠骨柔肠、用心良苦。一个弱女子，刚过门丈夫便吃官司受刑，公婆会怎么想？一旦认为她"妨夫"，必然会对她"朝夕笞骂"而"使其不能自存"。执行一次原本属于轻刑的处罚，其结果竟夺去了另外一个人的性命，这可不是国家制定法律的初衷啊！"吾故缓其事"——这就是我要等到一年以后才执行刑罚的原因。我们要注意到，曹彬并没有法外开恩，只是“缓其事”—— 一年以后，依然“不赦”，判过的刑杖照样还是要打的。

想想，一个一千多年前的封建官吏，尚知避免因机械司法而造成不必要的损害，我们为什么不能在法律许可的范围内，给当事人以适当的人文关怀呢？缓打板子只是一个特例，不需要死搬硬套。在具体的司法实践中，有很多地方可以体现这种精神，比如，尽量地减少羁押，特殊情况下暂缓起诉，等等。总之，法律人不仅需要有缜密思维，更需要拥有悲悯情怀，在为曹彬鼓掌的同时，一定要记住，你手头办理的不仅是案件，也同时是别人的人生！

当代美国最具世界影响力的法学家伯尔曼有句名言：“法律必须被信仰，否则它将形同虚设。”法律的生命在于实施，而法律的实施不仅仅是对法律规范的遵守，在更深层次上乃是对法律所承载的价值理念的认可和向往。只有内心信仰法律，对法律心悦诚服，才能真正敬畏法律、尊重法律，用法律来指导自己的行为。这些，每一个法律人，都应当记在心上。

司马光——张洎升官辈分长

笔记原文[1]

张洎[2]为举人时，张佖[3]在江南[4]已通贵，洎每奉谒求见，称从表侄孙；既及第，称侄；稍贵，称弟；及秉政，不复论中表，以庶僚遇之。事见《国史》。

词句简释

1 本段文字由司马光原笔记节选。2 张洎：字师黯，祖籍滁州，官至南唐知制诰，迁中书舍人，位同宰相。归顺宋朝后，官至参知政事。3 张佖：南唐末北宋初文学家，字子澄，祖籍滁州，后随李煜归宋，官至户部郎中。佖，bì。4 江南：代指南唐。

原文我读

张洎还是南唐的一个举人时，张佖在南唐的官位已经十分显赫了。张洎每次去拜访张佖，请求见面时都自称是张佖的表侄孙；等他科考及第以后，就改称自己是张佖的侄儿；再后来他逐步高升变得尊贵了，又在张佖面前自称为弟；等到他执掌朝廷大政之后，就不再和张佖论表亲关系，只是像对待一般的同僚那样对待张佖了。

这件事《国史》中有记载。

一时谬想

读司马光这则笔记，让人唏嘘不已，感慨万端，想想，生活中类似张洎这样的人还真有不少呢！

称呼人的人，被人称呼的人，都还是原来的人，就因为其中一个人的地位变了，俩人的关系，由爷孙，到叔侄，再到弟兄，最后竟成为没有任何关系的同僚了。在这称谓的变化中，你能明显感觉到，一个令人讨厌的家伙，不断地变换着姿态，一次次地从你面前走过。我不敢想，假如有一天，还是这个张洎，他又落魄了，见到张佖，该不会哈着腰，叫张佖老爷爷吧！

网上有句话，叫“人前有多谄媚，人后就有多恶毒”，稍微调换一下内容，还用这个句式，可以很恰当地形容张洎这一类的人：“落魄时有多谄媚，发达后就有多傲慢。”豫西南一带有一民谚，叫“王八有钱出气粗，侄娃有钱不喊叔”，说的也是这个理儿。如果你涉世未深，还分不出究竟什么样的人才算是小人，你只需观察一下你的周围，看看就谁称呼别人，和大家明显不一样就可以了。

对比张洎和张佖，不禁想起了庞籍和司马光的人生交集。庞籍，大中祥符八年（1015）进士及第，后来官一直做到宰相。庞籍和司马光的父亲司马池是好朋友，司马光曾拜庞籍为师，司马池去世时，庞籍正在平定侬智高的前线作战，得知消息后亲笔写信对司马光表示安慰。在司马光成长的过程中，庞籍倾注了大量心血，司马光也像敬重父亲一般敬重庞籍。后来，庞籍病重，自感时日不多，写信给司马光时的称谓，竟然是“吾弟”！据史书记载，司马光接到书信后，当场就哭昏过去。从师生，到父子，再到惺惺相惜的兄弟，这份信任，这份情义，这份懂得，是多么地美好！君子温婉如玉，当如是！

人上一百，形形色色。张洎这一类人，不论到啥时候，都不会绝迹。怎么办？鄙视，远离，让他跟自己玩去！

张泊——臣请跟随陛下入朝

笔记原文[1]

张泊与陈乔皆为江南相。金陵破，二人约效死于李煜之前。乔既死，泊白煜曰："若俱死，中朝责陛下久不归命之罪，谁与陛下辨之?臣请从陛下入朝。"遂不死。

词句简释

1 本段文字由司马光原笔记节选。

原文我读

张泊和陈乔都是南唐的宰相。都城金陵被大宋的军队攻破以后，二人约定要一起在后主李煜面前自尽。陈乔按照约定自杀去了另一个世界，而张泊却对李煜说："如果我们两人都死了，大宋朝廷追究陛下长期不归顺投降的罪责，谁替陛下辩解呢？我请求跟随陛下一起归顺大宋朝。"就这样，张泊竟然活了下来。

一时谬想

在司马光的上一篇笔记中，我们已经领略了这个叫张洎的家伙是如何表演“变脸记”的。在那出短剧中，我们看到的，无非是一个浅薄小人的拙劣表演罢了。现在，再看看张洎和陈乔之间所发生的事情，便会知道，这家伙原来竟是一个彻头彻尾的坏蛋！

张洎和陈乔之间的约定是有背景的。在赵匡胤所制定的征讨、收复其他政权的战略布局中，把南唐放在了最后。这里面固然有南唐对宋朝摇尾乞怜、卑躬屈节，求一时苟安的因素，但主要原因还是赵匡胤要把主要精力首先放在清除北汉、后蜀的战争中，一时还腾不开手来。所以，暂时对南唐采取了安抚招降策略。李煜思想幼稚，政治上不成熟，安于享乐，想着只要去掉南唐国号，请求宋廷罢除诏书不名之礼，改为直呼姓名，赵匡胤就会网开一面。而对赵匡胤诏他入京的要求，一直托病不从。卧榻之侧岂容他人安睡！赵匡胤平定北汉、后蜀后，便对李煜的托词失去耐心，宋朝大军随即包围了金陵。去国号、表臣服之拖延计划，就是张洎和陈乔共同拟订的。当曹彬大军南下时，张洎、陈乔已经预感到必然会有“王师问罪”，便希望以自杀来消解赵匡胤的雷霆之怒，“臣死之，即陛下保无恙”，好让李煜把“久不归命”的责任推给两个臣子。

这张洎真是狡猾而又无耻，本来跟陈乔一起相约赴死的，人家陈乔按照约定寻无常去了，他却偷偷地活了下来。活便活吧，找的理由竟然是“谁与陛下辨之”，难道你的主子李煜是哑巴吗？归根结底还是那后半句话，“臣请从陛下入朝”，这才道出了他苟活于世的真正理由：我还想接着到大宋朝廷当官呢！果不其然，这家伙真的心想事成，竟然还和寇准同列，做上了大宋朝的参知政事！好在历史是无情的，更是公正的，任他机关算尽，还是被钉在了历史的耻辱柱上。《宋史》给张洎是这样的评价：性情险诐，好攻人短，颇为世人不齿。

也不知道九泉之下那个老实的陈乔，知道不知道《宋史》给张洎是这样的评价。知道了，他又该做何感想呢？

吕蒙正——知其名不如无知也

笔记原文

吕蒙正相公[1]不喜记人过，初参知政事，入朝堂，有朝士[2]于帘内指之曰："是小子亦参政耶?"蒙正佯为不闻而过之。其同列[3]怒之，令诘其官位姓名，蒙正遽止之。罢朝[4]，同列犹不能平，悔不穷问。蒙正曰："若一知其姓名，则终身不能复忘，故不如无知也，不问之，何损?"时皆服其量。

词句简释

1 相公：原是宰相的雅称。宋吴曾《能改斋漫录》："丞相称相公，自魏已然矣。"后演变为对官员的雅称、对士人的敬称、对秀才的俗称等。2 朝士：常参朝班的官员。省称常参官、朝官。3 同列：同僚，同事。4 罢朝：结束朝会。

原文我读

宰相吕蒙正不喜欢记别人的过错。他刚担任参知政事时，有一天走进朝堂后，有一个常参朝班的官员在一帘子后边指着吕蒙正说："这小子也来参政啊?"吕蒙正装作没有听见走过去了。与他一起的同僚听到后非常恼怒，当即下令追查那人的官职和姓名。吕蒙正急忙制止了他。下朝以后，那个同事仍然愤愤不平，后悔当时没有追查清楚。吕蒙正说："如果一旦知道了那个人的姓名，就终生不能再忘记了，所以，知道还不如不知道的好啊。不去追问那个人的姓名，又有什么损失呢?"当时知道这件事的人，都佩服吕蒙正的度量。

一时谬想

过去听人们说，宰相肚里能撑船，总以为凡是能做高官的，都会糊弄，不讲原则，"泥抹"的能力特别强，啥事都能摆平。现在看吕蒙正这故事，才明白这"能撑船"的宽广胸怀，原来主要体现在那些关于个人声誉、地位、利益等方面的事情上能不能看得开，可不可以容得了不同意见，甚至恶意的攻击。因为我们一般的人，最容易在这方面火爆、发脾气，与人产生矛盾。

吕蒙正，宋太宗太平兴国二年（977）状元及第，北宋名相，无论正史还是民间传说，对他评价都很高。史书上说，他待人宽厚，敢说真话，律己甚严，有容人海量。司马光这则笔记，撷取一个小小的生活片段，把吕蒙正的大度、谦逊、睿智表现得淋漓尽致。新官上任，正兴冲冲地去赴任，一个败兴的家伙，竟当着众人的面，说我是滥竽充数："这小子也来参政啊！"这话太恶毒了，一般人谁受得了？你不得不服人家吕蒙正这气量，不仅自己跟没听见一样，还劝止同事不要去追究说话的人姓啥名谁。吕蒙正这处理方法太正确了：知道有人反对自己是有益的，可以时时提醒自己小心谨慎；而知道是谁反对自己则是多余的，它会让你徒生烦恼，并由此心中存下芥蒂，甚至把一般的生分变成仇人，使自己前进的道路平添新的障碍。

在古希腊神话中，有一个大力士叫海格力斯，一天，他走在坎坷不平的道路上，看见前头有一个小东西，鼓鼓的，像个袋子一样，挡了他的去路，海格力斯本来稍稍绕一下，或者抬腿跨一步，就可以走过去的，但他想着自己力大无比，这小东西竟敢拦住自己的路，便踢了那东西一脚。谁知那东西不但没有被踢开，反而在原地膨胀起来，然后又成倍地增大。这一下可惹恼了海格力斯，他使出了全身力气，狠狠地一脚踹了过去，没想到那东西居然膨胀得更大，最后差点儿把整个道路都堵上了。就在海格力斯进退两难之时，一位智者出现了，他告诉海格力斯，这个东西叫“仇恨袋”，你要是心中充满仇恨对待它，它就会越胀越大；相反，你如果不去理睬它，它就会变小如初。海格力斯这才明白，那东西为什么会越踹越大。生活中我们也常常会遇到类似的问题，那些让你愤怒的人和事，正如海格力斯脚下的袋子一样，如果你忽略它，它就会自然消亡；如果执意要和它一见高低，它也会成倍地放大，让你最后陷入极为难堪的境地。后来，人们称这种现象为“海格力斯效应”，用以警示更多的人放平心态，不去斤斤计较生活中那些鸡毛蒜皮一般的小事。

人活世上，相互间难免有磕磕碰碰。假如，我们受了伤害，即便做不到吕蒙正这样洒脱、超然，但也一定要记住：面对恶意，无视比仇恨更高明。

彭乘

他安于僭越必定前景不妙

笔记原文

（张安寿）又云，彭内翰[1]乘往在三馆，时尝与钓鱼宴。故事，天子未得鱼，侍臣虽先得鱼，不敢举竿。是时上已得鱼，左右以红丝网承之，侍座者毕贺。已而，乘同列有得鱼者，欲举之，左右止之，曰："侍中未得鱼，学士未可举也。"侍中者，曹郓公利用也，乘固已怪之。顷之，宰辅有得鱼者，左右以白网承之。及利用得鱼，复用红网，利用亦不止之。乘出，谓人曰："曹公权位如此，不以逼近自嫌，而安于僭礼[2]，难以久矣。"无几而败。

词句简释

1 内翰：宋代称翰林为内翰。2 僭礼：越礼。僭，超越本分。

原 文 我 读

（张安寿）还讲过一件事，说宋仁宗在位的时候，翰林学士彭乘一度在三馆任职，曾参加过宋仁宗举行的包括钓鱼、赏花、赋诗等活动的钓鱼宴。按照旧例，在钓鱼时，如果皇上还没有钓到鱼，陪同钓鱼的大臣们即使发现鱼咬钩了，也不敢举起钓竿。

那天，在皇上已经钓到鱼时，近侍们过来用红丝网兜把鱼装了进去，然后，陪同钓鱼的人都过来表示庆贺。皇上钓到鱼后不久，参加钓鱼宴的一个官员便看见鱼咬钩了，他刚要举竿，近侍们赶紧过来阻止他，说："侍中还没有钓住鱼，学士您是不能先举竿的。"侍中指的就是尚书左仆射曹利用曹郓公。彭乘本来已经觉得很奇怪了，（可更怪的事情还在后边呢！）过了一会儿，宰辅大臣中有钓到鱼的，近侍们拿来白色网兜把鱼装了起来。等到曹利用钓到鱼，近侍们却用红色网兜来装，曹利用看见了也不加阻止。

彭乘从钓鱼宴出来后，对别人说："曹公位高权重已经到了接近天子地步，自己却不知道避嫌，对自己超越礼节的行为心安理得，恐怕难以持久了。"果然没过多久，曹利用就败落了。

一 时 谬 想

曹利用的伯父就是北宋开国大将曹彬。曹彬率大军平定南唐后凯旋，低调到名帖上仅称"奉敕江南勾当公事回"，而曹利用在钓鱼宴上，竟然也学着皇帝的样子，凌驾于一般官员之上，他不举竿学士便不得举竿，还和皇帝一样用红网装鱼。两相比较，俩人在谦逊恭谨方面的差距便一目了然了。

曹利用的父亲曹谏也是文武全才，父亲去世后，曹利用以荫补入仕。他的好运是从公元 1004 年开始的。是年秋，辽国萧太后与辽圣宗亲率大军南下深入宋境，与宋军相持于澶州，曹利用受宋真宗指派，出使辽方和政治强人萧太后谈判。谈判中，曹利用态度强硬，严词拒绝辽方割地要求，以较小代价与辽国达成和议，史称"澶渊之盟"。曹利用在谈判中的出色表现，深受真宗皇帝的褒奖。接着，他又率大军平定岭南叛乱，从此官运亨通，先后担任枢密使、同中书门下平章事、尚书左仆射兼侍中等要职，进入大宋核心领导层，成为朝廷重臣。

大宋的钓鱼宴，源于宋太祖赵匡胤。在夺取天下后，为了联络感情，稳固政权，太祖经常在宫苑召集亲近的文武大臣，赏花、赋诗、习射、垂钓，当初很随意，参与者不多。到宋太宗时，正式把参加的人员、规模、程序确定下来，作为朝廷定例，年年如此。应诏参加钓鱼宴的都是王公大臣一类的高层官员，参加者皆引以为豪。

风起于青蘋之末。彭乘见微知著，从钓鱼宴上举竿的顺序和装鱼网兜的颜色，看到了曹利用必然倒台的征兆。曹利用生性勇悍，不畏强权，这一点用在"澶渊之盟"的谈判桌上，尽显其风流倜傥。但此一时彼一时，那时是两军交锋，他的优点，他的风格，朝廷是需要的。而现在，曹利用的地位已是万人之上，却不知学学他伯父谦恭低调，收敛锋芒。一件钓鱼小事，曹利用的傲慢、僭越便表现得淋漓尽致。有人考证，当时曹利用的职务仅为枢密使，因宋仁宗抬举他，给他加了个"侍中"的名号，把他的位置放在了宰相王曾、张知白的前面。其实，即便他就是宰相，其职位也并不比其他宰辅高多少，人家钓到鱼用白丝网装，他居然和仁宗一样，也用红丝网装！而且这样做，已经成了惯例。这些看似不经眼的小事，其他大臣会怎么看？宋仁宗会怎么想？另外，还有一群谏官，还有那些被他伤害过的人，他们怎么能不抓住作为整他的把柄？想想就替他捏把汗！

曹利用后来的结局，果然被彭乘言中。刚正、率直、勇悍、不拘小节，这些既是曹利用的优点，也是他的缺点，正所谓成也萧何败也萧何。因为正直无私，他得罪了权力欲很强又善妒的刘太后；因为不拘小节，他对自己、对亲属的要求都失之于宽。最终遭侄儿连累被追罪，竟无一人出手相救，被贬途中，因不忍受侮，用一根绳子结果了自己的性命。有人说，曹利用有罪但罪不至死，甚至还有人说，曹利用原本就无罪。但他毕竟还是死了，这背后的原因真是值得深思。

不要把自己看得太高了，始终保持一颗谦逊的心，摆正自己的位置，任何时候都要做到存敬畏，知进退，这些，应该就是曹利用一生的兴衰荣辱给我们的教训。

吕夷简——有此总例庸夫可以为相

笔记原文

吕相在中书，奏令参知政事宋绶编次[1]《中书总例》，谓人曰："自吾有此例，使一庸夫[2]执之，皆可以为相矣。"

词句简释

1 编次：编排次序，编辑整理。2 庸夫：平凡人，普通人。

原文我读

宰相吕夷简在主持中书工作的时候，奏请宋仁宗批准，令参知政事宋绶主持编纂《中书总例》。吕夷简对人们说："自从我朝有了这部《中书总例》，即便是一个普通的人有它在手，都可以当宰相了。"

一时谬想

一开始读司马光这则笔记，想着宋绶编纂的这部《中书总例》，应该和我们现在的《行政法律法规汇编》差不多，有了这个《中书总例》，可以让中书的官员们在办公办事时有规可依，有例可循。可一查资料，这竟然是一个浩大的工程，宋绶等人花了两年多时间才完成编辑整理工作，整个《总例》竟有四百九十一册之巨。

提出并主导这项编纂工程的吕夷简，可不是一个普通的人。他伯父吕蒙正是一代名相，他父亲吕蒙亨进士及第后历任光禄寺丞、大理寺丞。他本人在二十二岁进士及第，五十岁拜同中书门下平章事，正式成为宰相。后两度罢相，又两度拜相，最终被封为许国公，以太尉致仕。

公元1022年，真宗驾崩，年幼的仁宗即位，刘太后临朝称制。这个女人性格刚愎，又不明习国政，但权力欲极强，朝廷政务非经她批准不可。吕夷简一方面要细心处理国家大事，一方面还要小心翼翼地约束太后，防止其独断专行。在这种情况下，吕夷简就想以制度来约束和管理政务。于是就有了司马光笔记中所说的“奏令参知政事宋绶编次《中书总例》”这件事。1035年，北宋《中书总例》修成，详细规定了大臣，尤其是宰相、参知政事等重臣，遇到具体问题的处置原则和办理程序，希图因此而使朝政运行逐步走向制度化、规范化。

这部《中书总例》，简而言之，就是一套“中书办公指南”。但吕夷简看得很重，曾说有了它，“庸夫”都可以当宰相。这套书真的有这么神奇吗？答案当然是否定的。任何事物都有其两面性。具体到《中书总例》的适用，这一哲学原理的正确性得到充分体现。因为宰执大臣们每天需要处理的事务，既千头万绪，也千差万别，如果用一个标准一种方法来解决问题，根本是不可能的。《中书总例》积极的一面是用制度管人管事，减少了政务处理过程中的随意和盲目，但因为它太细太过繁琐，在一定程度上又制约了行政工作的开展，让宋朝各个阶层的官吏，都成了因循守旧的摆设，最终导致大宋王朝办事效率低下，衙门之间推诿扯皮，成为北宋政治走下坡路的一个重要原因。

吕夷简的初衷肯定是好的，但是他和他的追随者们过于迷恋规章制度的作用，以为制度越周密、精致，管理效果就会越好，不能以宏观角度来审视这一制度的可行性并权衡其利弊，最终把规章制度搞成了束缚人们手脚的桎梏。吕夷简一句“自吾有此例，使一庸夫执之，皆可以为相矣”，凸显了吕夷简在认知上的局限，这或许就是后来的范仲淹、欧阳修等“君子党”都和他死磕的原因吧！

令人感到好笑的是，九百多年之后，仍有一些言必称美国的“公知”，不知中了什么邪，在社会上大肆鼓吹、兜售美国的政治制度，竟然说什么在美国“庸人亦可做总统”，这种疯言呓语，和吕夷简当年说过的话简直是如出一辙。

对待任何事物，只从一个角度着眼，肯定是不好的。看问题，办事情，还是按全面的、联系的、发展的观点来最好！

张乖崖——这样做我是不敢

笔记原文

张乖崖常称："使寇公治蜀，未必如咏；至于澶渊一掷，咏亦不敢为也。"深叹服之。

原文我读

张咏张乖崖常给人讲："假如让寇准寇莱公治理西蜀，他未必能像我一样做得好；至于在澶渊之役中他那孤注一掷的做法，我张咏可是不敢做的呀！"张乖崖非常佩服寇准。

一时谬想

张乖崖，好古怪一个名字！

《宋史》里说，张乖崖本名张咏，字复之，乖崖是张咏自己给自己取的号，后来他竟以号名，张咏这个大名反而很少被人提及了。有一天，别人给张咏画了一张肖像，他看着画里的自己，想起了一生的顿挫波折，便提笔在肖像下面的空白处写道："乖则违众，崖不利物，乖崖之名，聊以表德。"乖是乖张怪僻，崖是崖岸自高，单从这两个字义看，就知道这个张咏张乖崖的性子有多么古怪了！

张乖崖，北宋初年颇有影响的大臣之一，尤以治蜀著称。他官只做到礼部尚书，但后人却将他与赵普、寇准并列，认为是有宋以来功绩最大的三位名人。《宋史》里说，张乖崖在湖北崇阳当县令的时候，有一天，一个管银库的小吏从库中出来，张乖崖发现他鬓旁头巾下面掖有一枚铜钱，便上前去质问他怎么回事。这小吏大概有点儿背景，竟然毫不隐晦，对张乖崖说："库中钱啊！"张乖崖很生气，命令对小吏施以杖刑。谁知那小吏更厉害，说："一枚钱算个啥呀，你就要对我施以杖刑？你能用杖打我，你总不能杀我吧！"张乖崖听了，提笔写道："一日一钱，千日千钱，绳锯木断，水滴石穿！"然后，竟自己仗剑走下台阶，一剑斩下小吏的脑袋。

张乖崖拿自己治蜀的政绩，来和寇准说事，看来，对治蜀他是很自豪的。张乖崖在西蜀所办的最大一件事就是镇压了李顺王小波起义，其他就是赈济灾民，采取一些宽缓的行政措施等。不过，难能可贵的是，这么一个崖岸自高的人，还算有自知之明，没有做事后诸葛亮，说如果我是宰相，我要也在澶州，我也不怕它什么辽国萧太后、辽圣宗！

尽管张咏对寇准"深叹服之"，但是，我还是觉得他没有真正理解寇准。因为他和王钦若一样，也说寇准当时逼宋真宗御驾亲征后来又不让真宗"銮舆回轸"，是拿皇上的身家性命赌博，是孤注一掷。其实，那是当时的唯一选择，是置之死地而后生的决绝之举。辽兵已经打到濮阳，离汴梁还有多远啊？如果逃跑，兵败如山倒，宋真宗一伙人，只有死路一条！

顺便说一声，这个张乖崖，对金融事业还有一个重大贡献。景德二年（1005），已经六十岁的他，发明了世界上最早的纸币——交子，张乖崖因此被誉为"纸币之父"。据说，在伦敦的英格兰银行正中央的一个天井里，现在还种着一棵在英国少见的中国桑树，因为张乖崖制作交子的原材料，据说用的就是桑树皮。

范冲——林特善承上接下

笔记原文

林特本广南摄官[1]，以勤为吏职，又善以辞色承上接下，官至尚书三司使、修昭应宫副使。是时，丁朱崖为修宫使，特一日三见，亦三拜之。与吏卒语，皆煦煦抚慰之，由是人皆乐为尽力，事无不齐集[2]。精力过人，常通夕坐而假寝，未尝解衣就枕。宋次道云。

词句简释

1 广南摄官：广南地区未经朝廷授命的官员。唐末五代藩镇专权自恣，所辖州县官员有空缺时，自行派人署理其职，然后申报朝廷，朝廷批准颁发文告的为正式命官，未经朝廷授命者为摄官。北宋开国后，严格限制诸道州县继续差用摄官，太宗时，仅在两广地区保留了由转运司考试录用当地士人为摄官的地方性用人制度。2 齐集：同“齐截”，谓齐心一致。

原文我读

林特原本是广南地区未经朝廷授命的非正式官员，履职中能勤于职守，加之他善于用温和的言语、和蔼的态度来逢迎上司和对待属下，官职很快升到尚书三司使并兼任修昭应宫副使。

当时，丁谓丁朱崖为修宫使，林特每天要给丁谓报告三次，而且每次都要行拜见之礼。林特与办事的吏员、士卒们说话，也都和颜悦色、温婉劝慰，这样，大家都乐意为他效力。办事时大家齐心一致，每件事都办得很好。

林特精力过人，经常彻夜坐在办公室里，困了打个盹儿就算睡觉了，从没有脱衣上床枕着枕头睡过觉。

以上是听宋次道讲的。

一时谬想

“林特善承上接下”，是史学家范冲在使用司马光《涑水记闻》资料编纂史书时，给有关林特的这段文字所定的标题。读完这则笔记，我竟突发奇想，要再给它添一个副标题：一个奸臣的前半生。

林特，福建宁德人，《宋史》里说，他十岁时携带自写的文章到金陵进谒南唐国主李璟，李璟览毕深以为奇，命作赋，顷刻而成，因而被授为兰台校书郎。大概是因为林特没有经过正规的科举考试就进入仕途，人家官职都已经做到三司使了，进士及第的司马光，仍然忘不了在笔记中给他记下“本为广南摄官”这个历史。南唐灭亡，林特归宋，宋太宗任其为长葛县尉，后历任遂州录事参军、大理寺丞和陇州通判等职。因善理财又勤政，宋太宗端拱元年（988），经宰相吕蒙正推荐，出任三司使，长期掌管天下财赋。

林特由一个摄官一直做到手握实权的三司使，然后再做工部尚书、刑部尚书，应当说，他努力工作、勤于职守是重要原因。从史料记载的情况看，林特一是书读得好，学问也很好，他文采超然，在南唐和北宋士人中都颇有影响；二是勤于政务，工作干得好，他身体瘦弱，但据案终日不倦，常通夕坐而假寝，不曾有一日告假，因而深得真宗和同僚信任；三是情商超高，善以辞色承上接下，跟他相处的人无论职位高低，对他都很满意，都愿意尽心尽力受他驱使，为他办事。以上三点，没有相当的天分做不到，没有坚强的毅力和坚忍不拔的精神也做不下去。我们不禁要问，这样勤勉、谦卑的一个人，怎么会跟王钦若、丁谓等人混在一起，也成为臭名昭著的“北宋五鬼”中的一个呢。查资料可知，林特在任三司副使期间，蛊惑宋真宗增加天下税赋，他参与制定并推动实施《新茶法》，每年从茶农和商人手中多搜刮白银百余万两；他任三司使主持修建玉清昭应宫，耗时八年，花费白银近亿两，奢华超越阿房宫。“竭天下之财，伤生民之命”就是时人对林特、丁谓之流的愤怒声讨。由此，我们不得不怀疑，这个林特骨子里就是一个坏种，他所伪装出来的“大贤”，其实是为了掩盖他的“大奸”。

古人为文，喜微言大义。司马光做笔记，是为写《资治通鉴后纪》做准备的，只撷取林特对丁朱崖“一日三见，亦三拜之”这个小片段，便尽道林特的奴性人生和伪君子本色。对林特当年夜以继日、勤于吏职的表现，我们在憎恶他的同时，还应当承认，坏人也曾奋斗过、付出过，即便是坏人，天上都不会自动掉馅饼给他。至于他“善以辞色承上接下”，对下属“皆煦煦抚慰之”，不过是披在他身上的“伪装”而已。“王莽谦恭未篡时”，对这类人，唐朝的白居易早就看得清清楚楚，也并不是什么新鲜花样。

这么能干、这么勤勉的一个人，要是能走正道，那该多好！

司马光——他不因曾是状元而炫耀

笔记原文

杨砺，太祖建隆[1]初状元及第。在开封府，真宗问砺何年及第，砺唯唯不对。真宗退问左右，然后知之，自悔失问，谓砺不以科名自伐[2]，由是重之。

词句简释

1 建隆：宋太祖赵匡胤开始使用的年号，也是宋朝的第一个年号。使用时间为960年—963年。2 自伐：自我夸耀。

原文我读

杨砺，宋太祖建隆初年状元及第。宋真宗赵恒还没有即位时，曾兼任开封知府。有一次在开封府，真宗问杨砺是哪一年考中的，杨砺含糊其词，并没有给予明确回答。真宗下来问了身边的人，才知道杨砺竟然在太祖建隆初年便状元及第，是大宋朝的第一名状元，很后悔自己冒失，问话唐突。真宗对杨砺从不以自己是大宋头名状元而自我夸耀很佩服，从此对他更加看重。

一时谬想

伐，一个很常见的字，基本意思大家都知道，砍伐、伐木、讨伐等，经常用到。但伐字还有一个义项，可能就不是人人都知道了。除了砍杀、攻打外，它还作自夸、吹嘘讲。在《论语》中，颜渊等弟子给孔老夫子汇报自己的志向，子路说完了，颜渊接着说：我嘛，志向不大，“愿无伐善，无施劳！”意思是说，我希望不夸耀自己的长处，不表白自己的功劳。这里的“伐”字，和司马光这则笔记中的“伐”字一样，都是当自夸、炫耀讲。

什么叫低调？什么叫谦虚？杨砺“不以科名自伐”，给我们上了很好的一课。北宋王朝一百六十多年历史，杨砺是第一个出场的文化明星。宋太祖建隆元年，也就是公元960年，刚刚成立的北宋王朝，还处在南征北伐的半战争状态，宋太祖赵匡胤便下令举行建国后的第一次科举考试，杨砺举进士，高中甲科头名，成为宋朝开国后的第一个状元。

杨砺出生于公元930年，考中状元那年正好三十岁。司马光笔记里“真宗问砺何年及第”，发生在真宗知开封府期间的公元994年。当时的真宗赵恒二十六岁，正值风华正茂，而杨砺已经六十四岁，可谓垂垂老矣。面对年轻领导的询问，杨砺不仅没有摆老资格，反而“唯唯不对”，好像很怕别人知道自己曾经是状元郎似的。杨砺的含糊其词，让当时还是寿王的真宗，也为自己的唐突感到不好意思了，所以就不再多问，下来后向身边其他人打听，才知道杨砺是本朝的第一位状元，内心的敬重之情油然而生。

我想，孔子的弟子们在整理老师和同学们的语录时，一定认为，“无伐善”是一种很难得的美好品质，所以，便把颜渊这句话也选进了《论语》。他们大概是发现，在这个世界上，喜欢“自伐”的人实在太多了，名牌学校出来的人总是忍不住要“自伐”学历，枢要机构执事的人时不时要“自伐”权力，家里有钱的人总喜欢在人面前“自伐”穿戴……也许，正是这人和人之间的不同，正是因为有那么多的人热衷于“伐善”“施劳”，才构成了这个世界的多姿多彩。不过，我还是喜欢像杨砺这样的谦谦君子，和这样的人对坐，会让人觉得如沐春风！

令人遗憾的是，在宋真宗即位后的第三年（999），杨砺便因病离世。真宗闻讯后十分悲痛，对宰相吕端说："杨砺耿直清苦，正欲重用之时去世……"遂冒雨前往吊唁，因车驾进不了胡同，真宗竟徒步至其灵前，悼念追忆良久。回朝后，诏令罢朝致哀，追赠杨砺兵部尚书。

我揣测，真宗对杨砺这份深情厚谊，源头一定还是五年前，在开封府那一次让他后悔了很久的"失问"！

马洵美——何必欺罔这些弱势群体

笔记原文

夏英公为南京留守[1]，杖人好潜[2]加其数。提点刑狱[3]马洵美，武人也，劾奏之曰："夏竦大臣，朝廷寄任非轻，罪有难恕者，明施重刑可也，何必欺罔[4]小人、潜加杖数乎？"诏取戒励。当时文臣皆为英公耻之。

词句简释

1 南京留守：官名，北宋置，为南京（今河南商丘南）留监司长官，以知应天府兼任。掌宫钥及京城守卫、弹压、修葺之事，畿内钱谷、兵民之事皆总之。2 潜：暗地，秘密地。3 提点刑狱：官署名。长官名为提点刑狱公事，简称提点刑狱。提点刑狱司是宋代中央派出的"路"一级司法机构，简称"提刑司""宪司""宪台"。其职责是监督管理所辖州府的司法审判事务，审核州府卷案，可以随时前往各州县检查刑狱，举劾在刑狱方面失职的州府官员。4 欺罔：欺骗蒙蔽。

原文我读

夏竦夏英公担任南京留守的时候，对犯人实施杖刑喜欢暗地里增加刑杖的次数。提点刑狱司长官马洵美，是一个武将出身的官员，就此事向朝廷弹劾夏竦，他在奏章里写道："夏竦作为一个职务很高的大臣，朝廷寄予的期望很重，在惩治罪犯时，如果犯罪情节严重，难以宽恕，那就明明白白施以重刑就行了，何必要欺骗犯罪的小民百姓，暗中再给人家添加刑杖的次数呢？"

朝廷收到马洵美的奏折后，给夏竦下发诏书予以警戒。当时的文臣们都为英公这件事感到羞耻。

一时谬想

夏竦，出生于公元985年，字子乔，北宋大臣、文学家，世称夏文庄公、夏英公、夏郑公。夏竦在历史上是一个备受争议的人物。元朝编的《宋史》把他和丁谓、王钦若并列，说他是北宋历史上的第三号大奸臣。

和许多著名的历史人物一样，夏竦的经历也很不平常，他自幼就展现出过人的天赋。他四岁开始读书，少年时期就以文采出众而远近闻名，他学识渊博，博闻强记，几乎是一个百科全书式的人物。

公元1004年，夏竦的父亲夏承皓在与契丹军队战斗中受伤阵亡，年仅十九岁的他受朝廷抚恤，被任命为一个名为"三班差使"的低级武官。夏竦为求进身之阶，竟在半道上截住退朝回家的宰相李沆，献上自己的诗集。后经李沆推荐，夏竦被任命为润州丹阳县主簿。从此，便官位亨通，三十二岁做枢密副使，三十四岁便做到参知政事，已经是相当于副宰相一级官职了。

马洵美，真是一个直爽有勇气的人！此时的夏竦，已是高官，正当着应天知府、南京留宋。面对其阴损行为，马洵美一句"何必欺罔小人、潜加杖数乎"，真是掷地有声！夏竦其实本也是武官出身，按理说应豪爽大气才对，如果一个人犯错了，你"明施重刑"就是，你这"潜加其数"，又算是什么呢？再说，一个已经被按倒在地的小百姓也值得你夏竦去算计？而且这样做损人也不利己，你图什么呢？真是过分至极！事不关己的事，尤其是位高权重者办的事，一般人碰见，大多数都会退避三舍，装聋作哑，但马洵美却是勇敢地“劾奏”。面对强权，马洵美的举动真是非常难得！

夏竦的行为，是见不得光的。朝廷收到马洵美的奏折后，夏竦理所当然会受到警告。司马光说，“当时文臣皆为英公耻之”。其实，时光过去了一千年，今天的我，对夏竦的阴损，依然“耻之”！

马知节——我说的是事实吗

笔记原文

真宗时，马知节、韩崇训皆以检校官签署枢密院事[1]。知节为人质直。真宗东封泰山，车驾发京师，上及从官皆蔬食[2]。封禅礼毕，上劳宰臣王旦等曰："卿等久食蔬，不易。"旦等皆再拜。知节独进言："蔬食者唯陛下一人而已。王旦等在道中与臣同次舍[3]，无不私食肉者。"又顾旦等曰："知节言是否？"旦再拜曰："诚如知节之言。"邓保吉云。

词句简释

1 签署枢密院事：官名。宋代知枢密院的副职，英宗时避其名讳改称同知枢密院事。宋英宗名赵曙。2 蔬食：植物性饮食，即素食。3 次舍：止息之所。

原文我读

宋真宗在位时，马知节和韩崇训都以检校官之职，担任签署枢密院事（宋知枢密院事的副职）。马知节为人朴实正直。真宗到山东举行泰山封禅大典，车驾从京师出发后，真宗要求跟随的官员和自己一样开始斋戒，只吃素食。封禅大典结束后，真宗慰劳宰相王旦等大臣说："众位爱卿这么长时间一直食素，很不容易。"王旦等人都叩首表示感谢。只有马知节一个人上前对真宗说："一路上食素的只有陛下一个人，宰相王旦等人途中和我在同一所房子休息，大家没有一个人不在私下吃肉的。"一边说还一边回头望着王旦等人："你们说我这话是不是事实？"王旦只得再次叩拜，说："的确和马知节说的一样。"

以上是邓保吉讲的。

一时谬想

宋真宗在位二十五年，大致可分为两个时期，前十一年表现很不错，创造"咸平之治"，签订"澶渊之盟"，大宋朝出现了一个相对繁荣稳定的好局面。但从公元1008年泰山封禅开始走下坡路，他热衷于用"祥瑞"粉饰太平，对朝政兴革无所用心，耽于安乐，后来的十四年几乎是在昏聩中度过的。司马光撷取真宗东封途中这一个滑稽片段，明面是表扬马知节为人质直，实则批评王旦不履行宰相职责。同时，也顺带讥讽一下宋真宗荒诞的泰山封禅之举。

澶渊之盟签订于1005年1月，宋真宗泰山封禅发生于1008年10月，中间仅相隔三年多时间。三年多来，大宋朝廷的闹剧一出连着一出上演。

澶渊之盟签订后，宋真宗赵恒原以为这是一桩值得自豪的功业，很得意了一阵子。不料有一天，以尚书左丞知枢密院事的王钦若却对他说，澶渊之盟实际上是城下之盟，签订的是一份十分耻辱的和约。王钦若的话，本来是要贬低寇准的，但同时给爱虚荣的真宗泼了一盆冷水，从此怏怏不乐。王钦若善于察言观色、逢迎邀宠，他看出真宗既好大喜功，又害怕战争，于是建议真宗举行封禅大典，说这样就可以威震天下，让异族宾服。真宗赵恒听了，当然十分高兴，但他又担心自己资望比不上过去封禅的几位帝王，尤其害怕宰相王旦提出反对意见。先是谎称自己梦见了一个神人，神人送给他了一本天书，又和王钦若密谋，亲自出面给王旦行贿，终于换来了朝臣对封祀一事的一致沉默。

自秦汉以来，只有少数几个君主因为天下大治、四海升平、国富民强，才有理由去泰山封禅。而真宗在位期间，内忧外患未平，国势相对薄弱，却为了满足自己的虚荣心，去做这样劳民伤财的事。据史料记载，仅是真宗东封泰山一项，就耗费银钱八百余万贯。真宗赵恒这个人，挺会演戏，从司马光记载的“车驾发京师，上及从官皆蔬食”来看，真宗去封禅给人的感觉还是非常虔诚的。可笑的是后面的这一组对话——

“众位爱卿，这么长时间一直跟着我食素，真是太不容易了。”真宗充满感情地对王旦等人说。

“谢主隆恩！”王旦等大臣叩首拜谢，“主上更辛苦！”

“哼！全是瞎话。”耿直的马知节愤愤不平道，“陛下，这一路上食素的只有您一个人，王旦他们在途中和我同住一处房舍，大家没有一个人不在私下吃肉的。”

王旦等人面面相觑，惊得目瞪口呆。

“你们回答呀，我说的是不是真的？”马知节一边说一边还回头望着王旦等人。

“陛下，事实的确和马知节说的一样。”王旦等人战战兢兢，只得再次叩拜谢罪。

这一幕，和安徒生童话《皇帝的新装》里的场景多么一致啊！那么，是什么魔力能动员起全国各阶层人士，最后完成这可笑又可悲的荒诞闹剧呢？这其中有多少人在不同程度地参与作假呢？又有多少人明知“天书”等符瑞吉兆是假的，却依然表现出坚信不疑，痴狂万分的姿态呢？还有，是什么力量让王旦等一群高官装聋作哑，集体失声呢？这些，都值得我们深思。

崔公孺——你这是把蛇虎放在大街上

笔记原文

崔公孺，谏议大夫立之子，韩魏公夫人之弟也。性亮直[1]，喜面折人[2]。魏公执政，用监司有非其人[3]者。公孺曰："公居陶熔[4]之地，宜法造化为心。造化以蛇虎者害人之物，故置蛇于薮泽[5]，置虎于山林。公今乃置之通衢，使为民害，可乎？"魏公甚严惮[6]之。

词句简释

1 亮直：诚实正直。2 面折人：当面批评指责他人。3 用监司有非其人：任用的监司是不适合的人。指用人不当。监司，负有监察之责的官吏。4 陶熔：犹陶镕，陶铸熔炼。比喻培育、造就。5 薮泽：sǒu zé，指水草茂密的沼泽湖泊地带。6 严惮：畏惧，害怕。

原文我读

崔公孺，谏议大夫崔立的儿子，韩琦韩魏公夫人的弟弟。他性情坦诚耿直，喜欢当面指责他人。韩琦韩魏公掌管朝廷事务时，任用一个品行和能力都不够好的人作为负有监察之责的官员。崔公孺知道了，对韩琦说："你身居培养风气、教化百姓的枢要之地，应当常存效法造物主之心。造物主因为毒蛇猛虎是害人的动物，就让毒蛇生活在沼泽湖泊地带，让老虎生活于深山老林之中。你现在把它们放在人口密集、四通八达的交通要道上，让它们成为天下万民的祸害，这样做怎么可以呢？"韩琦听后，对崔公孺非常畏惧。

一时谬想

宋仁宗天圣五年，也就是公元1027年，寒门出身的韩琦交上了好运，尚处弱冠之年的他，先是高中进士甲科第二名，接着，又被同朝为官的大臣崔立看中，年底便和崔家唯一的千金小姐成婚，成为崔家的乘龙快婿。成家后的韩琦生活十分幸福，老泰山崔立的官声政声都很好，还教子有方，大丈哥早已进士及第，夫人更是知书达理，温婉贤淑。唯一让韩琦不太舒服的，是他一个叫崔公孺的内弟，老当众给他提意见，常常搞得他下不来台。

韩琦这位不太好惹的内弟，虽是恩荫入仕，但学问也相当不错。史书上说，他"耻在荫籍"，常"欲自取进士第"，无奈命运不济，多次参加科举未果。司马光对崔公孺的评价简洁而又传神——性亮直，喜面折人。同时，还以事实来证明自己的判断：韩琦用了一个监司，也就是负责监察的官员，崔公孺认为其不称职，于是老毛病便犯了，当着众人的面指责自己的姐夫，你的职责是什么你知道吗？你身居培养风气、教化百姓的枢要之地，你得向造化学习，你选出来的官员必须德才兼备，可是你，竟把蛇虎心肠的人放在重要岗位上，你这不是为他祸害人提供方便、创造条件吗？司马光在笔记里说，韩琦听了内弟这话，"甚严惮之"，害怕得了不得。一点也不错，要不是俩人有特殊关系，就崔公孺这一番话，搁一般人，还真受不了！

孔子说：“益者三友，友直、友谅、友多闻。”崔公孺之于韩琦，就是这样的直友、益友。当你思想开小差时，想想身边有这么一个人一直在盯着你，别说是贪赃枉法、图谋不轨了，你就是用人不当，偶有失误他也会让你当众出丑，你能不如履薄冰、谨小慎微吗？韩琦是幸运的，虽说自幼丧父，少年凄苦，但通过寒窗苦读，弱冠之年金榜题名，又能和崔家这样正直明理的家庭结为姻亲，使他的仕途从一开始，便踏上了正道。韩琦后来辅佐三朝，位居高位近二十载，还得善终，这不能不说与崔家的成全、感化、监督有着密切的关系。

不知怎的，谬想、谬想，自己都觉得越想越荒谬，竟然为崔公孺担心起来：你性格“亮直”固然是好事，但“喜面折人”这毛病，终归是要让你吃亏的。因为像韩琦那样的人，在这世间毕竟只是少数。崔公孺有这好名声，是因为他有一个好姐夫！

楚楷——想起此事他都要大哭一场

笔记原文

寇莱公少时不修小节，颇爱飞鹰走狗。太夫人性严，尝不胜怒，举秤锤投之，中足流血，由是折节从学。及贵，母已亡，每扪其痕，辄哭。楚楷云。

原文我读

寇准寇莱公年轻的时候，放浪形骸，不拘小节，非常喜欢架鹰牵犬的放荡生活。寇准的母亲寇老夫人性情严厉，对寇准管束得很紧。有一次，因为一件事老夫人非常恼怒，抓起身边的秤锤便砸向寇准，那秤锤正好砸在寇准脚上，流了不少血。从这件事起，寇准彻底改掉过去的坏毛病，开始发奋读书。等到寇准进士及第做了高官之后，母亲却已经去世了，每次他抚着脚上的伤疤，都要大哭一场。

以上是听楚楷说的。

一时谬想

读这段文字，不知怎的，我先是眼圈发热，接着便热泪双流。走过艰难困苦的岁月，日子终于好过起来了，却“子欲养而亲不待”，这种痛苦不只是寇准有，多少人每提及此，都会唏嘘不已，扼腕叹息。差不多每个人都有这样的感觉，母亲总是慈爱而又严厉，小时候老是害怕母亲责怪，等长大了、变老了，常常记起的，竟是母亲严厉的批评，还有她那无奈的面容。

历史上有名的母亲，无论是三迁其宅的孟母，还是封坛退鲊的陶母，以至画荻教子的欧母，莫不是慈中有严，因严显慈。无数历史事实说明，对于一个人的成长，母亲的教导起着至关重要的作用。寇准出身于书香门第，他的父亲寇湘学问很好，后晋朝进士及第，可惜在寇准出生后不久就去世了，从此家道中落，寇准的母亲独自承担起了养育子女的重任。和大多数贫寒家庭一样，应该是生活压力所致，寇准的母亲也是一位标准的严母。

少年时的寇准，才智超群，聪敏异常，可惜材料用错了地方。“寇莱公少时不修小节，颇爱飞鹰走狗。”这两句话很形象地把寇准少时的调皮捣蛋、放荡不羁写了出来。在这个家里，父亲英年早逝，一边是含辛茹苦的母亲，一边是不谙世事的儿子，即便是一千多年以后，我依然能深切地感受得到，老夫人当时那种难以名状的焦虑和恨铁不成钢的痛苦。看到儿子不务正业，磨破嘴唇就是不听，现在又要出去游荡，愤怒到极点的母亲终于爆发了，猛然间“举秤锤投之”，顺手抓起身边的秤锤砸向儿子。这一锤投得好，一锤砸醒梦中人，寇准由此吸取“血”的教训，“折节从学”，终于走上了正道。聪明人一努力便立竿见影，寇准十九岁便进士及第，三十二岁便官拜参知政事。

令人痛惜的是，当儿子金榜题名的喜讯传到母亲耳中时，或许是感觉使命已完成，身患重病的寇母便溘然长逝。失去母亲的寇准，唯有抚摸着脚上那旧日的伤痕默默流泪。我倒是觉得，寇准也不用太难过，虽然“少时不修小节”，但自打被秤锤砸过之后，他能够痛改前非，“折节从学”，这不正是母亲所期盼的结果吗？寇准进士及第和拜将入相的消息，相信母亲在九泉之下都会一一收到。

人们都说，这世界上只有两件事情不能等待，其一是尽孝，其二是积德行善。尽管我们孝顺父母的方式可以有多种多样，但无论是哪种，都千万不要耽搁。

崔甥——他手中的帽子竟没有沾水

笔记原文[1]

杜祁公衍，越州人，父早卒，遗腹生公，其祖爱之。幼时，祖父脱帽，使公执之，会山水暴至，家人散走，其姑投一竿与之，使挟以自泛。公一手扶竿，一手执帽，漂流久之，救得免，而帽竟不濡。崔甥云。

词句简释

1 本段文字由司马光原笔记节选。

原文我读

杜祁公杜衍，越州人，父亲死得早，是一个遗腹子，祖父很喜欢他。在杜衍小时候，有一次爷爷取下帽子让他拿着，刚好赶上山洪水突然到来，家人四散而走，慌乱中，他姑姑给他扔过来一根竹竿，让他抱住竹竿自己顺水漂流。杜衍一手扶住竹竿，一手举着帽子，漂流了很久之后，经人搭救才免于被水淹死。然而，当杜衍从水里走出来时，手中的帽子竟然没有被水沾湿。

这件事是崔朔讲的。

一时谬想

自古英雄多磨难。

杜衍的父亲杜遂良虽然官职不低，但在杜衍出生之前已经去世。杜衍很小的时候，母亲就改嫁了，他只得跟随祖父生活。可惜好景不长，十五岁时，一直护佑他的祖父又撒手人寰。两个异母哥哥欺他年幼，时时想霸占他的那份家业，有一次竟拿着剑追砍他。杜衍受伤逃走，只能去投奔母亲，可是继父又不愿意收留他。杜衍从此无家可归，四处流浪，过着饥寒交迫的生活。幸好杜衍小时候接受过一些教育，便替人抄书写信，勉强维持生计。总算老天有眼，富绅相里氏发现杜衍仪表不俗，招他为女婿，杜衍这才无饥饿冻馁之忧，从此可以安心读书了。

司马文正公这段文字，选材之准、造句之妙、炼字之精，可谓登峰造极，令人拍案叫绝。“父早卒，遗腹生公，其祖爱之”，文正公惜墨如金，这十一个字，既交代了杜衍的悲惨身世，又让我们心生一丝安慰：不要紧，这可怜的孩子还有人护佑着。接下来的八个字更妙：“祖父脱帽，使公执之。”爷爷在外忙了半天，回到自家院子里，取下帽子，亲切地叫一声孙儿，小杜衍便欢快地跑上前去，接过爷爷手里的帽子。你稍微闭上眼睛想一下，就能感受到他们爷孙之间那种无限的亲昵。正在我们陷入美好遐思的时候，猛然间风云突变，“山水暴至，家人散走”，山洪暴发，家人四散奔走，小小年纪的杜衍会怎么样呢？读者的心一下子提到了喉咙眼。危急关头，姑姑“一竿与之，使挟以自泛”。啊，这还罢了。读到这儿，我们紧张的心情会稍稍平复一下。就在我们为小杜衍的生命安全担心的时候，奇迹出现了：一个年幼的孩子，在“一手扶竿，一手执帽，漂流久之”的情况下，竟然“救得免”！然而，更奇特的事情还在后面，爷爷从头上取下来交给他的帽子，在经历如此凶险之后，居然“不濡”，连一滴水也没有沾上！常言道，三岁看大，七岁看老，通过这一件事，我们就不难感觉得到，将来的杜衍，一定是一个值得托付的人，一个负责任的人，一个领受任务后排除万难坚决完成的人。

要是把司马光记下的这段故事拍成一个小短剧，这最后一组镜头会是怎样的呢？我想，姑姑一定是喜极而泣，爱怜地看着侄儿落泪。那么，爷爷呢？是老泪纵横，还是一脸自豪？

给司马光记录的这个故事添一个尾巴：

杜衍婚后，在岳父的资助下，“发苦志厉操，尤笃于学”，三十岁时进士及第。步入仕途后，他自奉甚俭，忠于职守，每到一处都多有善政，最后官至宰相。尤其是他提携范仲淹，支持庆历新政，后人对他有很高的评价。这或许就是少时的苦难，给予杜衍人生最好的馈赠吧！

宋真宗——气死母亲判笞刑太轻了

笔记原文

真宗时，京师民家子有与人斗者，其母追而呼之，不从，母颠踬而死。会疏决[1]，法官处其罪当笞。上曰："母言不从，违犯教令[2]，当徒二年，何谓笞也？"群臣无不惊服。张锡云。

词句简释

1 疏决：清理判决。2 教令：教化，命令。宋代叶适《林伯和墓志铭》："民服教令，木阴满庭，终日寂寂，无复讼者。"

原文我读

宋真宗在位的时候，汴梁城里有一户普通人家，有一天不知道因为啥，儿子冲出家门要去跟别人打架，他母亲不让他去，一边追赶一边呼喊着想让他回来，但他像没听见一样继续往前跑，母亲跌跌撞撞地跟着跑，一不小心摔倒在地而气绝身亡。

赶上清理案件、审查判决时，发现法官对这个不听母亲劝阻，导致母亲死亡的人，做出的判决意见是应当施以打竹板子的笞刑。真宗说："母亲说的话不听从，违犯了本朝按孝道制定的诏令，应当判处两年徒刑，为什么只判他笞刑呢?"在场的大臣们听了真宗的意见，都感到震惊和佩服。

这件事是听张锡说的。

一时谬想

读司马光这则笔记，估计很多人都有这样的疑问：这样一个小案件，怎么会闹到真宗那里去？要弄明白这个问题，咱还得先了解一下宋朝的司法制度。

唐朝灭亡后，中国陷入一片混乱之中，中原地区先后有五个政权出现，先是后梁、后唐、后晋，然后是后汉和后周。在中原地区之外还存在过杨吴、南唐等十个割据政权，这就是被后世史学家称为五代十国的时期。公元960年，赵匡胤发动陈桥兵变，在一个十分混乱的基础之上建立起北宋王朝。所以，历史沿袭下来的陋习繁多，弊端丛生，各级官员滥用职权，造成很多冤假错案，加之社会长期混乱导致民风彪悍，封建统治体系十分脆弱。为巩固政权，以赵匡胤为首的宋朝开国者们，采取了一系列改新措施。纠察在京刑狱司的设置，就是其中一项重要措施。该司是专掌审查京城刑狱的机构，凡御史台、开封府所判在京狱案，判处徒刑以上的，皆须及时申报该司，若有审理不当或淹滞积压者，即追究审复，据其情节更正驳奏；凡死刑案件，则由该司亲自录问。宋代加强司法管理的另一个重要措施就是司马光笔记中所说的"疏决"，要求各级司法机构定期清理案件，防止刑事案件久拖不决。而京师监狱在"疏决"时，皇帝要亲自"决狱"，直接决定对一些案件的处理。

《宋史·刑法志》中有这样一段记载："太宗在御驾，常躬听断。在京狱有疑者，多临决之，每能烛见隐微。"子承父业，宋真宗当然也会这样做。宋真宗在即位前曾担任开封府尹，对刑狱之事本已十分熟悉。据史料记载，真宗在登基之初，曾多次亲自参与"决狱"，对一些轻罪的囚徒，随即做减免处罚。但也有部分案件，他认为法官没有认识到事情的严重性，判处太轻，又加重处罚。司马光记下的这个案子就是这种情况。

司马光笔记里说，“京师民家子有与人斗者，其母追而呼之”，一位母亲看到儿子要出去惹事，顿时心急如焚，立即追着喊着让他回来，但儿子却“不从”，径自出门，估计是这位母亲心力交瘁，气火攻心，竟然“颠踬而死”。这应该是意外事件，因为儿子不可能想到这样做会导致他母亲死亡。但毕竟是人命关天，也得报告官府。清理案件时，发现原来审案的法官判的是“其罪当笞”，也就是用竹板子打几下以示惩戒。这是家事，又是意外事件，估计参与疏决的官员也没有多在意。不料听取汇报的真宗却在意了，立即发出指示：“母言不从，违犯教令，当徒二年，何谓笞也？”真宗认为这个儿子，首先违反了孝道，导致其母死亡，本朝是以孝治天下的，他这是“违犯教令”，不能打几板子就算完事，应该判两年徒刑才对！为了维护社会稳定，宋朝大力倡导孝行，推崇孝道，标榜以孝治天下，在这个社会氛围下，真宗的异议一提出，我们能想象出群臣的惭愧情状。“无不惊服”，应是情理中事。

按现在的法律，对这个气死母亲的“逆子”判两年徒刑，显然是重了。但是，在老百姓的心目中，恐怕这还不解气呢！那么，这案子到底怎么样处理才更好呢？想不明白吧，想不明白不要紧，只要记住善待母亲，别惹母亲生气就好！

孔暐——我怎能忍心不救他呢

笔记原文

孔暐[1]，鲁山处士旼[2]之弟也。为顺阳令，有虎来至城南，暐率吏卒往逐之，暐最居其前。虎据山大吼，吏卒皆失弓枪偃仆[3]，虎来搏暐，有小吏执砚，趋当其前，虎衔以去。暐取猎户毒矢，挺身逐之，左右谏不可，暐曰："彼代我死，我何忍不救之？"逐虎入山十余里，竟射中虎，夺小吏而还，小吏亦不死。

词句简释

1 暐：wěi，日光。2 旼：mín，和蔼的样子。3 偃仆：仆倒。

原文我读

孔暐是鲁山著名隐士孔旼的弟弟。在孔暐担任顺阳县令时，有只老虎窜到了城南一带，孔瞩率领县里官吏、衙役去驱赶它，并跑在了队伍的最前头。那只老虎雄踞山头大吼一声，一群官吏衙役吓得浑身发抖，连手中的弓箭长矛都拿不住了，一个个仆倒在地爬不起来。这时，那只老虎突然蹿上来朝孔瞩扑去，有一个小吏见状，手执一方砚台迅速冲到孔瞩前头，那老虎撇了孔瞩，张开血盆大口，噙起小吏便跑。孔瞩一看，立刻从身边的猎户手中夺过带毒的弓箭，挺起身子追了上去。孔瞩身边的人都来劝阻他，说追赶太危险，孔瞩说："他是代替我死的，我怎么能忍心不去救他呢?"说罢，孔瞩率领大家坚持追赶老虎，一直追进山中十多里，最终用毒箭射中老虎，夺得小吏后才返回城中，那小吏经过救治也保住了性命。

一时谬想

查了很多资料，竟然没有发现顺阳县令孔瞩的只言片语。就是被司马光搬出来做参照的哥哥孔旼，介绍也很简洁，只说他是孔子四十六代孙，隐居鲁山，性孤洁，喜读书。不过，倒是找到孔旼的儿子，也就是孔瞩的侄儿孔夷的不少资料，说他"以诗酒自娱"，与苏轼弟子"李廌为诗酒侣"。由此可以知道，孔瞩应该和司马光、苏东坡是同时代的人。

惜墨如金的司马光，竟然用这么多的文字来介绍孔瞩的"打虎"经过，难道就是想告诉我们孔瞩的勇敢吗？细琢磨，好像不是！觉得司马文正公在此所颂扬的，应该是一个品质优秀的人在危急时刻、紧要关头，所表现出来的牺牲精神和干云义气，也即欧阳修笔下的"肃杀而为心""天地之义气"！

在我们既往的认知里，对于读书人，虽然不像清朝诗人黄景仁说的那样，"百无一用是书生"，但也总有种固化思维，觉得读书人就是写诗作赋、空谈议论在行，别说打虎射狼了，就是杀鸡宰羊也是很难下得去手的。至于像范仲淹、庞籍、王阳明那样，能驰骋沙场，具备文韬武略的，毕竟只是凤毛麟角，少之又少的。司马光笔记中记载的这个故事，给了我们新的认识。孔瞩在顺阳做县令时，城南突然跑来一只老虎，作为一介书生，他没有瞻前顾后，毅然带领身边一干官员衙役，前去驱逐老虎。面对危险，他"最居其前"。此刻，我们仿佛看到，一个英武的青年官员，正威风凛凛地冲在队伍的最前面。“虎据山大吼，吏卒皆失弓枪偃仆”。大概顺阳这一带过去从未有过老虎出没，那猛虎一声吼叫，一队人马都吓得浑身发抖，连手中的家伙什儿都拿不住了。然而，更危险的事情还在后头，突然间，“虎来搏嗣”，老虎首先朝冲在队伍最前边的县令孔嗣扑去。在这千钧一发的危急时刻，“小吏执砚，趋当其前”，结果是显而易见的，“虎衔以去”，这名以砚台作武器的小吏被老虎叼走了。一般人遇到这种场面，估计早已魂飞魄散，但孔嗣却沉着、勇敢，“取猎户毒矢，挺身逐之”，属下都劝阻孔嗣别去。孔嗣掷地有声地说：“彼代我死，我何忍不救之？”一个书生县令，竟然率人“逐虎入山十余里”，最终将恶虎射杀。这怎能不让人为之惊叹呢？这不正是孙子所说的“静如处子，动如脱兔”吗？“夺小吏而还，小吏亦不死”。什么是真正的义气？你舍身救我，我也绝不苟且偷生，扔下你不管，这才是真正的义气！这才是人性的光辉！

过去读《水浒传》，总是对打虎的武松佩服得五体投地，现在看看孔嗣的举动，觉得他比武松的形象还要高大一些。因为武松打虎，不过是一种求生的本能，而孔嗣打虎，则是人和人之间的以命换命的道义。这道义，感天动地，纵横驰骋！

在现代人的语境里，“义气”一词的含义已经发生了畸变，狭义地成了“为朋友两肋插刀”。其实义气是讲原则的，真正的义气是建立在道德基础之上的奉献和牺牲，是同胞、同志、朋友的尊严和生命受到侵犯时，必须挺身而出的果敢。在我看来，义气绝不是简单的打打杀杀，当然更不是在友人遇到危险时缩在角落里的明哲保身。义气是没私心的友谊，是因友谊和感恩而甘冒危险或作自我牺牲的勇气、态度。义气应当是纯洁的、美好的。是非不辨的“两肋插刀”，是匪气，不是义气！

晚清学者金缨曾说过这样一句话：“博弈之交不终日，饮食之交不终月，势力之交不终年，唯道义之交，可以终身。”的确是这样，不管社会怎么发展，唯道义之树长青！

桑湜——自知无功，不受赏赐

笔记原文

熙宁中，王韶开熙河[1]，诸将皆以功迁官，皇城使、知原州桑湜独辞不受，曰："羌虏畏国威灵，不战而降，臣何功而迁官？"执政曰："众人皆受，独君不受，何也？"对曰："众人皆受，必有功也；湜自知无功，故不受。"竟辞之。时人重其知耻。

词句简释

1 王韶开熙河：熙河开边又称河湟开边，指的是北宋熙宁年间，在宰相王安石的支持下，由王韶主持，宋朝先后收复了宕、叠、洮、岷、河、临（熙）六州的战役。

原文我读

宋神宗熙宁年间，书生王韶率领宋朝大军收复熙、河、洮、岷等州，拓地一千余里，所有前往开边的将领都因为立功而得以升迁，只有皇城使（武官）、原州知州桑湜一个人推辞不接受升职诏命。他说："西北蛮族是畏惧大宋国威，没有经过战斗就投降归顺国朝的，我凭什么功劳升官呢?”参知政事问他说：“大家都接受赏赐了，只有你一个人不接受，为什么呢?”桑湜回答说：“大家都接受，一定是他们立有功劳；我知道自己没有功劳，所以我不能接受。”最终还是辞掉了升迁任命。当时，人们都很看重桑湜知道廉耻的品格。

一时谬想

《列子》里说：“无功不受禄，无德不受宠。”皇城使、原州知州桑湜可谓这一准则的模范践行者。

“王韶开熙河”，显然，主角就是王韶。王韶，字子纯，宋仁宗嘉祐二年（1057）进士及第。授新安主簿，升建昌军司理参军。后因考取制科失败，转而游历陕西一带，寻访西北边境的风土民情。1067年，宋神宗赵顼即位，有感于北宋积贫积弱的困境，召王安石赴京变法。在此期间，王韶来到京师汴梁，向宋神宗呈交其治边的政治方略，即《平戎策》三篇。王韶在《平戎策》中正确地分析了熙河地区吐蕃势力的状况，提出“收复河湟，招抚边羌，孤立西夏”的基本方针，并明确指出，“欲取西夏，当先复河湟，则夏人有腹背受敌之忧”，收复河湟就等于“断西夏右臂”。王韶的《平戎策》，受到了宋神宗和王安石的高度重视。在王安石的建议下，王韶被任命为“秦凤路经略司机宜文字”，以一介书生出掌边疆军事，担负起了收复河湟的重任。王韶在游历中发现，吐蕃部落首领非常尊崇佛教，便请来佛教大师以佛教思想来游说各部落首领，对吐蕃实行安抚政策。在没有发动战争的情况下，王韶以一己之力，拓宽疆域一千二百多里，收服民众三十多万。在开拓熙河的过程中，王韶还屯田、兴商、办学，后又经三次征讨，相继收复了熙、河、洮、岷、叠、宕六州。熙河之役的胜利，是北宋王朝在结束了十国割据局面之后，立国八十年来所取得的最大的一次军事胜利。

王韶在军事上所创造的神话一般的战绩，给一群人带来了升迁机会。桑湜管理的原州，地处西北边塞，他作为知州，又是一名武官，在王韶收复六州的过程中，肯定是有一些贡献的。按说，在论功行赏时有他一份，自然也是情理之中的事情。但“桑湜独辞不受”，还理由十足，说羌虏是“畏国威灵，不战而降”，“湜自知无功，故不受”。这举动，这说法，在邀功请赏的人群中，不亚于平地惊雷，显得那么格格不入！任谁劝都没有用，最后连副宰相都出来了，桑湜仍然坚持无功不受禄，“竟辞之”，最终还是辞掉了升迁任命。

人们都说，世上事难在知止。怎样做到知止，桑湜以自己的实际行动给我们上了一课，难怪司马光会单独给他记上一笔！估计当时在洛阳赋闲写书的司马光，在得知桑湜辞官的举动后，内心也被强烈震撼。

淌自己的汗，吃自己的饭，得自己该得的，还是这样最好！知原州的桑湜，我为你点赞！

陈师道——朝廷知其弃信专杀而舍之

笔记原文

（师道）又曰：杜杞字伟长，为湖南转运副使。五溪蛮[1]反，杞以金帛官爵诱出之，因为设燕[2]，饮以曼陀罗[3]酒，昏醉，尽杀之，凡数十人。因立《大宋平蛮碑》，自拟马伏波[4]，上疏论功。朝廷劾其弃信专杀之状，既而舍之。官至天章阁待制。

词句简释

1 五溪蛮：东汉至宋对分布在湘西、鄂西南地区少数民族的总称。五溪：指雄溪、西溪等五条溪流。2 燕：同“饮宴”之“宴”。3 曼陀罗：茄科曼陀罗属植物，草本或半灌木状，全草有毒，有麻醉作用。4 马伏波：即东汉开国功臣马援。马援，字文渊，陕西扶风人。马援在东汉统一后仍领兵作战，累官至伏波将军，世称“马伏波”。

原文我读

陈师道还讲过一件事：杜杞，字伟长，在担任湖南转运司副使期间，居住在湖南、湖北西部“五溪”一带的少数民族造反，杜杞对他们许以金帛和官爵，引诱他们离开山寨来到官府，借着为他们接风设宴的机会，让他们饮用麻醉力很强的曼陀罗酒，赴宴的人全都昏醉倒地后，杜杞指派手下官兵把他们全部杀掉了，总共有好几十个人。杜杞因这件事专门让人立了《大宋平蛮碑》，把自己比作汉朝的马援马伏波将军，向朝廷上疏表白自己的功劳。朝廷审查出他存在背信弃义、擅杀无辜的情状后，就将他舍弃不用。最终，杜杞的官职就做到天章阁待制。

一时谬想

杜杞诱杀五溪蛮，对大宋朝来说，是一件很龌龊的事情，尽管朝廷做了低调处理，但在民间却是流传很广的。

诱杀五溪蛮事件发生于1041年，而司马光笔记中讲故事的陈师道出生于1053年，他知道这件事时少说也该弱冠之年了吧。由此看来，虽然已经过去了三十年，人们还记得这件丑事。

陈师道，字无己，苏轼门生曾巩的学生。一个偶然的机会，苏轼看到了陈师道的文章，希望收其为弟子，而陈师道却以“向来一瓣香，敬为曾南丰”两句诗文婉言推辞。好在苏轼并不以为忤逆，仍然对他精心指导，这才有了“苏门六君子”的美谈。王安石执政后，用其《三经新义》为科举取士的主要标准，陈师道对此嗤之以鼻，坚决不去应试。章惇做宰相后，曾托秦观捎话，要陈师道去拜见他，暗示可予以荐举，但陈师道依然不为所动，拒不前往谒见。

毕生坚持“以至诚为主，以不欺为本”的司马光，在听到陈师道讲过这件陈年往事后，其震惊是可想而知的。从笔记中的措辞，我们似乎还能感受到司马光当时的满腔怒火。

诱杀五溪蛮事件，是封建官吏无耻行径和血腥政治的一个缩影。公元1041年，因不满宋王朝的高压统治，“五溪蛮反”，五溪地区少数民族起来造反，朝廷派湖南转运副使杜杞前去处理，“杞以金帛官爵诱出之”。杜杞到西南后，一不了解情况，二不实施安抚，用金钱和官爵引诱“五溪蛮”的头脑们离开山寨来到官府。“因为设燕，饮以曼陀罗酒，昏醉”。率直的边民来到官府后，杜杞假意设宴欢迎，但让他们喝的酒却是麻醉力很强的曼陀罗酒，所有人都昏迷倒在地上。杜杞见状，指派官兵“尽杀之，凡数十人”，竟然把几十个人全都杀掉了。

用欺骗手段杀人的杜杞，不以为耻，反以为有功，把这件事当成自己的丰功伟绩，让人“立《大宋平蛮碑》，自拟马伏波”，自己把自己比作汉朝的著名将领马伏波，然后又“上疏论功”，终于暴露出他以血腥手段为自己换取政绩的狼子野心。好在“朝廷劾其弃信专杀之状，既而舍之”。朝廷审查出了他背信弃义、擅杀无辜的情状后，就把他晾了起来。这说明当时的北宋高层官员，头脑还是清醒的，是非观还没有完全混淆。

传奇小说里爱说一个词叫“盗亦有道”，说即使是江洋大盗也是要遵守一些基本的规矩。可这个杜杞呢？身为朝廷命官，所作所为连一个强盗都不如！不知这个杜杞想过没有，“五溪蛮”凭什么相信你来参加你的酒宴？那是因为他们相信大宋朝廷啊！你这种做法，实质上也是在透支大宋朝的信誉，是在损毁大宋朝的形象！

让人不理解的是，朝廷最后还让杜杞“官至天章阁待制”，这大宋的用人政策真的是失之于宽啊！

李南公——以『仁恕』治事也有效

笔记原文

王罕知潭州，州素号多事，知州多以威严取办，罕独以仁恕为之，州事亦治。有老妪病狂，数邀知州诉事，言无伦理，知州却之则悖詈[1]。先后知州以其狂，但命徼者[2]屏逐之。罕至，妪复出，左右欲逐之，罕命引妇厅事，召使前，徐问。妪虽言杂乱无次，亦有可晓者：乃本为人嫡妻，无子，其妾有子，夫死为妾所逐，家赀[3]为妾尽据之。妪屡诉于官，不得直，因愤恚[4]发狂。罕为直其事，尽以家赀还之，吏民服其能察冤。李南公云。

词句简释

1 詈：音lì，骂，责骂。2 徼者：巡察捕盗的人，泛指官府衙役等办事人员。徼，jiào。3 家赀：家中资产。赀，zī。4 愤恚：痛恨，怨恨。恚，huì。

原文我读

王罕担任潭州知州，而潭州历来以多事闻名，以前的知州大多以威武、严厉作为治事理政的原则，唯独王罕到任以后，采取仁爱宽恕的方略，也同样把潭州治理得很好。

有一老妇人得了疯病，多次要求见知州诉说自己的事情，但说话时语无伦次，知州不耐烦让她走，她嘴里便不干不净骂骂咧咧。前后有好几任知州都以她患有疯病，只让衙役们把她驱逐走就算完事。王罕到任后，这个老妇人又来了，就在衙门里的人要驱逐她的时候，王罕知道了，命令衙役们把老妇人领到他视事问案的厅堂，让老妇坐在自己跟前，慢慢地进行询问。老妇人虽然言语杂乱没有条理，但也有部分可以听明白的话，通过询问，王罕知道：这老妇人原本是一个人的正房妻子，自己没有孩子，而丈夫的小妾有儿子，丈夫死了以后，她被那小妾逐出家门，家里所有财产全都被小妾据为己有。老妇人多次到官府告状，都没有得到公正解决，因为愤恨郁闷而癫狂。

王罕为老妇人主持公道，依律公正处理了她家的事情，把她应分得的财产都归还了她，当地的官员民众都很佩服王罕，说他善于发现问题，能为民申冤。

这个故事是李南公讲的。

一时谬想

王罕，字师言，本成都华阳县人，后定居舒州。历任宜兴县令、广东转运使、潭州知州等职，以光禄卿卒。王罕虽以官荫入仕，但颇具治事能力，在其宦海生涯中，不论是在何地，不论是担任何职，王罕向来都是有胆有识、体恤民情，政绩卓著。他在担任宜兴县令的时候，带人实地查勘湖区地势并绘制成图，第二年水患发生后，官府依地图圈定可否免除钱粮，全县民众无不宾服。王罕勘验湖田的做法，被其上司范仲淹所赏识，奏报朝廷在全国推广。

宋仁宗至和年间，也就是公元1054年至1056年之间，王罕调任潭州知州。潭州是长沙的古称，在北宋时因地理位置偏僻，在中原官民眼中，尚属蛮夷之地。历史上影响很大的北宋章惇开梅山事，所收复的梅山就和潭州毗邻。由于历史、地理、民族各方面因素的交叉作用，潭州“素号多事”，民风彪悍而又好讼，历来到此主政的州官“多以威严取办”，高压政策和严刑峻法几乎成了在此执政的基调。但王罕上任后，一改历任知州的做法，坚持“以仁恕为之”，宽厚仁爱地对待百姓。人心都是肉长的，老百姓感受到了王罕的善政，逐步服从管理，故而“州事亦治”。

王罕一上任就遇到一个颇为棘手的案件。其实，案情并不复杂，但经几任知州都没有得到解决。有一老妇人精神失常，总去州衙找“知州诉事”，见了知州又“语无伦次”，你让她走她便骂骂咧咧。所以，过去历任知州均“以其狂，但命徼者屏逐之”。不少人觉得这很正常，一个有精神问题的老上访户，总来胡搅蛮缠，让看大门的人把她赶走就完事了。但王罕却不这样，他见老妇人来了便将老妇请到办公室，嘘寒问暖，让老人家详诉冤情。“妪虽言杂乱无次，亦有可晓者。”老妇虽然言语不清，颠来倒去，时不时还夹杂些颇为刺耳的咒骂，不过还是有一两句可以听懂的。王罕既不恼怒，也不烦躁，耐心倾听。在王罕的鼓励与引导下，老妇人终于讲明了事情的原委：“本为人嫡妻，无子，其妾有子，夫死为妾所逐，家赀为妾尽据之。”原来老妇人被人霸了财产又逐出家门，生活没有着落，“屡诉于官，不得直”，多次到官府告状，都没有得到公正处理，“因愤恚发狂”——因为愤恨郁闷才发疯。

事情的来龙去脉既已弄清，王罕当即下令重新调查此案，不久便审理清楚，判定返还老妇家产。案子判完，老妇的精神状况也渐渐好转，不久便痊愈了。这件事迅速传遍了整个潭州，官员和老百姓都很佩服王罕。

司马光这则笔记，讲的就是一个政府官员处理一起上访老案的过程。这个多年都没能解决的缠访闹访老案，其实并不复杂，解决起来也不需要多么卓越的能力和高明的智慧。那么，前面几任知州怎么都解决不了呢？依我看，他们不见得都是缺乏解决问题的能力，真正缺少的，是真诚为民的情怀，是坐下来倾听老百姓诉说的耐心。这就是九百多年前的封建官员王罕，给今天我们的各级干部，尤其是基层干部的启示！工作中满怀爱意，对老百姓心怀敬畏，履职中认真、耐心、倾听。这些方面，很容易做到，但坚持下来却很难。做一个称职的、爱民的公务员，不妨先从这些小事做起。

张济——他到哪里都有好政声

笔记原文

赵阅道抃熙宁中以资政殿大学士知越州[1]，两浙旱蝗，米价踊贵[2]，饿死者十五六。诸州皆榜衢路，立赏[3]禁人增米价，阅道独榜衢路，令有米者任增价粜[4]之。于是，诸州米商辐凑诣越，米价更贱，民无饿死者。阅道治民，所至有声，在成都、杭、越尤著。张济云。

词句简释

1 越州：今浙江绍兴市。2 踊贵：受刖刑的人所穿的特制鞋子价钱上涨。谓物价上涨。3 立赏：犹悬赏。用出钱奖赏等办法公开征求别人帮助做某件事。4 粜：tiào，卖出谷物。《说文》："粜，出谷也。"

原文我读

赵抃（biàn）赵阅道在宋神宗熙宁年间，以资政殿大学士的职名担任越州知州，当时两浙地区发生了严重的旱情和蝗灾，米价一个劲儿地上涨，百分之五六十的老百姓都饿死了。各州官府都在交通要道上张贴榜文，严禁米商抬高米价，并对检举者予以奖赏。只有越州知州赵抃在各交通要道张贴告示，让有米的人随行就市提高价格对外出售。于是，各州的米商纷纷向越州汇集，越州的米价反而便宜了，老百姓没有因为无米而饿死的。赵抃治理地方，所到之处都颇有政声，在成都、杭州、越州等地尤其显著。

以上是听张济说的。

一时谬想

从司马光这则笔记我们可以看出，这个赵抃，是一位懂市场运营、有经济头脑且敢作敢为的官员！

赵抃，字阅道，浙江衢州人，出生于公元1008年，宋仁宗景祐元年（1034）进士及第。宋神宗熙宁八年（1075），两浙地区遭受罕见的大灾，先是飞蝗，继而瘟疫，其中越州灾情尤为严重，老百姓“饿死者十五六”。已经六十七岁高龄的赵抃临危受命，赶赴越州担任知州。

赵抃到越州后，立即进行灾情调查，组织募粮募钱救济灾民，同时实行以工代赈，开展生产自救。由于灾情严重，米商囤积居奇，导致“米价踊贵”，于是各地官府就张贴告示“立赏禁人增米价”。这样一来，米价是没有涨，但市面上却没有一粒米出售，导致大量饥民饿死街头。针对这种强行压制米价，反而导致更多人饿死的现状，赵抃认为不如把米价交给市场更好。于是反其道而行之，在各交通要道广泛张贴告示，“令有米者任增价粜之”。越州米价放开，来此大有钱赚，此消息一经传出，各地粮商便纷至沓来，一时间越州境内竟然米积成山。米价经过短期的上涨后，猛然下跌，价格甚至比灾前还低。这样，绝大多数灾民都可以买到救命的口粮。

然而，不管米价怎样涨跌，身无分文的穷苦人家，都是买不起米吃的。为防止再有人饿毙，赵抃决定修筑越州城墙，大量雇工支酬，还号召有爱心的财主、富商捐粮捐物，共渡难关，使得越州“生者有食，病者得医，死者可葬”，百姓无不感恩戴德。

读文至此，我在为越州百姓庆幸的同时，也为越州附近其他各州的百姓感到揪心，米商都齐聚越州了，他们还有米吃吗？赵抃“为官一任，造福一方”，这本身当然没有错，但他的本位主义必然导致其他地区物资奇缺，米价上涨更高，有更多的人被饿死。这一点，不知赵抃当年想过没有。我估计，救灾如救火，当时他已经顾不到那么多了。

“阅道治民，所至有声，在成都、杭、越尤著”，这是张济和司马光对赵抃任地方官的评价。我想，赵抃这样的人，其实应当做更大的官，那样，他的所作所为，惠及的就不单单是一个越州了。

司马光——看看俩人这德行

笔记原文

谏议大夫程师孟尝请于介甫曰："公文章命世[1]，师孟多幸，生与公同时，愿得公为墓志，庶传不朽，惟公矜许[2]。"介甫问："先正[3]何官？"师孟曰："非也，师孟恐不得常侍左右，欲豫[4]求墓志，俟死而刻之耳。"介甫虽笑不许，而心怜之。及王雱[5]死，有习学检正张安国者披发藉草，哭于柩前，曰："公不幸，未有子，今郡君[6]妊娠，安国愿死，托生为公嗣。"京师为之语曰："程师孟生求速死，张安国死愿托生。"苏兖云。

词句简释

1 命世：著名于世。2 矜许：怜悯准许。矜，怜悯，怜惜。3 先正：敬称，指前代长者。4 豫：同"预"，预先，事先。5 王雱：北宋宰相王安石之子，字元泽，自幼聪敏过人，答客

“獐边是鹿，鹿边是獐”者即王雱。王雱二十三岁进士及第，官至龙图阁直学士，三十三岁因病辞世。6 郡君：古代朝廷对官员母或妻的封号，此应指王雱夫人。

原文我读

谏议大夫程师孟曾经央求王安石说：“您的文章闻名于当世，程师孟我十分幸运，能与您生活在同一个时代，我很想得到您撰写的墓志铭，好借助您的文字把我的姓名也传于后世，请您发发善心，一定要答应我。”王安石听后问程师孟：“你前辈长者是什么官职？”程师孟回答说：“我不是请您给我的先辈写墓志铭的。是我时常担心不能长久地侍奉在您的跟前，想预先求您给我个人写一篇墓志铭，等到我死后再刻在石头上。”王安石听后笑了笑，没有答应，并从内心深处可怜程师孟。

熙宁九年，王安石的儿子王雱死了，有一个习学检正官叫张安国，披头散发，坐卧于乱草之上，在王雱灵前哭诉道：“明公您不幸啊，到死也没有儿子，现在郡君夫人已经怀胎，张安国我愿意立即死亡然后投胎托生为您的子嗣。”

京城里官民就上面这两件事编了一副对联：“程师孟生求速死，张安国死愿托生。”

以上这些事是听苏兖（yǎn）说的。

一时谬想

北宋神宗年间，政治强人王安石执政，实行强权政治，其家人、同党都成了炙手可热的人物。许多人攀高结贵，纷纷投奔其门下，极尽讨好拍马之能事。“程师孟生求速死，张安国死愿托生”，就是对这一现象的绝妙写照。这一死一生、一求一愿，世间百态，万千人性，便都在其中了。面对这样没有底线的阿谀奉承，饱经世事、阅人无数的王安石会作何感想呢？我倒以为，程师孟、张安国们固然可怜，但王安石应当扪心自问，造成这样的局面，究竟又是谁的责任、谁的悲哀呢？

文中谄媚的程师孟并不是平庸之辈，他也是北宋一名颇有成就的政治家和诗人。程师孟，字公辟，生于官宦之家。仁宗景祐元年（1034）进士及第。神宗熙宁元年（1068）知福州，虽然只在那里工作一年零九个月，但对福州人民贡献很大，《宋史》这样记载他治理福州的政绩："筑子城，建学校，治行最东南。"后来，他又两次担任广州知府，任职期间，大力提倡对外贸易，增加税收，使广州居民安居乐业。熙宁九年（1076），入京任给事中、集贤殿修撰等职务。请王安石写墓志铭一事，应该发生在程师孟回京任职之后。当时的王安石二度拜相，重新执掌权柄，程师孟大概是在仕途上还有一些想法，便做出了这件丢人现眼的事来。这个程师孟，让人怎么评说呢？你不仅高考成绩优秀，有真才实学，而且在地方任职也是政绩卓著，你见了宰相，不卑不亢就可以了，为什么那么下作吗？其实，王安石还是挺实在的，见程师孟提出要求，赶忙问："先正何官？"看来，王安石还真打算给程师孟父亲或者程师孟祖上哪个有功德的人写一篇墓志铭的。不过，这回见多识广的王安石也弄错了，人家程师孟是求给自己写的。"虽笑不许，而心怜之"，我们能想象出王安石当时内心的五味杂陈。

王安石的儿子王雱死时只有三十三岁，张安国当时多大年龄呢？至少不会比王雱小很多。在王雱的丧礼上，张安国披头散发哭诉求死以投生，真够跌份儿的了！不过，他的哭诉，与其说是讲给死去的王雱听的，倒不如说是演戏给活着的王安石看的。程师孟与张安国，两相比较，还是小巫见大巫，程师孟的要求，仅仅是可怜、可悲，而张安国的哭诉，就是卑鄙、无耻、不要脸了！

"程师孟生求速死，张安国死愿托生"，权势面前，像这样没有底线的谄媚逢迎，注定是要遗臭千年的！仔细想想，踏踏实实地把自己的活干好就不错了，总比当个人人唾弃的小丑强。

司马光——富弼理事必经深思熟虑

笔记原文[1]**（富弼事一）**

富公[2]为人温良宽厚，汎[3]与人语，若无所异同者；及其临大节[4]，正色慷慨，莫之能屈。智识深远，过人远甚，而事无巨细，皆反复熟虑，必万全无失然后行之。

词句简释

1 本段文字由司马光原笔记节选。2 富公：即富弼，字彦国，北宋名臣，仁宗至和二年（1055）拜相。3 汎：同泛，广泛，一般地。4 临大节：面临关系国家生死存亡的要事。仁宗庆历二年（1042），富弼曾出使契丹，拒绝其割地要求。

原文我读

富弼性格温和，为人宽厚，平常和人交谈，好像和平常人也没什么不一样的。等到遇上涉及社稷安危、国家主权等重大问题时，他就神色严肃，慷慨陈词，没有人能让他屈服。富弼的智慧和见识都非常深远，远远地超过了一般的人，但是，凡由他处理的事情，无论大小，他都要仔细斟酌，反复思考，必须是万无一失之后才去实行。

一时谬想

开始读《涑水记闻》时已经说过，这本书的内容，是司马光随手记下来准备来日写《资治通鉴后纪》用的，但还没有来得及整理就去世了。所以，书中每个人所涉及的事情，包括一些相互间有关联的事件，都是散见于各个章节。为了便于读者对大宋朝那些重要历史人物的了解，我打破原整理者的编排，把有关每个人的笔记挑选出来一些放在了一起，计有富弼、范仲淹、王旦、赵普、寇准、文彦博、包拯、吕端、李迪、王钦若、丁谓等北宋十余名宰辅大臣。另外，还编选了十一篇关于宋代官员办理刑、民事案件的笔记，以使读者对宋人生活有一个更直观的认识。

这则笔记，是弱冠之年即被范仲淹赞为有“王佐之才”的宰相富弼的故事。

一个人来到世上，最终会成长为什么样的人，固然与先天有关，但成长的环境，尤其是父母、师长的言传身教，对其气质形成、人生价值取向都有很大的影响。每一个优秀的人，终其一生，都是一个持续学习、不断改造、逐步提升的过程。而最简单最快捷的提升方法，就是让他与优秀的人为伍，通过耳濡目染，长期浸润，使之充分汲取营养，并最终内化为自己的品格和能力。富弼，就是这样的一个幸运儿！

富弼出生于公元1004年，据史料记载，他母亲怀孕时，曾做了一个吉兆之梦，出生后父母给他取名富弼。《说文》里讲，弼，辅也。从这个名字可以看出，父母对他的前途是寄予厚望的，希望他将来能够成为宰辅重臣、国之栋梁。富弼祖籍洛阳，他父亲富言在真宗咸平年间进士及第，但富言不愿到开封做官。时值吕蒙正以右仆射身份出任河南府通判兼西京（洛阳）留守，富言后来便在洛阳吕蒙正府中做了一个宾客。有一天，吕蒙正看到了只有四五岁的富弼，感觉仪表不凡，说这孩子将来必在自己之上。所以，便让富弼与他们家的孩子一起去书院读书学习。

独特的学习环境和优质的人脉资源，开阔了富弼的眼界，影响了富弼的三观。在洛阳期间，青年富弼最大的幸运，是遇到了遭贬谪途经洛阳的范仲淹。富弼和范仲淹虽然相差十五岁，但他们意气相投，一见如故。两人彻夜促膝长谈，富弼对于时弊、民生等问题的独特见解，让为官多年的范仲淹惊叹不已。看到刚过弱冠之年的富弼竟有如此识见，范仲淹禁不住脱口而出："王佐之才也！"为了让富弼早日为国家效力，范仲淹已等不及三年一次的正常科举考试，他专门上奏仁宗，建议恢复制科选才。所谓制科，就是由君主亲自下诏而临时设置的考试科目，又称制举，其目的在于选拔各类特殊人才。在范仲淹的倡议下，仁宗下诏恢复制科，富弼顺利通过茂材异等科的考核，正式进入仕途。

在范仲淹的大力提携和推荐之下，词人宰相晏殊也深深地被富弼的为人、学识、品行所吸引，把心爱的女儿许配给富弼。后来，富弼又得到宰相王曾的器重，知谏院，出使辽国，和范仲淹共同推行庆历新政，五十一岁便官至宰相。

富弼的一生，一路走来，能得到那么多上司的赏识和提携，所任各职，能有那么好的人缘和政声，绝不是偶然的。单是看看司马光撷取的这三个生活片段，富弼成功的原因，我们便可以窥见一斑。首先是他"为人温良宽厚，汎与人语，若无所异同者"。富弼性格温和，为人宽厚，平常和人交谈，好像与一般人也没有多大的区别，不显山，不露水，不高人一等。这一点，看似简单，但一般人，尤其有"材料"的人是很难做到的。其次是"临大节，正色慷慨，莫之能屈"。关键时刻，面色凝重，再大的困难也压不垮，再强大的敌人也动摇不了他的意志。富弼曾出使契丹，面对其割地的无理要求，他一脸肃容，厉言陈词，不向契丹人做丝毫让步。第三是对工作中遇到的具体问题，"事无巨细，皆反复熟虑，必万全无失然后行之"。凡是富弼过手的事情，无论大小，他都要仔细斟酌，反复思考，必须是万无一失之后，才去实行。这些美好的品行，和我们现在倡导的工作作风是多么一致啊！"心有猛虎，细嗅蔷薇"，这八个字用在富弼身上，真是再恰当不过了！

面对人生的跌宕起伏，千帆过尽，我们就会发现，人生其实是一种成全。成全了别人，也就成全了自己。这种成全固然有命运的成分，但"物以类聚，人以群分"，因个人志趣相投、相互倾慕而形成的独特群体，对一个人的成长进步也起着极大的作用。是吕蒙正、范仲淹、晏殊、王曾这一群人，成功地提升了富弼人生的高度！富弼有幸，大宋朝有幸！

司马光——富弼待人温和有礼貌

笔记原文[1]（富弼事二）

宰相，自唐以来谓之礼绝百僚，见者无长幼皆拜，宰相平立，少垂手扶之；送客，未尝下阶；客坐稍久，则吏从傍唱“相公尊重”，客踧踖[2]起退。及（富）公为相，虽微官及布衣谒见，皆与之抗礼[3]，引坐，语从容，送之及门，视其上马，乃还。自是群公稍稍[4]效之，自（富）公始也。

词句简释

1 本段文字由司马光原笔记节选。2 踧踖：cù jí，恭敬而不安的样子。3 抗礼：行平等的礼。又作“伉礼”。4 稍稍：逐渐。

原文我读

打唐朝以来就有一个规矩：宰相所受礼数在百僚之上，他可以不向下边各级官员行礼，来拜见他的人，无论老少都要按规矩向他行拜见之礼，而他则站立不动，只是把垂着的手轻轻抬一下，做一个虚扶的动作；送客时，宰相也不用走下台阶；如果客人坐的时间稍长一点，便有侍从在一边高喊“相公尊重”，客人就明白这是要送客了，便恭恭敬敬地起身退出。

等到富弼做了宰相，即使是很小的官员，甚至平民百姓来拜见他，他都要用和客人同样的礼节向客人还礼，然后请客人坐下，不慌不忙地与客人交谈，等客人走时还要送到大门口，一直看着客人上了马，才回到屋里。从此，各位大臣逐渐仿效富弼的做法，都能讲究礼法，礼待下属。这种情况是从富弼富公开始的。

一时谬想

台北稻禾餐饮集团创始人严心镛先生，给人们讲他成功的秘诀，说他只有八个字：“待客如亲，敬事如神”。读司马光这两则关于富弼的故事，感觉这八个字拿来用在富弼身上，也是十分恰当的。上则笔记我们了解到，凡经他手的政务，“事无巨细，皆反复熟虑，必万全无失然后行之”，这便是严氏所谓的“敬事如神”。即便是在人生的后半场，他已出将入相，也一直保持着谦和敦厚、极端负责的本色。尤其是他以礼待人，温润和悦、“待客如亲”的风范，更是千百年来为人们所称道。“富弼为相”的故事，已成为引导人们讲究礼仪的活教材。

宰相，是中国封建社会辅佐君主、总揽全国政务的最高行政长官的通称，但历史上却很少把它作为具体官职的名称。“宰相”一词分开讲，宰是主宰，相有辅佐之意。北宋沿袭唐制，以同中书门下平章事为宰相，以参知政事副之。北宋朝一百六十七年的历史，共有七十二位宰相，二百三十八位参知政事，富弼是其中功业、德行最为世人称道者之一。北宋既然在体制上沿袭唐朝，那么，在礼仪上按唐朝“故事”办自然无可厚非。宰相作为百官之首，“见者无长幼皆拜，宰相平立，少垂手扶之”。只要你去拜见宰相，无论年龄老幼，都要行拜见之礼，宰相两只垂着的手只用稍稍动一下，做个虚扶的动作就可以了；在送客时，宰相是不用走下台阶的；拜见时间如果长了点，还会有人提示客人注意，别影响了宰相的正事，这时候，不管客人话说到哪里，都明白不能多坐了，得恭恭敬敬、小心翼翼地离开。光是形式上约束的条条框框就这么多，难怪老百姓说“官大一级压死人”。

老话说，官大脾气长，随着位置的提升，很多官员的心态都会随之发生变化，做官的派头不久就会表现出了，包括那些平常修养不错的人也很难免俗。但富弼不是这样，即使是微末小官甚至布衣百姓前来谒见，他都要用同样的动作给人家还礼，然后请客人坐下，不急不躁地与客人交谈，等客人走时，要一直送到大门口，然后看着客人上了马，才转身回到自己屋里。富弼的这一系列举动，哪还有一点高高在上的宰相派头，分别就是慈祥的邻家大伯嘛！试想，如果我们能有机会到富弼的府上做一次客，是不是也会感佩终生呢？

“自是群公稍稍效之”。宰相作为百官之首，其一举一动，对每一个官员的行为都有着很大的影响和示范作用，北宋官场从唐朝承继下来的坏风气，通过富弼的身体力行和诸多大臣的效法，终于发生了变化。我不揣浅陋，总以为北宋前期之所以有相对较好的政治生态，有那么多的能臣贤士集体亮相，与身居高位的吕端、李沆、王旦、范仲淹、富弼、韩琦等人谦和敦厚、平等待人、礼贤下士的品行有着密切的关系。和很多了解宋朝历史的人看法一样，我们常常因中华民族有这么多优秀的历史人物而感到自豪和骄傲。

司马光——他受到了所有人的敬重

笔记原文[1]（富弼事三）

自致仕归西都，十余年，常深居不出。晚年，宾客请见者亦多谢以疾。所亲问其故，公曰："凡待人，无贵贱贤愚，礼貌当如一。吾累世居洛，亲旧盖以千百数，若有见有不见，是非均一之道。若人人见之，吾衰疾，不能堪也。"士大夫亦知其心，无怨也。尝欲之老子祠，乘小轿过天津桥，会府中徙市于桥侧，市人喜公之出，随而观之，至于安门，市为之空，其得民心也如此。及违世，士大夫无远近、识与不识，相见则以言，不相见则以书，更相[2]吊唁，往往垂泣，其得士大夫心也又如此。呜呼！苟非事君尽忠，爱民尽仁，推恻怛[3]至诚之心，充于内而见于外，能如是乎？

词句简释

1 本段文字由司马光原笔记节选。2 更相：相继。3 恻怛：cè dá，同情怜悯。

原文我读

富弼辞官回到西都洛阳已经十多年了，常闭门谢客，几乎不出家门一步。在他年老的时候，有宾客来想拜见的，常常以身体有病婉言谢绝。亲近的人问他为什么这样做，富弼回答说："对待所有的客人，无论是富贵还是贫贱，不管是贤达还是愚钝，都应当用一样的礼貌相待。我们富家祖上几代都居住在洛阳，亲戚故旧成百上千，如果有的见有的不见，就违背了同等对待的原则；如果人人都见面，我身体有病，年老体衰，怕是承受不了。"士大夫们知道他的用意，也就没有什么怨言了。

有一天，富弼想去老子祠看看，当他乘坐一顶小轿路过天津桥时，恰好赶上官府将市场迁徙到天津桥一侧，赶集的人看到富弼出来了很高兴，撵着富弼乘坐的轿子观看，一直跟到安门，天津桥边的市面竟因此而空无一人。富弼就是这样深得民心。

等到富弼去世时，士大夫不论远近，认识不认识，见面了就相互转告，见不到面的就写信告知，相继前来吊唁的很多人都流下了眼泪。富弼就是这样，受到士大夫的广泛尊敬。

哎呀！如果不是他尽职尽责侍奉皇上，尽仁尽义关爱民众，把爱心和忠诚充满内心又外践于行，能有这样的结果吗？

一时谬想

如果说，富弼在五岁时得到西京留守吕蒙正青睐，是因为天资聪颖的话，那么，青年富弼能让德高望重的范仲淹在初次见面就直呼"王佐之才"，那就说明，他已经饱读诗书，满腹经纶，气质、见识、抱负已经达到超凡绝伦的程度。步入仕途后的富弼，对上躬身事君，鞠躬尽瘁；对下以礼待人，和若春风。他历经三朝，两度拜相，以自己的实际行动春风化雨，引领风尚，让成千上万的吏民心生高山仰止的崇敬之情。司马光这则笔记通过对富弼离职赋闲生活的简短描述，给我们展示了富弼优秀品格的另一个侧面。

“及（富）公为相，虽微官及布衣谒见，皆与之抗礼，引坐，语从容，送之及门，视其上马，乃还。”——这是在台上担任宰相之职时富弼的待客之道。

“自致仕归西都，十余年，常深居不出。晚年，宾客请见者亦多谢以疾。”——这是辞官后为民期间富弼的待客之道。

同是一个人，台上、台下两种待客方式，为什么会有如此天壤之别呢？宰相之职，一人之下，万人之上，身为百僚之首，心系天下安危。要做一个称职的宰相，就得广开言路，礼贤下士，倾听各方面的声音，调动各方面的积极因素。辞官赋闲的富弼，虽然仍关心着国家大事，但是，毕竟不在其位，不谋其政，喝喝茶，读读旧书，含饴弄孙，享受一些天伦之乐，这才是正事。富弼退休后，闭门谢客，深居简出，乍一看，似乎不近人情，但细想想，这样做反而更好，更能维系亲情不受损害。我们不妨看看富弼是怎么说的。首先，他有一个待客的基本原则：“凡待人，无贵贱贤愚，礼貌当如一。”不管是谁，都应当一样远近，一视同仁。然后他告诉大家，自己身体不好，精力有限，洛阳有那么多的亲戚故旧，他不能都人人以礼相待。如果见这个，不见那个，或者见这个礼貌周详，见那个言行草率，就要违反自己遵守了一辈子的“均一之道”。所以，富弼先讲自己的客观情况，“吾累世居洛，亲旧盖以千百数”，然后说明他的理由：“若人人见之，吾衰疾，不能堪也。”这完全是一个至情至性的人才有的内心独白！“士大夫亦知其心，无怨也。”九百多年后的我们，听老人这样解释，心中也恰如当年的士大夫一样，高度理解、完全相信，并由衷地佩服！

不出门、不见客的老人，突然有一天想出去转转，“市人喜公之出，随而观之”，至今，我们似乎还可以感受得到，当年洛阳城里老百姓那种奔走相告、万众欢呼的沸腾场景。为了看一眼辞官后的富弼，竟然能让“市为之空”。这该是怎样的一种精神感召力啊！一个人来到世上，终有一死，富公也不例外。当富弼公以八十高龄去世时，“士大夫无远近、识与不识，相见则以言，不相见则以书，更相吊唁，往往垂泣”。这说明，富弼在人们心中，已经成了一座高高耸立的丰碑！

现代诗人臧克家曾经在他的诗中这样写道：“有的人活着，他已经死了；有的人死了，他还活着。”富弼富公远去我们已经九百多年了，但读完司马光这三则笔记，竟有一种感觉，似乎一个慈祥而又刚毅的老人，他就站在我们的跟前，并且愈来愈清晰，愈来愈显高大。

姜遵——他将来会有很好的声望

笔记原文（范仲淹事一）

范仲淹字希文，早孤，从其母适朱氏，因冒其姓，与朱氏兄弟俱举学究[1]。少尪瘠[2]，尝与众客同见谏议大夫姜遵，遵素以刚严著名，与人不款曲[3]，众客退，独留仲淹，引入中堂，谓其夫人曰："朱学究年虽少，奇士也。他日不唯为显官，当立盛名于世。"遂参坐[4]置酒，待之如骨肉，人莫测其何以知之也。年二十余，始改科举进士。尧夫云。

词句简释

1 学究：科举专门名称，贡举科目之一。宋代科举包括贡举、武举、制举、词科、童子科及宗室应举。贡举又分为进士科和诸科，诸科又分为九经、五经、开元礼、三史、三礼、三传、学究、明经、明法等科。一般来说，举学究科的人只需学通一部经书即可，且学究科考经义只是"每段举一句，令写上下文，以通不通为去取"，所以，参加学究科考试的举子常被人瞧不起。有才学的人，多是崇进士而轻学究。下文说范仲淹"二十余，始改科举进士"，是说范仲淹读书学习目标提升，研习的内容由简易上升为繁难，由举学究科改为举进士科，即范仲淹后来学习的是考进士科要求的内容，科考时参加的是进士科的考试。注意，无论是参加哪一科的考试，只要省试合格，都称“过省举人”，都可以参加殿试以“覆试排名、唱名、放榜”，取得做官资格。上文“学究”不能作私塾教师或迂腐读书人讲，下文中“学究”为读书人的统称。2 尪瘠：wāng jí，瘦弱。3 款曲：殷勤应酬。4 参坐：三人同坐。参，同“三”。

原文我读

范仲淹，字希文，很小的时候就成了孤儿，他母亲改嫁朱氏，他也跟随母亲到了朱家，因此改为朱姓，并与朱氏兄弟一起，共同修习科举考试中只考一经、课程相对简单的学究科。

范仲淹小时候身体瘦弱，曾经和别人一起去拜见谏议大夫姜遵。姜遵平时就以刚直严峻著称，与人交往，直来直去，不善应酬。等众人都退去之后，唯独把范仲淹留了下来，并且带他到中堂叙话。姜遵对自己的夫人说：“这个姓朱的读书人，年纪虽小，却是一个德才出众的人。将来不只是要做朝廷高官，还将声名显赫，有很好的名望在世上传扬。”于是，姜遵夫妇和范仲淹他们三个一起坐下吃饭，待范仲淹像自己的亲生儿子一样。人们当时都猜测不出来，姜遵是凭什么知道范仲淹将来有远大前程的。

范仲淹到二十多岁时，才改读考进士科要求的学习内容。

范仲淹这些事，我是听邵雍邵尧夫说的。

一时谬想

人们都说，这世间，没有无缘无故的恨，也没有无缘无故的爱，凡事都是有缘由的。那么，已入仕多年，官已做到谏议大夫的姜遵，为什么会对当时又瘦又弱，且只修学究科的范仲淹如此青睐呢？

姜遵，淄州长山人，公元963年出生，公元1000年进士及第，入仕十年左右即升任监察御史。因母亲辞世，姜遵丁忧回到长山老家。他本是长山名人，回乡丁忧的消息很快传遍全县，范仲淹和同窗读书的几个好友听说后，认为这是难得的学习机会，于是相邀去拜访姜遵。

上中学时读《岳阳楼记》，课本上介绍，范仲淹祖籍邠州，后移居苏州吴县，他此时为什么会在长山见到姜遵呢？说起来，这里边还有一段鲜为人知的历史呢。范仲淹的先祖本是陕西邠州人，后来举家迁往江南苏州吴县。范仲淹的父亲范墉原为吴越官员，宋太宗太平兴国三年（978），他跟随吴越忠懿王钱俶归入北宋，任武宁军节度掌书记。宋太宗端拱二年（989），范仲淹出生于徐州节度掌书记官舍。宋太宗淳化元年（990），正值壮年的范墉因病卒于任所，母亲谢氏贫困无依，只得抱着两岁的范仲淹，改嫁淄州长山人朱文翰，范仲淹跟着改从其姓，取名朱说，与朱家两个哥哥一起“举学究”。公元1011年，范仲淹得知家世，伤感不已，遂辞别母亲，前往应天府求学，同时“改科举进士”。公元1015年，二十六岁的范仲淹进士及第，给朝廷上了一折《改姓表》，请求批准他恢复范姓，原来的朱说才改名为后来的范仲淹。

一个因母丧丁忧回长山，一个随母改嫁来长山，就这样，成名已久的姜遵和还在读书的少年才俊范仲淹相识了。姜遵虽然平时刚正严肃，但面对家乡一群学子的拜见，自然是满心的欢喜，少不了与学子们一番关于学问和时事的答问。也就是在这简短的一问一答之间，范仲淹的谈吐、举止、气度，让久历官场的姜遵眼前一亮，似乎看到了一个擎天大材就站在自己跟前。等到众人都退去之后，唯独把范仲淹留下。于是，便有了他讲给夫人的预测，有了人们对他慧眼识珠的赞叹。看来平时“与人不款曲”的姜遵，胸中原来也揣着一颗火热滚烫的心。读范仲淹，首先要点赞的人，就是这位名叫姜遵的谏议大夫！俗话说，从小看大，三岁看老；姜遵说，朱学究“他日不唯为显官，当立盛名于世”。姜遵说对了，看来，“俗话不俗”！

司马光

北宋知名文人都受教于他

笔记原文[1]**（范仲淹事二）**

晏丞相殊留守南京[2]，仲淹遭母忧，寓居城下。晏公请掌府学，仲淹常宿学中，训督学者，皆有法度，勤劳恭谨，以身先之。夜课诸生读书，寝食皆立时刻，往往潜至斋舍诇[3]之。见有先寝者，诘之，其人绐[4]云："适疲倦，暂就枕耳。"仲淹问："未寝之时，观何书？"其人亦妄对。仲淹即取书问之，其人不能对，乃罚之。出题使诸生作赋，必先自为之，欲知其难易，及所当用意，亦使学者准以为法。由是四方从学者辐凑。其后宋人以文学有声名于场屋[5]朝廷者，多其所教也。

词句简释

1 本段文字由司马光原笔记节选。2 南京：北宋称应天府为南京（今商丘），开封府为东京（今开封），河南府为西京（今洛阳），大名府为北京（今河北大名东北）。3 诇：xiòng，侦察，探听。4 绐：dài，欺骗、哄骗。5 场屋：科举考试的地方，亦称科场。

原文我读

丞相晏殊在担任应天知府兼南京留守的时候，范仲淹的母亲去世了，因母亲和妻子一直住在应天府宁陵县，他为母守丧回到南京应天府，借住在城下一处房子里。

晏殊听说范仲淹守丧在家，便聘请他掌管府学，从此，范仲淹就经常住在学堂之中，训导督促学生读书，他所有的训导督促行为都讲究方法，按有关制度办事，还不怕辛苦劳乏，时刻谦恭谨慎，凡是要求学生做到的他必首先做到，用自己的行动给学生做出示范。夜晚督促学生读书，什么时间睡觉、什么时间吃饭等，全部规定得清清楚楚。范仲淹还总是暗暗地去学生们的住处察看，每当见到有提前睡觉的学生，就上前责问他，那学生撒谎说："刚才觉得有些疲倦，我才刚刚挨着枕头。"范仲淹便问他："你上床之前读的是什么书？"那个学生本来就没有读书，只得胡乱地说一本。范仲淹马上拿来那学生说的书考问他，学生自然回答不上来，于是，便对他进行严厉惩罚。

范仲淹每次出题让学生作赋，必定自己先作一篇，想自己预先知道题目的难易程度和这个题目所应当表达的正确思想，好让学生把它作为作文时参考的标准。

由于范仲淹掌管府学期间认真负责，管理严格，方法得当，所以，从各地赶来求学的士子纷至沓来、络绎不绝。后来，宋代读书人以文章学问在科场、朝堂上取得好名声的，大多都曾受教于范仲淹。

一 时 谬 想

生活中，我们经常会感到一个人力量的薄弱，所以便有“独木难支”“孤掌难鸣”“单丝不线”等很多感慨。但是，当我们读到范仲淹的故事时，就会发现，有的时候，个体的作用也是十分强大的。范仲淹作为寒门学子，能刻苦努力让自己改变命运；作为谏议大夫，能让小人们噤若寒蝉；他担任地方官员，能让一方百姓安居乐业；他纵马驰骋沙场，能让西夏闻风丧胆。即便去职为母丁忧守制，他依然能强大到塑造一所书院，影响一座城市，开一代文风，改变一群人的命运。

位于今河南商丘古城的应天书院，与江西庐山白鹿洞书院、湖南长沙岳麓书院、河南登封嵩阳书院并称为中国古代四大书院，在中国教育、文化、思想史上占有重要地位。由于应天府书院影响力大，名人辈出，庆历三年（1043）应天府书院改升为南京国子监，成为北宋最高学府。

在范仲淹的一生中，有两段经历与应天书院有关，第一次是作为寒门学子，在应天书院苦读五年；第二次是作为书院的管理者，在应天书院度过了三年的服丧期。

仁宗天圣四年（1026），范仲淹三十七岁，因母亲离世，他去职服丧，居住在南京应天府城下。这段时间，正赶上晏殊被罢去枢密副使，出任南京留守、应天知府。晏殊一到任就着手兴办学校，培养人才。晏殊知道兴学育人最重要的一条就是要有名师掌舵。真是踏破铁鞋无觅处，得来全不费工夫，当得知范仲淹正好在南京服丧后，“晏公请掌府学”，晏殊马上给范仲淹发出了邀请。一听说是办学给国家培养人才，范仲淹顿时来了精神，不仅即刻答应，而且“常宿学中”，以校为家。我想，正是为国家培养人才的共同理想，让范仲淹和晏殊成为一生的挚友。

宝剑锋从磨砺出，梅花香自苦寒来。曾在应天书院有过将近五年苦读生活的范仲淹，深知认真、刻苦精神和正确的学习方法对一个学子成才至关重要，所以，他首先是尊重教学规律，“训督学者，皆有法度”，履行好当老师的基本职责；其次是以身作则，“勤劳恭谨，以身先之”，用自己的实际行动教育和影响学生；再次是对个别想偷懒的学生，“诇之”“诘之”“问之”“罚之”，力促其改过自新。他为了能达到预期的教学效果，常常是“出题使诸生作赋，必先自为之”，让学生作文之前，自己首先作一遍，这老师当得真是不易！当年应天书院学子们，能遇见范仲淹这样的好老师，真令人羡慕，这是一个人一生最大的福分啊！

范仲淹服母丧期间，栽培了后来发现“三苏”的张方平和一代经学大师孙复；掌学的第二年，学生王尧臣、赵槩两人分别考中状元和探花。在应天书院先后受教的还有富弼、石介、张载、文彦博等众多北宋政治、文学巨星，他们不仅让北宋的天空璀璨夺目，也让中华民族的历史绚丽多姿。

范仲淹的学生张载说，一个有理想、有抱负的知识分子，肩负着“为天地立心，为生民立命，为往圣继绝学，为万世开太平”的神圣使命。在我看来，范仲淹范文正公，他就是这一使命的伟大践行者！

范仲淹——我因为说得对得罪你了

笔记原文[1]**（范仲淹事三）**

（仲淹）服除，至京师，上宰相书，言朝政得失及民间利病，凡万余言，王曾见而伟之。时晏殊亦在京师，荐一人为馆职，曾谓殊曰："公知范仲淹，舍不荐，而荐斯人乎？已为公置不行，宜更荐仲淹也。"殊从之，遂除馆职。顷之[2]，冬至立仗[3]，礼官定议欲媚章献太后，请天子帅百官献寿于庭，仲淹奏以为不可。晏殊大惧，召仲淹，怒责之，以为狂。仲淹正色抗言[4]曰："仲淹受明公误知，常惧不称，不知己羞，不意今日更以正论得罪于门下也。"殊惭无以应。

词句简释

1 本段文字由司马光原笔记节选。2 顷之：不久，过些时候。3 立仗：设立仪仗。4 抗言：高声而言，直言。

原 文 我 读

范仲淹服丧期满，脱去丧服，从应天府回到了京师汴梁，给当朝宰相写了一份报告，谈论朝政得失和民治利弊，总共有一万多字，宰相王曾看了报告之后非常赞赏，由此对范仲淹非常高看。

当时，曾任应天知府并力请范仲淹"掌府学"的晏殊也已回到了京师，他要推荐另外一个人到三馆任职，王曾知道了，便对晏殊说："你对范仲淹的德才都很清楚，为什么要舍弃范仲淹不推荐，却来推荐这个人呢？我已经决定不向皇上荐这个人，你应当更改过来推荐范仲淹！"晏殊按王曾说的意见办了，范仲淹便被安排到三馆担任馆职。

过些时候，冬至节到了，皇宫里设立仪仗举办庆典，礼官为了讨好章献太后，商量好要奏请宋仁宗，由仁宗率领众大臣在庆典上给太后献礼祝寿，范仲淹上奏说不能这样做（这不合礼制）。事后，晏殊非常害怕，把范仲淹找来，很恼怒地责怪范仲淹，说你这样做太狂傲了。范仲淹严肃地大声反驳道："仲淹我有幸得到您的错爱、误知，常常担心自己不相称还不知道羞耻，没想到今天竟然因为发表了正确的言论而得罪您了。"晏殊听了之后，惭愧得无言以对。

一 时 谬 想

司马光的这则笔记，提到了三个人物，这三个人物又联系着三个重大历史事件。了解了三个历史事件的来龙去脉，我们就会明白，性格决定命运，这话一点也不错！

这三个人分别是北宋朝赫赫有名的范仲淹、晏殊、王曾。北宋总共一百六十七年，出了七十二位宰相，二百三十八位副相。王曾、晏殊两人都曾官至宰相，范仲淹官至参知政事，也就是副宰相。但在这个高官群体中，死后获得最高谥号"文正"的只有三个人，一位是这则笔记中说到的宰相王曾，另一位是记下这则笔记的宰相司马光，再一位就是只做过副宰相的范仲淹，而同样做过宰相，还在培养、推荐范仲淹的过程中起过重大作用的晏殊，谥号仅为“元献”。这其中的缘由是什么呢？在与三位历史人物相联系的三个历史事件里，我们或许可以从中窥见一斑。

第一件事是范仲淹上书得宰相王曾激赏。宋仁宗天圣六年，即公元1028年，服丧期满的范仲淹，根据自己三年来的观察和思考，给朝廷写了一份将近万言的《上执政书》。在文本中，他分析了本朝建国近七十年来存在的“三冗一积”问题，提出了六条整改措施，即固邦本，厚民力，重名器，备戎狄，杜奸雄，明国听。宰相王曾读罢范仲淹的上书后，赞叹不已，认为重点突出、思路清晰、措施具体、层次分明，且自成系统，他为大宋有这样的人才而备感欣慰，决意要重用这个人才！

第二件事是宰相王曾劝导应天知府晏殊举荐范仲淹任馆职。宋用唐制，以弘文馆、集贤院、史馆为三馆。公元988年，太宗又从三馆中选出真本一万余卷，连同部分古画墨迹，另置秘阁存放，从此就有三馆一阁之称。所谓馆职，就是在这些当时的国家最高学术机构所设置的管理岗位。大家可不要用现在的眼光看宋朝的事情，以为这些馆职无足轻重！我们知道，在北宋初期，朝廷最高的官职是处理政务的同中书门下平章事（简称同平章事，即宰相）和负责军务的枢密使，而这两个岗位的人选又是从翰林学士和中书舍人中优先录取的。那么翰林学士、中书舍人又是从哪里选出来的呢？答案你一定猜得到，他们大多都是从馆职中选取的。由此，我们可以知道，北宋的馆职是官员升迁的基础，也是通往宰辅的快车道。所以，当馆职出缺时，各方面关注的程度是可想而知的。毫无疑问，当时不管是在宰相王曾的心中，还是在年轻的仁宗眼里，忧国忧民、积极进取的范仲淹都是极佳的人选。但恰在这时候出了问题：晏殊节外生枝，另外推荐了一个人！王曾看了晏殊的荐书，心里十分着急，因为全天下人都知道，晏殊和范仲淹最为相知，连最相知的人都不推荐范仲淹，你能说他好吗？还是王曾敢做敢为，先是压下晏殊的荐书，然后找到晏殊，劝导他改变主意。“公知范仲淹，舍不荐，而荐斯人乎？”范仲淹的德才你清清楚楚，你不推荐他，却来推荐这个人，你什么意思呀?！最后明确告诉晏殊，“已为公置不行，宜更荐仲淹也”，你说的那个人我已经决定不推荐了，你换个人，就推荐范仲淹！晏殊为什么不推荐范仲淹呢？司马文正公的笔记中没有交代，我猜想，这应该是晏殊的性格使然，他担心为人正派、心直口快的范仲淹身居高位后口不择言，得罪权贵，使自己受到牵连。在他的眼中，范仲淹只可小用，或者为己所用，万不可大用。

第三件事是范仲淹反对冬至立仗，让仁宗给太后“献寿于庭”。仁宗天圣七年，即公元1029年的冬至庆典上，由于当时朝政还是由刘太后把持，有人想“献媚”于太后，就让“礼官定议”，然后“请天子帅百官献寿于庭”。在人家都观察风向、缄默不语的时候，范仲淹认为仁宗给太后祝寿是私事、家事，冬至庆典是国事，国礼不能私用，所以他明明白白地“奏以为不可”。晏殊担心受牵连，非常生气，散朝后“召仲淹，怒责之”。没想到，范仲淹的倔脾气也上来了，说我“受明公误知”，您错爱我了，您的知遇之恩，我是铭记在心的，但我也经常“惧不称”，怕有负了您的信任和栽培，但这回我认为自己做得非常正确，没想到我尽了一个做臣子的忠心，却“以正论得罪于门下”。纵观晏殊一生行事，范仲淹的这番慷慨陈词，让其“惭无以应”，也是意料之中的事情！正是因为这种明哲保身、畏首畏尾的性格，导致仁宗后来对晏殊的不信任，让他早早离开大宋的核心决策层。

王曾、晏殊、范仲淹，三个人在三个历史事件中，究竟谁对谁错，后人自有评说。我所关注的是，是什么因素造成了人与人之间的差别。是见识、胸襟，还是性格？

司马光——这里很多人都改姓范了

笔记原文（范仲淹事四）

通、泰、海州皆滨海，旧日潮水皆至城下，土田斥卤[1]，不可稼穑。范文正公淹监[2]西溪仓，建白[3]于朝，请筑捍海堤于三州之境，长数百里，以卫民田，朝廷从之。以文正为兴化令，专掌役事；又以发运使张纶兼知泰州，发通、泰、楚、海四州民夫治之。既成，民至于今享其利。兴化之民往往以范为姓。

词句简释

1 斥卤：盐碱地。苏轼《八月十五观潮五绝》有“东海若知明主意，应教斥卤变桑田”句。2 监：监当官，州（府军监）理财之差遣。监临诸场、院、库等税收、库藏、专卖诸事务。3 建白：提出陈述和建议。

原文我读

通州、泰州、海州三个地方都紧靠海岸，在过去，一到涨潮时海水便漫到城下，田地都变成了盐碱地，不能耕种更没有收获。

范仲淹当时在西溪仓任监当官，负责盐税征收事务，向朝廷提出建议，请求在三州境内，沿海修筑一条长达数百里的捍海堤，用以保护老百姓的田地不受海水侵蚀。朝廷采纳了范仲淹的建议，任命他为兴化县令，专门掌管民夫征调、现场勘察、工程规划设计等各项筑堤事宜；又任命掌管漕运的发运使张纶兼任泰州知州，征调通州、泰州、楚州、海州的民夫参加筑堤工程。

捍海堤建成之后，沿海各州民众直到今天仍然享受着它带来的利益。兴化县的老百姓感念范仲淹，后来有很多人甚至都改为范姓了。

一时谬想

宋真宗天禧五年（1021），三十三岁的范仲淹以权集庆军节度推官（从八品）任上来到泰州海陵县西溪盐仓任监当官。北宋盐政实行“民制官收”，盐业生产由盐民负责，所产食盐必须交由国家统一设置的盐仓，然后加上盐税再转售于商人，由盐商运输至各地市场销售。范仲淹在西溪盐仓的职务是“盐官”，职责是“监管征收盐税”。

范仲淹到西溪盐仓上任后，眼中所见全是民不聊生、凋敝不堪的惨状。唐朝修建的捍海大堤，由于年久失修，已成残垣断壁，完全失去了拦海护田的功能，导致“土田斥卤，不可稼穑”，沿海几百里的土地都成了盐碱地，不能耕种，更别谈收获。原本负责监管盐税征收的范仲淹坐不住了，提笔向朝廷提出了修筑捍海堤“以卫民田”的建议。朝廷见了范仲淹的奏章，说，好啊，这是好事！既然你对修筑捍海堤感兴趣，就由你来掌管筑堤各项事宜。那兴化县处在潮患的重灾区，为了方便你工作，这兴化县的县令也让你当着。

宋仁宗天圣元年（1023），范仲淹走马上任了。到任后他立即投入紧张的工作之中，踏查、测量、计算、设计、制图，夜以继日，整整忙了一年，才理出个头绪来。在发运使兼泰州知州张纶的支持下，范仲淹亲率通、泰、楚、海四州民夫，夜以继日，迭石挑土兴筑海堤。天圣四年（1026），范仲淹母亲去世，只得离任回籍守丧。其间，范仲淹多次给张纶写信，请他无论如何都要将捍海堤修成，并表示若有事故，朝廷追究，他愿一人独担其咎。皇天不负苦心人，天圣六年（1028）春，绵延一百四十多里的捍海大堤，终于像巨龙般横亘在黄海滩上。时至今日，捍海堤还在惠泽着当地百姓。当地百姓为主持完成工程的张纶立了生祠，同时，也没有忘记捍海堤的首倡者和实际促成者，他们不仅把大堤称为范公堤，很多老百姓为感念范仲淹再生之恩，甚至“以范为姓”。

为官一任，造福一方，原本不属于自己职责之内，别人避之唯恐不及的“苦差事”，范仲淹却主动承担，欣然前往。群众的眼睛是雪亮的，百姓的感念，无疑是最高的荣誉；百姓心中的形象，才是真正不朽的丰碑。斯人已逝，大堤尚存，它还在静静地向后人诉说着那段难忘的历史，也在向世人诠释着范文正公“先天下之忧而忧，后天下之乐而乐”的浓厚的家国情怀和远大的政治抱负。

宋仁宗——果然和章得象说的一样

笔记原文（范仲淹事五）

庆历四年六月，范希文宣抚陕西、河东，自知权要恶之者多，上益厌之，乃上章乞罢政事、除一郡。上欲听其请，章郇公言于上曰：“仲淹素有虚名，今一请而罢之，恐天下皆谓陛下轻黜贤臣，不若且赐诏不允。若仲淹即有表谢，则是挟诈要君，乃可罢。”上从之。希文果奉表谢，上曰：“果如章得象言。”遂罢知邠州。既而杜丞相、富彦国、韩稚圭、欧阳永叔、俞希道稍稍皆以事得罪矣。始平公云。

原文我读

宋仁宗庆历四年（1044）六月，边事再起，范仲淹赴陕西、河东等地传达皇命、安抚军民并处置相关事宜。他知道，目前朝廷要员中厌恶他的人很多，仁宗现在也越来越不喜欢他了，便于宣抚途中给朝廷上了一个奏章，请求罢免他的参知政事职务，让他去管理一个州郡。在宋仁宗看罢奏折，就准备答应范仲淹的请求时，章得象对仁宗说："范仲淹平时有一些虚名，现在他一提出辞职申请就罢免他，恐怕全天下的官民会说陛下罢黜贤臣太轻率了，不如先下诏书不答应他的请求。这个诏书发给他以后，如果范仲淹马上就有谢恩表上来，就说明他要求罢免参知政事职务，不是出于真心，而是以此要挟君主。然后，就可以罢免他了。"仁宗采纳了章得象的意见。不同意范仲淹辞职的诏书发出后，范仲淹果然上表表示感谢，宋仁宗说："果然和章得象说的一样。"于是，下旨罢免了范仲淹的参知政事职务，让他到邠州做了一个知州。随后，支持、参与过庆历新政或者举荐过范仲淹的丞相杜衍杜世昌、枢密副使富弼富彦国、枢密副使韩琦韩稚圭、知制诰欧阳修欧阳永叔、谏院右正言余靖余安道等人相继获罪，被排挤出朝廷。

以上是庞籍庞始平先生说的。

一时谬想

1044年春夏，毁谤"庆历新政"的言论逐渐增多，范仲淹的仕途也由此开始走下坡路。

宋仁宗亲政之后，宋朝北有契丹虎视眈眈，西有党项人步步紧逼，内因冗官、冗兵、冗费，国力衰微，民不聊生，社会危机日益严重。为改善现状，庆历三年（1043），时任参知政事的范仲淹提出了"明黜陟、抑侥幸、精贡举、择官长、均公田、厚农桑、修武备、减徭役、推恩信、重命令"等十项整顿政事的主张，被宋仁宗采纳并颁诏推行，这就是历史上有名的"庆历新政"。由于新政触动了既得利益集团的根基，遭到了很多人的强力阻挠和坚决反对，一些顽固分子甚至不惜采取诬陷手段，对新政进行诋毁。由于仁宗动摇，范仲淹自请离京宣抚陕西、河东等地，到1044年年底，新政实施基本停滞，1045年年初，范仲淹、韩琦、富弼、欧阳修等人相继被排斥出朝廷，各项改革被废止，实施仅一年的新政彻底失败。

按《宋史》记载，这个在关键时刻给宋仁宗进言摆治范仲淹的章得象，原本是一个不错的官员，可在范仲淹的使用上，他怎么会表现得这么歹毒、这么阴险呢？看来，说人有两面性这话是正确的。正义和邪恶，诚实和奸诈，善良和仁慈，有时，就是这样同存于一个躯壳之中，这种现象，虽令人不解，但又确确实实客观地存在着。

新政夭折，参与其中的官员日子自然都不好过，而首倡者范仲淹的处境则更加艰难。庆历四年（1044）六月中旬，满怀忧愤的范仲淹不得不自请离开京城，去宣抚陕西、河东。不过，当时范仲淹还保留着参知政事的头衔。途中，他对新政实施过程做了深刻反思，“自知权要恶之者多，上益厌之”，他明白，现在朝廷要员中厌恶他的人很多，就连原来同意他实施新政的仁宗也越来越不喜欢他了。范仲淹心灰意冷，便“上章乞罢政事、除一郡”，他给朝廷上了一个奏章，请求罢免他的参知政事职务，任命他去当一个知州。就在仁宗准备答应范仲淹的请求时，宰相章得象来了。《宋史》上说，范仲淹提出十项整顿政事主张，“章得象无所建言，御史孙抗数言之，章得象居位自若”。章得象宦海沉浮四十年，光是宰相他已做了八年，他深知仁宗心思并谙熟官场潜规则。范仲淹推行新政，他知道这是得到仁宗支持的，所以，他虽然心里不赞成，但只能进行消极对抗，“无所建言”。作为宰相，却对新政实施一句话也不说，连御史批评他，他都“居位自若”，没听见一样。现在，他显然已经知道，仁宗对新政失去了兴趣，对范仲淹也已经心生厌烦，那就包装好语言，把谗言穿上忠诚的外衣吧！范仲淹在士大夫中颇有威信，他说那是“虚名”；范仲淹要辞去职务，他说那是“挟诈要君”。更高明的是，他让宋仁宗感到，他是在为仁宗着想，说您马上同意了范仲淹的申请，会让天下人感到您不够英明，是“轻黜贤臣”。接着，章得象替仁宗给范仲淹设了个套，我故意不答应你的请求，看你怎么回答。你如果继续请求，那我是不得已才同意的；你如果谢恩不再继续申请，那你就是“挟诈”要挟君王，我当然要罢你的职！看看，这主意，是不是让人长见识？什么叫杀人不见血，什么叫下手稳准狠，这就是！正直诚实的范仲淹果然中招，面对仁宗的挽留，他竟万分感动，“果奉表谢”。后来的结局和章得象设计的一样，“遂罢知邠州”，所以，范仲淹身上是背着“挟诈要君”的罪名，踏上了“知邠州”的路途的。

宋时邠州的位置，和现在的彬州大体相同，在西安的西北方向。范仲淹被贬往邠州的时间，是庆历五年（1045）正月。迎着刺骨的寒风，行走在西去的函谷古道，我能想象得出，范仲淹的心中，该是多么地孤独和苍凉啊！

行文至此，不知怎的，耳畔竟响起伟人毛泽东那富有磁性的浓重的湖南口音——

西风烈，
长空雁叫霜晨月。
霜晨月，
马蹄声碎，
喇叭声咽。
……

王旦——说我恶是他对陛下无所隐瞒

笔记原文[1]**（王旦事一）**

王太尉荐寇莱公为相。莱公数短于上前，而太尉专称其长。帝谓旦曰："卿虽称其美，彼专谈卿恶。"旦曰："理固当然，臣在相位久，政事阙失必多。准对陛下无所隐，益见其忠直，此臣所以重准也。"上由是益贤太尉。袁默云。

词句简释

1 本段文字由司马光原笔记节选。

原文我读

太尉王旦这边推荐寇准寇莱公当宰相，那边寇准却多次在宋真宗面前说王旦的缺点，而王旦则专一夸赞寇准的长处。有一天，宋真宗对王旦说："爱卿你虽然经常夸赞寇准的优点，可是他却专门讲你的错误，说你的坏话。"王旦说："道理本来就应该是这样的，我在宰相的位子上时间已经很久了，在处理政事时所犯的错误一定很多。寇准能指出我的不足说明他对陛下您没有任何隐瞒，这更加显示出他的忠诚和正直，这就是臣下我看重寇准的原因。"自这次谈话之后，宋真宗对王旦更加器重了。

以上是袁默说的。

一时谬想

性格决定命运，这话用在王旦和寇准身上，都是十分恰当的。王旦和寇准的关系很特别，俩人都是官宦子弟，年龄相仿，同于太平兴国五年（980）进士及第。从性格上来讲，王旦和寇准几乎完全相反：王旦沉稳，刚直但不外露；而寇准则是把情绪和想说的话都写在脸上。在办事方式上，俩人也是截然不同：王旦宽厚，凡事都给人留余地；寇准则像老百姓口中的"愣头青"，一句话把人冲到南墙根儿。

公元999年，真宗继位后不久，任命王旦为中书舍人，当时寇准任枢密使。有一次王旦在中书政事堂派人把一份文件送到了枢密院，因为文件不太符合规定格式而被寇准直接告到了真宗那里，王旦因此受到了朝廷的责问，甚至整个政事堂的官员都被责罚了。这件事王旦本人没有做任何解释，只是主动承认错误，一个劲儿地请求原谅。但当时整个政事堂的人都在记恨寇准，寇准则像个邻家的调皮孩子，看到同伴倒霉，还在扬扬得意呢！

事有凑巧，不久，寇准的枢密院那边给王旦送来的文书，也不符合格式，政事堂的人都觉得终于抓到了枢密院的把柄，纷纷撺掇王旦像当初寇准那样到真宗那里告状。王旦却挥挥手说："算了，把文书退回枢密院，让他们自己改正吧。"寇准知道后，非常惭愧地对王旦说："同年，你怎么能有如此大的气量？"王旦只是笑，没有说一个字。

看来，寇准的青涩，寇准的才华，寇准的胆略，寇准的犀利，王旦都是懂得的。一句"上由是益贤太尉"，说明真宗也是好样的！这既是君臣之间的默契，更是君子之间的惺惺相惜。

撒什么种子开什么花。寇准刚愎自用，凡事不留余地，最后结局悲惨，由此便可看出一二。而王旦正直宽厚，有容人海量，去世时备极哀荣，应是其厚德所致，理所当然。王旦于公元1000年知枢密院事，1006年拜相，到1017年去世，跻身于北宋统治核心十八年，为相十二载，深得真宗信赖，深受同僚敬重。

斯人若彩虹，遇上方知有。王旦那样的人生高度，一般人穷其一生，也难望其项背。但是，懂得仰望也是一种幸福！或许，在这仰望的过程中，我们也会跟着提高自己。

王旦——谁做宰相都没有寇准好

笔记原文[1]**（王旦事二）**

王旦久疾不愈，上命肩舆入禁中，使其子雍与直省吏[2]扶之，见于廷和殿。劳勉数四，因命曰："卿今疾亟，万一有不讳，使朕以天下事付之谁乎？"旦谢曰："知臣莫若君，惟明主择之。"再三问，不对。是时张咏、马亮皆为尚书。上曰："张咏如何？"不对。又曰："马亮如何？"不对。上曰："试以卿意言之。"旦强起举笏曰："以臣之愚，莫若寇准。"上怃然，有间，曰："准性刚褊[3]，卿更思其次。"旦曰："他人，臣所不知也。臣病困，不任久侍。"遂辞退。旦薨岁余，上卒用准为相。右皆蓝元震云。

词句简释

1 本段文字由司马光原笔记节选。2 直省吏：在中书当值的吏员。直，当值，值勤。3 刚褊：犹刚愎，固执己见。褊，biǎn。

原文我读

宰相王旦已经病了很长时间不能痊愈，宋真宗命人用轿子将王旦抬到皇宫，让他的儿子王雍和中书值班的一名官吏共同搀扶着他，在廷和殿和他见了面。

宋真宗先是对王旦一次又一次地慰问、勉励，然后接着问道："你现在的病情很严重，万一发生不测，请你告诉我，把天下大事托付给谁更好呢？"王旦回谢说："谁也没有君主了解臣子，此事唯请英明的陛下自己来抉择。"真宗又多次询问王旦，他都不应声。当时张咏、马亮两人都是尚书。真宗问："张咏如何？"王旦没有回答。真宗接着又问："马亮怎么样？"王旦还是不说话。宋真宗说："请按你的想法说说谁可以。"王旦吃力地举起手中的笏板回答道："以臣愚见，哪个人也不如寇准合适。"真宗很失望，过了好长时间才说："寇准这个人刚愎自用，请你再推荐其他的人。"王旦回答说："其他的人，臣就不了解了。我病情严重，已经非常困乏，不能长时间地侍奉您。"于是，便辞谢退了出来。

直到王旦去世一年多后，真宗才任用寇准做宰相。

上边的内容都是蓝元震讲的。

一时谬想

在司马光的这则笔记里，出场的人物有两个，一个真宗，一个王旦；引发我们思考的也有两点，一个是王旦推荐寇准时的坚持，一个是虽然没有露面却被王旦、真宗反复褒贬的寇准。

真宗在位二十六年，先后有十六人出任宰相，而王旦一个人就在相位上坐了十二年。宋真宗在位期间发生的所有重大事件，几乎都可以看到王旦的身影，可以说，王旦是宋真宗最为信任的宰相。1017年，六十岁的王旦得了重病，且

“久疾不愈”，生命垂危。此时，真宗已经在位二十一年，他深感国事艰难，意识到在王旦去世后，必须有一个能够担当大任的人来辅佐自己，所以，他迫不及待地命人把尚在病中的王旦“肩舆入禁中”，请他推荐一位自己可“以天下事付之”的人。久历宦海的王旦清楚地知道，此时的宋真宗，已由开创“咸平之治”的强者，变成了一个被五鬼挟持、痴迷神仙道术的庸夫。王旦以为，只有强势、正直、刚正的人接替相位，才能力挽狂澜，拨乱反正。而具备这种能力的，满朝文武大臣，只有寇准一人能够担当。王旦还知道，真宗不喜欢寇准，说寇准“性刚褊”只是托词，他心里还记着王钦若说过的话，澶渊之役，寇准竟拿他做赌注，做孤注一掷之举。所以，要想让真宗接受寇准，必须咬紧牙关，坚持到底。王旦讲究荐人的策略，面对真宗的真诚询问，他欲擒故纵，先是推辞，以“知臣莫若君，惟明主择之”做托词，说任何人也没有您更了解臣子，这事还是您自己来决定吧！当真宗终于说出自己心中想法时，王旦不直接提出反对意见，而是坚持以沉默“不对”来委婉表达自己的不认可。后来，在宋真宗的再三追问下，王旦终于说出了“莫若寇准”的意见。您不是坚持要问吗？那依我看，谁也不如寇准！您不同意，再往下问，对不起，“他人，臣所不知也”。其他的人我不了解，您就别问了，我身体受不了，要回家了。看，这观点是多么鲜明，语气是多么坚决，你真宗就是再不喜欢寇准，为江山社稷计，你也不得不认真考虑呀！

在上一则笔记里，我们已经见识过王旦的宽厚；在寇准的使用问题上，更可以看到王旦的胸怀。王旦和寇准的关系，十分特别，两人同是官宦子弟，同一年进士及第，又同朝为官，唯一不同的是两人性格上的差异，王旦为人宽厚谦和，寇准则刚直果敢。王旦心中明白，寇准虽然天不怕地不怕，敢作敢为，但有时不知进退，还喜欢意气用事，连自己都因为曾经得罪他而被他使过绊子。但是，王旦了解寇准的弱点，更懂得寇准对于当时大宋朝的价值。内忧外患的大宋朝，如果没有一个强有力的人物出来支撑局面，国家和人民，都将面临巨大的灾难！所以，表面上慵懒病态的王旦，内心深处却有一团火在燃烧，为了国家，他必须坚持，必须做最后的一搏！

王旦带着遗憾走了。

不过，若他在天有灵，还是应当感到欣慰的。在他去世一年之后，真宗终于第二次任命寇准为宰相。寇准也没有辜负王旦的期望，在真宗迷乱的晚年，起到了中流砥柱的作用。

相面僧——王旦他日将位极人臣

笔记原文[1]**（王旦事三）**

初，旦与钱若水同直史馆、知制诰，有僧善相，谓若水曰："王舍人他日位极人臣，富贵无与为比。"若水曰："王舍人面偏而喉骨高，如何其贵也？"僧曰："作相之后，面当自正。喉骨高者，主自奉养薄耳。"后果如其言。出《行状》。

词句简释

1 本段文字由司马光原笔记节选。

原文我读

当初，王旦与钱若水一同担任直史馆、知制诰职务。有一个僧人善于相面，对钱若水说："王旦将来的地位将是一人之下，万人之上，做百官之首，其富贵没有人能与他相比。"钱若水说："王旦面部往一边偏着，喉骨还很高，他怎么会富贵呢?”僧人回答说：“等他做了宰相之后，面部就会自己变正。喉骨高的人，预示着他对物质生活要求很低，将会过着一种俭朴的生活。”后来的事实证明，那僧人说的话一点也不错。

这个事情《行状》里有记载。

一时谬想

美国第十六任总统林肯曾经说过：“一个人过了四十岁，就应该为自己的容貌负责。”这话用在中国人身上，大概也是适应的。你看这位王旦宰相，原来“面偏”，但他在担任宰相之后，因为宽厚谦和、公正廉洁、忠于职守，慢慢地，面部“自正”，原来明显的缺陷后来竟然没有了。

据史料记载，王旦小时候的长相确实不算好看，面部，特别是鼻子明显偏往一边，喉结也高得和年龄颇不相称。王旦自己清楚地知道自己的不足，从小到大一直沉默寡言，读书成了他排遣寂寞和维护自尊的唯一选择。也正是因为他一门心思用在读书上，二十三岁便进士及第。王旦“与钱若水同直史馆、知制诰”的时间，是太宗淳化二年（991），那一年王旦三十四岁，“善相”的僧人这时候已经断定王旦将来会“位极人臣”，但习惯于用老眼光看人的钱若水，说啥也不相信这话，一个“面偏而喉骨高”的丑人，怎么可能当上宰相呢？这僧人的确是一位高士，他丝毫也没有犹豫，明确告诉钱若水：“作相之后，面当自正。”后来的事实验证了“善相”僧人的预言，真宗景德三年（1006），四十九岁的王旦被真宗拜为宰相。“后果如其言”，后来果然像僧人说得那样，王旦当上宰相不久，其面部“自正”。“面偏”问题，后来也慢慢不见了。佛说，相由心生，命由己造。司马光的这则笔记，是以王旦现身说法，教我们明白，自身条件差一点不要紧，努力提高修养定会带来神奇改变。

美国作家塞林格在《麦田里的守望者》中写有这样一句话：“改变能够改变的，接受不能改变的。”在生理缺陷面前，王旦所持的态度是积极的，我天生相貌丑陋，这不能改变，那我就坦然地接受；气质是可以改变的，通过读书可以充实人生，那我就像饥饿的人扑在面包上一样刻苦学习。这里，我想要说的是，至于读书学习能不能使偏向一边“脸”端正过来，那是不应当去多想的，只用记住苏轼的那句诗——腹有诗书气自华，就可以了！

司马光——在他跟前不敢说私事

笔记原文（王旦事四）

真宗时，王文正旦为相，宾客虽满座，无敢以私干之者。既退，旦察其可与言者及素知名者，使吏问其居处。数月之后，召与语，从容久之，询访四方利病，或使疏其所言而献之，观其才之所长，密籍记其名。他日，其人复来，则谢绝不复见也。每有差除，旦先密疏三四人姓名请于上，上所用者，辄以笔点其首，同列皆莫之知。明日，于堂中议其事，同列争欲有所引用，旦曰："当用某人。"同列争之莫能得。及奏入，未尝不获可。同列虽疾之，莫能间也。丁谓数毁旦于上，上益亲厚之。

原文我读

宋真宗在位时，王文正公王旦担任宰相，他府上虽然经常宾客满座，但是，没有人敢以私事向他求情影响他公正办事的。

在宾客们走后，王旦把那些通过自己观察，觉得有一定水平且能够与之相谈的，以及平时在社会上有一些名望的人都记下来，让办事人员打听清楚他们的住处。几个月之后，再请他们过来谈话，王旦坐下来，不慌不忙地和他们交谈很长时间，征求他们对各方面利弊得失的意见，有的还让来人将自己讲的话以书面形式呈报上来，以观察他们的突出才干，然后悄悄地记下他们的姓名。凡是被王旦记下姓名的人，以后再来拜访他，他便谢绝不再见面了。

每当官职出缺需要任命新的官员时，王旦首先秘密地向真宗呈上一个名单，在上面写上他认为能够胜任该职的三四个人的姓名，真宗看到名单，决定使用的，就用御笔在其姓名上头点一个红点后再交给王旦，这些内幕，王旦的同僚们没有一个人知道。第二天，在中书政事堂商议新任官员人选的时候，大家都争着想让朝廷使用自己推荐的人，而当王旦说当使用某人时，同僚们再争也是枉然了。等奏折报给真宗后，从没有不被认可的情况发生过。

同僚们虽然十分嫉妒王旦，但也不能影响真宗对王旦的信任。丁谓曾经多次在真宗面前说王旦的坏话，但真宗对王旦反而更加亲爱厚待。

一时谬想

司马光这则笔记，大体可分前后两个部分：前边主要讲王旦如何识人如何考察其才干，后一部分重点说王旦怎样荐人并取得真宗的认可。读来饶有趣味，也让人产生很多联想。

王旦识人察人的方法有三个步骤：第一步，通过沙龙式的随便谈话，发现“可与言者”，或者从社会舆论中发现“素知名者”，然后安排人打听到他的“居处”；第二步，一段时间之后，“召与语”，深入交谈，倾听来人对时政利弊得失的见解，有的干脆让他写一篇文章详述其观点，进一步考察其所熟悉擅长的事项；第三步，“密籍记其名”，悄悄记下可用之人的名字，然后便“谢绝不复见”之，从一旁观察这个人是否表里如一，耐得住寂寞，经得住考验。

王旦向朝廷推荐人才的方法也颇为讲究。首先，每到用人之际，“先密疏三四人姓名请于上”，让真宗从中挑选，充分尊重真宗的意见；第二步，通过自己的嘴巴，把真宗“笔点”过的人在朝堂上提出来，也算经过了酝酿、提名等报批前程序。第三步，正式向真宗打报告，等待“奏入”获批。三步走下来，环环相扣，滴水不漏。

王旦识人荐人，之所以总能让真宗找到“以笔点其首”的人，之所以在真宗那里“未尝不获可”，一是大前提正确。所有与他见面的人，“无敢以私干之者”。来找王旦的人不敢说私事，王旦观察人不带任何私心，自然就不会看走眼了。二是经得起历史检验。据史料记载，真宗一朝，王旦荐人无数，但几乎没有一个人不称职的，这应当是“同列虽疾之，莫能间也”，任何人也挑拨不了他和真宗的关系，始终得到真宗信任的根本原因。

汪曾祺在纪念老舍先生的文章中回忆说，老舍先生在担任北京市文联主席的时候，选拔培养了一大批人才。老舍先生识人，既不看档案，也从不找人谈话了解情况，只从平常的谈吐中就了解一个人的水平和才气。通过读司马光这则笔记，我们知道在九百多年前的宋朝，有一个叫王旦的宰相，其识人方法竟然和我们尊敬的老舍先生是一样的。由此看来，不管做什么事情，包括识人、选人，放正心思是第一位的，其他都是方法问题，并无绝对的好坏之分。

王旦——因为他不会自作聪明

笔记原文（王旦事五）

曹玮久在秦州，累章求代。上问旦谁可代玮者，旦荐枢密直学士李及，上即以及知秦州。众议皆谓及虽谨厚有行检[1]，非守边之才，不足以继玮。杨亿以众言告旦，旦不答。及至秦州，将吏心亦轻之。会有屯驻禁军，白昼掣妇人银钗于市中，吏执以闻。及方坐观书，召之使前，略加诘问，其人服罪，及不复下吏[2]，亟命斩之，复观书如故。将吏皆惊服。不日，声誉达于京师。亿闻之，复见旦，具道其事，谓旦曰："向者相公初用及，外廷[3]之议皆恐及不胜其任；今及材器[4]乃如此，信乎相公知人之明也。"旦笑曰："外廷之议，何其易得也。夫以禁军戍边，白昼为盗于市，主将斩之，事之常也，乌足以为异政乎？旦之用及者，其意非为此也。夫以曹玮知秦州七年，羌人詟服[5]，边境之事，玮处之已尽其宜矣。使他人往，必矜其聪明，多所变置，败坏玮之成绩。旦所以用及者，但以及重厚，必能谨守玮之规摹[6]而已矣。”亿由是益服旦之识度。张宗益云。

词句简释

1 行检：品行，操行。2 下吏：交付司法官员审讯。3 外廷：群臣等待上朝和办公议事的地方。对皇宫内而言。4 材器：才能与器识。5 詟服：畏惧服从。詟，zhé，惧怕。6 规摹：指制度，程式。

原文我读

曹玮在秦州任职已经很长时间了，多次上书朝廷请求派人来替换他。真宗问王旦什么人可以替代曹玮，王旦便推荐枢密直学士李及，真宗随即任命李及为秦州知州。

真宗的任命下达后，不少人议论说，李及虽然谨慎敦厚，有很好的品行，但不是戍边的将才，担心其能力不够，接不了曹玮的班。杨亿把大家这些话告诉了王旦，王旦听后也没有说什么。

李及到了秦州之后，军中将士和衙门的官吏都很轻视他。恰好有一个驻守的禁军士兵大白天在市场上抢夺妇人头上戴的银钗，负责社会治安的官吏抓住这个士兵，把他扭送到李及帐前向李及报告。李及当时正坐在那里看书，便将那军士叫到自己跟前，稍加审问，他就承认了犯罪过程，李及也不再把他交给司法官吏审理，立即命令斩杀这个军士，接着又看起书来。军中将士和地方官员听说后无不惊叹佩服。没有多长时间，李及的声誉便传到了京师。

杨亿听到李及这件事后，又去见王旦，把听到的情况一五一十都给王旦讲了，然后对王旦说："以前您刚使用李及的时候，朝堂内外都在议论，担心李及不能胜任守边之职；现在看李及才干和器识都这么好，我们都佩服您有知人之明啊。"王旦笑着回答说："大家这样的议论，也太容易得到了。朝廷让禁军戍边，士兵竟然大白天在市场上抢人东西，主将命令斩他，是一件很平常的事情，怎么可以作为特别的为政本领呢？我之所以坚持要使用李及，用意并不在这里。曹玮在秦州做知州已经有七年之久，西北一带的少数民族畏惧大宋国威，都自觉服从管理，边境上的事情，曹玮已经处理得十分恰当了。如果安排别人去接替曹玮任秦州知州，必然会自恃其聪明，对原来很多好的东西进行变革重置，毁坏曹玮辛辛苦苦做出的业绩。我之所以用李及，主要是因为李及为人稳重厚道，必定能谨守曹玮已经确定下来的制度和规矩啊。"杨亿听了这番话，更加佩服王旦的见识和气度了。

以上是听张宗益讲的。

一时谬想

司马光这则笔记，讲的是这样一个道理：治大国若烹小鲜，处理国家大事必须万分小心，切不可翻来覆去，更不能胡乱折腾。西北边陲安宁，曹玮花七年之功方有如此稳定局面，如果稍有不慎，随时就可能前功尽弃。曹玮离开了，必须有一个敦厚守成之人来接替他，"守其规摹"，把过去那些成功的做法坚持下去。

司马光不愧为文章大家，听来的一个小故事，让他写得跌宕起伏，饶有趣味。文章一开头的两句话——"曹玮久在秦州，累章求代"，便提起了读者的兴趣。曹玮，北宋开国大将曹彬的儿子，沉勇有谋，也是一代名将。秦州，地处西北边陲，与西夏胶着战的前沿阵地。接曹玮，镇秦州，绝不是一件小事情。

交代罢背景，司马光笔尖轻轻一抖，便绷紧了我们的神经。王旦推荐了一名叫李及的文弱书生，真宗下达了任职命令，哗！大宋政坛地震了，大家议论纷纭，说李及虽然"谨厚有行检"，但"非守边之才"，那么重要的战略要地，交给一个书生怎么能行呢？不由得让人替王旦悄悄捏一把汗。接着往下读，哈哈，柳暗花明，金子放光了！李及以“雷霆手段”斩了“白昼为盗于市”的禁军士兵，然后没事人一般，“复观书如故”，其定力、气度让秦州“将吏皆惊服”。

李及在秦州的所作所为传到京师，原本老成持重的杨亿，兴高采烈地跑去见王旦，讲完听到的情况后，很自然地，又说了几句您真有先见之明之类的夸奖话。显然，杨亿放心了，他觉得李及这个人是用对了。此刻，我们也觉得，这个故事到此也就结束了。然而，更精彩、意味更加深长的事情还在后头：听了杨亿的话，王旦却淡然地说，主将斩杀一个大白天在市场上公然抢劫的士兵，是一件很平常的事，并不能说明他有什么特别的本领。我之所以要用他，是觉得曹玮镇守秦州处理边疆问题，基本做到了尽善尽美。假如我派其他人去，就会出现很多意想不到的问题，有的人可能为显示其聪明智慧而另搞一套，有的人很可能会因立功心切而挑起事端，这样，曹玮殚精竭虑创建的边关良好局面就会毁于一旦。我之所以要派李及去，就是因为他为人稳重敦厚，不为名利所累，定能谨守曹玮定下的章法，确保边境长治久安。

张宗益告诉司马光，杨亿听了王旦说出的一番话，“益服旦之识度”。我读了王旦的话，不光佩服王旦的见识和器度，还深深地佩服王旦的公正无私，深深地佩服他为江山社稷着想的高尚情怀！

王旦——李公真是有先见之明啊

笔记原文（王旦事六）

真宗既与契丹和亲[1]，王文正旦问于李文靖沆曰："和亲何如？"文靖曰："善则善矣，然边患既息，恐人主渐生侈心耳。"文正亦未以为然。及真宗晚年，多事巡游，大修宫观，文正乃潜叹曰："李公可谓有先知之明矣。"傅钦文云。

词句简释

1 真宗既与契丹和亲：公元1005年1月，宋廷和契丹签订澶渊之盟，达成停战协议，除协定每年输辽"岁币银"外，双方互约为兄弟之国，辽圣宗称宋真宗为兄，宋真宗称辽圣宗为弟，称萧太后为叔母。

原文我读

真宗和契丹结成兄弟之国后的一天，王旦王文正公问李沆李文靖说："和契丹结盟事怎么样？"李沆回答说："好倒是好，但边境上的祸患平息后，我担心主上会渐渐生出奢侈、铺张的想法。”王旦听后不以为然，还认为李沆有些多虑。等真宗到了晚年，非常喜好出京游玩，还大规模修建宫殿楼宇，王旦于是在私底下感叹道：“李沆李文靖公真可以算作有先见之明啊。”

这个事是听傅钦文说的。

一时谬想

日常生活中，我们都有这样的体会，当我们处于困境的时候，只要目标明确，就会打起精神，不知疲倦地去学习、探究、拼搏，变压力为动力，化挫折为力量，事情往往都会有一个不错的结果，即便是很难的事情，一般也会得到较好的解决。反之，如果我们满足现状，不思进取，就一定会精神涣散，碌碌无为，最终也必然是一无所成。这个人生的辩证法，从古到今都没有改变过！李沆不愧为太子师，不愧为一代名相，大宋和北辽“和亲”了，往后不打仗了，别人都在额手称庆，李沆却从另一个维度看到了问题，“边患既息，恐人主渐生侈心”，他担心宋真宗会在虚假的和平面前，渐渐放松斗志，生出奢侈、铺张的想法。

两宋前后三百一十九年，虽然军事、外交上软弱，但在“和亲”问题上，较之于汉唐，还是有些“骨气”的，历代君主都坚决地拒绝了辽、夏迎娶公主的要求。所以，宋朝历史上没有昭君出塞、文姬归汉之类的故事。司马光这则笔记中所讲的“和亲”，应是两国通过谈判，结为兄弟之国的活动。然而，宋、辽两国在公元1005年1月间订立澶渊之盟时，李沆早在头一年的七月去世了。所以，司马光笔记中“真宗既与契丹和亲”的“既”字，真的是令人费解。

“饱暖思淫欲，饥寒起盗心”，这是连老百姓都懂的道理，李沆博古通今，具有厚重的家国情怀，对朝廷又忠心耿耿，自然更明白这个道理。所以，在真宗继位之初，身为宰相的李沆，就经常拿各地水旱盗贼之事奏请真宗处理，时任参知政事的王旦认为这些小事不应该烦劳真宗，向李沆提出了不同意见。李沆回答王旦说：“君主年少，应当让他知道四方的艰难。不这样，君主血气方刚，就会留意声色犬马之事，那么动土木、兴甲兵，向宗祠求福等事就会发生。我年老了，等不到看见这些了，这是参知政事你将来的忧患。”好厉害的李沆啊，竟一语成谶，后来，他的担心都一一变成了现实！澶渊之盟订立后不久李沆去世，没有了恩师的监督，宰相王旦又明哲保身，无所顾忌的宋真宗，在王钦若、丁谓等人的蛊惑下，果然学起了秦皇汉武，“多事巡游，大修宫观”，搞得大宋朝国库空虚，民不聊生。

在长达十年的“东封西祀”闹剧中，王旦一直位居中枢，他虽然不像丁谓、王钦若那样撺掇真宗，但始终没有提出反对意见，所以，对真宗晚年所犯的错误，王旦也是有责任的。大概是出于打心底里的愧疚吧，他终于发出了“李公可谓有先知之明”的感叹。这感叹里，包含了多少羞愧和无奈啊！

司马光——王旦不置田宅

笔记原文（王旦事七）

王太尉不置田宅，曰："子孙当各念自立，何必田宅？置之，徒使争财为不义耳。"

原文我读

王旦王太尉从不置买田产和宅第，他说："儿孙们都应当追求自立，依靠自己的力量过活并有所成就，何必要祖上给他们留下田产和宅第呢？如果置买了田产和宅第，其结果只能是让儿孙们为分家争财做出不义的事情罢了。"

一时谬想

清代爱国将领林则徐有一副著名的对联："子孙若如我，留钱做什么，贤而多财，则损其志；子孙不如我，留钱做什么，愚而多财，益增其过。"其道理和王旦说的差不多是一样的，但两相比较，还是王旦讲的层次高一些。

王旦不置田宅，首先考虑的是激发子孙的奋斗意识和自立精神。王旦认为，祖辈如果广置"田宅"，子孙就不知道创业艰难，从小生在"福窝"里，结果必然导致精神颓废，百无一用。

王旦关于广置田宅的危害，说得比林则徐也更直接、更朴实、更容易让人接受。俗话说，兄弟分家三年仇。古往今来，有多少家庭、弟兄之间为分家争财，钩心斗角，相互构陷，甚至打得头破血流而诉之于公庭。财产多了，让子孙“争财为不义”，是村夫莽汉、引车卖浆者流都知道的现实！

在我看来，父母一辈，把孩子带到这个世上，必须要有的观念就是要维护生命的尊严，把创造的权利交给儿女。为儿女包办了一切，就等于剥夺了他生命的权利。生命只是一个过程，每迈开一步都是其中的一段，父母应该放开手，让孩子们自己走路。孟子说：“君子之泽五世而斩。”民谚也讲：“富不过三代。”所以，不要刻意给子孙留下多少财产，更不要追求子子孙孙富贵长远，那都是虚无缥缈的东西。

还有句古话相信大家都耳熟能详：“授人以鱼，不如授人以渔。”这道理，对养育子女同样适应。父母所为，最有价值的，是传给后代进取的精神、健全的人格、生活的技能。当然，还包括提升素养和学习进取的方法。

司马光——王旦为相公廉自守

笔记原文（王旦事八）

旦以宽厚清约为相几二十年，遭时承平，人主宠遇至厚，公廉自守，中外至今称之。事寡嫂谨，抚弟妹有恩，禄赐所得，与宗族共之。家事悉委弟旭，一无所问。遇恩，荫补遍于群从[1]，身殁之日，诸子犹有褐衣[2]者。性好释氏，临终遗命剃发着僧衣。棺中勿藏金玉，用荼毗火葬法[3]，作卵塔[4]而不为坟。其子弟不忍，但置僧衣于棺中，不藏金玉而已。出《行状》。

词句简释

1 群从：堂兄弟及诸子侄。从，宗族中次于至亲的亲属。2 褐衣：粗布衣服。古代为贫贱者所穿，故借指贫贱者。3 荼毗火葬法：佛教实行的火葬方法。荼毗，梵语发音（tú pí），意思为焚烧。4 卵塔：安葬佛门僧侣骨殖的无缝石塔。状如大鸟卵，故称。

原文我读

宰相王旦坚持以宽容、厚道、清凉、简约为宗旨履行宰辅职权，辅佐真宗将近二十年，赶上天下太平，宋真宗对他信任，加之他以公正廉洁严格要求自己，所以朝廷内外到现在还在传颂他的事迹。

王旦谨慎小心地侍奉寡居的嫂子，尽心尽力抚养年龄较小的弟弟妹妹，朝廷给予的俸禄和赏赐，他与宗族中人共同使用。自己家里的事情全部委托给弟弟王旭管理，大小事情从不过问。遇有朝廷恩荫，他把荫补名额全都给了侄子们，在王旦去世那天，他的儿子中有的还是平头百姓。

王旦生性喜好释迦牟尼学说，临终留下遗言，要子弟们给他剃去头发，穿上僧衣，嘱咐他们切勿在棺木中藏放金玉一类的贵重东西，要按佛教的仪式将自己火葬，做一个卵塔来安放骨殖就可以了，千万不要修建占地很多的坟墓。王旦的子弟们于心不忍，（并没有用火葬的方法）只是把僧衣放在棺中，没有藏放金玉一类的东西而已。

以上文字出自《行状》。

一时谬想

一位知名学者曾经说过，一个人老练成熟和人格健全的标志，是他能把生命和权利作为责任，对上不卑不亢，对下谦恭低调，对社会宽厚包容，对家人温和有礼，对生死超脱淡然。拿这些来做标尺，王旦无疑就是这样一个令人尊敬的长者！司马光的这则笔记，前半部分说王旦对待家庭、同僚的态度和做法，后半部分讲他关于后事的嘱托和死后的境况，寥寥数语，盖棺论定，把王旦的一生都交代清楚了：居相位近二十年的王旦，在坚持做到“公廉自守”的同时，还事寡嫂、抚弟妹、济宗族，舍己子而荫侄子，通过这些看似不起眼的小事，把一位心怀天下、仁慈友爱的长者形象明白无误地展现在每位读者面前。细心的读者一定会注意到，司马光这则笔记里还说，王旦“身殁之日，诸子犹有褐衣者”。这里所说的“褐衣者”，即穿褐衣裳的人，代指没有官身的平民。王旦位居权力中枢十八年，仅宰相就做了十二年，经历过许多次“恩荫”，怎么会还有一个儿子是个“白身”呢？走在送葬的队伍里，这个“褐衣者”又是一个什么样的心情呢？一查史料，放心了。原来他是王旦的小儿子，名字叫王素。父亲去世时他只有十岁，寒窗苦读十年，二十岁便进士及第，后来和欧阳修、蔡襄、余靖同为谏官，也官声不错。

一个人对待死亡的态度，反映着他的人生观、世界观。可以坦然面对死亡的人，为人处世也定然不会患得患失。王旦在死亡前的超脱淡然，正是他一生光明正大的真实写照。活着的时候，尽最大努力，给这个世界添一分光明；生命到了终点的时候，不畏惧，不留恋，带着笑容走。这些，应该是王旦给我们的启示。

赵匡胤——这事别让外人知道了

笔记原文（赵普事一）

太祖初登极时，杜太后[1]尚康宁，尝与上议军国事，犹呼赵普为书记，尝抚劳之曰："赵书记且为尽心，吾儿未更事也。"太祖宠待赵韩王如左右手。御史中丞雷德骧劾奏赵普擅市人第宅，聚敛财贿，上怒，叱之曰："鼎铛尚有耳[2]，汝不闻赵普吾之社稷臣乎?"命左右曳[3]于庭数匝，徐使复冠，召升殿曰："今后不宜尔，且赦汝，勿令外人知也。"

词句简释

1 杜太后：宋太祖赵匡胤和宋太宗赵光义之母，赠太师杜爽长女。初以赵匡胤为官尊崇，受封南阳郡太夫人。去世后追谥昭宪太后。2 鼎铛尚有耳：汉语成语，意思是指某人或某事影响大，凡是长耳朵的都应该听说、知道。3 曳：拉，牵引。

原文我读

宋太祖赵匡胤刚登极的时候，他母亲杜太后身体还很健康，曾和太祖商议军国大事，仍然按赵匡胤任后周归德军节度使、赵普任节度掌书记时的职务称呼赵普为赵书记。杜太后曾经抚慰赵普说："赵书记你姑且多操一些心，多出一些力，我儿子他还没有经历过什么事情啊。"宋太祖对赵普十分宠信，倚重他就像自己的左右手一样，视之为最得力的干将。

有一次，御史中丞雷德骧上奏弹劾赵普擅自购买别人第宅、收受贿赂、聚敛钱财，宋太祖听后非常恼怒，呵斥雷德骧说："连鼎和铛这些长俩耳朵的东西，都听说过赵普是我的社稷之臣，你难道没长耳朵吗?"说罢，又命令侍卫拖着雷德骧在大庭里转了好几圈，过了好大一会儿才让他戴上帽子。然后太祖登殿升座，郑重地对雷德骧说："今后再不要这样做了，现在我权且赦免你，今天这事你不要让外人知道了。"

一时谬想

读司马光的这则笔记，有两件事会在我们的脑海里留下深刻的印象：一是杜太后的慈祥，二是赵匡胤的隐忍。

杜太后，就是宋太祖赵匡胤的母亲，这可是大宋朝历史上一个了不起的人物。我国封建王朝两千多年，哪一代哪一朝没有太后？但有两个儿子都登大位的却只有杜太后一人。史书上说，她治家严毅、性格刚强、颇通礼法。司马光笔记所撷取的这个片段，就是她这些特点的最佳例证。她对赵普的倚重和抚慰，是建立在对儿子能否坐稳龙椅的深深忧虑之上的。为了让赵普始终紧跟儿子，她有意坚持用旧时的职务称呼赵普，还放低身段，说自己的儿子年轻，历练不够，缺少经验，你还要尽力帮助他，等等。在现实生活中，我们也经常会听到，做母亲的经常在儿女的领导、同事面前说出诸如此类的话——我那孩子他不懂事，没见过世面，你是领导，你是老同志，你要多帮助他，有个言差语错的，你可得多担待啊！这和一千多年前的赵妈妈说的不是一个样子吗?

应当说，赵匡胤对赵普市人第宅、收受贿赂、聚敛钱财的行为是十分清楚的。但是，他现在还不能处置赵普。不光不能处置，连批评都不能，他得紧紧地黏住赵普让他为自己效力。为啥?首先是赵普在陈桥兵变中出了大力，他过去所做的一切赵普都清楚。其次，也是最关键的，赵匡胤明白，现在新政权才刚刚建立，朝廷里百废待举，边境上强敌环伺，要尽快解除内忧外患，没有赵普是绝对不行的。所以，他尽管认同雷德骧对赵普的弹劾，但他又埋怨雷德骧不识时务，连鼎、铛这样有俩耳朵的都知道的事，你难道是个聋子，不知道现在赵普对我的重要性吗?好无奈的太祖啊，对这个愣头青雷德骧，他一边处置，一边又要安抚：今后别再弹劾他了，我知道你说得对，我不处分你，但你也要体谅我的难处，不要让外人知道了。

赵普何许人也，竟让杜太后和宋太祖如此抬举?

赵普，河北蓟县人，后周至北宋初年著名的政治家，北宋开国功臣。后周显德七年（960），担任后周归德军节度使赵匡胤的掌书记，是赵匡胤的重要智囊之一，和赵匡胤、赵光义兄弟一起策划了陈桥兵变，推翻后周，建立宋朝。宋太祖乾德二年（964）拜相，建议赵匡胤削夺藩镇、罢禁军宿将兵权，协助赵匡胤实行更戍法、改革官制、制定守边防辽等许多重大措施。公元992年病逝，年七十一，宋太宗亲撰八分字神道碑赐之。赵普虽非饱学之士，但颇有政治智慧，其“半部《论语》治天下”之说对后世影响很大，成为以儒学治国的名言。

我说得对，却要收拾我；收拾了我，又不记我过，还不让我对外说。哎呀，这事情太绕，这世界太复杂！不光是受罚的雷德骧发懵，我们作为后来人、旁观者，要不仔细琢磨，也会一头雾水的。

司马光——赵普曾极惶恐

笔记原文（赵普事二）

昭宪太后聪明有智度，尝与太祖参决大政，及疾笃，太祖侍药饵，不离左右。太后曰："汝自知所以得天下乎？"太祖曰："此皆祖考与太后之余庆[1]也。"太后笑曰："不然，正由柴氏使幼儿主天下耳。"因敕戒[2]太祖曰："汝万岁后，当依次传之二弟，则并汝之子亦获安耳。"太祖顿首泣曰："敢不如母教！"太后因诏赵普于榻前，为约誓书，普于纸尾自署名云："臣普书。"藏之金匮，命谨密宫人掌之。及太宗即位，赵普为卢多逊所谮[3]，出守河阳，日夕忧不测。上一日发金匮[4]，得书，大寤[5]，遂遣使急召之，普惶恐，为遗书与家人别而后行，既至，复为相。

词句简释

1 余庆：先代为后代遗传下来的福泽。2 敕戒：警诫，教诫。3 谮：zèn，诬陷，中伤。4 金匮：金色的盒子，一般用于存放比较贵重的或具有纪念意义的东西。5 寤：同“悟”。

原文我读

杜太后既有智慧，也有器量，经常和太祖一起研究处理国家大事，在她病重的时候，太祖亲自侍奉药物，寸步不离左右。有一天，太后问太祖：“你自己知道你因为什么得到的天下吗?”太祖说：“这都是祖宗和太后给我留下来的福泽啊。”太后听后笑着告诉太祖说：“不对，这都是因为周世宗让幼儿做天下之主的缘故啊！”接着太后教诫太祖说：“等你归天之后，应当按次序将皇位传给你二弟，那样，整个国家包括你的儿子也能得以安宁啊！”太祖一边向太后叩头一边哭着说：“岂敢不听从教诲！”于是，太后通知赵普来到自己的病榻前，让赵普书写了传位誓书，赵普还在誓书的末尾署上了“臣普书”三个字。然后将誓书藏在一个专门存放贵重物品的金色盒子里，命令一个谨慎、细致、可靠的宫人来掌管它。

到太宗即位后，赵普被卢多逊诬陷，离开中枢出任河阳太守（知州），他整天担心有意外的事情发生。忽然有一天，宋太宗打开了那个存放誓约的盒子，看到了誓书上的内容，一下子醒悟过来，马上派人通知赵普返回京师。赵普接到通知后非常害怕，写了遗书后才辞别家人赶往京师。到了京师以后，赵普没想到他又重新被任命为宰相。

一时谬想

不知道为什么，多年来，每次看到书上说“金匮之盟”，第一反应就认为这是假的，这是宋太宗自己给自己所进行的历史洗白，这是一段重构的历史。这段历史的背后，也许就隐藏着不为人知的惊天骗局。

宋太宗赵光义是宋太祖赵匡胤的亲兄弟，也是北宋历史上第二位君主，他的即位，打破了中国历史上的嫡长继承制传统，演出了一幕兄终弟及的神话。然而，无论赵光义本人，以及他的追随者们怎样粉饰，这段历史也是迷雾重重。我觉得，司马光本人对金匮之盟还是相信的，所以他津津有味地记下了这个美丽的传说。可仔细品味笔记内容，便会发现其中的问题：赵光义在哥哥赵匡胤驾崩之前，包括他即位以后的好多年，他是不知道原来还有这个金匮之盟的，因为司马光在笔记中说，他是偶然有一天，打开了那个金色的宝贝盒子，才“得书”看到了赵普的名字。那么，我们不仅要问，赵匡胤驾崩时，知道“誓书”的杜太后早已归天，而他的侄儿，哥哥赵匡胤的二儿子（长子早夭）赵德昭已经二十六岁了，凭什么不让侄儿即位？他有什么理由心安理得地坐上龙椅呢？他怎么就没有提出过一点点的疑问呢？

打记事起，我就不喜欢这个赵光义！那时候虽然没有戏剧电视可看，但乡村里有很多老人会讲“古景”（方言，谓故事、早年间事），我清楚地记得，他们说到赵光义时总是一脸的不屑，从不称他宋太宗，而叫他赵二世（豫南方言读shè）。我不喜欢他，是觉得他工于算计、心狠手辣，“外战外行，内战内行”，在对外族作战中屡屡败北，他制定的“守内虚外”战略，简直和蒋介石的“攘外必先安内”如出一辙。赵光义即位之后，赵匡胤的次子赵德昭、四子赵德芳以及三弟赵廷美都直接或间接死于赵光义之手，这是血淋淋的事实，任你怎么漂洗，都是枉然！

我们再来看看所谓的金匮之盟发生的时间。赵匡胤是公元960年正月黄袍加身的，而杜太后是公元961年九月去世的，也就是说，杜太后病重的时间最晚也是在公元961年，那时候，儿子赵匡胤建立的大宋朝建国才刚刚一年多时间！赵匡胤出生于公元927年，那一年才34岁。杜太后操心朝廷大事，我们可以理解，但她竟然能操心到考虑风华正茂的儿子的传位问题，说什么都是让人难以置信的。你就是再未雨绸缪，也不可能去想那么遥远的事情，这不符合逻辑啊！再说，杜太后“敕戒”太祖的话是“当依次传之二弟”，这也可以理解为赵匡胤先把皇位传给二弟赵光义，然后再由二弟赵光义传给三弟赵廷美啊！对此，赵光义怎么从不吱声呢？如果杜太后真的是要赵匡胤将皇位传给“二弟”光义的话，那只能有一种解释，就是聪明睿智的杜太后已洞察赵光义的野心，她知道大儿子没有二儿子手狠，连大儿子给她养的几个孙子都斗不过二儿子，在权衡利弊之后，痛定思痛，不得已而为之吧！

“臣普书”三个字，虽然是和“此地无银三百两”一般滑稽的，但它却如同沙漠中的绿洲一样，给绝境中的赵普以生机，最终让赵普也由此得以善终。

司马光——赵普力荐之人果然称职

笔记原文（赵普事三）

赵普尝欲除某人为某官，不合太祖意，不用；明日，普复奏之，又不用；明日，又奏之，太祖怒，取其奏坏裂投地，普颜色自若，徐拾奏归，补缀；明日，复进之，上乃寤，用之。其后果称职，得其力。右皆赵兴宗云。

原文我读

有一次，赵普想奏请太祖任命某一个人担任一个重要职务，但不符合太祖的意愿，太祖见到奏折后没有采纳赵普的意见；第二天，赵普又上奏，太祖仍然不同意；第三天，赵普再次上奏，太祖大怒，拿过赵普的奏折撕裂后摔到了地上，赵普面不改色，没事人一般慢慢拾起奏折回到家中，耐心地将撕裂的奏折修补完整；第四天，赵普又将提请任命这个人的奏折呈给了太祖，太祖才醒悟过来，同意让这个人担任那一职务。后来发现，这个人果然十分非常能干。

以上都是赵兴宗讲的。

一时谬想

读司马光这则笔记，两个老犟筋顶牛的场景仿佛就在眼前：

赵普上奏提出要求——太祖不许；

赵普又上奏又提出要求——太祖仍不许；

赵普再次上奏再次提出要求——太祖不仅不许，还恼羞成怒地撕毁奏折摔到地上；

赵普不慌不忙拾起奏折，修补好后再呈送给太祖并提出同样要求——太祖醒悟后最终同意。

民谚说："只有再一再二，没有再三再四。"赵普你作为开国功臣，为国举荐人才你尽到本分就可以了，这么执拗又是何苦呢？伴君如伴虎，我们现在读史都替你捏了一把汗！但与此同时，也有一种感动弥漫在心间，好想大声地为赵普的无私和执拗叫一声好！

人们说，无私才能无畏。赵普面对龙颜大怒能够"颜色自若"，既是修养所在，更重要的原因是他在为江山社稷着想，其中不掺杂任何个人的私利。面对君主的坚决拒绝和反对，大多做臣子的都会明哲保身，我话已经说到了，用不用是你的事情，我才不招惹你呢！但赵普不是这样的人！最让我感动的是赵普面对赵匡胤的雷霆之怒，他不仅不慌不忙地"徐拾"撕碎的奏折，回家后还精心"补缀"。这种沉着、镇定、执拗，以及以天下事、国家事为己任的忍耐和决绝，怎能不叫人为之动容呢？

宋太祖赵匡胤能够忍受住赵普再三再四的缠磨，并最终同意赵普的意见，作为一个君主，这的确是难能可贵的。如果除掉陈桥兵变这个怎么也说不清楚的疑点，赵匡胤在历史上算是个明君了。我们不能对赵匡胤的拒绝甚至撕烂奏折的行为求全责备，君主也是人，有的时候依然会以感情亲疏和个人好恶来处理问题。因为你赵普举荐的这个人"不合我意"，我见他就烦，所以，我才不管他有什么才能呢？反正我就是不用他！往宽泛处说，这也算是一种人之常情。

司马光在笔记里告诉我们，后来的结果皆大欢喜：赵匡胤醒悟，任用了赵普推荐的人，这个人到任后"果称职，得其力"。这当然是很好的，但问题是，这个人后来要是干得不怎么样，将会有什么情况发生呢？

赵普——刑赏不是你一个人的事情

笔记原文（赵普事四）

太祖时，尝有群臣立功，当迁官。上素嫌其人，不与，赵普坚以为请。上怒曰："朕固[1]不为迁官，将若何？普曰："刑以惩恶，赏以酬功，古今之通道也，且刑赏者，天下之刑赏[2]，非陛下之刑赏也，岂得以喜怒专之？"上怒甚，起，普亦随之；上入宫，普立于宫门，久之不去。上寤，乃可其奏。右皆赵兴宗云。

词句简释

1 固：副词。坚决，坚持。2 刑赏：刑罚与奖赏。

原文我读

宋太祖在位的时候，有一些大臣工作出色，立了功，按惯例应当予以提官升职。但是，其中有一个人太祖一向讨厌他的为人，不同意给他升官，赵普却坚持请求给那人升官。太祖生气地说："我坚决不给他升官，你能把我怎么样呢？"赵普说："刑罚是用来惩治作恶之人的，赏赐是用来酬谢有功之人的，自古以来就是这样的理。况且刑罚和赏赐，是国家权力的体现，并不是你一个人想怎么着就怎么着的啊，你怎么能以自己的喜怒好恶来独断专行呢？"太祖听后气愤到了极点，起身就走，赵普就紧跟在他身后，太祖入宫，赵普就立在宫门口，过了很长时间也不离去。太祖最后醒悟过来，终于答应了他的上奏。

以上都是赵兴宗说的。

一时谬想

读司马光这则笔记，开头两句话便把我难住了。前边说"有群臣立功"，后边接着说"上素嫌其人"。太祖讨厌的只能是某一个人，那"群臣"的"群"字又该怎么解释呢？查遍了手头的资料，也没有一个令人满意的说法。无奈，只好按"我读"出来的意思来把它变成白话文了。

"刑赏"一词，最早见于《周礼·天官·大宰》，是一个并列词组。古人之所以把"刑""罚"和"奖""赏"放在一起说，是认为"天下大务，莫过刑赏二端"，通过"刑""有罪"、"赏""有功"，可以"驭其威"。在唐代史学家吴兢所著的《贞观政要》里，有这样一句话："刑赏之本，在乎劝善而惩恶。"总而言之，大家都明白，奖罚分明对国家、百姓、个人都是非常重要的。

司马光笔记里交代得很清楚，赵普之所以要为那个大臣"请"官，是因为人家立功了，按照规定应当给人家"迁官"。所以，当太祖说不出具体理由又"不与"的时候，赵普就敢"坚以为请"。叫人忍俊不禁的是宋太祖的表现，他像是一个任性而又顽皮的孩子一样耍无赖：我就是讨厌这个人，我就是不给他升迁，你能把我怎么样?！读到这里，不禁哑然失笑，小时候，一群小伙伴在一起玩耍，一旦发生了矛盾，不就会有人说出类似这样的话来吗？往事历历在目，恍然间便都是大几十年前的事了。嗟叹之余，打心底羡慕赵匡胤的幸运：已是九五至尊了，竟然还有赵普这样可以耍小性子，可以说真心话的伙伴在身边！

面对赵匡胤的“无赖”，赵普的反问铿锵有力：刑赏是“天下之刑赏”，这不是你一个人的事情，你凭什么以个人“喜怒专之”？这一句话算是触了龙鳞，惹得太祖“怒甚”，气急败坏地拂袖而去。好个赵普，竟然不依不饶！不光紧跟在太祖屁股后面说事，还居然如雕塑般“立于宫门，久之不去”。你不答应，我今天就不走了！有志者，事竟成，赵普的执拗终于感动了赵匡胤，很快大“寤”，“乃可其奏”。这两个老搭档，有意思！

“刑以惩恶，赏以酬功。”赏罚分明，是人尽其才、国家强盛的重要一环，赵普一千年前说的这话，今天仍有现实意义。

赵普——夺权收兵天下安

笔记原文[1]（赵普事五）

太祖既得天下，诛李筠、李重进，召赵普问曰："天下自唐季以来，数十年间，帝王凡易十姓，兵革不息，苍生涂地，其故何也？吾欲息天下之兵，为国家建长久之计，其道何如？"普曰："陛下之言及此，天地神人之福也，唐季以来，战斗不息，国家不安者，其故非他，节镇太重，君弱臣强而已矣。今所以治之，无他奇巧也，惟稍[2]夺其权，制其钱谷，收其精兵，天下自安矣。"语未毕，上曰："卿勿复言，吾已喻矣。"顷之，上因[3]晚朝，与故人石守信、王审琦等饮酒，酒酣，……上曰："……汝曹何不释去兵权，择便好田宅市之，为子孙立永久之业。……"皆再拜谢……向非赵韩王谋虑深长，太祖聪明果断，天下何以治平？至今斑白之老不覩[4]干戈，圣贤之见何其远哉！普为人阴刻，当其用事时，以睚眦中伤人甚多，然其子孙至今享福禄，国初大臣鲜能及者，得非[5]安天下之谋，其功大乎！始平公云。

词句简释

1 本段文字由司马光原笔记节选。2 稍：逐渐，渐渐。3 因：趁着，乘便。4 覩：古汉字，同“睹”。5 得非：莫非是，能说不是……

原文我读

赵匡胤登上皇位后，消灭了李筠、李重进等反对势力。一天他召见赵普，问赵普说：“国家自唐末以来，几十年时间里，帝王先后换了十姓之多，兵连祸结，战火连绵，令生灵涂炭，民不聊生，这是什么原因呢？我想停息天下的战争，替国家建立长治久安的制度，有什么好的办法呢？”赵普回答说：“陛下的话能说到这个份儿上，真是江山社稷全体百姓的福气啊！自唐朝末年以来，之所以战争不断发生，国家不得安宁，原因不是别的，就是藩镇节度使的权力太重，君弱臣强罢了。现在要解决问题，也没有什么神策妙计，只有逐渐剥夺他们的权力，限制他们储备的钱谷数量，收回他们掌握的精锐部队，那样，天下自然便会安定了。”赵普话还没有说完，宋太祖便拦住了话头：“你不要再说了，我已经明白了。”过了几天，宋太祖趁着晚朝结束后和老将石守信、王审琦等人喝酒的机会，等到大家都喝到畅快的时候，宋太祖说：“你们为什么不解除兵权，选择好的田地和宅院买下来，安度一生呢？”宋太祖说完，众人拜谢，交出了兵权…… 如果不是当年赵普深谋远虑，太祖聪明果断，怎么能实现天下太平、社会安定的局面呢？现在，连头发花白上了年纪的老人都没有见过战争，圣贤之人的见识真是深远啊！

赵普为人阴险刻毒，他身居相位的时候，睚眦必报，为一点小事就伤害别人的情况很多，然而，他的子孙们至今能享受福禄，建国初期的大臣很少有人能赶上他的，这能说不是因为他提出了稳定天下的谋略，立下的功劳巨大吗？

以上是庞籍庞始平先生告诉我的。

一时谬想

一个新政权建立了，敌对势力也一个个消灭了，领头的人已经坐稳了第一把交椅，跟着打天下的功臣们怎么瓜分胜利果实，这几乎是中国历史上一个无解的难题。而如何防止军队将领拥兵自重、危及君权则是一个世界性难题。至今在一些政治制度不健全的国家，还时不时地有军事政变发生呢！

赵匡胤看到的现象："天下自唐季以来，数十年间，帝王凡易十姓，兵革不息，苍生涂地。"

赵普说出了问题的实质："唐季以来，战斗不息，国家不安者，其故非他，节镇太重，君弱臣强而已矣。"

唐睿宗、玄宗时期，由于战事频仍，为了使前方将领和地方大员能灵活处理战争中出现的各种问题，节度使制度应运而生，并在最初的一个时期发挥了很好的作用，但是到了唐玄宗在位后期，节度使的权力越来越大，以至于后来尾大不掉，安禄山叛乱就是在这样的环境中酿成的。后来，梁唐晋汉周五朝政权更替，问题无一不是出在这个方面。所以，节度使制度是藩镇割据的根本源头，"节镇太重"，节度使权力太大太强是"兵革不息，苍生涂地"的直接原因。

"节镇太重"之形成，无非两个方面：一是朝廷倚重功臣，授予的权力太大；二是中央节制不力，让地方政权在运行中坐大。现在，问题已经摆到了龙椅上的赵匡胤面前，他要下决心解决它，他不允许大宋朝一建立就给后世埋下祸乱的种子。

诚如赵普所言，要解决这个问题，"无他奇巧也"，没有特别管用的办法，只要做到三点就可以了：

"稍夺其权，制其钱谷，收其精兵"，这就是说，要逐渐剥夺那些节度使手中的权力，限制他们储备的钱粮辎重，收回他们掌握的精锐部队。

赵匡胤和赵普一拍即合，很快，第一步计划便付诸实施。“杯酒释兵权”，赵匡胤一次晚宴、一番感叹，便让老将石守信、王审琦等人拱手交出了兵权。赵普的建议，不仅避免了“节镇太重”所导致的“兵革不息，苍生涂地”，还为新生政权如何对待功臣问题提供了新的解决方案。历史上，“兔死狗烹”的例子比比皆是，比如吴国之伍子胥、秦国之白起、汉朝之韩信等，当年他们都曾是叱咤风云，功勋卓著，但结局无一例外。但因为有了赵普，不仅大宋一群开国将领的家族命运得以改变，同时也成就了赵匡胤的一世英名。

司马光在笔记的末尾不忘告诉我们，赵普性格上有些缺陷，不容人，爱计较，睚眦必报，常因一点小事不如意就伤害别人，然而，他的子孙们却能安享福禄，其原因就是他提出了稳定天下的谋略，功劳巨大！这是因果相报文化在司马光笔下的反映，不见得就有道理。但是，做人处事在大的原则问题上把准方向，为绝大多数人谋福祉，总没错！

赵普

陛下不是也背弃了周世宗吗

笔记原文（赵普事六）

太祖欲使符彦卿典兵[1]，韩王屡谏，以为彦卿名位已盛，不可复委以兵柄。上不听。宣已出，韩王复怀之请见。上迎谓之曰："岂非[2]以符彦卿事邪？"对曰："非也。"因别以事奏，既罢，乃出彦卿宣进之。上曰："果然。宣何以复在卿所？"韩王曰："臣讬以处分之语有未备者，复留之，惟陛下深思利害，勿为后悔。"上曰："卿苦疑彦卿，何也？朕待彦卿至厚，彦卿能负朕耶？"韩王曰："陛下何以能负周世宗？"上默然，遂中止。蓝元震云。

词句简释

1 典兵：统领军队，掌官军权。2 岂非：反诘用词。难道不是。

原文我读

宋太祖赵匡胤准备让符彦卿统领军队，韩王赵普屡次劝谏，认为符彦卿名气地位已经很高了，不能再让他掌握军队了。然而，宋太祖并没有听从赵普劝谏。委任符彦卿统兵的诏书送到中书省后，赵普又怀揣着诏书请求面见太祖。太祖听说赵普来了，赶紧迎上去对他说："岂不是又为符彦卿的事啊?"赵普回答说："不是的。"接着便奏报了几件别的事情，说完之后，才从怀里拿出委任符彦卿统兵的诏书交给太祖。太祖说："你果然是为符彦卿的事情来的。这诏书怎么还在你手里?"韩王赵普回答说："臣假托诏书还有不够恰当需要修改的地方，就留住诏书没有让发下去，只是希望陛下认真思考一下其中的利害，不要将来为此后悔。"太祖赵匡胤说："你一直坚持怀疑符彦卿，这是为什么呢？我待符彦卿很厚，符彦卿怎么会背叛我呢?"韩王赵普回答说："陛下您当年为什么会背叛周世宗呢?"太祖听了之后，好长时间说不出话来，于是，就把让符彦卿统兵这件事放下了。

以上是听蓝元震讲的。

一时谬想

赵匡胤"杯酒释兵权"，让原来领兵打仗有本事的人都靠边站了，开始他还觉得挺好，身边没有危险了，但一和契丹人打仗问题便出来了，没有优秀的将领带兵指挥还是不行。于是，他准备起用一个信得过的人来"典兵"，这符彦卿便是他首先看中的人，没想到，他的意见遭到了宰相赵普的强烈反对，不光朝堂上"屡谏"发表不同意见，甚至还利用宰相职权，压住宋太祖的诏书不让发出去执行。这是为什么呢?

难道是赵普和符彦卿之间有什么私人恩怨吗？查历史记载，并无任何这方面的蛛丝马迹。仔细想一想，明白了，原因其实很简单。根本症结就在于赵普太知道赵匡胤的君主位置是怎么来的了。赵匡胤作为后周的禁军最高统帅，在抵御北汉及契丹联军时，授意部下给他"黄袍加身"，发动"陈桥兵变”，逼迫后周恭帝禅位，抢了后周的江山。兵变的时候，赵普是赵匡胤的掌书记，最重要的参谋助手，推翻后周建立宋朝，赵普功不可没。作为当年政变的主要参与者，赵普天然就对位高权重的武臣有着敏锐的戒备心理，他觉得，任何手握兵权的人都有可能给你重演一次黄袍加身的大剧！前车之覆，后车之鉴，玩鹰的人怎么能让鹰啄了眼睛！我们绝不能重蹈覆辙，绝不能再制造这样的机会！

或许是时光的流逝，冲淡了太祖对历史的记忆；或许是情势所迫，不用符彦卿这样的将领真的不行，这回，赵匡胤是真想让符彦卿掌握一些兵权的。所以，当赵普一而再，再而三地提出反对意见时，他还在做赵普的思想工作，说我一直都厚待符彦卿，他怎么可能背叛我呢？你就相信他吧！赵匡胤说得确实很真诚，这也应该是发自他内心的声音。但赵普不紧不慢，幽幽地来了一句：“陛下何以能负周世宗？”周世宗待你也不薄啊，你怎么就辜负了他呢？这一问，精准地击中了赵匡胤内心的痛点，他好长时间缓不过神来。这里有一个关键字眼：“上默然。”我估计，在这久久的沉默之中，赵匡胤的思绪已飘然回到当年：周世宗的病榻托孤、陈桥驿的黄袍加身，还有周恭帝禅位时的战栗……往事如烟，一桩桩、一件件，才下眉头，却上心头。我想，此刻，赵匡胤的内心应该是千头万绪、五味杂陈，只好摆摆手：算了！

读宋史，最窝心的就是北宋军事上的软弱，泱泱大国，契丹人打不过，党项人也打不过，女真人还打不过，不是割地，就是赔款，没有一天不是窝囊日子。它为什么不下功夫把军队搞好呢？恐怕这里边一个最大的痛点，就是生怕武人坐大，担心军人生事，最后夺了赵氏的江山。据说，树木最坚硬的地方就是结痂的伤疤。人应该也一样，心中一旦有了伤疤，便会时刻记住这个受过伤的地方，千方百计护着，不想让这个地方再次受到伤害。整个大宋朝的病，恐怕病根子就在这个疤痕上。

赵匡胤——你放心收下吧

笔记原文（赵普事七）

太祖时，赵韩王普为宰相，车驾因出，忽幸其第。时两浙王钱俶方遣使致书及海物十瓶于韩王，置在左庑下。会车驾至，仓卒出迎，不及屏也。上顾见，问何物，韩王以实对。上曰："此海物必佳。"即命启之，皆满贮瓜子金[1]也。韩王皇恐，顿首谢曰："臣未发书，实不知，若知之，当奏闻而却之。"上笑曰："但取之，无虑。彼谓国家事皆由汝书生耳。"因命韩王谢而受之。韩王东京宅，皆用此金所修也。富公云。

词句简释

1 瓜子金：古代碎金的一种称谓，可作货币流通。

原文我读

宋太祖在位的时候，韩王赵普任宰相，太祖趁着出来办别的事情时，突然驾临赵普府上。当时两浙王钱俶刚刚派遣使者送一封信及十瓶海物到韩王府邸，那十瓶海物还放在堂屋的左廊下，恰好赶上太祖的车驾到了，赵普就仓促出来迎接，还没有来得及把海物藏起来。太祖看见了，问这是什么东西，赵普如实做了回答。宋太祖说："这些海物一定很好。"当即命人打开那些瓶子，原来瓶里装满了散碎金子——瓜子金。赵普见状，十分惶恐，赶快叩头谢罪，说："我还没有打开他送来的书信，确实不知瓶子里装的是什么东西，如果知道是这样，肯定会向您报告并且退掉它们。"太祖笑着说："你尽管收下这些东西，不要担心。他认为所有的国家大事都是由你这个书生说了算呢！"于是，太祖命令赵普感谢钱俶并且收下这些东西。赵普在东京开封修建的宅院都是用的这些金子。

以上是听富弼富公说的。

一时谬想

大家都有这样的感觉，随着时光的流逝，人和人之间身份、地位的差异越来越大，当年无话不谈的朋友，有时仅仅因为一件小事，甚或是一句话，忽然之间，彼此竟变得陌生起来。想想，让人生出无限的感慨。

读罢司马光的这则笔记，我的内心有些感伤！这感伤多半是因为赵匡胤。应当说，我对赵匡胤这个人还是很钦佩的。除去老是想给陈桥兵变涂脂抹粉，说话显得有点言不由衷之外，平心而论，赵匡胤是一个很感性的人。他既有君临天下的豪气，也有邻家兄长的憨厚，对于赵普，他则更像是一位故交老友，相当倚重。已居九五之尊的赵匡胤，竟然会心血来潮，趁外出之机，顺道拐到赵普家里，这情形让人觉得多么家常，那样亲切，就像我们平日出门办事，赶巧路过朋友家门口，顺便去坐一会儿是一个样子嘛！但是，赵匡胤拐的这个弯儿，拐出了麻烦，他刚好撞见两浙王钱俶派人来给赵普送礼，这场面简直是糟透了，要是一般的礼物还算罢了，那十个瓶子打开了，竟然满满地装着瓜子金！这就不能不让赵匡胤有想法了，这个还没有归顺的两浙王，给宰相送这么贵重的礼物，他想干什么呢？赵匡胤是一个善于控制自己情绪的人，虽然一肚子狐疑，面对惊恐万状的宰相赵普，依然笑着说道："取之，无虑。彼谓国家事皆由汝书生耳。"这句话乍一听，像是安慰老朋友，你不要多虑，但取无妨。但这后半句却是夹枪带棒，暗藏杀机，说这话的时候，赵匡胤已经完全恢复了帝王身份：哼，他钱俶太不识相，以为国家大事都是你这个书生说了算啊！这言外之意，估计赵普也听得出来，这江山是我在坐着的，你别牛，别人看你权力很大，其实你啥都不是！我在想，赵匡胤这后半句话，从心底里迸出来时，一定是带着飕飕的冷气，只不过是他道行深，那些字经过了气道和口腔的暖化，让人听着已经不是原来的味道了。

我忽然觉得，赵匡胤在说这话的时候，眼前一定也会浮现出好多往事来。想想自己当年任后周殿前都点检，赵普做自己的掌书记，两人朝夕相处，心气相通，那是多么美好的时光啊！可现在呢？因为有了权力，因为有了利益，过去的一切都要失去吗？此时的宋太祖赵匡胤，内心深处该是多么地苍凉和孤独啊！作为君主的赵匡胤，难得他还拥有一颗朴实的凡人之心，当他兴高采烈地来老友家串门时，看到的却是这样一幕！就在这如白驹过隙的一瞬，他和赵普之间的关系，就已经发生了质的改变。

顺便说一下，有人以为，赵匡胤突访赵普，就是冲着那"十瓶海物"去的，我觉得这说法缺乏事实根据，是把人和事都想复杂了。

现实生活中，普通人之间的隔阂，有很多也像瓜子金事件一样，由一些偶然因素引发的。很多情况下，想避免都很难。

司马光——新宅院他只乘小车看了看

笔记原文（赵普事八）

韩王将营西宅，遣人于秦、陇市良材以万数，卢多逊阴以白上，曰：“普身为元宰，乃与商贾竞利。”及宅成，韩王时为西京留守，已病矣。诏诣阙[1]，将行，乘小车一游第中，遂如京师，至于捐馆[2]，不复再来矣。

词句简释

1 诣阙：到京都去，奔赴京都。诣，到、去。阙，皇宫，代指京城。2 捐馆：关于死的比较委婉的说法。“捐”，放弃，“馆”指官邸，字面意思是放弃了自己的官邸，一般是指官员的去世。后遂以“捐馆”为死亡的婉辞。亦作“捐舍”。

原 文 我 读

赵普准备在西京洛阳建一处宅院，派人在秦州、陇州等地选购了成千上万的优质建筑材料。参知政事卢多逊知道后，私下里向太祖报告说："赵普身为宰相，竟然与商人争利。"等到赵普的宅院建成，赵普那时已经被罢相贬为西京留守，而且病情已经很重了。一天，太祖下诏让他到东京去，出发之前，他乘一辆小车在宅院里转了一圈，然后就回东京了。直到去世，他再也没有来过这所新建的宅院。

一 时 谬 想

田地、房屋、官阶、钱财、古董等等，都是身外之物，生不带来，死不带走，这道理人人都懂得。但现实生活中又有多少人整日汲汲于此，一生为之所累！应当说，赵普是一个极其有政治智慧的人，他经过战火洗礼、生死考验，大宋开国后又长期居于权力中枢，竟然也有看不开的时候，居然为身外之物劳神费力，授人以柄！赵普决定营建"西宅"的时候，大概是忘记了，你一个提议，建国功臣们尽数被解除权力，只有你一个人得以高居相位，大宋的家几乎都让你一个人当了！这个时候你不谨小慎微、如履薄冰，反而去大张旗鼓地买建材、圈地皮，给自己在洛阳营造一所并不需要的宅第，这不是没事找事吗！结果呢？让长期觊觎相位的卢多逊抓住了把柄，使早就防备你的宋太祖找到了理由，说你私贩秦陇大木，跟皇家菜圃换地皮大建宅第，开邸店与民争利，已经蜕化变质不能做百官的表率了。一纸诏书下来，便罢了你的宰相之职，到西京洛阳做一个"闲"臣了。更让人唏嘘不已的是，赵普精心营造的宅院，只是在离开西京时抱病乘车转着看了一圈。后来，一直到死，他居然都不曾再度来过！读完司马光的这则笔记，我合上书本，望着窗外愣了很久，我想到了赵普当年在谋划建房时的喜悦，想到了他不得不离开时的悲伤，想着想着，就想到了现在我们中间的一些人……

脑子发热的时候，或者为自己不如人而懊恼的时候，多想想赵普离开洛阳前"乘小车一游第中"的情景，你会感到，忽然间，人就豁达了。

司马光——太宗由此对他更倚重

笔记原文（寇准事一）

太宗时，寇准为员外郎，奏事忤[1]上旨，上拂衣起，欲入禁中，准手引上衣，令[2]上复坐，决其事然后退。上由是嘉之。

词句简释

1 忤：抵触，不顺从。2 令：使，让。

原文我读

宋太宗在位的时候，寇准为虞部郎中、枢密直学士，兼任吏部东铨，专管拟提拔官员的任前考察。有一次他在殿堂向宋太宗上奏言事时，他的意见违背了宋太宗的旨意，让太宗十分生气，衣裳袖子一甩站了起来，转身就要回宫里去，寇准见状，跑上去用手拉住太宗的衣襟，让太宗再坐下，把他说的事议决后才退了出来。对寇准的越礼行为，太宗不仅没有生气，反而通过这件事在心里对他更赞许了。

一时谬想

小时候在乡间听老人们说书，最喜欢听的就是《杨家将》，听的次数多了，好多故事情节和历史人物都耳熟能详，直到现在我还能背诵杨令公哭诉他七个儿子悲惨遭遇的戏词：大郎替了宋王死，二郎拔剑一命亡，三郎马踏如泥烂，四郎被俘在番邦……在幼小的心灵里，便对满门忠烈的杨家人极为尊敬和仰慕。或许是爱屋及乌，对故事里处处护佑着杨家的宰相寇准，我则始终怀着深深的感激和钦敬之情。所以，在很长的一个时间段内，寇准就是我心目中关于“清官”的形象底色。

当读司马光的笔记，看到有关寇准的记述，心里就感到格外亲切，犹如故人重逢。在前面读过的笔记里，有好几则都直接或间接出现过寇准，我们对寇准其实已有初步的了解。寇准出生于大宋王朝建立的第二年，是陕西渭南人。十九岁那年，也就是宋太宗即位后的第五年便进士及第。因为他才高识远，为人刚直，议论政事颇称宋太宗心意，又直言敢谏，逐渐被太宗赏识并重用，三十二岁时拜枢密副使，很快就升任参知政事。民谚说：“五十少（四声）进士。”意思是人能在五十岁进士及第依然还算是年轻的。寇准十九岁就进士及第，而立之年便跻身权力中枢，官已做到副宰相，真是“人比人，气死人”！那么，是寇准有什么升迁秘籍吗？一方面，寇准的确有优异的资质，另一方面，也是时势造英雄！太宗即位之初，为表示自己礼贤下士，广开言路，经常召集群臣议论朝政，并希望群臣说真话，做到直言相谏。寇准为人正直，议论政事、陈述见解时，每次他都从国家整体和长远利益出发，表达自己的主张，其见解总比别人高出一个层次。有时，其意见与宋太宗的主张发生了矛盾，他也不以为意，毫不退缩。这则笔记里所记的这件事就很能说明问题，寇准一次给太宗汇报时与太宗意见相左，还固执己见，出言不逊，惹得宋太宗雷霆震怒，站起来拂袖而去！换作一般的臣子，遇到这种情况，肯定是诚惶诚恐，再不敢言声了，但寇准竟然像是和邻家哥哥吵架一样，“手引上衣”，拉住太宗衣襟不放，请他坐下把事说完再走。这种胆气，就是在今天，在我们基层的上下级之间，都是极其少见的！所幸的是，太宗很有器量，对寇准的越礼行为，不仅没有生气，以后反而对寇准更加赞许了。

孔子说：“君使臣以礼，臣事君以忠。”明君成就了贤臣，贤臣托起了明君。我们在敬佩寇准刚直、无私和担当的同时，也应为宋太宗的大度包容点赞。

宋太宗——给他这个官还差不多

笔记原文（寇准事二）

太宗器重准，尝曰："朕得寇准，犹唐文皇[1]之得魏郑公[2]也。"准为虞部员外郎，言事，召对称旨。太宗谓宰相曰："朕欲擢用寇准，当授以何官？"宰相请用为开封府推官，上怒曰："此官岂可以待准者邪？"宰相请用为枢密直学士[3]，上沉思良久，曰："且使为此官可也！"陆子云。

词句简释

1 唐文皇：指唐太宗李世民。李世民死后初谥"文皇帝"，后加谥文武大圣大广孝皇帝，故称。2 魏郑公：指唐初杰出政治家、思想家魏徵。因魏徵被封郑国公，故名。3 枢密直学士：宋代在枢密院正副使之外另设的军事顾问。

原文我读

宋太宗赵光义非常器重寇准，他曾经这样说："我得了寇准，就像唐太宗李世民得到了魏徵一样。"寇准担任虞部郎中时，谈论职内相关事宜，包括回答太宗提问，非常符合太宗的心意。宋太宗对宰相说："我想提拔使用寇准，应当授给他什么官职才好呢?"宰相建议任用寇准为开封府审理案件的推官，宋太宗生气地说："这个官职怎么可以对得起寇准的才干呢?"宰相又建议任用寇准为枢密直学士，宋太宗沉思了好久，说："暂时就让他担任这个职务吧!"

这件事是听陆子说的。

一时谬想

诸葛亮在《出师表》中，向刘禅这样报告他至死不悔、忠心事汉的心路历程："先帝不以臣卑鄙，猥自枉屈，三顾臣于草庐之中，咨臣以当世之事，由是感激，遂许先帝以驱驰。"我相信，稍稍了解一些三国历史的人，都会认同诸葛亮说过的这段话。在各种势力都竭力招揽人才的汉末乱世，文韬武略盖世的诸葛亮，之所以死心塌地紧跟刘备，为蜀汉大业鞠躬尽瘁，死而后已，一个很重要的因素，就是因为刘备在他还是一个"山野村夫"的时候，就不以其"卑鄙"，极看得起他，能"猥自枉屈""三顾茅庐"请他出山，后来一直待若上宾，言听计从。所以，诸葛亮要"许先帝以驱驰"，为蜀汉大业贡献自己的毕生精力。

宋太宗之于寇准，可以说，就是刘备之于诸葛亮的"2.0版"。公元985年，也就是宋太宗雍熙二年，大宋朝和党项人的战事不断升级，时任大名府成安县令的寇准被抽调到前线负责押运粮草。寇准在履职过程中，除了不怕苦不怕累圆满完成任务外，还竖起耳朵、瞪大眼睛，认真听、仔细看，开动脑筋思考制敌良策。回到开封后，寇准把自己的思考整理成一篇书面报告，呈送给宋太宗。太宗皇帝收到报告后，亲自召见了寇准，两人经过交谈，一见倾心，寇准又当场作《御戎策》一篇，深得太宗赏识，立即提升寇准做郓州通判，由正县级提升到副市级。就在寇准将要辞行上任之际，太宗又取消成命，把寇准留在三司工作，四年后，也就是公元989年七月，正如司马光这则笔记所记，在太宗的亲自干预下，寇准被调入枢密院担任枢密直学士，成了太宗身边的军事参谋、高级顾问。所以，和诸葛亮一样，寇准也要以极端的忠诚来报答太宗的知遇之恩。只不过，较之于诸葛亮对刘备，寇准对宋太宗的感激和忠诚，又多了一个耀眼的侧面：除了尽心于国事外，他要时刻擦亮眼睛，紧盯太宗的一言一行，一旦发现有偏颇之处，不管太宗高兴不高兴，都要毫无保留地劝谏提出纠正意见。对那些事关江山社稷的重大问题，就是触怒龙颜，甚或牺牲性命都在所不惜，他要帮助太宗确保大宋这艘巨轮，沿着正确的航道平稳快速航行。

读司马光的这则笔记，我第一感觉就是寇准真是幸运。宋太宗不仅发现、栽培了寇准，还能包容寇准多次的犯颜忤旨行为，因而也成就了寇准的一世英名。对寇准的诸多言行，别人看来是大逆不道，但在宋太宗眼中，却是忠诚和担当。所以，他很自豪地说："朕得寇准，犹唐文皇之得魏郑公也。"把自己和寇准的关系，比作李世民和魏徵的关系。宋太宗看准了寇准，就要不拘一格来使用他，这劲头和当年刘备尊崇诸葛亮的真诚是多么相似！他给宰相们说，我要提拔寇准，你们看任命他做什么官好？宰相们把方案报上来了，说要让寇准做开封府推官。其实，在诸位宰执看来，这个位置就已经破格了，但太宗还是不高兴，生气地说："这个职位怎么可以对得起寇准的大才呢！不行，不行，你们再研究研究！"宰相们给寇准拟定的第二个职位是枢密直学士，估计太宗还是不太满意，但考虑到各方面的因素，所以"沉思良久"才开口说："且使为此官可也！"暂且让他做这个官吧，这意思大家都能听明白：寇准这个人，我还是要重用的！

寇准入相后，斥奸佞、开雷州、澶渊退辽，立不世之功，实践证明，宋太宗没有看错人！

寇准生逢其时，遇见欣赏他的宋太宗，这是可遇不可求的人生际遇。这样的人生，注定就是传奇！

赵光义 —— 亏得有寇准操心国家大事

笔记原文[1]（寇准事三）

李顺作乱于蜀，诏以参知政事赵昌言监护[2]诸将讨之。至凤州，是时寇准知州事，密上言："赵昌言素有重名[3]，又无子息，不可征蜀，授以利柄。"太宗得疏大惊，曰："朝廷皆无忠臣，言莫及此。赖有寇准忧国家耳。"乃诏昌言行所至即止，专以军事付王昭宣，罢知政事，以工部侍郎知凤翔府，召寇准参知政事。昌言自凤翔历秦、陕、永兴三州，入为御史中丞。王原叔言。

词句简释

1 本段文字由司马光原笔记节选。2 监护：监督，监领。3 重名：即盛名，指很高的名位。

原文我读

李顺在蜀地造反作乱，宋太宗下诏令参知政事赵昌言监领诸将前往讨伐。大军行至凤州时，正在青州担任知州的寇准给太宗上了一道密折，说："赵昌言平素就有很高的名望，又没有后代，朝廷决不能让他率军征蜀，让他掌握军队这个刀把子。"太宗见到寇准的上疏后感到十分震惊，感叹说："满朝文武没有一个忠臣，谁也没有能说到这一要害问题。亏得有寇准能为国家大事着想啊！"于是便通知赵昌言接到诏书后立即停止前进，原地待命，把军事监领权交给王昭宣。同时，罢免了赵昌言的参知政事职务，让他以工部侍郎为本官担任凤翔府知府，同时召回寇准担任参知政事。赵昌言自凤翔府开始，又历任秦州、陕州、永兴三州知州，最后回到京师任御史中丞。

这件事是王原叔讲的。

一时谬想

读罢司马光这则笔记，内心有一个明显的感受：要担当大任，不是光有一腔热血就可以的，还得看看自身的条件是否适合，是否能让有权做出决定的人放下心来。你看这位赵昌言，踌躇满志，雄心勃勃地去平叛，结果，一纸诏书下来，竟让他"行所至即止"，你走到哪儿就停哪儿，不要前进了，原地待命，交出兵权。这还不算，连原来担任的参知政事职务也给罢免了。这都是怎么回事呢？想起行军路上风餐露宿的赵昌言，想起不苟言笑的老寇准那不可思议的密奏，还有宋太宗那恍然大悟般的感叹，内心不免有些戚戚然，人活世上，真是好不容易啊！

赵昌言，出身官宦家庭，父亲赵叡是太宗担任开封府尹时的老部下。太宗太平兴国三年（978），赵昌言以贡部第一的身份参加殿试，入仕后以"作事有气魄，为官以威断"而立名，在百官中有较高的声望。不过，据历史记载，赵昌言也有一个很致命的缺点，就是他好结交，与少数人过从太密，犯了官场忌讳。据史料记载，他与盐铁副使陈象舆、度支副使董俨、制知诰胡旦四个人，因为是同年进士，相互之间话又说得投机，几个人便几乎天天在他家里密会，席中还对朝政及大臣评头论足，说三道四，丝毫不避人耳目。他们的过头行为引起了朝野关注，以致社会上出现了“陈三更，董半夜”的说法。他们的行为充其量不过是年轻人挥斥方遒、热情奔放的一种表现罢了，或许，终其一生都不可能有谋反的想法。但是，有不少人认为，是赵昌言他们开启了宋朝最早的结党行为，在太宗朝第三次复出的宰相赵普，上任后就把矛头指向以胡旦、赵昌言为首的同年党，甚至多次劝宋太宗诛杀赵昌言。所以，寇准上这道密疏也是有历史根据的。

文中所记载的“李顺在蜀地造反作乱”，发生在公元993年。当时赵昌言任参知政事，在多数大臣都主张招抚的情况下，赵昌言则力主发兵镇压。一开始，朝廷指派宦官王继恩带兵前去征剿，仗打了一半，王继恩就握重兵留守成都，导致不少郡县得而复失，于是，就有了笔记开头的“诏以参知政事赵昌言监护诸将讨之”。我们知道，大宋朝自开国一直都在提防着武将，按说，派赵昌言出兵可是应该让人放心的，他是典型的儒生不说，父亲还是太宗的故旧，他本人又是贡部第一的天子门生，这说到哪儿都是没有问题的啊！但事情还是出了岔子：因为这人能力太强，“素有重名”，还有“朋党”的“前科”，何况他还有更要命的问题，居然没有儿子可留在京城作人质。自古以来，蜀地因地势险要，最容易成独立王国，一个目不识丁的王小波、李顺，尚且如此难以剿灭，这赵昌言可是满腹经纶啊，万一他拥兵自重可咋办？寇准这一封密奏，着实让太宗出了一身冷汗，我的天啊！这么重大的事，这么明显的纰漏，可满朝文武竟然没有一个人看到这一点，只有远在青州的寇准一人能提醒我！真是万幸，得亏还有一个寇准在操心国家大事。你听，太宗感慨的“赖有寇准忧国家耳”这句话，那真的是发自内心啊！

刚开始读这则笔记的时候，我就对寇准的行为还有些不理解，一向正直有远见卓识的一个人，怎么这么说话呢？仔细想想也就释然了，这便是那个时代的文化，那个时代种种历史印记在人们心中形成的对人、对社会的认识。对寇准，我们不能以现在的眼光对其求全责备。更何况，那赵昌言手中的权力实在是太大了，据史料记载，当时宋太宗任命赵昌言的职务是“川陕五十二州招安行营马步军都部署”，也就是统率五十二州兵马的前敌总司令。有人估计，川陕五十二州人口有三十万之众其统帅的部队应不少于十万，他是大宋开国以来权力最大的军事主官。无怪乎寇准的“忧”疏一上，宋太宗立刻便“大惊”了。看来，司马光也认为寇准的做法是正确的。不然，他也不会以这样的语气把这件事写在他的笔记里。

王嘉祐——寇大人不做宰相最好

笔记原文（寇准事四）

王元之之子嘉祐为馆职，平时若愚骏，独寇莱公知之，喜与之语。莱公知开封府，一旦问嘉祐曰："外人谓劣文云何？"嘉祐曰："外人皆云丈人[1]旦夕入相。"莱公曰："于吾子[2]意何如？"嘉祐曰："以愚观之，丈人不若未为相为善，相则誉望损矣。"莱公曰："何故？"嘉祐曰："自古贤相，所以能建功业、泽生民者，其君臣相得，皆如鱼之有水，故言听计从，而功名俱美；今丈人负天下重望，相则中外有太平之责焉，丈人之于明主，能若鱼之有水乎？此嘉祐所以恐誉望之损也。"莱公喜，起执其手曰："元之虽文章冠天下，至于深识远虑，殆不能胜吾子也。"

词 句 简 释

1 丈人：古时对老年男子的尊称，宋代主要用于称呼有较亲近关系的长辈。2 吾子：宋代习惯称朋友、同僚的儿子为“吾子”，类似于今天的“咱孩子”，有亲切之意。

原 文 我 读

王元之的儿子王嘉祐在馆阁任职，他平常看上去好像很愚笨，只有寇准知道他的真实情况，喜欢和他一起交谈。

寇准任开封知府期间，一天他问王嘉祐说：“外边都是怎么评价你老叔我呢？”王嘉祐回答说：“人们都说您出任宰相是早晚的事。”寇准又问：“对这种议论，孩子，你是怎么看的呢？”王嘉祐说：“以我浅陋之见，老人家您还不如不当宰相好呢。如果做宰相，那您的名誉声望就会受到损害。”寇准问：“为什么呢？”王嘉祐说：“自古以来所谓的贤明宰相，之所以能建功立业、泽被生民，就是因为君臣关系就像鱼水一样融洽。只有这样，君主才能对宰相言听计从，而做宰相的功业和名誉才会十分完美。现在，老人家您背负着天下吏民的厚望，做宰相就要承担起内部政通人和，边防太平无事的重大责任，您想一想，您跟当今圣上的关系能处得像鱼和水一样融洽吗？这就是我担心您的声望受到损害的理由。”寇准听后大喜，站起来握着王嘉祐的手说：“你父亲王元之虽然文章超过众人，天下第一，但论深谋远虑，大概还不如咱这孩子啊。”

一 时 谬 想

初读司马光这则笔记，觉得很费解。这寇准和王嘉祐到底是什么关系呀？你叫我“丈人”，我喊你“吾子”，这都是哪跟哪啊？带着好奇和迷惘，边读、边琢磨、边查资料，费了好大功夫才明白过来！原来，在宋代，“丈人”一词，可以用作晚辈对长辈的尊称；而“吾子”两个字，则是对友人儿子的昵称。

王嘉祐的父亲王元之，本名王禹偁（chéng），在宋朝初年那可是家喻户晓、大名鼎鼎的人物，在文坛，他是诗人、大散文家，北宋诗文革新运动的先驱；在政界，他是非常有名的直臣，因敢于直言讽谏而屡受贬谪。王禹偁和寇准是好朋友，他们两人和杨徽之一起，史称“宋初三诗人”。或许是从父亲身上汲取了教训，王嘉祐一改父亲直言快语的性情，平时极少言语，所，时人视之“若愚骙”。其实，他冷眼看世界，心里明镜似的，对世事比别人看得更清更准确。当见到了父亲的老友寇准时，王嘉祐觉得找到了可以说话的人，话匣子一打开便出语惊人，让已经有一把岁数的寇准像小学生一样，不断追问，洗耳恭听。

真宗召回寇准，让他暂理开封府事，已经透出风声，要他再次入相，寇准不知是福是祸，所以，便找来自己“喜与之语”的忘年交王嘉祐，想听听他的意见。

“外边都是怎么评价我这个糟老头子呢?”寇准先绕了个弯儿。

王嘉祐的回答开门见山：“人们都说您很快就要担任宰相了。”

“对这种议论，”寇准问，“孩子，你是怎么看的呢?”

“以晚辈愚见，您老还是不要当这个宰相好。再当宰相，恐怕于名誉声望有损啊！”王嘉祐毫不含糊地回答说。

“为什么?”寇准听王嘉祐点到了要害，便接着朝下问。

王嘉祐向寇准详细阐述了自己的理由。他认为自古以来，那些所谓的贤相之所以可以建功立业、泽被民生，主要的原因就是他们可以和君主融洽相处，“相得”“皆如鱼之有水”，只有君主对宰相有足够尊重，做到言听计从，宰相的政治理想才有可能得以实现。您性格这么刚直，太宗在位，爱护您、包容您，对您言听计从，但现在的皇帝，您和他能建立鱼水一样的关系吗？如果不能，将来恐怕要损害您本来已经建立起来的良好声望！王嘉祐作为晚辈和局外人，就差没说现在的“明主”（真宗）不是好领导，您伺候不了他，您当宰相肯定要砸锅，而是很委婉地说“恐誉望之损”。这种政治直觉，应该说是非常透彻、精准的！后来的历史事实也验证了王嘉祐的预判。

不过，性格决定命运，王嘉祐虽然看透了，也说清了，但寇准还是毅然决然地去了。结果呢，数遭贬谪，客死雷州，死后连归葬故乡的路费都没有，竟在洛阳巩县做了十年他乡之鬼。

寇准

陛下后撤一步则四方瓦解

笔记原文（寇准事五）

景德初，契丹入寇。是时，寇准、毕士安为相，士安以疾留京师，准从车驾幸[1]澶渊。王钦若阴言于上，谓幸金陵，以避其锐；陈尧叟请幸蜀。上以问准，时钦若、尧叟在旁，准心知二人所为，阳为不知曰："谁为陛下画此策者？罪可斩也。今虏势凭陵[2]，陛下当率励众心，进前御敌，以卫社稷，奈何欲委弃宗庙[3]，远之楚、蜀邪？且以今日之势，銮舆回轸[4]一步，则四方瓦解，万众云散，虏乘其势，楚、蜀可得至邪？"上寤，乃止。二人由是怨准。

词句简释

1 幸：古代指皇帝亲临某地。2 凭陵：侵犯，欺侮、横行猖獗。3 宗庙：朝廷和国家政权的代称。4 回轸：回车。轸：车厢底部四周的横木，借指车。

原文我读

宋真宗景德初年，契丹人进犯边关。当时，寇准、毕士安两人都是宰相，毕士安因为身体有病留在京师，寇准跟从宋真宗的车驾亲临澶渊。因“虏势”猖獗，王钦若便私下劝真宗说，皇上应当向南到金陵去，这样可以避开契丹军队才开始进攻的旺盛气势；而陈尧叟则劝宋真宗向西到蜀地去，理由也和王钦若说的差不多。真宗一时拿不准，就这两个方案征求寇准的意见，当时王钦若、陈尧叟就在他们身旁，寇准心里清楚这两个方案就是王、陈二人提出来的，却表面上假装不知，说：“谁给陛下筹划这种策略的？他这简直是犯罪，按这个罪行可以杀掉他！现在契丹军气势正盛，甚是猖獗，陛下应当亲率大军，激励士气，向前抗御敌军，来保卫江山社稷，怎么可以放弃祖宗基业和国家政权而远逃至楚、蜀这些地方呢？况且以现在的情势，陛下的车驾掉头南行一步，我们的军队和地方政权都将土崩瓦解，一哄而散，敌人必将乘胜追击，楚、蜀两地不是马上就可以追到了吗？”真宗听了寇准的话，终于醒悟过来，打消了逃走的念头。但是，王钦若和陈尧叟却从这件事开始怨恨寇准，和寇准结下了梁子。

一时谬想

读司马光这则笔记，内心是很沉重的。敌人来了，满朝的文武大臣，为什么都不想着怎样抵抗，反而在争论往哪里逃跑呢？曾经的民族血性都到哪儿去了呢？苦难的中原民众，为什么一次又一次地被外族侵略、蹂躏？值得我们庆幸的是，在我们的先辈中，毕竟还有寇准这样中流砥柱式的人物！从寇准到今天，时光已经走过千年，一千年来，每当国难当头，总是有千千万万个寇准式的英雄人物挺身而出，正因为这样，中华民族才能巍然屹立于世界民族之林！

一个有希望的民族不能没有英雄，一个有前途的国家不能没有先锋。关键时刻，能有寇准这样的人横刀立马，此乃民族之幸！国家之幸！这是历史告诉我们的真理！

司马光在笔记中记录的这段往事，发生在公元1004年的十一月。那时，寇准和毕士安刚刚入相不久。国家正处在多事之秋。今天，我们读历史故事，好似是娓娓道来，亦邪亦正，颇有趣味，历史的真实则是千钧一发，刀光剑影，当时也就几分钟之间决定的事情，却对中华民族的历史进程起到了决定性的作用。试想，如果没有寇准雷霆般的怒斥，如果没有寇准字字直逼要害的说理，谁能降服奸诈的王钦若？又有谁能让已经患上“恐辽症”的宋真宗重新打起精神？如果真的按照王钦若他们力主的往南、向西逃跑策略，或许，不，是肯定，北宋灭亡至少要提前上一百年！如果是那样，历史的天空将不会有后来的范仲淹、富弼、韩琦、文彦博、欧阳修、苏东坡等群星闪烁，我不敢去想象，没有这一群人的中国历史，该是多么地乏味！

比寇准晚出生四十三年的富弼曾经说过，君子与小人争，君子必败。其实，寇准也无意同王钦若他们争，他只是为江山社稷不得不得罪了小人。司马光说，“二人由是怨准”，寇准从此便成了这俩小人心中的死对头，最终还是栽在了王钦若等人的手中。好在千秋功过，后人自有评说，依我看，九泉之下的寇莱公，不应有悔！

顺便说一下，这则笔记中司马光关于王钦若的记载可能有误。按笔记的意思，真宗在澶渊，王钦若、陈尧叟、寇准都在跟前。可是，在后面关于王钦若的笔记中我们会读到，王钦若在1004年的九月已经被任命为天雄军知军（兼职），十月二日已经前往大名府履职，而宋真宗的车驾是当年的十一月二十日才出发的。澶渊之盟订立，契丹兵退，王钦若在大名府还组织迎接过“王亲军”的部队呢。

宋真宗——寇准给我吃了定心丸

笔记原文[1]**（寇准事六）**

寇准从车驾在澶渊，每夕与杨亿饮博讴歌，谐谑喧呼，常达旦；或就寝，则鼾息如雷。上使人觇[2]知之，喜曰："得渠[3]如此，吾复何忧！"

词句简释

1 本段文字由司马光原笔记节选。2 觇：chān，窥视，偷看。3 渠：代词，他。

原文我读

寇准跟从宋真宗住在澶渊城里，每天晚上与杨亿饮酒、博戏、歌唱，说笑逗趣、喧啸呼喊，经常闹到天亮；但说要睡觉，马上就鼾声如雷。真宗派人暗地里察看寇准的动静，知道了寇准生活起居情况，高兴地说："既然他能这样，我还有什么可以忧虑的呢！"

一时谬想

在日常生活中，你只要稍微用心观察一下，就不难发现，凡是缺乏主见的人，遇事总爱先看看别人是怎么做的，然后跟样学样，便像找到了北似的很快安生起来。让人意想不到的是，这做君主的赵恒，竟也这样沉不住气，大战来临之前，要先去看看宰相的动静。一看宰相像没事人似的，这才把自己那颗忐忑不安的心放到了肚子里。怎么看，都觉得怪怪的。

往前再想想，也就释然了。

原本，哪是什么御驾亲征！来这澶渊前线，这位死后被谥为真宗的赵恒就一千个不高兴，一万个不愿意，是寇准硬逼着才不得不来的。尽管这澶渊有高墙深池，虽然他到了以后将士们士气高涨，还有了一次小胜，但这个做“老板”的还是不放心，他那“恐辽”的病已经入了膏肓，打摆子一样，时不时就要抖上一阵。听见城外契丹人的鼓噪，他就心惊胆战，坐卧不宁，急得像热锅上的蚂蚁一样。这时候，君主的架子一点也没有了，他首先想到了伴驾的寇准，他要看看寇准是一个什么样的状态，想从寇准那里找到一点慰藉！

当派去的人回来告诉他寇准不仅经常和杨亿饮酒博戏、说笑逗趣，而且一闹就通宵达旦，但说要睡觉，马上就鼾声如雷时，立马放下心来，还大言不惭地对别人说：“得渠如此，吾复何忧！”既然他都那么放松，我还有什么值得忧虑的呢！读到这，我内心深处真的是五味杂陈！堂堂一国之君竟能说出这样的话来，太祖太宗地下有知，不知该做何感想呢？

大家都能猜得到，那寇准肯定私下已经做好了周密部署，饮酒嬉戏，包括鼾声如雷，都是做给部下和真宗看的。寇准是好样的，大战之前，泰然自若，气定神闲，视凶虏为无物，不仅稳定了军心，更是稳住了“君心”，澶渊之役，挽狂澜于既倒，扶大厦之将倾，立下不世之功。我相信，就是再过一千年，甚至在更久远的将来，寇准的英名还将继续在中华大地上传扬！

司马光——面对凶讯他神色自若

笔记原文（寇准事七）

寇莱公之贬雷州也，丁晋公遣中使[1]赍敕[2]往授之，以锦囊贮剑，揭于马前。既至，莱公方与郡官宴饮，驿吏言状，莱公遣郡官出逆[3]之。中使避不见，入传舍[4]中，久之不出。问其所以来之故，不答。上下皆皇恐，不知所为。莱公神色自若，使人谓之曰："朝廷若赐准死，愿见敕书。"中使不得已，乃以敕授之。莱公乃从录事参军借绿衫着之，短才至膝，拜受敕于庭，升阶复宴饮，至暮而罢。

词句简释

1 中使：宫中派出的使者。多指宦官。2 赍敕：jī chì，携带诏书。赍，抱着，携带。3 逆：迎接，迎候。4 传舍：古时供行人休息住宿的处所。

原 文 我 读

寇准被贬为道州司马后，在丁谓的操纵下，朝廷又把他再贬为雷州司户参军。送达寇准再次贬谪的诏书时，丁谓派遣一名宦官作为朝廷使者，携带着诏书专程前往道州。那个使者来时还专门带了一柄用锦囊装着的宝剑，快到道州时，特意打开锦囊放在马前，一路喧嚷，喝道前行。

送诏书的宦官到达道州时，寇准正与州里的官员一起聚会喝酒，管理驿站的小吏跑过来，向他报告了朝廷使者等人到达的情况，寇准让州里的官员前去迎接。但是，那宦官却避而不见，钻进驿站客房很长时间都不出来。打问他们这次来的事由，也不回答。州衙上上下下，官吏们一个个惶恐不安，不知所措，只有寇准一人神色自若，派人对那送诏书的宦官说："朝廷要是赐我寇准死，我希望看一下诏书。"那宦官不得已，才答应把诏书拿给寇准。为了合于礼仪，寇准从录事参军那里借了一件绿衫穿上，那绿衫太短，下摆才到他的膝盖处，就这样当庭跪拜接受了诏书，然后拾级而上，回到屋子里继续与大家欢饮，天黑才散席回到住处。

一 时 谬 想

《宋史·李沆传》中有这样一段文字：

> 寇准与丁谓善，屡以谓才荐于沆，不用。准问之，沆曰："顾其为人，可使之在人上乎？"准曰："如谓者，相公终能抑之使在人下乎？"沆笑曰："他日后悔，当思吾言也。"

这段文字所记之事，发生在寇准担任参知政事的时候，他因为平时与丁谓关系密切，便屡次以丁谓有才而向时任宰相的李沆推荐，李沆却始终不向皇帝推荐。寇准觉得很奇怪，就当面向李沆打问原因，李沆意味深长地说："你看丁谓的为人，可以让他居于众人之上吗？"

寇准毫不客气，回敬了李沆一句："像丁谓这样的人，宰相难道能一直压制住他让久居众人之下吗？"李沆听后，笑了笑说道："将来你后悔的时候，就会想起我的话了。"

这个当年和寇准打得火热的丁谓，现在得势了，不仅把过去替寇准捋去胡须上饭汤的小架儿丢得一干二净，还变着法儿地陷害寇准，先是罢相，接着再贬为道州司马，现在又要贬到雷州去。本来由宰相贬为一名州司马就够叫人寒碜的了，现在又要贬到雷州当一个只是掌管户籍、赋税、仓库交纳等俗事的司户参军。不知道倔强的老寇准，现在做何感想？还能不能想得起老上级李沆当年说过的话？

寇准毕竟是寇准，惊涛骇浪他见得多了，即使面对死亡，他定力还在：丢了官，我不在乎；你送诏书还带着装剑的锦囊，我也不上你的当！寇准知道，太祖立有"不杀士大夫"的铁律，虽然丁谓能够挟持病乱的宋真宗胡作非为，甚至伪造证书，但要让一个曾经担任过宰相的文臣死，谅他也不敢在诏书中写明。你锦囊里装一把剑，无非是暗示我自杀，我才不干呢！打定了主意的寇准神色自若，视傲慢的"中使"为无物，派人对那个宦官说："如果是朝廷要赐我死，我死而无怨。但我希望看一下诏书。"顺理成章的一句话，把"中使"逼到了死角，你既然是来送授诏书的，那我就当众接旨吧！那"中使不得已，乃以敕授之"。哈哈，他故弄玄虚的把戏玩不下去了，只得当众把诏书拿出来交给寇准。这下子好了，诏书上只说要再贬到雷州，并没有说别的呀！这有什么呀，继续喝酒！

当年在澶渊城中，面对强敌，寇准"每夕""饮博讴歌"，寝则"鼾息如雷"；今天，面临死亡，寇准见"中使"之前"神色自若"，见诏书以后"升阶复宴饮"，这是何等的气魄！北宋治蜀能臣张乖崖曾经感叹："使寇公治蜀，未必如咏（张本人的名）；至于澶渊一掷，咏亦不敢为也。"那么，在怀抱装着利剑锦囊的"中使"面前，又有谁能像寇准这样不以为意呢？

寇莱公出生于公元961年，再贬雷州是公元1022年，已是年过花甲的寇准，那天的"宴饮"，司马光说是"至暮而罢"，回到寓所后，独处空屋，不知道我们所敬重的寇准，是不是也会老泪纵横呢？

文彦博——就应当让他们拆了烤火嘛

笔记原文（文彦博事一）

文潞公知益州，喜游宴。尝宴钤辖[1]廨舍[2]，夜久不罢，从卒辄拆马庌[3]为薪，不可禁遏。军校白之，座客股栗[4]，公曰："天实寒，可[5]拆与之。"神色自若，宴饮如故，卒气沮[6]，无以为变。杨希元云。

词句简释

1 钤辖：qián xiá，宋代武官名。职为节制管辖某兵种。2 廨舍：xiè shè，即廨署，办公场所。3 马庌：犹马厩。4 股栗：两腿发抖。5 可：应该、该。此处为助动，表示按情理应该如此。6 气沮：犹气馁。

原文我读

文彦博任益州知州时，喜欢游玩宴饮。有一次，他在军中钤辖官的官署参加宴会，夜已经很深了还没有结束，因为天太冷，跟随他的士卒们就把廨舍的马厩拆掉用作取暖的燃料，廨舍管事的出来也禁止不住。军校把情况给参加宴会的人讲了，大家一个个都吓得双腿发抖，但文彦博却说："天气实在是太冷，就应该拆下来给他们烤火取暖嘛。"说这话时，他神色自若，宴饮如故，那些士卒听说后也泄了气，没有理由再闹事了。

这件事是听杨希元讲的。

一时谬想

读司马光笔记，让我们通过一个个生动的小故事，认识了一群优秀的历史人物，他们如璀璨的明星一般，不仅让大宋的天空耀眼夺目，也让大宋朝在历史的长河中熠熠生辉。

文彦博是政坛历史上少有的寿星，他出生于公元1006年，活了九十二岁，直到公元1097年才离开人间。他是北宋著名政治家、书法家。因平息贝州王则起义有功，四十一岁便升任宰相。自此，他历仕仁、英、神、哲四朝，位居二府，出将入相五十年。

"文潞公知益州"，应该发生在宋仁宗庆历四年至庆历七年间，也就是公元1044年到1047年之间。当时的文彦博是以枢密直学士之职任益州知州。这则笔记记录的情节倒是很简单，就是文彦博与几位同僚在兵马钤辖的官署喝酒，大概是喝得高兴，很晚了酒宴还没有结束。这时，突然有报告说"从卒辄拆马庌为薪"，就是说，跟随他来的士卒，把人家钤辖官署的马厩给拆了来烧火取暖，人家廨署里管事的出来劝阻他们也不听。这可不是一件小事情！在宋代，为安定社会，官府将大批游手好闲、不法刁顽之民收入军中，所以，军士哗变的事情常常发生。现在，一群士卒因为受不了寒冷，竟然拆了钤辖署的马厩来烤火取暖，还"不可禁遏"，这不是明摆着要闹事嘛！所以，"座客股栗"，在座的客人听说之后，都吓得双腿发抖。只有文彦博"神色自若"，缓缓说道："天实寒，可拆与之。"外面实在太冷了，夜罪难受，就应该把马厩拆了给他们烤火嘛！那口气，就像关心自家的子弟一样。说完，他没事人似的，继续和大家说笑喝酒。大概是挑头闹事的士卒听说长官如此大度，一时再也找不到挑拨的理由，顿时像泄了气的皮球一样，跳不起来了。所以，直到宴会结束，再没有任何问题发生。

觥筹交错之间，一件让“座客股寒”的突发事件，就这样瞬间烟消云散，化为无形。一滴水可以映出太阳的光辉，“从卒拆马厍为薪”看似小事，文潞公能临事不乱，处变不惊，从中我们也可以感受到文彦博的大将风范和为政艺术。也许，这样的胸怀和气魄，便是文彦博能在纷乱的北宋政坛屹立五十年不倒的关键所在！

文彦博　眼下困难系冗兵
庞籍　太多所致

笔记原文[1]（文彦博事二）

文公为相，庞公为枢密使，以国用不足，同议省兵。于是拣放为民者六万余人，减其衣粮之半者二万余人。众议纷然，以为不可，施昌言、李昭亮尤甚，皆言："衣食于官久，不愿为农，又皆习弓刀，一旦散之间阎[2]，必皆为盗贼。"上亦疑之，以问二公，二公曰："今公私困竭，上下遑遑，其故非他，正由畜养冗兵太多故也。今不省去，无由苏息[3]。万一果有聚为盗贼者，二臣请以死当之。"既而，昭亮又奏："兵人拣放所以如是多者，大抵皆缩颈曲腘窝[4]，诈为短小，以欺官司耳。"公乃言："兵人苟不乐归农，何为诈欺如此？"上意乃决，边储由是稍苏。

词句简释

1 此段文字由司马光原笔记节选。2 闾阎：古代里巷内外的门。泛指民间。3 苏息：更生，恢复。4 腘窝：膝部后面，腿弯曲时形成窝儿的地方。腘，guó。

原文我读

文彦博任宰相、庞籍任枢密使时，因为国家财政困难，经费不足，在一起研究制订了精简兵员的方案。拟挑选出体弱多病放回原籍为民的六万余人，离开一线部队只供应一半衣食费用的两万余人。方案提出来后，大家议论纷纷，都认为这样做不行，特别是施昌言、李昭亮反对得最厉害，他们说："这些人依靠国家吃饭穿衣已经很久了，不愿当农民，同时，又都习练弓箭、刀枪等兵器，一旦让他们散落在民间，必将成为盗贼。"宋仁宗听了大家议论，也对"省兵"产生了怀疑，因此又询问文彦博和庞籍，他俩回答说："现在，国家财政吃紧，老百姓生活困难，全国上下都惶惶不安，其原因不是别的，正是因为国家供养缺乏战斗力的士兵太多造成的。现在如果不把他们精简掉，国家和人民都没有办法恢复元气。万一这些裁减掉的士兵果真聚集起来成为盗贼，我们两个甘愿以死抵罪。"不久，李昭亮又上奏："士兵之所以有这么多能够挑选出来放回家去，好多是在挑选的时候缩着脖子，弯着腘窝，谎称自己个头短小欺骗负责'拣放'的官员。"文彦博接过李昭亮的话头说："你前边不是说士兵们不愿为农吗？现在又说这么多人符合'拣放'条件（想回乡务农）是因为有士兵谎称自己短小。假如不乐于回家务农，为什么要这样骗人呢？"宋仁宗终于打定主意，同意裁汰冗兵，边疆储备不足的状况由此才逐步改善。

一时谬想

北宋建国后，赵匡胤汲取唐末以来君弱臣强、节镇太重、兵革不息的教训，对兵权兵制做了根本性改革。首先是将兵权三分，使“发兵之权”与“握兵之重”相分离。枢密院有调兵之权，却不能掌管军队；三衙（三个兵种）掌管军队，却无调兵之权；遇有战事，由君王任命率臣领兵出征。其次是对军队的主力——禁兵，实行“居中驭外”的“更戍制”，禁军除驻京师外，还分别到边地或冲要地方戍守，每隔一二年都要轮换一次，使兵不识将，将无专兵。

宋朝的兵权兵制改革，的确有效防止了军事政变和武装割据的发生，但也导致军队战斗力低下，在与辽、夏的战斗中总吃败仗。太祖确定的制度后世是不能更改的，为了实现强国梦想，太宗、真宗、仁宗三朝便在增加兵员上使劲，以图通过增加兵员数量来壮大大宋朝的军事力量。据仁宗庆历年间的谏官蔡襄调查，宋太祖开宝元年，即公元968年，北宋有兵额为三十七万人，到了仁宗庆历元年，即公元1041年，总兵额已增至近一百三十万人。在蔡襄给宋仁宗上的《强兵疏》中还说：“天下之入不过缗钱六千余万，而养兵之费约及五千。”也就是说，国家财政收入的百分之八十以上都用在了军费上。蔡襄在疏中向仁宗提出了精简军队、提高战斗力的建议，但仁宗考虑裁撤冗兵要触及多方利益，就把蔡襄的建议束之高阁。

司马光这则笔记，记的是文彦博平息王则起义，被宋仁宗任命为宰相后发生的事情。由于文彦博有边地外任和带兵戍边的切身经历，他很早就意识到了冗兵问题的严重性，深知“公私困竭”的根本原因就是不能打仗、没有战斗力的“冗兵”太多。于是，“明知山有虎，偏向虎山行”，文彦博主动抓起了这个别人唯恐避之不及的烫手山芋，着手裁撤“冗兵”。他首先会同枢密使庞籍制订了一个涉及八万人的裁军方案，这八万人中有六万多人要“拣放为民”，有两万人是“减其衣粮之半”。动静这么大，朝野内外一时议论纷纷，一些守边将领更是反应激烈，认为这种方法利少弊大，根本行不通，不少人甚至担心这些裁撤下来的士兵因为长期“衣食于官”，“不愿为农”，必将沦为盗贼，加之他们“皆习弓刀”，其危害非同一般蟊贼。众人的议论，也使仁宗产生了动摇。文彦博与庞籍一起上奏，愿“以死当之”，决意冒死裁汰冗兵。恰在这时，反对裁减冗兵的李昭亮又上奏说，之所以能挑出来这么多缺乏战斗力的兵士，是因为挑选要裁减的人员时，有很多人“缩颈曲腘窝，诈为短小”，是故意装出来的。他本来是想说差劲的兵并没有这么多，却被文彦博从另一个角度抓住缺角，他反问李昭亮说：“兵人苟不乐归农，何为诈欺如此?”这是以子之矛，攻子之盾，你们不是说士兵不愿意回家务农吗？那他们为什么又要假装“短小”，希望被选入精简回乡的名单呢？由于文彦博和庞籍的坚持和担当，仁宗最终采纳了他们的建议，“省兵”方案得以实施。

为了解决大宋朝“公私困竭”的难题，想有一番作为的文彦博和庞籍，因为要动别人的奶酪，为了坚定宋仁宗的决心，不得不押上自己的身家性命，承诺“万一果有聚为盗贼者，二臣请以死当之”。由此看来，要做成一番事业，仅有忧国忧民的站位和胸怀还是不够的，还得有同反对势力斗争的能力和艺术，甚至还要有“以死当之”的决心和勇气。这或许是文彦博、庞籍“省兵”给我们的启迪。

文彦博——带他到中书去写出保证

笔记原文[1]（**文彦博事三**）

仁宗寝疾[2]，两府虽宿禁中，数日不知上起居。潞公召内侍都知[3]等诘之曰："主上疾有增损，皆不令两府知，何也？"对曰："禁中事不敢漏泄。"潞公怒曰："天子违豫[4]，海内寒心。彦博等备位两府[5]，与国同安危，岂得不预知也！何谓漏泄？"顾直省官[6]曰："引都知等至中书，令供状：今后禁中事如不令两府知，甘伏军令。"诸内侍大惧……由是禁中事两府无不知者。

词句简释

1 此段文字由司马光原笔记节选。2 寝疾：指卧病。3 内侍都知：官名，内侍省长官。4 违豫：帝王有病的讳称。5 备位两府：愧居军政两府长官之位。备位：谦辞，谓愧居其位。两府：宋代国家最高政务机构为中书门下，简称中书，其治事之所称政事堂，中书门下别名政府或东府，掌管军事的枢密院别名右府、西府，中书门下与枢密院对掌行政、军事大政，号称“二府”。6 直省官：官名，唐五代三省皆置，凡百官诣宰相，皆以其接引。宋置于中书门下后省，分班在省中值日，处理日常事务。

原文我读

宋仁宗卧病在床，中书门下和枢密院的主要官员虽然夜里都住在皇宫，却好多天都不知道仁宗的起居情况。文彦博叫来在宫中管事的内侍都知等人责问道：“主上病情是坏是好，你们都不让两府的人知道，这是为什么呢？”内侍都知等人回答说：“皇宫之内的事情我们不敢漏泄。”文彦博听后非常生气地说：“主上有病，所有人心里都很难过。我等愧居国家最高行政和军事机关长官的位置，与国家的安危紧密相连，对主上的病情，怎么可以不预先得知啊！这算什么漏泄？”接着，文彦博又叫来中书省当值的直省官说：“带内侍都知等人到中书去，让他们写出保证：今后禁中事如果不让两府大臣知道，甘愿受军法处置。”听见文彦博这样发话，所有在场的内侍都非常恐惧……从此，皇宫内的事情两府没有不立即知道的。

一时谬想

小时候，在乡里看戏，听老人们讲历史故事，都少不了要说到太监，而且总体说来，这些太监都是很坏的。几千年封建社会，各朝各代几乎都有太监兴风作浪、干政乱国，从秦朝的赵高，到清朝的李莲英，都是坏事做尽，无耻透顶。唯有宋朝是个例外，不光太监弄权的少，甚至还有少数太监在关键时刻发挥过很重要的作用。赵匡胤自黄袍加身起，就非常警惕两类人，一是手握重兵的武将，二是朝夕相伴的太监。在开国之初，赵匡胤就制定了“不受内臣所媚”，严禁宦官干政的严厉条款。赵匡胤身体力行，对宦官“止令掌宫掖中事，未尝令预政事”。其后各代君主不管其他方面如何，在对待宦官上，都能照“祖宗之法”行事，所以整个宋代没有出现汉朝和唐朝宦官弄权的现象。

在宋代，宦官不称太监，而称为内侍、内臣、中官等。在沿用唐制的基础上，增设了内侍省和入内内侍省，分别称为后省、前省，显然，可以“入内”的入内内侍省宦官主要职责是侍候君主起居，和君主的关系更为亲近。司马光笔记中的“内侍都知”，应该就是入内内侍省宦官的总领班。

读司马光的这则笔记，我们在佩服文彦博敢于担当的同时，也可以看出，在宋朝，当一个宦官也是很不容易的，他们要受到来自君主和大臣的双向压制。

据《宋史》记载，宋仁宗既是有宋一代在位时间最长的君主，同时也是在位期间“违豫”次数最多的天子。从司马光笔记中记载的情况看，这次“违豫”，好像不是一般的伤风感冒，能让文彦博等两府大臣夜里不敢回家而留宿“禁中”，显然是情况危急。但是，让文彦博更加着急的是，他虽然留宿禁中，却“数日不知上起居”，几天过去了，仁宗病情究竟啥样，两府大臣竟一点消息都没有，这自然会让满朝文武人心惶惶。作为宰相的文彦博首先坐不住了，便去询问内侍，谁知却被冠冕堂皇地告知：“禁中事不敢漏泄。”保密，不敢说！这都到什么时候了，还顾忌这！文彦博当然知道，禁中之事严密不可泄露是祖制，但现在已经到了非常时刻，“天子违豫，海内寒心。彦博等备位两府，与国同安危，岂得不预知也！何谓漏泄？”文彦博怒不可遏，天子病重，事关天下安危，你们不让宰执大臣知道情况，如有不测，国家大事怎么办？一顿暴风骤雨，唬得内侍都知哑口无语、无言以对。接着，文彦博又施展霹雳手段，叫过直省官厉声吩咐：“带他们到中书去，让他们写出保证：今后禁中事要再不让我等知道，愿受军法处置。”这几句话可真把内侍们吓坏了：再不把仁宗的病情及时告知宰辅们，可得小心项上人头了！哈哈，大臣敢把宦官头子训骂得如此狗血喷头的，历史上还真不多，解气！

当国家经历重大变故，朝野上下人心动荡时，必须有文彦博这样的铁腕人物大力支撑，方能渡过难关，转危为安。历史的经验告诉我们，不管再大再险的危局，只要主心骨在，就一定能够披荆斩棘，开出一条新路。

文彦博——这样会加剧恐慌和混乱

笔记原文（文彦博事四）

文彦博知永兴军[1]。起居舍人[2]母湜，鄠[3]人也。至和中，湜上言："陕西铁钱不便于民，乞一切废之。"朝廷虽不从，其乡人多知之，争以铁钱买物，卖者不肯受，长安为之乱，民多闭肆。僚属请禁之，彦博曰："如此是愈使惑扰也。"乃召丝绢行人，出其家缣帛数百匹，使卖之，曰："纳其直尽以铁钱，勿以铜钱也。"于是众晓然知铁钱不废，市肆复安。

词句简释

1 永兴军：宋代与州同级的区划名，其军治在京兆府长安，即今陕西省西安市。军为宋代州级行政区划，与府、州、监同属于路，多为军事管制区，以驻兵为主。军的长官一般由中央派员担任，全称"权知军州事"，意为暂时主持地方军队和民政事务，简称"知军事""知军""军使"等。2 起居舍人：官名，掌记录皇帝日常行动与国家大事。3 鄠：hù，汉代县名，故治在今陕西省户县北。

原文我读

在文彦博以观文殿大学士的职名任永兴军知军的时候，陕西鄠县人母湜在朝廷任起居舍人。宋仁宗至和年间，母湜给朝廷上了一道奏折说："陕西现在流通的铁钱老百姓使用起来很不方便，请朝廷下令全部废掉不用。"母湜的这条奏议，朝廷虽然没有采纳，但在母湜的家乡陕西很多人都知道了，都争先恐后地拿铁钱来买货物，而卖货物的人又不愿意收取铁钱，所以，在母湜的老家、文彦博供职的永兴军治所长安，市面出现了严重的混乱现象，很多商铺都关门停业了。文彦博的僚属们都建议他赶快下令，严禁商铺关门，且不得拒收铁钱。文彦博说："这样做会加剧恐慌和混乱。"他随后召来丝绢商行的老板，把自己家中所存的数百匹缣帛交给商行，让他们全部卖掉，并且吩咐说："算算这些缣帛值多少钱，全都卖掉！但卖时只收铁钱，一枚铜钱也不要。"于是，长安市民们都知道铁钱原来并不作废，市场也就很快恢复了正常。

一时谬想

司马光这则笔记，《宋史》没有选入，在其他类似史书的著作里也没有找到。但是，以司马光一贯的严谨治学态度，他所记的这条史料，绝不会是没有根据的坊间传说，我们应当也有理由相信它。由此我们可以知道，一代名臣文彦博，不仅在处理军国大事上老成持重，在治理地方、管理经济方面也是很有见地的。

文中的"文彦博知永兴军"，应该是发生在公元1053年，因谏官唐介弹劾文彦博给张贵妃送礼，文彦博被罢相，以观文殿大学士的职名知永兴军，和现在很多省府所在地和省辖市市府同在一个城市一样，京兆府衙门和永兴军处理军务的办公地点——军治都在长安。长安当时出现的"民多闭肆"，理应由知军文彦博来处理。这场骚动，是因为一条未经批准的奏议外泄引起的。家住陕西鄠县的起居舍人毋湜，大概是回陕西探了一次亲，发现在陕西市面上流通的“铁钱不便于民”，就给朝廷上了一道奏折，“乞一切废之”，请朝廷把铁钱废掉不用。这条奏议朝廷虽然没有批准，但消息却走漏了。以前是铜钱、铁钱并行，现在提议要废止铁钱，只用铜钱，那手里的铁钱不是一文不值了吗？百姓急于出手，商家坚决不要，这是必然的结果。

按说，毋湜的这条提议并不是毫无道理，因为铁钱确实是笨重低值，影响流通。根据有关史料记载，当时购买价值一贯铜钱的商品，必须用小铁钱约三十九公斤。铁钱本来就笨重，使用又不方便，现在又有风声说有可能被废止，因此，买东西的人都想把铁钱花出去，而与之相应，卖东西的人却谁也不肯再收铁钱。面对这样的情况，有僚属给文彦博出主意，建议官府发布命令，禁止商户关门停业，并不得拒收铁钱。文彦博没有同意，他认为这样做的结果，只能使老百姓更加相信铁钱将要废止，“如此是愈使惑扰也”，从而加剧人们的恐慌和市面的混乱。他采取的办法说来很简单，把自己家里存的一批丝绸拿到市场去出售，收钱的时候只收铁钱。大家见“市长”文彦博卖东西都收铁钱，便知道所谓的铁钱将要废止的话是不可信的。文彦博的这个办法虽然简单，但立竿见影，效果明显，立刻稳定了民心，市场也随之恢复平静。

这则笔记让我记起了上海刚解放时的一段往事。由于战争破坏和解放前夕资本家大量抛售货物以换取金钱外逃，致使解放初期市面上物资奇缺。解放军进城后，国民党残余势力蓄意破坏，唆使不法商人囤积居奇，上海市物价急剧上涨，市民生活出现了严重问题。上海市委向中央求援，中央迅速做出决策，一方面派出足够的技术力量修复铁路、恢复航运，另一方面，从各大解放区调取大批物资供应上海，很快，商人便开始出售囤积的货物，市民们也不再抢购物资，正常的经济秩序得以迅速恢复。

解放军进城初期上海物价平抑和北宋长安铁钱风波平息，情况虽然不同，但有一个根本点是一致的：两者都不是简单地靠行政命令，而是以经济手段解决经济问题，让事实说话，坚定市场信心。眼下，市场调节功能已经比北宋时强大了很多很多，但某种商品价格暴涨的现象还时有发生。其中有不少并非货源不足、供不应求所造成的。我们今天的市场管理，是不是也可以从文彦博的做法中有所借鉴呢？

文彦博——我要知道也会写信给她

笔记原文[1]（文彦博事五）

于尼父师旦，密人，本选人[2]，屡以赃失官，编管[3]在蔡。尼尝适人生子，后为二鬼所凭，言事或有验，遂为尼名惠普，士庶远近辐凑，以佛事之。尝因宦者言，邵亢、石全彬、富弼、李柬之、肃之宜为辅相，皆常敬之者也。柬之侄女二人事之，王乐道命李氏甥为其母首传习妖教。收下狱，诏京东差官按之，得诸公书，自韩、曾以下皆有之，文公独无。上问其故，公曰："臣但不知耳，知之亦当有书。"时人美其分谤。

词句简释

1 本段文字录自司马光《温公日记·佚文》。2 选人：指处于低档寄禄官阶的京朝官以外的文官，又称幕府州县官。宋代文臣由朝官、京官与选人三部分组成。朝官指从七品以上的中高级官员，京官指八九品低级文官，而选人官阶最低，相当于我们现在的“一般干部”。宋代士人入仕，基本上都要经过“选人”阶段，经过礼部贡院考试合格后，大多数的寄禄官阶，都是选人阶官，须经“三任六考，用奏荐及功赏，乃得升改”为京官。范仲淹于真宗大中祥符八年中乙科九十七名，除授广德军司里参军，此官即选人阶官。3 编管：宋代官吏得罪，谪放远方州郡，编入该地户籍，并由地方官吏加以管束，谓之“编管”。

原文我读

于尼的父亲叫于师旦，密须人氏，原本是一个处于低档寄禄官阶的普通官员（选人官阶），入仕后因多次贪赃而失掉官职，被贬谪到蔡州并编入当地户籍，接受地方官管束。

于尼曾经嫁人并生有孩子，后来被鬼魅附身，经常胡言乱语，所说的一些事情有个别的竟然能得到验证，于是便取了一个佛名叫惠普。随后，她的名气越来越大，周围的士大夫和老百姓都过来找她，把她当作佛菩萨一样供奉。她曾经顺着一些官员的话套出了朝廷一些情况，对人们说，邵亢、石全彬、富弼、李柬之等人都应当成为宰辅，人们知道后便经常敬奉她。李柬之让自己的两个侄女侍奉她，王乐道让李柬之的外甥为其母亲传习其邪教。朝廷知道后，将于尼抓了起来，下诏让京东衙门安排官员拷讯查办，发现了邵亢、富弼等朝廷主要官员写给于尼的书信，自韩琦、曾公亮以下所有的人几乎都有，而唯独文彦博没有。宋仁宗询问文彦博其中的缘故，文彦博回答说：“我只是不知道有这档子事，要是知道，也应当有我写的书信。”文彦博这样回答宋仁宗，当时的人都称赞他能为别人分担批评和非议。

一时谬想

司马光这则笔记，文字有些艰涩，好多地方弄不明白，白话文是按“我读”硬挤出来的，读者作为参考资料看看，莫当真。

据史料记载，仁宗一朝，佛教盛行，朝廷在对正宗佛教保护支持的同时，对类似于“教”这种有理论、有组织的活动，管控是相当严格的。司马光这则笔记所记载的“收下狱，诏京东差官按之”，就是对于尼所传“妖教”进行的严厉管控。

妖教害人，这点从古到今都是一样的。司马光笔记所记载的这个“于尼”，且不说她父亲人品怎么样，她自己本来就是一个嫁人生子的普通人，后来被鬼魅附身，胡言乱语中“言事或有验”，大概是蒙对了几件事，于是乎，居然像孙悟空七十二变一样，摇身成“佛”，还取名“惠普”，然后就越传越神，“士庶远近辐凑，以佛事之”，人们从四面八方会聚过来，把她当佛一样供奉起来。这个姓于的小尼，在人们的顶礼膜拜中，可能慢慢也悟出一些神化自己的诀窍来，首先是像算命瞎子那样“因宦者言”，顺着一些朝官的话头，套出了当朝几个大臣的基本情况，然后便宣称，某某某、某某某将来要成为宰执大臣，哄得这些重要人物都成了她的“粉丝”。你看这些人在官位引诱下的丑态：前朝宰相李迪之子李柬之不仅自己将于尼奉若神明，还让自己的两个侄女去侍奉她；已经颇有些名望的当朝大臣王乐道，竟然让李柬之的外甥去为自己的母亲传习于尼的邪教。还有，一大批名臣都身卷其中不能自拔，朝廷派人一查，朝中大臣，除了已在相位的韩琦、曾公亮，在他们之下所有的官员中都有“书”在于尼处，唯独文彦博没有！这“书”指的是什么呢？是写给于尼的问询前途的信函？还是书写着个人生辰八字的名帖？这么多官员牵涉其中，这可不是一件小事，所以，引起了宋仁宗的高度重视。

得知情况的宋仁宗，其愤怒和懊丧是可以想象的。这一群人，哪一个不是天子门生？哪一个不知道大宋的律法？可现在，竟然都去投身一个鬼魅附身的家庭妇女！不动动杀伐看来是不行的！眼看着一场暴风骤雨就要来临，紧要关头，文彦博没有落井下石，趁机表显自己的纯洁和高明，而是四两拨千斤，轻轻说道：“臣但不知耳，知之亦当有书。”一句话便把自己拉进了和富弼、李柬之的同列。文彦博这样说，其实也是在以自己的真诚告诉宋仁宗，他们不就是求官心切嘛，并没有什么非分之念，也不值得生气！就这样，一场即将到来的大风暴，被文彦博轻轻挥挥衣袖，便云淡风轻，随风而逝。

我们见过沉静如山的文彦博，也见过雷霆震怒的文彦博，今天，当我读到这个充满了人情味儿的文彦博时，心中溢满了喜悦，甚至，还有一种已经久违了的甜蜜，隐隐约约地泛上心头。这是为什么呢？

文彦博——你还记得当时的情况吗

笔记原文[1]**（文彦博事六）**

初建东宫，英宗命以蔡亢为詹事[2]，韩琦因荐王陶，文彦博私谓琦："盍[3]止用亢？"琦不从，遂并用二人。及琦为陶所攻，彦博谓琦曰："颇记除詹事时否？"琦大愧，曰："见事之晚，真宜受挞。"

词句简释

1 本段文字录自司马光《温公日记·佚文》。2 詹事：即给事、执事，掌皇后或太子家中之事。3 盍：何不。盍是"何不"的合音。

原文我读

宋英宗决定立储，着手组建东宫，任命蔡亢（抗）为管理东宫事务的詹事，宰相韩琦借机推荐王陶也担任这个职务，文彦博知道后私下里问韩琦说："为什么不只用蔡亢一个人呢？"韩琦没有听从文彦博的意见，将蔡亢、王陶都任命为东宫詹事。后来，等到韩琦被王陶所攻击，文彦博问韩琦说：

"还记得任命他当詹事时的情景吗?"韩琦十分惭愧地说:"我反应慢,认识事物本质晚,真是应该挨打。"

一时谬想

"颇记除詹事时否?"这是文彦博在得知王陶有攻击韩琦的言行后,探问老友的一句话。在字里行间我们可以读出,文彦博说这话时,并没有一丝一毫的幸灾乐祸,而是在叹息人心的难测和多变,在表达对韩琦当下遭遇的深深同情。

詹事,是古代的一个官名。秦朝设置,后世相沿,掌皇后、太子家中之事。这个职位官阶虽不是很高,但由于服务对象特殊,朝廷对任职人选的要求是相当严格的。尤其是东宫詹事,如果太子顺利继位的话,他们都是潜邸旧臣,那前途自然就是不可限量的。

文中的"初建东宫",发生在公元1066年。蔡抗出生于1008年,嘉祐年间进士及第,时年五十八岁,和文彦博、韩琦年龄相仿。但相较于文彦博、韩琦的少年成名,蔡抗出道的确是够晚的了,他五十岁才进士及第。不过,蔡抗一入仕,便被宋英宗发现,他认为蔡抗为人老成持重,学问功底扎实,是东宫詹事的不二人选。当宋英宗把自己的意见说给宰相韩琦后,韩琦却又推荐了王陶。这个王陶出生于1020年,年龄比蔡抗小十余岁,早期依附韩琦,颇得赏识,所以韩琦抓住机遇,要给他荐一个美差。文彦博当时任枢密使,不知道是怎样发现王陶品质不好的,作为老朋友,他必须提醒一下韩琦。韩琦没有听进去文彦博的意见,执意向英宗推荐王陶,因为韩琦是两朝元老,宋英宗也不愿驳了老相面子,蔡抗、王陶双双被任命为东宫詹事。

神宗还是太子的时候,就对韩琦执意安排王陶也来充当东宫詹事很不高兴,他即位之后,曾数次对身边人讲,这是大臣专权。王陶估计自己要因此受到牵连,为了自保,便想法撇清自己与韩琦的关系,已经升任御史中丞的王陶采取的第一个手段,便是利用自己的位置,向曾有恩于自己的老相国发起攻击,弹劾韩琦专权跋扈,结党营私。自己一手提拔的人,转身来攻击自己,韩琦的心中一定是充满了酸楚。所以,面对老友文彦博的反问,韩琦也深以为愧，“见事之晚，真宜受挞”，我见事迟、反应慢，真该挨板子，深刻地做出了自我批评。

人们常说，人在做，天在看，历史自有公论。这个姓王的家伙，不知其他事情做得如何，但在紧要关头，就这转身一“攻”，便被钉在了历史耻辱柱上，无论时光走过多少年，都不能得以解脱。

有人说，官做到一定的位置就没有了真心朋友。读过文彦博和韩琦的故事，便知道这话失之偏颇。友谊如文彦博与韩琦这般真诚恒久，委实令人向往，感谢司马光，他为我们记下了这段千年不朽的人间幸事！

司马光——刚而不愎，是很难做到的

笔记原文（包拯事一）

嘉祐七年五月辛未，枢密副使包拯薨，车驾临幸其第。拯字希仁，庐州人，进士及第，以亲老侍养，不仕宦且[1]十年，人称其孝。后历监察御史，为天章阁待制、知谏院，迁龙图阁直学士、知瀛州，又迁枢密直学士、知开封府。为人刚严，不可干以私，京师为之语曰："关节不到，有阎罗包老。"吏民畏服，远近称之。历御史中丞、三司使、枢密副使，薨。拯为长吏[2]，僚佐有所关白[3]，喜面折辱人，然其所言若中于理，亦幡然[4]从之。刚而不愎，此人所难也。

词句简释

1 且：将近。2 长吏：上级官员，一把手。3 关白：报告，禀告。4 幡然：迅速而彻底地。

原文我读

嘉祐七年五月辛未日，枢密副使包拯去世了，宋仁宗亲自到他家中吊唁慰问。

包拯，字希仁，庐州人，宋仁宗天圣五年进士及第，因为父母年迈需要奉养，在家尽孝没有入仕近十年之久，对包拯的孝行人们都很赞许。入仕后他曾任监察御史，以天章阁待制之职担任谏院知院，不久升至龙图阁直学士、瀛州知州，后来又升任枢密直学士、开封知府。包拯为人刚直严肃，不管是谁想以私事求他，或者以私情影响他都是不可能的。京师开封有称赞他的谚语说："关节不到，有阎罗包老。"意思是不需贿赂官吏，凭着执法严明的阎罗王包拯就不怕判案不公。官吏民众都敬畏、宾服他，不管是远处还是身边的人对他都是交口称赞。包拯自任开封知府后，又历任御史中丞、三司使、枢密副使等官职，于嘉祐七年五月去世。

包拯担任主官，辅佐他的助手们报告工作时，他喜欢当面收拾人，令人十分难堪。然而，当他认为助手们所讲的话符合情理时，也能迅速予以采纳。

刚直而不任性，这是平常人最难做到的事情。

一时谬想

少时，读武侠公案小说《三侠五义》，常常忘了吃饭睡觉。书中的包拯铁面无私、不畏权势，在王朝、马汉、张龙、赵虎众侠士的护卫下，审奇案、平冤狱，几乎无所不能，包拯的清正廉明在我脑海中留下了深刻的印象。几十年过去了，只要一听人说起包拯，我依然会觉得有一股浩然正气扑面而来。

读司马光这则笔记，我们能够感受到，有一种温情充盈在字里行间。因为这不仅是作为政治家、史学家的司马光为包拯写下的文字，更是一位曾经的下属，对已经去世的老上司的深情追忆。司马光当年任度支员外郎时，他的顶头上司三司使正是包拯。所以，司马光对包拯的"喜面折辱人"，感触应当更加深刻。我想，包拯那种不讲场合、不留情面的严厉批评，他司马光当年大概也没少领受。然而，勇于进取的司马光，正是从这一次次的严厉指责中，学会了认真做事，养成了严谨作风，他对包拯始终怀着崇敬、感恩的情结，一句“刚而不愎，此人所难也”，细想想，这其实是一种极高的评价。

包拯，安徽合肥人，出生于宋真宗咸平二年（999）；仁宗天圣五年（1027）进士及第，与文彦博、韩琦同年。有人说，后来的包拯能做到“不可干以私”，知谏院，知开封府，成为我们心目中的“包青天”，他这两位杰出的同年，曾给予他足够的政治保证。

司马光笔下的包拯，刚直、严厉、公正、无私，官员们佩服，老百姓拥戴，但最让我为之动容的还是包拯的“孝”。他进士及第后，因为父母年龄大了需要他赡养，他居然“不仕宦”陪伴父母近十年，然后才赴京听选，等待朝廷除授官职。不知为什么，读到这里，我竟泪流满面。包拯的故事让我想起了自己，想起了我的父母亲，“子欲养而亲不待”的痛，此刻，痛彻心扉！

在开封市包公祠内，过去曾立有一石碑，叫《开封府题名记》碑，上面刻着北宋一百八十三位开封知府的姓名和任职时间，在包拯的名字处，出现了一个深深的泛着光泽的凹陷。这是因为人们在观赏碑记时，由于敬仰包拯而经常用手抚摸指点其名，天长日久，竟将坚硬的石头“摸”出一层“包浆”来。包拯的形象，已经从石碑上下来，走进了人民群众的心中。读司马光这则笔记，我们会感到，在刚严的包拯身上，其实也并不缺少柔情，这更让我们平添几分对他的敬重。

王禹玉

自此亲友故旧都安生了

笔记原文（包拯事二）

王禹玉曰：包希仁知庐州，庐州即乡里也，亲旧多乘势扰官府。有从舅[1]犯法，希仁挞之，自是亲旧皆屏息[2]。

词句简释

1 从舅：母亲的叔伯兄弟。2 屏息：抑制呼吸，引申为敛迹、消失。

原文我读

王禹玉说：包拯包希仁任庐州知州，庐州就是他的老家，在他的亲友故旧当中，有不少人倚仗他的权势滋扰官府正常办公秩序。有一次，他的堂舅犯了法，包拯下令，让衙役狠狠地打了他这个堂舅一顿，从此，所有的亲友故旧便都收敛行迹，不敢再放肆了。

一时谬想

《礼记·礼运》里说：“喜怒哀惧爱恶欲七者，弗学而能。”意思是说，喜怒等这七种情感，人不学就会，是与生俱来的。血浓于水，和血缘相伴而生出的情与爱深入骨髓，与生命同在。人活在世，最难割舍的是亲情，最难处置的也是亲情。古往今来，多少人因为亲情耽误了大好前程，也有多少人因为亲情葬送了卿卿性命。

在司马光的上一则笔记里，我们已经知道，包拯是一个极讲孝道的人，为了奉养父母，他进士及第后竟然十年不去听选（等待朝廷除授官职）。这一点，想必包拯老家的亲戚故旧都是知道的，他们可能会想，这个尊老爱幼的晚辈，现在当官了，一定也会很尊敬他们，就是有点小错，他当这么大官也会罩着不会出事。所以，一干亲戚竟不把官府的人放在眼里，动辄就对官府的人指手画脚，甚至干扰人家执行公务。这里边最突出的一个就是包拯的堂舅，仗着外甥是知州，在县里胡作非为，飞扬跋扈，大概是被人告到县里，县府不敢受理，终于有一天，被人告到知府衙门，包拯不但没有包庇他，还立刻升堂审问，查明事实后，当场把这个舅舅撂翻在地，噼里啪啦就是一顿大板子。别说这招还真起效，“自是亲旧皆屏息”，从此以后，所有的亲戚故旧都不敢再放肆胡闹了。

上面这段故事，司马光说，他是听前宰相王珪王禹玉讲的。应当说，这并不算是什么惊天动地的大事，然而，就这件事，前面一个宰相挂在嘴上念念不忘，后面一个宰相专门记下来准备写入计划中的《资治通鉴后纪》，这是为什么呢？我想，他们一定是认为，要做到这一点，实在是太难了，包括他们自己，也不见得就下得了那狠心。是啊，包拯在命人用棍子猛“挞”自己的舅舅时，他是怎么想的呢？他就不怕亲戚们骂他冷落他吗？我想，包拯一定是鼓起很大勇气，才做出的艰难决定。

商鞅有句名言，叫：“不以私害法，则治。”包拯所任各职之所以都能有所建树，并受到老百姓拥戴，一个重要原因就是他能以身作则，不徇私情。这是历史留给我们珍贵的精神食粮，愿每位“莅事者”效法之。

吕端

这样可以使他心有所系

笔记原文（吕端事一）

保安军[1]奏获李继迁母，太宗甚喜。是时寇准为枢密副使，吕端为宰相，上独召准与之谋。准退，自宰相幕次[2]前过不入，端使人邀入幕中，曰："向者主上召君何为？"准曰："议边事耳。"端曰："陛下戒君勿分言于端乎？"准曰："不然。"端曰："若边鄙常事，枢密院之职，端不敢与知；若军国大计，端备位宰相，不可以莫之知也。"准以获继迁母告，端曰："君何以处之？"准曰："准欲斩于保安军北门之外，以戒凶逆。"端曰："陛下以为何如？"准曰："陛下以为然，令准之密院行文书耳。"端曰："必若此，非计之得者也。愿君少缓其事，文书勿亟下，端将覆奏之。"即召阁门吏，使奏"宰臣吕端请对"。上召入之，端见，具道准言，且曰："昔项羽得太公，欲烹之，汉高祖曰：'愿遗[3]我一杯羹。'夫举大事者，固不顾其亲，况继迁胡夷悖逆之人哉！且陛下今日杀继迁之母，继迁可擒乎？若不然，徒树怨仇而益坚其叛心耳。"上曰："然则奈何？"端曰："以臣之愚，宜置于延州，使善养视之，以招徕继迁，虽不能即降，终可以系其心，而母死生之命在我矣。"上抚髀[4]称善，曰："微[5]卿，几误我事。"即用端策。其母后疾死于延州，继迁寻亦死，其子竟纳款请命[6]。张宗益云。

词句简释

1 保安军：区划名，北宋太平兴国二年（977）置，治所在今陕西省志丹县。2 幕次：临时搭起的帐篷。此处借指宰相办公场所。3 遗：wèi，赠与，送给。4 髀：bì，股部，大腿。5 微：介词，要没有，要不是。6 纳款请命：为保命而归顺。纳款：归顺；请命：保全性命。

原文我读

陕西路保安军衙门上奏说，他们俘获了李继迁的母亲，宋太宗赵光义知道后十分高兴。

当时寇准任枢密副使，吕端为宰相，但太宗却单独召见寇准，与寇准商议如何处置李继迁的母亲。寇准从太宗那里出来后，从宰相办公的地方经过却没有拐进去，吕端派人请寇准来到自己办公的地方，问寇准："刚才主上请你去干什么呢？"寇准回答说："和我商议边防的事情啊！"吕端说："主上是不是告诫你，不要把今天的事情告诉我啊？"寇准说："没有啊！"吕端说：

"如果说的是边境上的正常军务，那是你枢密院的职责，我不敢参与，也不会打听；如果说的是统军治国的重大问题，我吕端既然忝为宰相，是不能不知道的。"寇准就把俘获李继迁母亲的事一五一十地讲给了吕端，吕端一听警觉起来，马上问道："你打算怎么处置呢？"寇准回答说："我准备在保安军北门外将其斩首，以警示那些凶恶叛逆之人。"吕端又问："陛下认为这样做好吗？"寇准说："陛下认为这样做很好，已下令让我到枢密院起草将其斩首的命令了。"吕端感到事态严重，吩咐寇准说："如果要这样做，可不是一条好计策，一定不能得到我们想要的效果。希望你稍微晚一点处理这件事，命令也不要急于下发，我将向主上奏明我的意见。"

吕端送走寇准，随即通知在宫殿侧门服务的近侍，让他禀报皇上说"宰相吕端有重要事情要报告"。太宗让吕端进去，吕端见到太宗后，详细地讲述了从寇准那里知道的情况后，对太宗说："当年项羽俘获了刘邦的父亲，声言要用汤镬烹煮，汉高祖听到后说：'请你也送给我一杯肉汤吧。'凡是要做大事的人，本来就不会顾及亲情，何况李继迁还是一个蛮夷反叛的人呢！再说，陛下今天杀了李继迁的母亲，李继迁就可以擒获了吗？如果不能抓到他，只能徒增怨仇而更加坚定其反叛之心。"太宗说："既然这样，那该怎么办呢？"吕端说："以臣愚见，应当把她安置在延州，安排人好好地侍奉她，以此来招引李继迁，这样虽然不能让李继迁马上投降，却可以使他心有所系，知道他母亲是死是活全在于我们。"太宗听罢，拍着大腿直叫好，说："如果不是爱卿你，几乎要误了我的大事。"随即按吕端的意见把李母安置在延州。后来李继迁的母亲病死在延州，李继迁不久也死去了，他的儿子为保全性命归顺了大宋朝廷。

以上这件事是张宗益讲的。

一时谬想

小时候在老家，每到春节前那几天，村西头二伯家的院子里，总是熙熙攘攘，一派热闹景象。我们那个小村里识字人不多，二伯算是村里一个顶有学问的人，家家户户的新春对联都要由他来写。我那时因为已经识得几个字了，便也张罗着上前帮忙，因此，便记下许多二伯写的老对子来。什么“虎行雪地梅花五，鹤立霜田竹叶三”“诸葛一生唯谨慎，吕端大事不糊涂”“入厨先净手，近案莫多言”等等，至今还留在脑海里不会忘掉。不过，有不少对联在很长的一个时期里，是不太明白的。比如这“诸葛一生唯谨慎，吕端大事不糊涂”，因为我家南阳离武侯祠不远，小时候又听过不少诸葛亮的故事，上联似乎是懂的，但下联中的“吕端”为何人，他如何“大事不糊涂”，就不是太明白了。后来，批判“四人帮”，又听说毛主席在召见叶剑英元帅时，曾口述这副对联相赠，赞扬叶帅在大是大非面前总能做出正确抉择。所以，吕端这个名字，在我脑海里已经熟识很久了，只是不很清楚他在哪些“大事”上“不糊涂”。

今天，读司马光这则笔记，看见“吕端”这个名字，便感到分外亲切。一读故事内容，真的对这位一千年前的老相国佩服得五体投地。首先是他勇于任事，清楚自己作为宰相应当肩负的责任。本来是太宗和寇准商量好的事情，没有让他介入，但他感觉不对，便对寇准明确表态，边境正常事务，我可以不管；但要是军国大事，我这当宰相的“不可以莫之知也”！其次是他敢逆龙鳞，能够坚持“民为贵，社稷次之，君为轻”的道理。寇准已经说得十分清楚，太宗已经同意自己“斩继迁母于保安军北门之外”的意见，然而，吕端为了国家和民族利益，毅然决然“覆奏之”，立即向太宗陈述斩继迁母之危害。三是他说理透彻，能用自己的“明白”纠正太宗和寇准的“糊涂”。他先是以刘邦“愿遗我羹”为例，说明杀人吓不住“举大事者”，然后从“杀之害”与“不杀之利”两个方面，说服太宗改变主意。“善养其母可以系其心”，这真是一着妙棋啊！李继迁是有名的孝子，如果其母被杀，结果是他必反宋朝；如果善待他母亲，这就好比捆住了李继迁的手脚，他肯定会有所顾忌。后来，李母“善养”在延州，而李继迁则和大宋和平相处，李继迁死后，他的儿子李德明又率部归顺宋朝。还有什么法子能产生比这更好的效果呢？吕端，他真的是“大事不糊涂”！

历史总是惊人的相似。公元前203年的楚汉之争中，项羽俘获了刘邦的父亲；公元984年北宋和党项叛将李继迁的交锋中，北宋俘获了李继迁的母亲。历经一千多年的风云变幻，当年的一幕，再次上演。那一年，项羽听了项伯的劝告，没有杀人；而今，宋太宗听了吕端的分析，收回成命。项伯和吕端，都是权衡利弊的高手，都知道得饶人处且饶人的道理，这不仅是一种修养，更是一种高明的战略手段。即便是残酷的战争，也不能不讲道义发泄私愤。或许，站在人性的角度，这也是项伯和吕端他们的另一种“不糊涂”！

说句题外话，由于项伯当年的善念一现，在项羽败亡后，刘邦对项家后人也予以善待，赐姓为刘，分封为射阳侯。这可以说是在历代王朝战争中，失败者家族最好的下场了。

吕端——先帝立太子正是为了今天

笔记原文（吕端事二）

太宗疾大渐[1]，李太后与宣政使[2]王继恩忌太子英明，阴与参知政事李昌龄、殿前都指挥使[3]李继勋、知制诰胡旦谋立潞王元佐。太宗崩，太后使继恩召宰相吕端，端知有变，锁继恩于阁内，使人守之而入。太后谓曰："宫车[4]已宴驾[5]，立嗣以长，顺也，今将何如？"端曰："先帝立太子，正为今日。今始弃天下，岂可遽违先帝之命，更有异议？"乃迎太子立之。寻[6]以继勋为使相[7]，赴陈州本镇；昌龄为忠武行军司马；继恩为右监门卫将军，均州安置；胡旦除名，流浔州。杨乐道云。

词句简释

1 大渐：病危之意。2 宣政使：官名。太宗专为宦官王继恩所置，后用为内侍高级阶官。

3 殿前都指挥使：宋代三衙掌管兵权，殿前都指挥使司是三衙之首，指挥使为长官。4 宫车：帝王、后妃坐的车。借指帝王、后妃。5 宴驾：婉称帝王之死。宴，通“晏”。6 寻：副词，顷刻，不久。7 使相：节度使等加侍中、同平章事等衔，称为使相，荣誉职务，无实事。

原文我读

宋太宗赵光义病危，李太后与宣政使王继恩忌惮太子英明，担心失去权势，暗中与参知政事李昌龄、殿前都指挥使李继勋、知制诰胡旦谋划立潞王赵元佐为新君。太宗咽气后，李太后让王继恩通知宰相吕端到宫中议事，吕端料定有重大变故发生，遂抽身出门，反手将王继恩锁在中书画阁之中，并派人守住不让他出来，然后迅速来到宫内。太后见到吕端后说：“陛下已经归天，让长子元佐继承皇位，是顺理成章的事，你看下一步该怎么办?”吕端说：“先帝过去之所以立太子，正是为了让他今日继承大统。现在先帝刚刚去世，怎么可以这么快就违背先帝的旨意而又出现不同的意见呢?”于是，便迎进太子立为新君。不久，改任李继勋为没有职守的使相，让他去陈州赋闲；将参知政事李昌龄贬为忠武行军司马；将宦官王继恩贬为右监门卫将军，并于均州安置，接受知州监视；把原知制诰胡旦开除官籍，流放到浔州。

以上是杨乐道讲的。

一时谬想

读二月河的长篇历史小说《雍正王朝》，印象最深刻的就是康熙病重时的“九王夺嫡”，真可谓刀光剑影、杀机四伏。在那千钧一发的关键时刻，首辅大臣张廷玉挺身而出，全力扶助胤禛继位，顺利完成了权力交接。那时，在我的心目中，张廷玉就是一个对大清有再造之功的英雄。现在读司马光笔记，才知道早在一千年前，吕端就已经出演过精彩的一幕，张廷玉不过是一个清朝版的“吕端”！其实，张廷玉只是“帮助”胤禛取得皇位，胤禛本身就有强大的力量，而吕端在北宋传位的权力暗战中，几乎是孤军作战，他所面对的，除了太后，还有老奸巨猾的宦官王继恩、可以参与重大决策的参知政事李昌龄、手握重兵的殿前都指挥使李继勋、负责起草诏书的胡旦，他如果稍有不慎，就可能万劫不复。然而，吕端毕竟是吕端，他料事如神、临危不乱，同太后一党斗智斗勇，再一次展示出“大事不糊涂”的优秀品格。

从赵光义即位那天起，有一种说法始终都存在着：赵匡胤本来是要传位给其子赵德芳的，公元976年的一天夜里，正值壮年的赵匡胤突然驾崩，皇后命令王继恩召皇子赵德芳入宫料理后事，可是他却径自去南府宣召皇弟赵光义，让赵光义堂而皇之地登基做了皇帝。王继恩是不是真的敢偷天换日，将下给赵德芳的通知下给赵光义，至今仍然是一个谜，但二十一年后，即公元997年，还是这个王继恩，与太后等人“谋立潞王元佐”，却是铁定的事实。不过，这回他失算了，关键时刻，一个“大事不糊涂”的职场老手出场了，他不仅阴谋没有得逞，还被吕端锁在画阁里干着急逃不出来，落得个世代被人耻笑。

如果说吕端同宦官王继恩斗的是“智”，那么，和太后等人的一场较量，则足见其“勇”了。吕端先是不露声色地“锁继恩于阁内”，迅速把太宗病危的消息通知太子，然后从容来到宫中。当太后告诉他“宫车已宴驾”，并先发制人，主动发出“立嗣以长”的“懿旨”后，吕端把个人安危置之度外，掷地有声地说道：“先帝立太子，正为今日，今始弃天下，岂可遽违先帝之命，更有异议？”先帝为什么要立太子？不就是为了在自己死后让太子继承大统嘛！现在先帝刚刚咽气，你们就敢违背先帝的旨意另搞一套，谁给你们的胆子？一番话义正词严，没有任何商量的余地，唬得太后一干人呆若木鸡，不敢言声。说话之间，太子到了，大臣们都到了，一场危机就这样瞬间化为乌有。

此时，我不禁想，如果当年赵匡胤不罢免赵普的宰相职务，大宋的历史将会是怎样的呢？其他的不讲，单从用人这一点看，赵光义晚年能让吕端稳坐相位，这就比他哥强。

吕端

请卷起帘子我看清再拜

笔记原文（吕端事三）

真宗既于大行[1]柩前即位，垂帘引见[2]群臣，宰相吕端于殿下平立不拜，请卷帘，升殿审视，然后降阶，率群臣拜呼万岁。

词句简释

1 大行：古代称刚死而尚未定谥号的君主，指新近去世的皇帝，取一去不返之意。2 引见：引导相见，接见。

原文我读

宋真宗赵恒在刚去世的太宗灵柩前即位后，隔着一个帘子接见群臣。宰相吕端担心帘子后面坐着的不是真宗赵恒，他先是直挺挺地立在殿下不肯下跪叩拜，并请求卷起帘子，上殿走到新君赵恒跟前，在看清楚要拜的人的确是赵恒之后才走下台阶，率群臣参拜，高呼万岁。

一时谬想

这则笔记虽然只有四十五个字，却是一个完整的故事，时间、地点、人物，起因、经过、结果，一样也不缺。如果给这个故事加个题目，通俗而又达意的，应该叫：等一下，我要确认新君身份！

因为文字太简略，初读这则笔记，还产生过不少疑问：赵恒既然已经即了大位，群臣都来叩拜，为什么他和大家中间还要隔着一道帘子呢，他又不是女主还怕臣子们看见？大家熟知的“有事出班早奏，无事卷帘退朝”，那要“卷”的“帘”是挂在龙椅左右两侧的。“吕端殿下平立不拜，请卷帘”，为什么呢？这“帘”也不影响吕端看清新皇帝啊？查了好多资料，也没有找到个具体的说法。

没办法，回过头来再仔细研读笔记文本，慢慢地似乎有了答案。“真宗既于大行柩前即位，垂帘引见群臣。”这说明，赵恒是在刚刚驾崩的太宗灵柩跟前宣布即位的，这个时候，闻讯而来的大臣应都在殿下候着。既然宣布即位了，就得先知会一声身边的近臣，而放置太宗灵柩的地方，自然不是谁都能进、谁都能看见的，这里和“殿”的“下”面，应该有一道门，门口可能原来就挂着一道帘子。所以，便有了“垂帘引见群臣”的情况。

有史料说，北宋的君主和后妃们居住的地方，和前朝的叫法有所不同，统称寝殿而不叫寝宫，比如福宁殿、坤宁殿等。我猜测，太宗大概就住在福宁殿，刚驾崩时灵柩也放在福宁殿，所以，赵恒接到吕端的通知，匆匆忙忙赶到福宁殿就继承了大统。哦，对了，宋真宗赵恒接受群臣“拜呼万岁”的地方既然是“殿”，门前有台阶那是必然的了！

新君即位，要和群臣见面，作为宰相的吕端不是赶紧带头跪下叩头，却要“升殿”走上前去“审视”一番，这是为什么呢？难道他担心一个大活人被调包吗？读上一则笔记我们已经知道，宣政使王继恩、参知政事李昌龄、殿前都指挥使李继勋、知制诰胡旦几个人，已经和太后串通好要推举太宗长子赵元佐继位，亏得吕端识破他们的阴谋，在太宗病亡的紧急关头锁了王继恩，述说大义迫使太后同意“奉遗制”让太子即位。我估计，吕端是担心自己离开那一小会儿时间，已经从画阁逃出来的王继恩，又跟太后一起要出新的花招，在新君接受叩拜前实施调包计，形成赵元佐已被群臣拜呼万岁而即位的事实。因此，在叩拜之前，他必须做到确认无误。但是，老眼昏花的吕端，隔着一道帘子是看不清楚后面坐着的究竟是不是新君赵恒。为了江山社稷，吕端觉得以身犯险也是值得的，所以，他不光要求必须撤去帘子，他还要登殿走到那个接受叩拜的人跟前，亲眼看一看到底有没有问题。

史书上记载说，吕端不仅视力不好，而且还身材胖大，行动很不利落，咋看也不像是个精明的人。然而，他就是这样，每有“大事”发生的关键时刻，都似定海神针，让大宋安然渡过危机。

宋真宗：这次大捷全是你的功劳

笔记原文[1]（李迪事一）

李文定公迪罢陕西都运使还朝。是时真宗方议东封西祀，修太平事业。知秦州曹玮奏："羌人潜谋入寇，请大益兵[2]为备。"上大怒，以谓玮虚张虏势，恐愒[3]朝廷，以求益兵。以迪新自陕西还，召见，示以玮奏。问其虚实，欲斩玮以戒妄言者。文定从容奏曰："玮武人，远在边鄙，不知朝廷事体，辄有奏陈，不足深罪。臣前任陕西，观边将才略，无能出玮之右者，他日必能为国家建功立事。若以此加罪，臣为陛下惜之。"上意稍解，迪因奏曰："玮良将，必不妄言。所请之兵，亦不可不少副其请。臣观陛下意，但不欲从郑门[4]出兵耳。秦之旁郡兵甚多，可发以戍秦。臣在陕西，籍诸州兵数为小册，尝置鞶囊[5]中以自随，今未敢以进。”上曰：“趣取之。”迪取以鞶囊以进，上指曰：“以某州某州兵若干戍秦州，卿即传诏枢密院发之。”既而虏果大入寇，玮迎击，大破之，遂开山外之地。奏到，上喜，谓迪曰：“山外之捷，卿之功也。”文定子及之云。

词句简释

1 本段文字由司马光原笔记节选。2 益兵：增加兵力，增援。3 恐愒：恫吓威胁。4 郑门：四库本为“都门”，“郑门”疑为“都门”之误。都门，即都城大门，用以借指京都。5 鞶囊：pán náng。革制的囊，古代职官用以盛印绶等。

原文我读

李迪被免去陕西都运使回到朝中。就在真宗议论东封泰山、西祀汾阴，准备兴建国家太平大业的时候，接到了秦州知州曹玮的奏报，曹玮说：“党项军队正秘密筹划侵犯我边境，请朝廷迅速给秦州增加兵力作为防备。”真宗见奏非常恼怒，认为曹玮是在夸大敌人威势，恐吓朝廷，让朝廷给他增兵。宋真宗想到李迪刚从陕西回到朝中，肯定知道边境上的情况，便通知他来相见，并把曹玮的奏折交给李迪观看。真宗的目的是要查明曹玮报告的情况是否真实，准备杀了曹玮以警戒那些谎报军情的人。李迪明白了真宗的意思后，不慌不忙地对真宗说：“曹玮是一个武人，又远在边境，不知道朝廷的大局和总体施政方略，边境上有一点点事，马上都要奏报上来，我看也不值得往深处追究他。我此前一直在陕西任职，观察所有守边将官的才略，没有能超过曹玮的，将来必定能为国家建功立业。假如在这件事上追究他的罪责，我替陛下感到惋惜。”真宗听后，慢慢明白过来，也就不再生气了。李迪接着上奏说：“曹玮是一个优秀的将领，一定不会没有根据地胡说。他所要求增加的兵员，也应当少量地给他增加一些。我看陛下的意思，只是不想从京师调兵而已。秦州附近几个州的军队就很多，可以从这些地方调集兵力来守卫秦州。我在陕西的时候，记录了各州的兵力部署情况，并编成了一个小册子，经常放在鞶囊中随身携带，一直不敢呈送给陛下。”真宗听后说：“赶快拿出来。”李迪从鞶囊中取出小册子交给真宗，真宗指着上面的记录说：“把某州某州军队多少多少派往秦州防守，爱卿你立即通知枢密院发兵前往。”不久，党项人果然大举进攻大宋边境，曹玮率部迎击，取得了重大胜利，收复了山外大片土地。奏报送到朝廷后，真宗非常高兴，对李迪说：“收复山外这个大胜仗，都是你的功劳啊。”

以上是李迪李文定公的儿子李及之讲的。

一时谬想

人生，在很多时候，都是一种相互成全。进谏真宗，李迪维护了曹玮；山外之捷，曹玮也同时成全了李迪。

曹玮，毋庸置疑，绝对的军事奇才。他出身将门，是北宋开国大将曹彬的第四子。史书上说，他沉勇有谋，喜读书，通晓《春秋三传》，少年时便随父亲在军中游历。真宗即位后的第二年，即公元998年，当时的秦州知州张佶，纵兵侵掠羌人，致使羌人反叛。朝廷不得已，任命熟知边防事务的曹玮接替张佶任秦州知州。曹玮到任后，一边推行安抚政策，让下属向羌人谢罪，归还被抢土地；一边又根据地形修筑工事、巩固边防。由于他驭军严明，赏罚立决，迅速扭转了边防上的不利局面。

曹玮治军虽“不如其父”，“然自成一家”，深得父亲曹彬的赞许。真宗咸平二年（999），曹彬病危，真宗前去探望，曹彬对真宗说，臣二子曹璨、曹玮皆堪为将，相比则璨不如玮。曹玮后来的确没有让父亲失望，他为将四十年，从未有失利之举。有人说，西北防务，如果真宗能采纳曹玮的意见，也就没有后来的西夏建国了。

李迪，和曹玮是同龄人，但和曹玮走的却是完全不同的人生路径。他草根出身，通过寒窗苦读，三十五岁状元及第。李迪在官场崭露头角时，曹玮已戎马倥偬二十年，成为威震四方的著名将领。

澶渊之盟订立后，沉醉于“东封西祀，修太平事业”的宋真宗，最烦听到的便是边防上有事，曹玮因为“远在边鄙”，不知道真宗的心思，偏偏在这时奏报“羌人潜谋入寇”，给正在兴头上的真宗兜头一盆冷水，怎能不让他火冒三丈呢？历史上大凡昏聩了的君主都是这样，只许你报喜，不准你报忧，哪怕是关乎社稷存亡的事情，你要报忧，他都不会高兴。你看这主儿，竟然怀疑曹玮“虚张虏势，恐吓朝廷，以求益兵”。更让人寒心的是，他找李迪问“虚实”，原来是“欲斩玮以戒妄言者”。你说这都是什么道理啊？守边将领上报一个军情，你不相信也就罢了，居然还要杀人？这宋真宗的臣子、大宋朝的“武人”，真的不好当啊！好在真宗问的是李迪，如果问的是丁谓、王钦若他们那样的人，曹玮恐怕早就身首异处了！

关键时刻，李迪“从容奏曰”，娓娓道来，轻轻一句“玮武人，远在边鄙，不知朝廷事体”，便为曹玮开脱了。在解开真宗心中疑团的同时，还提出了“益兵”秦州的具体方案。让人感动的是，一个文职官员，竟然能用心到“籍诸州兵数为小册”并随身携带。如果不是李迪告诉秦州附近的州郡有很多部队，“可发以戍秦”，真宗不定还要犹豫多久呢！

“山外之捷，卿之功也。”真宗说的是实话，是他发自内心对李迪的赞扬。其实，没有这赞扬，李迪照样还会这样做。因为他心中装着江山社稷、黎民百姓，该他说话的时候，他必定会奋不顾身。

李迪——请问你有几个儿子

笔记原文[1]**（李迪事二）**

及上将立章献后，迪为翰林学士，屡上疏谏，以章献起于寒微，不可母天下，由是章献深衔之。周怀政之诛，上怒甚，欲责及太子，群臣莫敢言，迪为参知政事，俟上怒稍息，从容奏曰："陛下有几子，乃欲为此计？"上大寤，由是独诛怀政等，而东宫不动摇，迪之力也。文定子及之云。

词句简释

1 本段文字由司马光原笔记节选。

原文我读

在宋真宗要立刘娥刘德妃做皇后的时候，李迪当时是翰林学士，屡次上疏劝谏，说刘娥出身卑贱，不可以母仪天下，刘娥因此对他怀恨在心。周怀政逼迫真宗逊位犯下杀头之罪，真宗愤怒至极，想株连到太子，群臣都不敢吭声。这时候李迪正担任参知政事，等真宗怒气稍微平息以后，以和缓的语气轻轻地问真宗："陛下有几个儿子啊，您竟然想采取这样的措施？"真宗听后，恍然大悟，便只杀了周怀政等人，而太子东宫那边没有受到丝毫影响，这些都是李迪的功劳啊！

以上这件事是李迪李文定公的儿子李及之说的。

一时谬想

读这则笔记我们会有这样一个感觉：李迪这个人挺有个性，别的大臣给皇上说话，要么哆哆嗦嗦，吓得语不成句；要么慷慨陈词，说得声泪俱下。而李迪不一样，只悠悠一句问话，便收到醍醐灌顶、振聋发聩之效。

李迪的确不一般，宋真宗景德二年，也就是公元1005年，三十五岁便以状元及第，历任通判、知州、知制诰、节度使等职，在地方任职期间政绩卓著，入朝后曾两度拜相，晚年以太子太傅致仕。由于生前文采斐然，且为官正直、处事果决，死后谥号"文定"，宋仁宗亲题其碑首为"遗直之碑"。在司马光笔下，李迪，包括他身边的人，都个性鲜明，形象丰满。相信大家读了有关李迪的几则笔记之后，也会有"不一样"的感觉。

司马光这则笔记，前后似乎有些不搭，刚开始对李迪处境描述的几句话可算作是一个铺垫，关键点应在李迪劝谏真宗的叙述技巧上。李迪劝谏的目的很清楚：周怀政案怎么处理都可以，但不要株连太子。

其实，周怀政案件真的与太子没有任何关系。

周怀政，北宋高级宦官。真宗封泰山、祀汾阴、修行宫、建道观等重要活动，他都是积极参与者，官一直做到昭宣使。真宗病重，周怀政恨刘后乱政，更恨丁谓专权，便密召客省使杨崇勋、内殿承制杨怀吉等，策划谋杀丁谓，拥立太子赵祯即位，奉真宗为太上皇。因二杨告发，事败被捕。

这件事，从头到尾，太子既不知情，更未参与。宋真宗不恼恨太子，只是因为周怀政要拥立太子即位让自己赋闲。真宗大概是想，没有太子，就不会有周怀政作乱。

李迪劝真宗别株连太子，颇讲究技巧，被司马光高度认可，觉得这不仅是侍奉君主之人学习的榜样，即便是在一般衙门当差的人，想要上司采纳自己的意见，李迪的做法也有参考价值。所以，便记了下来准备写在《资治通鉴后纪》里供后人学习。

李迪的做法可给我们以下启示：

第一，要选准劝谏、提意见的时机。上司正在火头上，你去提不同意见，肯定是要碰钉子的。司马光笔下的李迪为我们做出了榜样，他是“俟上怒稍息”，才讲出自己意见的。

第二，劝谏、提意见要理直气壮。出于公心是基础，说话时的神态也很重要。想让上位者接受你的意见，就得不慌不忙、不卑不亢。司马光写李迪，说他“从容奏曰”。“从容”二字十分传神，耐人寻味。

第三，也是最关键的，话必须说到点子上，要一枪戳到身上痛处，一斧砍开心中疙瘩。你看人家李迪，既不说周怀政可恶，也不讲太子无辜，只是问真宗，你有几个儿子啊，你要收拾太子？真宗再糊涂也很快就醒悟过来：我活着的儿子就剩这一个，没了儿子，我传位给谁呀！

三层意思说完，故事圆满结尾：只杀周怀政，东宫不动摇，这都是李迪的功劳啊！——啊，妙笔生花！

李迪刚直，但李迪也智慧。所以，他即便倒下了，不久还会站起来。李迪的故事，值得我们认真读一读。

李迪——何不以法治之

笔记原文（李迪事三）

真宗晚年不豫[1]，尝对宰相盛怒曰："昨夜皇后以下皆云[2]，刘氏独置朕于宫中。"众知上眊乱[3]误言，皆不应。李迪曰："果如是，何不以法治之？"良久，上寤，曰："无是事也。"章献在幄下闻之，由是恶迪。初，自给事中、参知政事除工部尚书、平章事，既而贬官，十余年，历诸侍郎，景祐初，复以工部尚书入相。陆子履云。

词句简释

1 不豫：不舒服，有病。天子有病的讳称。2 云：疑为"去"。3 眊乱：昏聩惑乱。

原文我读

宋真宗晚年身体有病，经常会犯糊涂。一次他非常恼怒地对宰相说：

"昨天夜间皇后以下的所有人都离开了，刘娥单独把我一个人留在宫里不让走。"大家知道真宗这是昏聩惑乱说了不该说的话，都没有应声。只有李迪回答说："如果真的有这回事，陛下为什么不用国法来惩处她呢？"过了很久真宗才醒悟过来，说："哦，好像没有这回事啊。"当时，章献太后刘娥在帷幕之后听到了这番对话，从此便开始憎恶李迪了。一开始，李迪由给事中、参知政事升任工部尚书并拜相，不久便被贬职，在接下来十余年的时间里，历任各部侍郎，直到宋真宗死后，他才于宋仁宗景祐初年，又升任工部尚书，再拜同中书门下平章事（复相）。

以上是陆子履说的。

一时谬想

读司马光这则笔记，我们会形成这样一个概念：长期"不豫"的宋真宗已经被章献后所控制，在人前他是君主，而事实上"政事多宫中所决"（见丁谓事五），他已经成了一个"傀儡"。

为什么这样说呢？

首先，这是宋真宗自己亲口给大臣们讲出来的。司马光说，大臣都知道真宗说的话是"眊乱"之语，但这毕竟不是信口胡说，而应当是真宗在自由受到限制之后，心中不满才有的表现。其次，司马光的用词颇有意味。在真宗讲罢他被"刘氏独置宫中"之后，司马光说，大臣们"知上眊乱误言"，一个个都不应声。他在这里用的是一个"误"字，而不是"胡"字，"误言"和胡言乱语肯定是不一样的，他有可能是失言，一时没有把握住，就说出了事情的真相。特别是当李迪说出"何不以法治之"的时候，宋真宗好像又醒悟过来了，说："无是事也！"这哪像神经错乱的人说出来的话呢？再次，也是最重要的证据，章献后之所以记恨李迪，是她在"幄下闻之"，在大帐后边听到了李迪讲的话。以她这样的身份，不待在后宫里让人伺候，一个人立在大殿后面偷听君臣议事，不是监督真宗又是干什么呢？最后，算是旁证，章献后控制了真宗的事实，满朝文武已经人人皆知，所以当真宗向大家诉苦时，大臣们"皆不应"，竟无人接应君主的话头。

我相信，身居相位的李迪，他当然也知道朝廷的时局，他当然还知道得罪章献后会有什么样的后果。但是，他没有明哲保身，他还是站出来说话了。我想，在他轻轻地说出“果如是，何不以法治之”这句话之前，他一定认真权衡过利弊，脑海里一定经过了激烈的斗争，但最终，还是责任战胜了私念，理想克服了恐惧，忠诚鼓舞了斗志，他勇敢地站了出来。

自然，李迪为他这句话付出了沉重的代价，刘娥对他的态度已经由当初因为阻止立后而怀恨，上升到因“幄下闻之”而憎恶。不久，李迪便被贬职，在接下来十余年的时间里，只能在工部、礼部等单位，一家一家地换着去当个助手，领取一点薪水养家糊口了。

也许，会有人觉得李迪这样做不值得，但我以为，李迪作为一个负责任的朝廷重臣，唯其如此，他才能心安，他才感到自己的生命有了足够的分量。这一点，不是任谁都明白的。

邓余——你杀我恩公，我要你狗命

笔记原文[1]（李迪事四）

迪至郓且半岁，真宗晏驾，迪贬衡州团练副使。谓使侍禁[2]王仲宣押迪如衡州，仲宣始至郓州，见通判已下而不见迪，迪皇恐，以刃自刎，因救得免。仲宣凌侮迫胁，无所不至：人往见迪者，辄籍其名；或馈之食，留至臭腐，弃捐[3]不与。迪客邓余怒曰："竖子！欲杀我公以媚丁谓邪？邓余不畏死，汝杀我公，我必杀汝！"从迪至衡州，不离左右。仲宣颇惮之，迪由是得全。至衡州岁余，除秘书监、知舒州。文定子及之云。

词句简释

1 本段文字由司马光原笔记节选。2 侍禁：职官名，为宫禁中侍奉之官。3 弃捐：抛弃，废置。

原文我读

李迪被贬到郓州有半年光景，宋真宗死了，他再次被贬为衡州团练副使。

丁谓安排在宫禁中管事的侍禁王仲宣到郓州押送李迪去衡州贬所。王仲宣到郓州以后，通判以下的官员他都一一见面，唯独不见李迪，李迪觉得情况不妙，心里十分害怕，便抓起一把刀子要自杀，但被人搭救没有死成。

在押送途中，王仲宣对李迪凌侮迫胁，无所不至：凡是去看望李迪的人，他都要记录下姓名；有人馈赠给食物，他放到腐烂变臭，最后扔掉了也不给李迪吃。李迪有一个叫邓余的门客知道后，找到王仲宣，愤怒地说："你个小子！是不是要杀我家主人给丁谓献媚啊？邓余我不怕死，你要杀我主人，我必定要杀你偿命！"邓余跟随李迪从郓州一直到衡州，寸步不离左右。王仲宣非常害怕邓余，不敢再肆意妄为，李迪因此得以安全到达衡州。

李迪到衡州一年之后，被朝廷任命为秘书监、舒州知州。

以上是李迪李文定公的儿子李及之讲的。

一时谬想

这则笔记中所说的"迪至郓"，指的是宋真宗天禧四年（1020），李迪受丁谓排挤，被贬到郓州任知州一事。李迪为什么被贬郓州呢？这自然还要拜丁谓所赐。丁谓成功地将寇准排挤出朝之后，李迪、丁谓先后拜相。两人一正一邪，冰炭不同炉，不久，矛盾便开始激化，天禧四年十一月的一天，李迪忍无可忍，在朝堂之上公开对丁谓及其党羽发起声讨。李迪原想与丁谓玉石俱焚，但结果却是丁谓安然无恙，自己反被罢相，被贬到郓州做知州来了。

也就在李迪被贬到郓州半年多的光景，已经"不豫"多年的真宗终于"晏驾"了。接着，仁宗即位，章献太后听政，丁谓可能预感形势会有变化，便加紧了对政敌的打击。而在丁谓所有的政敌当中，首当其冲的便是半年前被罢去相位的李迪。所以，丁谓必欲置之死地而后快。丁谓知道，大宋朝有不杀大臣的"铁规"，要除去李迪，必须另辟蹊径。于是，他便想了个鬼主意，再贬李迪任“衡州团练副使”，并且委派自己的心腹侍禁王仲宣去押送李迪。这王仲宣自然对丁谓的想法心领神会，他到郓州后，先打心理战，“见通判已下而不见迪”，这和当年“以锦囊贮剑”威逼寇准自杀是一个类型的作案手法。但李迪的内心没有寇准强大，果然“以刃自刎”，后“因救得免”，想死居然没有死成。

王仲宣见恐吓没有达到目的，便一计不成又生一计，在押送途中使用各种手段折磨李迪，想要使其不堪忍受凌辱再度自杀。所以，一路上，凡是去看望李迪的人，他都要记录下姓名；有人馈赠给李迪食物，他放到腐烂变臭，就是扔掉也不给李迪。但让王仲宣没有想到的是，就在他正拨拉着自己的如意算盘时，就像野猪林里突然“跳出一个胖大和尚”一样，李迪的门客邓余从天而降，朝着他大吼一声：“小子！你要杀我家主人来讨好丁谓吗？邓余我不怕死，你要敢杀我主人，我必定要砍下你的狗头偿命！”这个王仲宣本身就是一个色厉内荏的家伙，现在见邓余如此杀气腾腾，立马跟泄气的皮球一样，不敢再造次了。李迪“由是得全”，终于保住了性命。经此一劫，大难不死的李迪后来又在江宁、光州等地担任主官，宋仁宗亲政后又二次拜相，一直活到七十七岁才寿终正寝。

历史上，邓余除了李迪门客的身份之外，再无任何记录。但就是这样的一个小人物，在关键时刻能挺身而出，其义、其勇，无不让人为之动容。人活世上，像邓余这样的朋友，有一人足矣！

李迪

没想到他们这样待我啊

笔记原文[1]（李迪事五）

章献太后上仙，迪时以尚书左丞知河阳，今上即位，召诣京师，加资政殿大学士，数日复为相。迪自以受不世之遇，尽心辅佐，知无不为。吕夷简忌之，潜短之于上，岁余罢相，出知某州。迪谓人曰："迪不自量，恃圣主之知，自以为宋璟[2]，而以吕为姚崇[3]，而不知其待我乃如是也。"文定子及之云。

词句简释

1 本段文字由司马光原笔记节选。2 宋璟：唐朝名相，辅佐唐玄宗实现开元盛世。3 姚崇：唐朝名相、著名政治家，辅佐玄宗开创开元盛世。

原文我读

章献太后去世时，李迪正以尚书左丞为本官任河阳军知军，仁宗一亲政，立即下诏让他回到京师，首先加资政殿大学士职名，几天后，便再次拜相。

李迪深受感动，以为受到了前所未有的恩遇，遂尽心辅佐仁宗，凡是他知道的、能做的，都无所不言，一一尽力做好。同是宰辅的吕夷简对他十分嫉妒，暗地里向仁宗说李迪的坏话。一年多后，李迪又被罢相，贬到一个地方去做知州了。他对人们说："李迪我真是不自量力啊，仗恃英明圣主赏识，以为自己是唐朝的宋璟，而把吕夷简视作可以共同效力于朝廷的姚崇，可没想到他待我竟是这个样子啊!"

以上是李迪李文定公的儿子李及之讲的。

一时谬想

以前读书，每次读到吕夷简，我都是匆匆而过，只对这个人有个粗略的印象：叔父吕蒙正在太宗、真宗两朝三度拜相，儿子吕公著是哲宗朝名相，他自己在仁宗朝又三度拜相，一门三代三宰辅，标准的名门望族。但是，我一直不喜欢吕夷简。什么原因呢？现在想来，其中夹杂着我个人的好恶：虽然对吕夷简并不了解，但我所喜欢的范仲淹、欧阳修等都和他有矛盾，他们都不喜欢他，所以，我也不喜欢他。呵呵，看来喜爱和怨恨都是可以"及乌"的!

今读司马光笔记，进一步加深了我的这一认识——他暗地里陷害正直的李迪，我更不喜欢他了。

宋仁宗明道二年（1033），临朝称制十二年的章献太后终于"上仙"了。就在章献太后"上仙"后不久，吕夷简因为向仁宗"进废郭后之言"被罢相。而原先贬去"知河阳"的李迪被仁宗召回京师"复为相"。几个月后，吕夷简也官复原职，但位列李迪之后。按理说，又官复原职回到相位的吕夷简应该是高兴的，可他不，他认识问题的角度就是和常人不一样。望着坐在自己前边的李迪，他怎么想都觉得窝囊，就这几个月的时间，一相变成了两相不说，还排在了人家的后面，好懊恼啊！

历经劫难的李迪，仁宗一纸诏令，又回到众人景仰的高位，“自以受不世之遇”，在感激涕零的同时，自然要“尽心辅佐，知无不为”，把全部身心都投入到辅佐仁宗的事业上。他有一个强烈的愿望——做一个大宋朝的宋璟，同时他也把吕夷简看作可以共同效力的姚崇，他要和在朝诸位大臣勠力同心，也为大宋创造出一个“开元盛世”来。然而，吕夷简却不是这样想的，他看见坐在首辅位置上的那个人，就像眼里扎了根“刺”一样，不拔掉他一天都不得过活。于是，便千方百计寻找李迪的过错，时不时地在仁宗跟前打小报告、告黑状。功夫不负有心人，吕夷简终于如愿以偿，一年之后，李迪再次被罢去了宰相之职，到一个州里去做地方官了。万般无奈的李迪，此刻只能自我解嘲，埋怨自己“不自量”了。

老话说，害人之心不可有，防人之心不可无。李迪前一点做得很好，堪称楷模，但后一点却抛在脑后，竟无丝毫防范意识，怎能不吃亏上当呢！

董沔——王钦若是这样被发现的

笔记原文[1]（王钦若事一）

王钦若为亳州判官，监会亭仓[2]，天久雨，仓司以谷湿不为受纳，民自远方来输租者，食谷且尽，不能得输。钦若悉命输之仓，奏请不拘年次[3]，先支湿谷，不致朽败。奏至，太宗大喜，手诏答许之，因识其名。秩满入见，擢为朝官。董沔云。

词句简释

1 本段文字由司马光原笔记节选。2 监会亭仓：监临会亭仓粮食收储和供给事务。监：监当官。州（府军监）理财的差遣，监临诸场、院、库、仓等税收、府藏、专卖等事务，是宋朝布满全国的财税官队伍。3 年次：年龄的顺序，此处似指领谷人的级别高低次序。

原文我读

王钦若任亳州判官，同时担任会亭粮食仓库的监当官，适逢连阴雨天，管理粮仓的官吏以老百姓送来的谷子潮湿拒绝接纳。老百姓有从很远的地方来交纳皇粮租税的（以粮折租），要交纳的谷子都快吃完了还是不能把谷子交上。王钦若了解到这一情况后，命令仓库管理人员将这些湿谷全部收下，然后立即向朝廷奏报，凡来仓库支取粮食的，请允许不分级别高低和支取时间先后，一律先支湿谷，以防止收纳的新谷霉烂变质。

王钦若的奏折送到朝廷后，宋太宗见了非常高兴，亲手书写诏令答应他的要求，也因此记住了王钦若的名字。等到王钦若亳州判官任期满回朝觐见过太宗，便被提拔到朝廷里来做官了。

王钦若这件事是听董沔讲的。

一时谬想

扳着指头算算，不经意间，我们已经读过了富弼、范仲淹、王旦、赵普、寇准、包拯、文彦博、吕端、李迪等九位北宋宰辅大臣的事迹，他们不见得人人都是正人君子，但我们选取的故事都是正面的。从他们身上，我们能感受人性的光辉，读他们的故事，使我们向善，让我们收获正能量。然而，这人世间，不光都是阳光明媚，有时还会有阴霾，甚至会有凄风苦雨。人这一生，相遇的不光都是佛菩萨，还要常常与虎狼相伴，甚至与魔鬼同居一处。你在世上行走，你必须认识这个世界，必须能够看清楚脚下有没有泥沼陷阱，头顶有没有滚木礌石。而要做到这些，首要的是认识你身边的人，能辨别哪是好人哪是坏人，能大体知道坏人陷害好人的基本手段。所以，我们除了要知道好人的好，还要了解坏人的坏。下面，作者将集中给大家介绍两个历史公认的反派人物，让读者了解一下这些“坏人”是怎么变坏的，当然重点还是了解他们是怎样给人使坏的。

亳州判官，是王钦若中进士后出任的第一个官职。如果王钦若的历史就此打住，那么，我们所知道的王钦若，不仅果敢有担当，还有一颗爱民的赤子之心。然而，历史是不能假设的。这样一个曾经有担当、负责任的人，后来竟然成为臭名昭著的“北宋五鬼”之首，这就不能不发人深思。看来，坏人也曾经有过积极的一面，坏人也是有独到之处的。试想，坏人如果资质平平，那他怎么会成为“大奸”“大恶”呢？为什么要坚持德才兼备、以德为先的用人标准？司马光专门给初出茅庐的王钦若写上这一笔，值得我们好好体味。

从古至今，粮食储备都是关系国家安全、人民安康的重大事项。而粮食的存储问题，也是让人非常头疼的一件事。“天久雨，仓司以谷湿不为受纳”，这样管理粮仓的官吏，应当说也是在严格履行职责。不合格的湿谷进了仓，如果后续措施跟不上，肯定是要霉变的，坚持不为受纳就没有责任，就不会犯错误。然而，他们的循规蹈矩，的确是把自己撇清了，却让那些从很远的地方来纳粮的百姓深以为苦。本来是交谷子来的，现在谷子都快吃完了还是交不上，在大家都习以为常的时候，刚步入仕途的王钦若，深为百姓着急，经过一番思考之后，命令仓库管理人员将粮食全部入库，先解决了百姓们的难题。随后，立即将此事奏报朝廷，希望朝廷准予粮官在发放粮食时，不拘“年次”先后，先支付湿谷。如此一举两得，既解决了百姓新谷无法上交的苦恼，又解决了湿谷不能久储而霉烂变质的问题。谚语说得好：“赠人玫瑰，手留余香。”宋太宗见了奏报，非常高兴，认为这办法有道理，也因此记住了王钦若的姓名。

《孟子》里虽说：“无规矩不成方圆。”但规矩有大有小，大规矩是维护老百姓的利益、维护国家的利益不受损害，至于粮食怎么收储，在保证大规矩得到执行的情况下，具体措施是可以变通的。王钦若收湿谷、支湿谷的做法，并没有多高的技术含量，关键是他没有无视老百姓的困难，能急百姓之所急，只是让粮仓改变了一下工作方法，就解决了所有的问题和困难。

如果，我说的是如果，如果王钦若一直按这个路子走下去，那他肯定会成为一个不错的官员。也不知若干年后的王钦若，在做尽蝇营狗苟、欺下瞒上、陷害忠良的坏事时，他还会不会想起当年在亳州为民请命的日子？

按：“监会亭仓”的监，不少人理解为“监管”，作者以为释作“兼任之官”更符合文义和相关历史资料的解释。敬请读者指教。

王钦若——闭城则成其叛心

笔记原文（王钦若事二）

王文穆为人虽深刻，然其人智略士也。澶渊之役，文穆镇天雄[1]。契丹既退，王亲军[2]率大兵向魏府[3]，魏府钤辖惧，欲闭城拒之，文穆曰："不可。若果如此，则猜嫌遂形，是成其叛心也。"乃命于城外十里结彩棚以待之。至则迎劳，欢宴饮酒连日。既罢，其所统军皆已分散诸道矣，亲军皆不知焉。

词句简释

1 天雄：宋代一个以军事为主，叫"军"的行政区划，军治与大名府（魏府）治所同城（今邯郸市大名县东北）。2 王亲军：即王超，澶渊之战时统大军于定州。"亲军"是侍卫亲军马步军都虞候的简称。3 魏府：因大名府唐以前为魏州，宋人亦称大名府为魏府。

原文我读

王钦若为人虽然阴深苛薄，然而，他也是一个颇有智慧和谋略的人。在澶渊之役中，王钦若自己请求北行，以工部尚书为本官兼任天雄军知军。澶渊之盟订立之后，契丹兵开始全面撤退，侍卫亲军马步军都虞候王超率领其统率的部队向大名府集结，准备驻扎于大名府城内（府治所在地）。时任驾前西面邢洺路马步军钤辖兼天雄军驻泊的孙全照，担心王超所部进城后生变，想关闭城门拒绝王超入城，王钦若说："这样不行。如果这样做，那朝廷对王超的猜疑就显露出来成为事实，反而促成王超的反叛之心！"于是，命人于城外十里扎建彩棚，以欢迎王超所部进城。王超部进城之后，又组织迎接和慰劳，还一连几天举行盛大宴会进行联欢。等这些事做完以后，王超所统率的部队都已经分散安置到其他地方了，但王超对此一点也没有察觉。

一时谬想

司马光这则笔记中所表达的观点是公允的，王钦若虽然坏，但他的确也很聪明，是一个标准的"智略士"。在王钦若监会亭仓那则笔记里，我们知道这个人不光颇有智慧，还敢于担当，在担任亳州判官、监会亭仓时，曾做过一件于民于国都有利的事情。司马光在这则笔记中所讲的故事，发生在真宗景德初年澶渊之战后期，这件事的意义，可比当年在亳州收农民的湿稻谷要大得多。

这则笔记开头提到的王亲军，名字叫王超，"亲军"是他的官职，侍卫亲军马步军都虞候的简称。王超是北宋著名的将领，曾在多地担任军中要职，澶渊之战时他统率大军驻扎定州。《宋史·王超传》中有这样一段记载："景德初，上亲巡澶渊，召超赴行在，复缓师期，契丹遂深入。"意思是说，在真宗御驾亲征，移驻澶渊之后，曾命令王超率部向澶渊集结，共同抗击契丹军的进犯。然而，王超却出于一己之私，在定州行营按兵不动，一再推迟行军日期，致使契丹大军得以长驱直入，兵临澶渊城下。王超在关键时刻阳奉阴违，已经形成了朝廷和王超所部之间的严重隔阂。按王钦若的说法，朝廷已经对王超产生了“猜疑”，不信任了。

当时的情形可能是这样的：由于王超“复缓师期”，他率领的部队刚刚进入天雄军防区，契丹大军已经按盟约规定开始撤退了。于是澶渊前线给王超发出命令，要他不再向澶渊集结，大军就近在大名府屯扎。而天雄军方面可能还没有接到上级的命令，对王超大军的动向并不知情，所以，大名府钤辖孙全照生怕王超大军进城后生变，便“欲闭城拒之”。这时，在天雄军兼任知军的王钦若，表现出了他“智略”过人之处，断然否定了孙全照“据王于城外”的意见。作为一名资深的参知政事，他对王超的历史太了解了。他知道这个王超在咸平三年（1000）即为镇州行营都部署，长期在河北一带领兵守边，不但所统率的部队人数众多，而且在军中有很高的威信。假使王超所部真的在大名府城外发动兵变，必然会导致正在撤退的契丹大军转头回来重开战端。那样，后果将不堪设想。所以他在否定孙全照的意见后，又条分缕析，劝说孙全照不要让“猜嫌”表面化，对这个王超现在我们还不摸底细，他只是行动缓慢，兴许并没有打算反，或者还在犹豫，现在一看我们闭城不纳，反而促成了他反叛的决心，那我们就会成为千古罪人。事后证明，王钦若的判断是正确的，他果然不负“智略士”的美誉。

坏人会办好事，他办的好事也可能于国于民都有很大益处。但一个不争的事实是，坏人愈是有“智略”，就愈会办坏事，办成的坏事危害也愈严重。所以，像王钦若这样有“智略”的“士”，还是少一点好。

王钦若——他想借此报答自己的恩人

笔记原文（王钦若事三）

刘贡父曰：真宗将立刘后，参知政事赵安仁以为刘后寒微，不可以母天下，不如沈德妃出于相门。上虽不乐，而以其守正，无以罪也。他日，上从容与王冀公论方今大臣谁最为长者，冀公欲挤安仁，乃誉之曰："无若赵安仁。"上曰："何以言之？"冀公曰："安仁昔为故相沈义伦所知，至今不忘旧德，常欲报之。"上默然。明日，安仁遂罢政事。

原文我读

刘贡父说：宋真宗将要立刘娥刘德妃为皇后，参知政事赵安仁认为刘娥出身寒微，不足以母仪天下，不如沈德妃出身相门，因此向真宗提出了反对意见。真宗听了虽然不高兴，但赵安仁平时恪守正道，提出的意见也并无不当，一时找不到理由去怪罪他。

有一天，真宗与王钦若无事闲聊，说起当今在朝大臣数谁最为忠厚，最有长者之风，王钦若想排挤赵安仁，便以赞扬的语气说：“没有人能比得上赵安仁。”真宗问：“凭什么这样讲呢?”王钦若回答说：“赵安仁早年被已故宰相沈义伦所赏识，至今仍然不忘老宰相过去对自己的恩情，经常想着要报答他。”真宗听后沉思良久，若有所悟。第二天，赵安仁就被免去了所担任的参知政事职务。

一时谬想

在大宋王朝，王钦若可以算作一个标本式的坏蛋，他像蝎子一样害人成性，只要一有机会他都会果断出手。他好多害人的手段让人叹为观止，他能在谈笑之间就把人置于死地，还让你哑巴吃黄连，说不出苦来。了解一些这个坏蛋的所作所为，可以帮助我们稍稍增强一些防范意识。所以，讲他的故事，多花一点工夫也是值得的!

这一则笔记，司马光说是听刘贡父说的。据史料记载，刘贡父一生潜心史学，素以治学严谨而著称。所以，他说的话肯定有根据，不会冤枉了王钦若。笔记里说的“真宗将立刘后”事件，发生在公元1012年，郭皇后死后，真宗一心想把他心爱的刘娥刘德妃扶正立为皇后。然而立后这样的大事，在宋朝，君主自己是不能一个人说了就算数的，宰执、台谏等大臣都可以提出自己的意见。当时的宰相王旦大概已经洞悉真宗的心思，觉得事情不好办，好好的人突然间就生起病来，向真宗告假不来上班了。所以，立后心切的真宗便首先来征求副宰相赵安仁的意见。赵安仁也是老实人，便依据实情上奏说，刘氏出身低贱，难以母仪天下。同时提出了自己心中的人选，说已故宰相沈义伦的孙女沈德妃“出于相门”，贤德仁厚，立沈德妃为后更好。按理说，赵安仁这样回答既有分析比较，又合于儒家道统，的确让人无可挑剔，真宗听后虽然窝了一肚子火，却也拿不出理由来反驳。

真宗闷在心里说不出的苦，很快就让当时还是知制诰的王钦若觉察到了，他跟闻到腥味的猫一样开心。因为他与赵安仁素来不和，整倒赵安仁的机会终于来了，而“阴险狡诈”的本性，让他在无比兴奋的同时，又不露声色，在心里盘算着怎样巧妙地给赵安仁上点“眼药”。他在等待真宗的主动开口。这一天，很快就来了。那天，真宗和王钦若无事闲聊天，问王钦若“今大臣谁最为长者”，你说眼下咱朝中谁最忠厚最有长者之风？这样的问话，搁一般人回答，当然要首推宰相王旦。因为不管是人品还是资历，王旦都是当之无愧的。但王钦若偏不，他就要说一个不显眼的角色来引起宋真宗的注意。我们来看看这个小人是怎么使坏的：“无若赵安仁”——王钦若悠悠地做出这样的回答。这回答，让真宗好生奇怪，立马相问：“何以言之?”这时，王钦若酝酿已久的阴谋终于出炉了：“安仁昔为故相沈义伦所知，至今不忘旧德，常欲报之。”真宗也是透亮的一个人，一听这话，沉默良久，就明白了，难怪这个赵安仁不同意我立刘娥为后，原来他是要借机报恩啊！哼！你以一己之私，竟然冠冕堂皇地来反对我，看我怎么收拾你！第二天，真宗就找个理由，罢免了赵安仁的参知政事。后来，我们都知道的，刘娥刘德妃，自然就顺理成章地当上了皇后。

王钦若这一着棋，下得堪称完美，一句轻描淡写的话，既顺了真宗的心意，又排挤了妨碍自己仕途的赵安仁，还讨好了聪明过人的刘皇后。如果，坏人都是这样的善于以“巧谲”之术害人，那是多么让人恐惧啊！

王钦若——寇准以陛下为『孤注』

笔记原文（王钦若事四）

上以澶渊之功，待准至厚，群臣无以为比，数称其功，王钦若疾之。久之，数承间言于上曰："澶渊之役，准以陛下为孤注，与虏博耳。苟非胜虏，则为虏所胜，非为陛下画万全计也。且城下之盟，古人耻之；今虏众悖逆，侵逼[1]畿甸[2]，准为宰相，不能殄灭凶丑，卒为城下之盟以免，以足称乎？"上由是浸疏[3]之。顷之，准罢而天书事起。

词句简释

1 侵逼：侵犯逼近。2 畿甸：京城地区。3 浸疏：逐渐疏远。浸，渐渐。

原文我读

宋真宗赵恒因为寇准在澶渊之役中立下不世之功，最为厚待寇准，群臣之中没有一个能比得上的，还多次当众称赞寇准的功劳，让王钦若非常嫉妒。

日子久了，妒火中烧的王钦若便多次找机会在真宗跟前说寇准的坏话。他这样说：

“澶渊之役中寇准的做法，就像赌博的人赌到最后，把全部赌本都押上来拼最后的输赢一样，是拿陛下的身家性命来与契丹人赌最后的输赢啊！假如不能战胜契丹，就必然被契丹人打败，他根本就不是为陛下筹划的安全保险之计，况且城下之盟，古人已引以为耻；这是契丹人犯上作乱，他们侵犯我大宋领土，已经逼近京城，寇准作为宰相，不能消灭凶恶的敌人，却最终以订立城下之盟得以免除危险，这有什么值得称颂的呢？”

从此，宋真宗便慢慢地疏远寇准了。不久，寇准的宰相被罢免，王钦若撺掇真宗伪造天书的事情也发生了。

一时谬想

俗语说：“不怕贼偷，就怕贼惦记。”现在，王若钦就悄悄躲在寇准身后，一有机会，便要搞上他一把。前边在关于寇准的笔记里我们已经读到，契丹大军来犯，王钦若建议宋真宗逃往金陵或西蜀，真宗征求寇准意见，寇准明知是王钦若和陈尧叟出的馊主意，却当着他的面骂道：“谁为陛下画此策者？罪可斩也！”寇准倒是痛快了，王钦若肚里却窝了一堆死血，从此以后，他就跟寇准杠上了，一遇上茬口，就要在真宗跟前给寇准上点“眼药”。

乍一听，王钦若的挑拨有些道理。“苟非胜虏，则为虏所胜，非为陛下画万全计也。”言下之意，亏得我们后来打胜了，如果打不胜契丹，那不就是被契丹俘虏了吗？这哪里是什么万全之策啊！这跟赌博有什么区别？这不就是拿陛下您做“孤注一掷”吗？换句话说，这不就是拿您的生命开玩笑吗？可怜这个宋真宗啊，他作为一国之君，并不是站在与大宋江山共存亡的角度看待问题的，他在听信王钦若谗言的同时，我估计，还有一种潜意识在起作用：就是国家亡了，我也不能死！

其实，当时寇准已经把道理讲得很清楚了："以今日之势，銮舆回轸一步，则四方瓦解，万众云散，虏乘其势，楚、蜀可得至邪?"当时敌人气势正盛，真宗如果敢逃跑一步，宋军将立刻土崩瓦解，全线溃败，敌人必将乘胜追击，你宋真宗根本是跑不掉的！当时真正的情势是逃跑必死无疑，打则尚有赢的可能，至少还有和谈的希望，并不是王钦若说的非败即胜，非胜即败！王钦若是在要弄文字把戏，故意把宋真宗引向心理误区。

至于城下之盟的说法，更是火上浇油之词，足见其用心险恶和手段高明。

诸葛亮在《出师表》中告诉后主刘禅："亲贤臣，远小人，此先汉所以兴隆也；亲小人，远贤臣，此后汉所以倾颓也。"我想，对于有专门"帝师"指导其读书学习的宋真宗来说，这段话他肯定是知道的，只不过是在即位之后慢慢地淡忘了。臭名昭著的"北宋五鬼"，为啥都出在他真宗一朝，这绝不是偶然的。真宗、赵恒，庙号和名字都不错，然而其在位后期的做派，与"真"、与"恒"，都相去甚远。于他，我们只能是一声深深的叹息！

马知节——其他奏折你为啥不报

笔记原文（王钦若事五）

钱资元曰：真宗末，王冀公每奏事，或怀数奏，出其一二，其余皆匿之，既退，以己意称圣旨行之。尝与马知节俱奏事上前，冀公将退，知节目之曰："怀中奏何不尽出之？"

原文我读

钱资元讲过一件事，说宋真宗在位后期，王钦若向真宗奏报政事时，怀里有时揣有好几个奏折，可他只拿出来其中的一两个向真宗奏报，其余的都给隐匿起来，等到退朝以后，把自己的想法说成是真宗的旨意要下面办理。有一天，王钦若与马知节一同向真宗奏事，两人离得很近，王钦若将要退出时，马知节看着他怀里的奏折说："你怀中其他的奏折，为什么不都拿出来向陛下奏报呢？"

一时谬想

小时候，听老人们说古景（讲故事），就知道这个王钦若很坏，总是变着法儿地陷害忠臣寇准，而且每每得逞，满朝文武还都拿他没办法。后来，读书多了，才知道原来根子还在真宗那里，是王钦若摸透了真宗的心思，利用了真宗的弱点和对他的信任。

公元997年，真宗即位，励精图治，勤于政事，任用李沆为宰相，分全国为十五路，令各路转运使轮流进京述职，同时采用休养生息政策，减免五代十国以来的税赋，创造了一个较长的和平发展时期，后来被史家称“咸平之治”。如果真宗一直都是这样务实勤政，就没有王钦若后来的“拉大旗作虎皮”的事。令人遗憾的是，与契丹签订澶渊之盟后，宋真宗逐步对朝政兴革失去热情，醉心于用所谓的“祥瑞”来粉饰太平。王钦若便投其所好，伪造“天书”，促成公元1008年劳民伤财的泰山封禅。自此之后一直到真宗驾崩，在长达十五年时间里，王钦若深得真宗信任。文中所描述的王钦若怀折不奏、欺上瞒下事件，就发生在这个时代背景下。

王钦若在真宗后期，和丁谓、林特、陈彭年、刘承规狼狈为奸，将朝政搞得乌烟瘴气，史称王丁林陈刘五人为北宋“五鬼”。王钦若为人奸巧，智数过人，胆大妄为，又懂道教，善于迎合帝意，坏作用最大。因他状貌短小，颈部有疣，时人称之为“瘿相”。马知节，河北蓟县人，父亲为北宋初年著名的将领。马知节八岁丧父，自幼孤苦，宋太宗时，以荫补为供奉官，赐名知节。他为人刚直不阿，又治政有方，深受百姓爱戴。

司马光在笔记中记下的这件事，发生在王钦若为枢密使，马知节任枢密副使期间。王钦若太胆大了，或者是因为经常欺君罔上“手滑了”，和副使同朝奏事，竟然沿用老办法，还是只将“数奏”“出其一二，其余皆匿之”。面对王钦若如此瞒天过海之术，一般人可能都会视而不见。但马知节直爽，他看不惯王钦若的作为，一句“怀中奏何不尽出之”，让王钦若丑态毕露。

历史是一面照妖镜。无论一个人如何伪装，他是忠还是奸，是善还是恶，最终都会被历史这面镜子照出原形。

王钦若——盛为符瑞戎狄或许『不敢轻中国』

笔记原文[1]**（王钦若事六）**

苏子容曰：王冀公既以城下之盟短寇莱公于真宗，真宗曰："然则如何可以洗此耻？"冀公曰："今国家欲以力服契丹，所未能也。戎狄之性，畏天而信鬼神，今不若盛为符瑞，引天命以自重，戎狄闻之，庶几不敢轻中国。"上疑未决，因幸秘阁，见杜镐，问之曰："卿博通《坟》《典》[2]，所谓《河图》《洛书》者，果有之乎？"镐曰："此盖圣人神道设教[3]耳。"上遂决冀公之策，作天书等事。故世言符瑞之事始于冀公成于杜镐云。

词句简释

1 本段文字由司马光原笔记节选。2《坟》《典》：《三坟》《五典》的并称，后转为古代典籍的通称。3 圣人神道设教：圣人以天道施教。神道，神明之道，指关于鬼神祸福之说，用鬼神赐福降灾等迷信作为教育手段。《易经·观卦》："观天之神道，而四时不忒，圣人以神道设教，而天下服矣。"孔颖达疏："微妙无方，理不可知，目不可见，不知所以然而然，谓之神道。"

原 文 我 读

苏颂苏子容说：王钦若在真宗面前用城下之盟的说法陷害寇准后，真宗问他："既然是这样，那么怎样才能洗刷这个耻辱呢？"王钦若回答说："现在，国家要用武力征服契丹，还不能做到。北方这些没有开化的民族，其本性敬畏上天、迷信鬼神，现在不如多多地制造天降符瑞的事件，通过宣扬我朝受命于天来树立权威，偏远地区那些落后民族听到后，或许就不敢轻看我们中国了。"真宗听后疑惑不决，便亲自来到秘阁找到杜镐询问："你精通《三坟》《五典》等古代典籍，所谓的《河图》《洛书》，果真有这回事吗？"杜镐回答说："这是圣人用神明之道来教育人的啊。"真宗听杜镐这样讲，便决定采纳王钦若提出的方法，着手运作有关天书的事宜。所以，世上有一种说法：符瑞之事肇始于王钦若，形成于杜镐。

一 时 谬 想

读司马光这则笔记，直觉得胸口发闷，义愤填膺：一是替宋真宗惋惜，对坏人这坏点子怎么能这样轻易相信；二是为杜镐不平，好人就这样轻易被利用。

在说王钦若之前，我们先来了解一下讲故事的苏颂苏子容，以及故事中另一个主角杜镐。

苏颂，字子容，公元1020年出生，公元1042年登进士第，历经北宋仁、英、神、哲、徽五朝，在哲宗时官至宰相。苏颂不仅身居要职，还学识渊博，对经史九流、百家之说，及算法、地志、山经、本草、训诂、律吕等无所不通。他制造了世界上最古老的天文钟"水运仪象台"，开启近代钟表擒纵器的先河。以对科学技术，特别是医药学和天文学方面的突出贡献，被誉为“中国古代和中世纪最伟大的博物学家和科学家之一”。总之，苏颂就是那个时代的一部百科全书。由于精于典故，所以，朝廷只要有新的典礼制作，必请苏颂审查。也可能是因为对历史典故特别有兴趣，他对杜镐回答真宗《河图》《洛书》的话，时隔七八十年还记得那么清楚。

杜镐，字文周，出生于后晋天福三年，即公元938年。历官直秘阁、右谏议大夫、龙图阁直学士等职，以博闻强记、治史谨严著称，在太宗、真宗两朝，秘阁中只要有异书，遇到大家都不太理解或有歧义的问题，一般都向他咨询请教。他看过后，就会告诉询问人：某事、某书在某卷某行，检之竟无一误差，人们都称呼他为“杜万卷”。由于他生活简朴，生性淡泊，学问道德俱佳，颇为士大夫所推重。

杜镐和苏颂，年龄相差八十二岁，分属两个不同的时代，他们有很多共同的特点，比如，两人都是所处时代的百科全书式人物，都是当时的学术权威。但他们也有不少不同之处：苏颂不仅学富五车，精通典故，还是忧国忧民的政治家。而杜镐只是一个两脚书橱，读书很多却不善于应用。这不，杜镐这个老古董就被“五鬼之首”的王钦若给惦记上了，“这人脑子简单，又一肚子学问，可以利用他一下”。我估计，当时，王钦若的“盛为符瑞”计划在酝酿时，内心应该就是这样盘算的。

王钦若说澶渊之盟是城下之盟，本来是想陷害寇准的，但真宗听了之后确实感到羞耻了，所以有很长一段时间总是闷闷不乐。王钦若便有些担心，自己话没有说棱正，惹得真宗不高兴，不定啥时候还会怪罪自己呢！他已经摸透了真宗的心理，既害怕契丹不敢同人家开战，又想摆谱在全国臣民跟前树起自己的形象。所以，为了讨好真宗，他便又想起了一个坏主意。他知道，这个主意走的是歪门邪道，还拿不准真宗是不是就完全同意。于是，他便预先设计了第二步棋局。首先，他告诉真宗：“戎狄之性，畏天而信鬼神，今不若盛为符瑞，引天命以自重，戎狄闻之，庶几不敢轻中国。”用伪造的事情来吓唬契丹人，这连自己都不相信的事情，竟也让王钦若说得有理有据，一下子点到了真宗的麻骨上，居然将信将疑起来。王钦若知道，真宗有什么不懂的地方，都会去问问杜镐。这时候，果然真宗按照王钦若的计划走动了：“因幸秘阁，见杜镐”，把自己的疑问向杜镐和盘托出。这时的杜镐，如果稍微懂一点政治，估计也能猜到真宗的心思，说一句否定的话，说不定就可以让王钦若的主意泡汤。但这位老先生偏偏很正式地回答道："此盖圣人神道设教耳。"天啊，这可是《易经》里的原话啊！估计真宗当时要高兴得蹦起来，原来古代的圣贤们都是这样做的呀！这计划，看来得赶紧实施！

杜镐无意间助纣为虐，让多少人为之叹息。"符瑞之事始于冀公成于杜镐"，看来，这笔账历史早已给他记上。冤不冤啊，你这只知道闭着眼睛读书做学问的人！

谎言重复千遍，它也依旧不是真理。作为后来人，我们不想指责杜镐什么，但我想说的是，知识只有在苏颂苏子容这样的人身上，才有意义！但转念又一想，真要是苏颂碰见王钦若这样的鬼，也不见得就不被利用。

王钦若
王旦是想让他还自己钱的

笔记原文[1]（王钦若事七）

钦若为人阴险多诈，善以巧谲[2]中人，人莫之寤。与王旦同为相，翰林学士李宗谔有时名，旦善视之。旦欲引宗谔参知政事，以告钦若，钦若曰："善。"旦曰："当以白上。"宗谔家素贫，禄廪[3]不足以给婚嫁，旦前后资借之，凡千余缗，钦若知之。故事[4]，参知政事中谢[5]日，所赐物近三千缗。钦若因密奏："宗谔负王旦私钱，不能偿。旦欲引宗谔参知政事，得赐物以偿己债，非为国择贤也。"明日，旦果以宗谔名荐于上，上作色不许。其权谲皆此类。辛若渝云。

词句简释

1 本段文字由司马光原笔记节选。2 巧谲：机巧诡诈。3 禄廪：用作官俸的粟米，即官俸。4 故事：过去的做法，惯例。5 中谢：臣僚受职或受赏后入朝谢恩。

原文我读

王钦若为人阴险毒辣，奸诈狡猾，不讲信义，善于用机巧诡诈的方法伤害他人，而被伤害的人一时还不能明白过来。

王钦若与王旦同时做宰辅大臣的时候，翰林学士李宗谔很有名望，王旦对他很赏识。王旦想推荐李宗谔任参知政事，并把自己的想法告诉了王钦若，王钦若听后表示同意，说："好啊。"王旦就说："我们应当按这个意见给皇上报告。"李宗谔家里素来贫穷，朝廷发给的官俸不够办理儿女婚嫁的花费，王旦总是借钱帮助他，前后共有一千多缗，王钦若作为同僚，也知道这件事。

历史上沿袭下来的规矩，参知政事被任命那天，要入朝向君主表示感谢，而君主所赐礼物价值有近三千缗。王钦若便暗中向真宗奏报说："李宗谔欠下王旦个人的钱财不能偿还，王旦想推荐李宗谔任参知政事，让他得到陛下赏赐的钱物，用来偿还自己的债务，他并不是为国家选择贤能的臣子。"第二天，王旦果然上折，把李宗谔推荐给真宗，真宗看后，脸上立马变了颜色，随即否决了王旦的推荐意见。王钦若在弄权上的奸诈大都是这个样子。

王钦若这件事我是听辛若渝讲的。

一时谬想

如果说，王钦若陷害寇准是因为嫉恨，其中还夹杂有个人恩怨的因素。那么，他对王旦的陷害，纯粹是恶人本性的自然显露，他一会儿不"使坏"就急得慌，就像蝎子一样，一遇上皮肤，不管是人的还是青蛙的，它不扎一针放出点毒液是不得过活的。关于王钦若害人手段的高超，司马光总结得很精辟："钦若为人阴险多诈，善以巧谲中人，人莫之寤。"

细心的读者会发现，司马光这则笔记，有一点小小的瑕疵。司马光在笔记中说，王钦若"与王旦同为相"，给人的感觉好像是两个人在一个时期都担任宰相，而事实并非如此。王钦若在真宗咸平四年，即公元1001年出任参知政事，一直等到真宗天禧元年，即公元1017年王旦因病辞相，王钦若才当上宰相。故此，后来王钦若多次对人说：“因为王公，让我推迟十年才当宰相。”但是，要从参知政事是副宰相这个角度说，这个说法也是说得过去的。

王旦想要提携的这位翰林学士李宗谔，父亲是太宗朝两度拜相的李昉，自己也学富五车，家中还有万卷藏书。这样一个人，居然穷得连给子女办婚嫁的钱都没有，这是为什么呢？

李宗谔，出生于北宋太祖乾德二年（964），他以恩荫得官为耻辱，坚持自己考取功名，于太宗端拱二年（989）进士及第，真宗景德二年（1005）召为翰林学士。他受父亲李昉的影响，藏古书万余卷，又用心于礼典，著《翰林杂记》详记宋初官制。他这么有个性的人，既不受父荫，又不善经营，加之爱好买书收藏，自然是“禄廪不足以给婚嫁”了。而王旦借钱给李宗谔，也是情理中的事情。王旦进士及第后，以著作郎之职预编的《文苑英华》，就是在时任宰相李昉主持下进行的。对于王旦，李昉既是老上司，也有恩于自己。看到他儿子李宗谔有困难，他怎么能不施以援手呢？

以王旦的个性，他欣赏的是李宗谔的人品和才华，他为朝廷举荐人才，既是他做宰相的分内职责，也完全是出于公心。然而，就这么正常的一件事，却触到了王钦若的兴奋点，其“蜇人”的本性便又显露出来了，一面假意对王旦说“善”，一面又悄悄去向真宗打小报告，说什么“旦欲引宗谔参知政事，得赐物以偿己债，非为国择贤也”。早就被王钦若洗脑过的宋真宗赵恒，自然是一听便信，在心中马上把王旦疑为偷斧子的人了。而王旦因为已经得到王钦若的允诺，第二天，便一本正经地向真宗提出了让李宗谔担任参知政事的建议。结果是可想而知，真宗给甩了脸子，当场否决了王旦的提议。我们能想象得到王旦当时的懊恼：这是咋回事呢？这提议没有毛病啊，王钦若也说过“善”了啊！

有人说，这世上最让人不齿的人，就是常做损人不利己事的人，因为这类人见不得别人的好。这个观点是有一定道理的，因为损人利己，自私自利那是人的本性；而损人不利己，它算啥呢？这就是骨子里的“坏”。这个王钦若呢，是两种成分都有，这人，简直是“谲”透了！

王钦若“巧谲中人”每每得逞，根子在哪里呢？

宋真宗——这个职务你满意吗

笔记原文[1]**（王钦若事八）**

真宗时，王钦若善承人主意，上望见辄悦之。每拜一官，中谢日，辄问曰："除此官且可意否？"其宠遇如此。辛若渝云。

词句简释

1 本段文字由司马光原笔记节选。

原文我读

宋真宗在位时，王钦若善于迎合真宗的意图，真宗一看见他便满心欢喜。每次任命他新的职务后，在他入朝表示感谢那天，真宗都要问他："新授予你的这个官职，姑且还算适合你的心意吧？"王钦若受真宗宠幸恩遇就达到了这样的程度。

以上是辛若渝说的。

一时谬想

学习历史，我们会发现这样一个有趣的现象：贤臣不一定能遇上明君，但每一个明君身边一定会站着一位或几位贤臣。当明君和贤臣相遇时，一般都能成就一段佳话甚至开创一个盛世。譬如齐桓公和管仲、鲍叔牙，唐太宗和魏徵、房玄龄、长孙无忌、褚遂良、杜如晦等。

那么，相反的情况有没有呢?

今天，读司马光这则简短的笔记，不知为什么，我心里总是沉甸甸的不舒服：这个佞臣，在这位被谥为“真宗”的君主面前，咋就这样有面子呢?你看，这真宗只要一见到王钦若，心里便像熨斗熨过一样，甭管有多少烦恼，总能叫王钦若那些奉承话给熨得舒舒帖帖，满心欢喜。对王钦若，宋真宗不光是“望见辄悦之”，还不断地给他加官晋爵，升了官，还要满怀柔情地问一句：“除此官且可意否?”给你这个职位，爱卿你还算满意吧?君臣之间，能有这般的情谊，理应让人感动，但现在，我却浑身直起鸡皮疙瘩，继而便是一阵阵的恶心。唉，怎么说呢?只能一声深深地叹息!

王钦若因伪造天书，极力逢迎真宗东封西祀，得到真宗的充分信任。从天书事起，真宗和王钦若之间，已经形成高度的默契，那些只有他们二人知道的龌龊伎俩，把两个人紧紧地绑在了一架战车上。这种高度的依存，便催生了真宗在位中后期，全国上下官民都参演的那场滑稽闹剧。在这场闹剧里，王钦若获得了巨大的政治回报。如果不是宰相王旦的强力抵制，以真宗的偏爱，王钦若很早就当上了宰相。

周武王对姜子牙言听计从，开创了周朝八百年江山；齐桓公对管仲言听计从，因此成为春秋第一霸主；刘备对诸葛亮言听计从，使新生的蜀汉政权与魏、吴两国呈鼎立之势。而真宗对王钦若言听计从，却把国家和人民推向一场灾难，怎能不让人义愤填膺呢!

宋真宗——难道御史台是专给你办事的

笔记原文（王钦若事九）

王钦若为翰林学士，与比部员外郎、直集贤院、修起居注洪湛同知贡举，湛后差入贡院[1]，时诸科已试第六场。是时，法禁尚疏，钦若奴祁睿得出入贡院。钦若妻受一举人赂，书睿掌以姓名语钦若，皆奏名。有济源经科[2]，因一僧许赂钦若银十铤[3]，既入六铤，余负而不归，僧往索之，因喧斗。事发，下御史台鞫案。事方纷纭，真宗擢钦若参知政事。中丞赵昌言以狱辞闻，收钦若下台对辨，上虽知其情，终不许，曰："朕待钦若至厚，钦若欲银，当就朕求之，何苦受举人赂邪？且钦若才登两府，岂可遽令下吏[4]乎？"昌言争不能得。湛乃独承其罪，诏免死罪，杖背、免刺面、配岭南牢城。湛家贫，每会客从同馆梁颢借银器，是时适在其家，因没以为赃。钦若内亦自愧，其后擢湛子鼎为官以报之。真宗晚年，钦若恩遇浸衰，人有言其受金者，钦若于上前白辨，乞下御史台核实。上不悦，曰："国家置御史台，固[5]欲为人辨虚实耳！"钦若皇恐，因求出藩，乃命知杭州。苏子容云。

词句简释

1 贡院：科举时代礼部考试士子的场所。2 经科：疑为"诸科"之误。宋代贡举，分为进士科和诸科，诸科包括九经、五经、开元礼、三史、三礼、三传、学究、明经、明法等科，并无"经科"一说。3 铤：熔铸成条块等固定形状的金银，其重数两至数十两不等。4 下吏：交执法机关审问。5 固：副词，本来。

原文我读

王钦若为翰林学士时，与比部员外郎、直集贤院、修起居注洪湛共同负责在礼部贡院举行的省试，但洪湛是中途才被派到贡院的，等他到贡院时，"诸科"考试已经进行到了第六场。

那时候，有关科举考试的规章制度还不够严密，王钦若的家奴祁睿能够轻易地出入贡院。王钦若的妻子在接受了参加考试的举人贿赂后，便在祁睿的手掌里写上这些举人的姓名让王钦若看，凡是给王钦若妻子行贿的人，其名字都能列入拟通过考试的举人名册（过省举人）呈送皇上审核。济源籍参加诸科考试的举人任懿，通过一僧人许诺给王钦若送银十铤，已经送到了六铤，其余的却失约一直没有送到，那个中间说合的僧人便去找任懿索要，俩人话不投机，说着说着打斗起来。于是，便有人向朝廷告发，朝廷随即安排御史台介入调查。

就在这件事正吵得沸沸扬扬的时候，宋真宗提拔王钦若担任了参知政事。御史中丞赵昌言以当事人供词中涉及王钦若为由，要传唤王钦若到御史台对质，真宗虽然也知道其中定有隐情，但始终不同意传唤王钦若到案，他说：“我对王钦若厚爱有加，他如果是想要银子，应当向我来要，他何苦要受一个举人贿赂呢？况且王钦若刚刚进入‘两府’视事，怎么可以这么快就把他交给御史台审问呢？”赵昌言虽然据理力争，但真宗最终还是没同意。由于任懿还供述认识洪湛并送有礼物，便由洪湛一个人独自承担了此次科场舞弊案的全部罪责，真宗最终下诏免去洪湛死罪，对他处以杖脊（免刺面）之罪，并发配岭南牢城。洪湛家境贫寒，每次有客都是从集贤院同事梁颢处借银器使用，御史台办案人员到他家搜查时，这些借来的银餐具还在他家中没有归还梁颢，也被认为是赃物没收了。王钦若对洪湛落到这步田地，自己内心深处也感到愧疚，后来，便提拔洪湛的儿子洪鼎为官来报答他。

在真宗晚年，对王钦若的礼遇慢慢地衰退了，有人又举报王钦若收受贿赂，他在真宗面前为自己辩解，请求真宗命御史台介入核实。真宗很不高兴，说：“国家设置御史台，目的就是要给哪个人辨别虚实真假的吗?!”王钦若听后十分害怕，便提出想到地方去任职，真宗顺势派他到杭州做知州去了。

以上内容是苏子容说的。

一时谬想

司马光这则笔记，用大量的笔墨来描写咸平科场舞弊案的前后经过，其目的就是渲染真宗待王钦若礼遇由隆到衰所形成的巨大反差。在真宗眷顾王钦若的当年，案犯已经供出了王钦若收受贿赂的事实，真宗却不让御史台传他“下台对辨”；而在真宗对王钦若“恩遇浸衰”之时，面对王钦若的祈求，真宗回答的却是让王钦若“皇恐”的冷嘲热讽。古往今来，大凡佞臣，都是沿着这样的轨迹走完自己的一生的。别看当年风光，最终大都不会有好下场，只是苦了那些当年撞到他“枪口”上的人。

不过，相对于寇准、王旦、李迪、赵安仁他们，司马光这则笔记中的洪湛，不光是躺着中枪，还极其无辜地做了王钦若的“替罪羔羊”。这个洪湛，原本是一个才华横溢的读书种子，可是，他太书生意气，不光命途多舛，还年纪轻轻便丢了性命。洪湛生于太祖建隆四年（963），太宗雍熙二年（985）进士及第，太宗端拱年间任直史馆（馆职名称），为立太子一事上书太宗，因言辞太过激烈，被贬为容州知州，后再贬为比部员外郎。后于真宗咸平二年（999）回京，授知制诰、修起居注、复直史馆，在诸科已经考到第六场时，被"差入贡院"，和王钦若一起负责当年的省试，看着似乎是好运连连，其实是厄运已悄然而至。真宗咸平五年（1002）春，科场舞弊案发，朝廷下令将涉事人员"下御史台鞫案"，但当御史中丞赵昌言履行正常程序，要传唤已经"以狱辞闻"的王钦若"下台对辨"时，宋真宗却以"钦若才登两府，岂可遽令下吏"为由，不允许御史台调查王钦若。并且还一脸无辜地替王钦若辩解说："朕待钦若至厚，钦若欲银，当就朕求之，何苦受举人赂邪?"意思是说，我对王钦若这么好，他需要钱，跟我说一声就行，哪还需要去接受举人们的贿赂呢？宋真宗保了王钦若，科场舞弊案的罪责便只能由洪湛"独承"了。令人泪目的是，查抄洪湛时，由于其家贫，家里没啥值钱东西，连借别人的银餐具，都被"没以为赃"。也是因为他家贫，没人为他打点，在一年后的咸平六年（1003），洪湛于流放途中染病不治，年仅四十岁便死去了。

对洪湛的悲惨遭遇，心里跟明镜一般的王钦若，"内亦自愧"，还有一点良知没有完全泯灭，后来"擢湛子鼎为官以报之"。在我看来，王钦若此举与其说是"报"洪湛，不如说是怕自己遭报应，做一点安慰自己的小动作而已。

读完这则笔记，不由得让人想，如果二十年前宋真宗就有"国家置御史台，固欲为人辨虚实耳"这样的态度，或许王钦若也不是历史上的这个"巧谲中人"的"五鬼"之首，赵恒他就不是那个自欺欺人的宋真宗了！

辛若渝——王钦若家财为天火焚尽

笔记原文[1]（王钦若事十）

会今上即位，丁谓败，章献太后以钦若先朝宠臣，复起知昇州。自昇州召还，比至京，大臣始知之。既至，复为相。然钦若不复大用事[2]如真宗时矣。未几，有朝士自外方以寄遗钦若，为人所知，钦若因自发其事，太后由是解体[3]。顷之，薨于位，谥曰文穆。无子，养族人为后。钦若方用事时，四方馈遗，不可胜纪。其家金帛、图书、奇玩，富于丁谓，为天火所焚，一朝殆尽。辛若渝云。

词句简释

1 本段文字由司马光原笔记节选。2 用事：行事、办事。3 解体：脱身。

原文我读

仁宗即位后不久，丁谓劣迹败露被贬谪至海南崖州，章献太后以王钦若系真宗朝重臣为由，重新起用他为昇州知州。接着，又把他从昇州召回，等他到了京师，朝中大臣们才知道他被召回这件事。

王钦若回朝后，被重新任命为宰相。然而，王钦若已经不能再像真宗时那样，迅速而又精准地处理国家大事了。没过多长时间，有一个朝官从很远的地方寄东西给王钦若，被别人知道了，王钦若找个机会向太后承认了这件事，但太后从此便把他丢开不管了。不久，王钦若死在了任上，朝廷谥他为"文穆"。

王钦若没有子嗣，收养族人之子为自己的后代。王钦若在朝中掌权的时候，各方面馈赠的钱物不可胜数。他家里金帛、图书、奇玩，比丁谓还多，后来家里因雷电等自然原因起火，所有的东西一天时间被烧个精光。

以上内容是辛若渝说的。

一时谬想

一连十则关于王钦若的司马温公笔记，让我们的脑海中，首先对这个北宋"五鬼"之首精湛的害人术，有了一个基本的概念。但是，令人疑惑的是，这样一个让人讨厌、避之唯恐不及的家伙，在《宋史·奸臣传》里却找不到他的大名，难道是遗漏？那不会啊！像他这样在大宋朝响当当的人物，元代写史的那群人，对他是不会马虎的。我想，原因只有一个：王钦若只是大宋朝一个悲剧式人物，他并不是真正意义上的奸臣。

如果，王钦若一开始碰见的便是章献太后，以她的强势、明理、铁腕，或许，王钦若的人生就会改写。你看，这章献太后听政后，在明知王钦若被群官劾奏，且刚刚惩治完在"五鬼"中排位第二的丁谓的情况下，就力排众议，让"五鬼"之首王钦若复相，这又是为啥？原来，精明的章献太后知道，王钦若和丁谓本质上是不一样的。她能洞悉王钦若昔日乱政的根本原因在真宗那里，王钦若只是在极力迎合他的主子。况且王钦若在史学、文学方面都有很高的造诣，王钦若主编的政治百科全书《册府元龟》就足以说明他的远见卓识。现在，仁宗年幼，政事经验缺乏，章献太后认为，以王钦若的资历和才干，让他复出，不仅可以稳定政局，还有可能刷新朝政，尽快挽救真宗晚年所造成的颓势。果不其然，谙熟朝廷典章的王钦若，复相之后很快就献上一部《迁叙图》，向仁宗说明百官升迁的制度，对仁宗的成长和朝廷规范官员任用，都发挥了很大的作用。

别看章献太后是女流之辈，但她却很有头脑，用人功过分明，一码归一码。鉴于现在王钦若已经“不复大用事如真宗时”的实际情况，便产生了让王钦若离开相位的念头。不过，她不说，她在等待时机。恰巧这时，有人知道了“有朝士自外方以寄遗钦若”的事情，太后“由是解体”，借故撇开他不用了。后来，还没等到朝廷罢相，郁闷的王钦若没多久就一命呜呼了。

老百姓都说：“善有善报，恶有恶报。”这样的因果轮回兴许也有一定道理。真宗后期的王钦若，为了一己私利，迎合主上，尽做一些损人利己甚至损人不利己的勾当，完全忘了一个读书人“修身齐家治国”的本分。机关算尽的王钦若虽能“薨于位”，但毕竟“人在做，天在看”，聚敛那么多的不义之财，竟然“为天火所焚，一朝殆尽”，竹篮打水一场空，这不就是天道吗？

人生只是一个过程，我们要学会珍重、善待和敬畏。这应该是寒门学子王钦若的悲剧人生，从另一个侧面给我们后来人的启示。

刘器之——他好像天天都是饥寒交迫

笔记原文[1]**（丁谓事一）**

龚伯建云：（梅）询与孙何、盛度、丁谓，真宗时俱在清贵[2]。询好洁衣服，裒[3]以龙麝，其香数步袭人；何性落拓，衣服垢汙；度体充壮，居马上，前如仰，后如俯；谓，吴人，面如刻削。时人为之语曰："梅香，孙臭，盛肥，丁瘦。"器之[4]曰：……谓貌睢盱[5]，若常寒饿者，而贵震天下，相者以为真猴形云。

词句简释

1 本段文字从"器之曰"开始，节选于司马光另一则笔记。2 清贵：职位较高而不掌管实权的人为清贵，"在清贵"指在翰林院任职。3 裒：póu，聚集。4 器之：宋朝大臣刘安世，字器之，熙宁六年（1073）进士及第，曾从学于司马光。5 睢盱：suī xū，睁眼仰视貌。

原文我读

龚伯建说，梅询与孙何、盛度、丁谓，宋真宗在位时都在翰林院任职。梅询喜欢穿着整洁干净的衣服，常让衣服中充满了龙麝的气味，他身上的香气离好几步远都能让人觉得扑面而来；孙何性情放浪，邋遢至极，衣服上经常满是污垢和臭汗；盛度身体滚圆肥壮，骑在马上，从前面看好像是往后躺着，从后面看好像往前趴着；丁谓是吴地人，骨瘦如柴，面部如刀刻斧削一般，两腮塌陷，棱角分明。当时人们形容这四个人说："梅香，孙臭，盛肥，丁瘦。"刘安世刘器之说，丁谓老是脸仰着眼睁大往天上看，像一个经常处在饥寒交迫中的人，然而，他却是富贵无比，威震天下。善观相的人认为丁谓这种相貌是真正的"猴形"。

一时谬想

上面这段文字，前一部分是司马光的一则完整笔记，从"器之曰"开始，是相邻另一则笔记中的一句话。两部分文字合在一起，可以让我们在全面认识丁谓之前，对他有一个概念性的了解。想想看，一群人走在一起，有这样一个鸠形鹄面的家伙，不光脸上没有一点点肉，还面如铁色，双眼圆睁，鼻孔朝天，一脸寒饿之相，仿佛所有人都亏欠他什么似的，那该是多么让人恐惧和厌恶啊！

丁谓虽然在"北宋五鬼"中屈居第二，但和王钦若相比，其坏、其奸、其谲，都有过之而无不及。我以为，王钦若只是有使坏的嗜好，不坑害人他着急，而丁谓是毒辣，毒到身上每一块骨头都是黑的，连曾经有大恩于他的人，他都必欲置之死地而后快。而且其毒计实施起来，什么手段都敢用上，包括明目张胆地篡改皇帝的旨意。

丁谓究竟是个什么样的人呢?

丁谓，字公言，苏州府长洲县人，祖籍河北。出生于宋太祖乾德四年，即公元966年，太宗淳化三年，即公元992年，二十六岁便进士及第。史书上说，丁谓从小异常机敏聪颖，“书过目辄不忘”，几千字的文章，读一遍便能背诵。有一次太宗问他：“唐朝的酒价是多少？”丁谓脱口答道：“每斗三百。”太宗问他怎么知晓的，他回答：“有杜甫诗为证，‘速宜相就饮一斗，恰有三百青铜钱’。”史书上还说，丁谓刚入仕途时为官勤勉，有较强的应对和处理突发事件的能力，也做过不少益事。但他心术不正，做事“多希合上旨，天下目为奸邪”，与王钦若、林特、陈彭年、刘承规都以奸邪险伪著名，人称“五鬼”。

黑格尔说：“存在的都是合理的。”观相这个行当之所以从古到今都有市场，说明一个人的“相”貌确实反映着他的性格、品行，包括他的过去和将来，同时也表明确实有人掌握了“相”貌与人心的某种联系。这个说丁谓“真猴形”的“相者”，包括形容丁谓“若常寒饿者”的刘器之，他们的眼光都很“毒”，都把丁谓看透了。

王禹偁——丁谓、孙何文章如六经

笔记原文（丁谓事二）

孙何、丁谓举进士第[1]，未有名，翰林学士王禹偁见其文，大赏之，赠诗云："三百年来文不振，直从韩、柳到孙、丁。如今便好令修史，二子文章似六经。"二人由是名大振。

词句简释

1 举进士第：意为修习的课程是参加考中后能上进士榜的考试，或准备参加进士科考试。"举进士第"不能理解为省试已经合格的进士。苏洵《送石昌言使北引》："昌言举进士时，吾始数岁，未学也。……后十余年，昌言及第第四人，守官四方……"

原文我读

孙何、丁谓二人在准备参加进士科考试的时候，还没有什么名气。一天，翰林学士王禹偁见到了他们写的文章，大加赞赏，随即赋诗相赠："三百年来文不振，直从韩、柳到孙、丁。如今便好令修史，二子文章似六经。"

因为有了大儒王禹偁这首诗的大力称赞，孙何、丁谓两人从此声名远扬。

一时谬想

据史料记载，太宗雍熙元年（984），王禹偁到丁谓的老家江苏长洲任知县，丁谓知道后，便邀请好友孙何一起带着各自写的文章，去县衙拜谒王禹偁。王禹偁在看完他俩的文章之后，大为赞许，认为自唐朝的韩愈、柳宗元以来，文风衰颓，孙何、丁谓两人的文章像国学经典“六经”一样，让人耳目一新，有望成为三百年文坛一个新的高峰。欣喜之余，赋诗一首相赠。正在求取功名的丁谓、孙何，从此声名大振，以诗文闻名于世。太宗淳化三年（992），丁谓和孙何又同年赴京城应考。结果两人都高中进士甲科，其中孙何第一名，丁谓第四名。

这位赞扬丁谓的王禹偁是何许人也？读者如果注意的话，在前面我们读过的笔记里，就曾数次提到过这个名字，他可是一位在北宋初年响当当的人物。史书上介绍说，王禹偁七岁能诗，九岁能文，诗词直追杜甫、白居易，文风恰似韩愈、柳宗元，不仅反映社会现实，还风格清新平易，是北宋诗文革新运动的先驱。他为人刚直，不畏权势，以直谏敢言著称。后来的范仲淹、庞籍、韩琦、欧阳修、司马光都极为推崇和尊重他。苏轼在《王元之画像赞并序》中称他“以雄文直道独立当世”，“耿然如秋霜夏日，不可狎玩”。

这样，问题就来了：能被学养俱佳的王禹偁高度肯定的丁谓，为什么会由一个优秀的“文学青年”，变成一个“千年佞臣”呢？个中缘由，就不得不让人深思了！

由此，我想起了司马光在一篇奏折里曾经说过的一段话：“凡取人之术，苟不得圣人、君子而与之，与其得小人，不若得愚人。”意思是说，选拔人才要遵循一个原则，如果找不到德才兼备的圣人、君子的话，那样与其使用一个有才无德的小人，还不如使用一个能力差一点的人呢！司马光接着给我们解释了他这样说的理由，他说，小人“挟才以为恶，恶亦无不至矣”。有才无德之人以其才干做起恶来，就没有他办不到的事情，就能把“恶”做到极致。丁谓就是这样一个有才无德的小人，王禹偁、寇准、王钦若都曾十分欣赏他的才干，是很多人共同努力把他推上重要岗位的，从某种意义上来讲，丁谓能成为北宋“五鬼”之一而遗臭万年，很多“好人”都有责任。

孔子说：“德之不修，学之不讲，闻义不能徙，不善不能改，是吾忧也。”学富五车的丁谓为什么没有记住老夫子这句话呢？一个青年才俊，最终被“千年佞臣”的标签牢牢地贴在身上，路走偏了，真让人惋惜！

丁谓——你要篡改圣旨吗

笔记原文（丁谓事三）

真宗晚年不豫，寇准得罪，丁谓、李迪同为相，以其事进呈，上命降准小处知州。谓退，署其纸尾曰："奉圣旨：除远小处知州。"迪曰："向者圣旨无'远'字。"谓曰："与君面奉德音，君欲擅改圣旨以庇准邪？"由是二人斗阋，更相论奏。上命翰林学士钱惟演草制，罢谓政事，惟演遂出迪而留谓。外人先闻其事，制出，无不愕然，上亦不复省也。元震及李子仪云。

原文我读

宋真宗晚年病情越来越重，寇准因请太子监国事被治罪，当时丁谓、李迪都是宰相，他俩就如何处理寇准的事向真宗报告，真宗命令将寇准降职安排到一个较小的州去担任知州。

丁谓从文德殿出来后，在贬谪寇准的文书末尾写道："奉圣旨：令寇准到边远地区较小的州担任知州。"李迪说："刚才圣旨里并没有这个'远'字啊。"丁谓回答说："我和你一起当面聆听了圣上说的话，你想擅自篡改圣旨来包庇寇准吗？"为此，两个人争吵起来，又相继向真宗奏报，真宗很生气，即命翰林学士钱惟演起草诏令，罢免丁谓的职务，但是，钱惟演拟写的诏令却是罢免李迪职务反而留下了丁谓。当时，好多人事先都已经知道具体情况，等诏令发出来后，没有人不感到惊愕的，而真宗也已经不再理会这件事了。

元震和李子仪都说过上边这个事。

一时谬想

读司马温公这则笔记，我们会看到，这个丁谓真的是胆大包天；同时也能感受到，丁谓和前边说过的王钦若还真不一样。为了达到个人目的，丁谓这个"二鬼"可以毫无底线，恣意妄为，甚至忤逆君主。而作为"一鬼"的王钦若，只是为了迎合和讨好真宗，时不时地玩些小伎俩而已。总之，相比较之下，丁谓才是一个真正的小人，十足的坏蛋！

民谚说，"一人为私，二人为公"，两人一起做事就可以互相监督，避免弄虚作假、徇私舞弊。可我们看看眼前的这个丁谓，他竟敢当着同时在场、同样也在相位的同僚说假话！丁谓为了彻底打垮自己的老上司，报当年被斥"溜须"之恨，其毒辣和卑鄙，都到了无以复加的地步。他公然把真宗说的贬谪寇准到"小处知州"，改成到"远小处知州"，当李迪提出圣旨里没有那个"远"字时，他竟反咬一口，指责李迪："与君面奉德音，君欲擅改圣旨以庇准邪？"不过，他的确有本事，翻手之间做出的狡辩就让人难分真假。两人争执不下，便轮番去找真宗告状。

血口喷人的丁谓之所以敢去再次面见真宗，他打的如意算盘应该是这样的：反正真宗已经"不豫"很长时间了，他自己也记不得刚才说过的话，我咬定说他刚才的旨意就是要贬寇准到"远小处知州"，他也不能把我怎么着！但这回丁谓的算盘子儿拨错了，恰巧这个时候的真宗是清醒的，他对丁谓篡改自己的旨意非常生气，当即要罢其"政事"，把丁谓赶出中书。按理说，丁谓这是标准的搬起石头砸了自己的脚。在君主制社会，一般人要是遇到这事，早就吓得魂飞魄散了。可这件事戏剧性的结果是什么——“惟演遂出迪而留谓”，写诏书的钱惟演再次颠倒黑白，把诏令写成罢免揭发丁谓的李迪，而欺君罔上的丁谓却毫发无损。钱惟演敢这么做，显然也是知道真宗“不豫”，可以随意糊弄。然而，钱惟演为什么要这样做呢？原来，这个钱惟演也是个投机取巧的家伙，他为了讨好丁谓，把自己的宝贝女儿嫁给了丁谓的儿子，两人早就是儿女亲家！丁谓、钱惟演之所以敢无中生有、偷天换日，是料定这样做顶天就是皇上怪罪一下，然后就没事了。反正真宗现在已经这样了，他能追究到哪里去！

想想宋真宗晚年的北宋政坛，与其说丁谓有多坏，倒不如说真宗赵恒有多悲哀！当所有的规矩在一个人眼里不过是一张废纸可肆意践踏的时候，这个人该是多么狂妄、多么阴毒啊！昔日“文追韩柳，诗似杜甫”的丁谓，最后竟化作害人的妖魔，岂能不深深一声叹息？

辛若渝

丁谓后来背叛了王钦若

笔记原文[1]（丁谓事四）

初，钦若与丁谓善，援引至两府。及谓得志，稍叛钦若，钦若恨之。及立皇太子，以当时两府领少师、少傅、少保，召钦若于外，为太子太保。钦若既谒上，明日入资善堂见太子，位在三少之上。是时上已不豫，事多遗忘。丁谓方用事，寻有诏，钦若以太子太保归班[2]。钦若袖诏书白上："臣已归班，不识诏旨所谓。"上留其诏，改除司空、资政殿大学士。顷之，钦若宴见，上问："卿何故不之中书？"对曰："臣不为宰相，安敢之中书？"上顾都知，送钦若诣中书视事。钦若既出，使都知入奏："以无白麻[3]，不敢奉诏。"因归私第。上命中书降麻[4]。丁谓因除钦若节度使、同平章事、西京留守。上但闻降麻，亦不之寤也。辛若渝云。

词 句 简 释

1 本段文字由司马光原笔记节选。2 归班：指有爵禄者就闲待选。3 白麻：古代诏书用麻纸誊写。赦书、德音、立后、建储、大诛讨及拜免将相等，均用白麻，制、敕用黄麻。4 降麻：亦称宣麻。唐宋任免将相，用白色麻纸写诏书，宣告于朝廷。后作为诏拜将相之称。

原 文 我 读

当初，王钦若与丁谓关系亲近，荐举丁谓到中书和枢密院任职。等丁谓官居要津志得意满之后，渐渐地背叛了王钦若，王钦若因此也十分悔恨。

到立太子时，皇帝以当时在中书和枢密院任职的宰辅大臣、枢密使等为太子少师、少傅、少保，而对已经不担任宰相的资政殿大学士王钦若则格外高看，任命为太子太保。王钦若谒见真宗后，第二天就进入资善堂和太子见面，其位置在“三少”之上。

那时节，真宗病情已经十分严重，说过的话、答应过的事转眼便忘记了。而在此期间，丁谓正把持朝政，所有的事情都要经过他。就在王钦若被任命为太子太保不久，有诏令颁布下来，让王钦若以太子太保荣衔赋闲休息。

王钦若知道后，带着诏书去见真宗，他对真宗说：“我已经受命离职赋闲，我不明白诏书上这样说的是为什么。”真宗听了以后，留下那份诏书，改任王钦若为司空带资政殿大学士荣衔。过了一会儿，王钦若在宴会上见到真宗，真宗便问他：“你为什么不到中书去呢？”王钦若回答说：“我不是宰相，怎么敢到中书去呢？”真宗叫来负责传达旨意的都知官，让他送王钦若到中书处理政事。

王钦若从真宗那里出来，还是觉得不牢靠，便让那个都知进去向真宗上奏说：“因为还没有接到任命我为宰相的诏书，我不敢按旨意去中书。”然后，便回到了自己家中。真宗听到都知的奏报后，即下令中书举行拜相仪式宣读王钦若任宰相的诏书。丁谓接到命令后，很快举行了拜相仪式，不过，诏令是任命王钦若为节度使、同平章事、西京留守，空有宰相虚名，依然是到西京洛阳赋闲。真宗只是听说有举行拜相仪式这件事，也不明白其中的具体情况。

一时谬想

读司马光这则笔记，我们会有一个强烈的感受：这个丁谓真是胆大包天，他竟敢数次置皇帝的旨意于不顾，把一个宰执大臣玩弄于股掌之间！

读到这里，你可能会觉得这王钦若也怪可怜的。真宗给一个太子太保的教学岗位，竟让丁谓从中使坏，在任命诏书里给职务后边加上“归班”二字，让赋闲休息去。王钦若可怜巴巴地去求真宗，真宗总算给面子，又让他享受宰执待遇。王钦若怕丁谓再使坏，要朝廷公开宣布拜他为相。然而，诏书宣布的他这个“相”不是去中书上班，而是到西京洛阳当“留守”！在这里，我想说的是，王钦若他这是活该！他怎么不记得，他当年是怎样折腾寇准、陷害洪湛、中伤王旦的呢？

让我们再来复述一下司马光这则笔记中说的这个故事。宋真宗天禧二年八月，也就是公元1018年9月，宋真宗册立唯一的儿子赵祯为太子，同时任命多名“两府”高官为太子少师、少傅、少保，并特意任命王钦若为太子太保，位在“三少”之上。没想到，丁谓从中使坏，就在王钦若被任命为太子太保后不久，有诏令颁布下来，让王钦若以太子太保衔赋闲休息。王钦若去找真宗诉说冤情，才有了后来真宗给他加官，让他到中书上班，以及举行降麻仪式等一系列故事。这回，丁谓再次剑走偏锋，号准了真宗对任何事情都不深究的脉搏，直接从诏书上下手，出奇制胜，彻底将王钦若打翻在地。你不是要“降麻”吗？我就给你降麻，举行仪式，宣读诏书，一个环节都不落，但诏书上写的却是：“除王钦若节度使、同平章事、西京留守。”这一回呀，请你带着“相衔”，到西京洛阳当“留守”去，看你还有啥说？

一切皆如丁谓所料。真宗只是知道已经“降麻”，有宣布王钦若任职这回事就可以了，至于任什么职务，在哪儿任职，“亦不之寤也”，这么大的事他已经懒得过问了！

王钦若这回真的怕了，听到诏令后，他不敢再多问一个字，便乖乖地去西京做他的“留守”了。

如此冒天下之大不韪，这个叫丁谓的家伙，难道连一点怕惧也没有吗？现在，时间都快过去一千年了，想想这个人，还好恐怖！

宋真宗——我怎么看不见寇准了呢

笔记原文（丁谓事五）

丁、寇异趣，不协久矣。寇为枢密使，曹利用[1]为副使，寇以其武人，轻之。议事有不合者，莱公辄曰："君一武夫耳，岂解此国家大体！"郓公由是衔之。真宗将立刘后，莱公及王旦、向敏中皆谏，以为出于侧微，不可。刘氏宗人横于蜀中，夺民盐井，上以后故，欲舍其罪，莱公固请行法。是时上已不豫，不能记览，政事多宫中所决。丁相知曹、寇不平，遂与郓公合谋，请罢莱公政事，除太子少傅。上初不知，岁余，忽问左右曰："吾目中久不见寇准，何也？"左右亦莫敢言。上崩，太后称制，莱公再贬雷州。是岁，丁相亦获罪。

词句简释

1 曹利用：字用之，宋赵州宁晋人。真宗景德初亲征澶渊，奉命使契丹军，拒割地之请，许以岁币议和。大中祥符七年（1014）拜枢密副使，天禧三年（1019）为枢密使，次年加同中书门下平章事。仁宗即位，加左仆射兼侍中。在位既久，颇恃功。坐从子曹汭犯法，罢知随州。又坐私贷景灵宫钱，谪房州安置。内侍杨怀敏辱之，遂自缢死。

原文我读

丁谓和寇准的政见、性格、志趣等都相差很远，两人不和已经有很长一段时间了。

早在大中祥符年间，寇准和曹利用在枢密院共事，寇准担任枢密使，曹利用为枢密副使。寇准认为曹利用是武人出身，很看不起他。两人商量事情时，一旦有意见不合的情况，寇准都会说："你一介武夫，怎么能懂得这样的国家大事呢！"曹利用因此就在心中对寇准存下了芥蒂，每当想起来都不是滋味。

宋真宗准备立刘娥刘德妃为皇后，寇准和王旦、向敏中都提出了反对意见，认为刘娥出身卑贱，不可以母仪天下。当时，刘娥在蜀中的族人倚仗刘娥之势，横行乡里，霸占别人的盐井，真宗因为刘娥是贵妃，想网开一面，不治其族人之罪，但寇准不同意，坚决要求将其绳之以法。

当时，真宗病情已经十分严重，好多事说过、做过转眼就不记得了，朝廷政事其实大多都是由刘娥决定的。丁谓知道曹利用和寇准不和，便与曹利用一起谋划，提请罢免了寇准的宰相职务，改任为太子少傅。对寇准罢相这事真宗刚开始并不知道，一年多之后，他忽然问身边的人说："我眼里已经好久见不到寇准了，这是为什么呢？"身边的人听了，都不敢吱声。

真宗驾崩后，太后刘娥垂帘听政，寇准再次被贬到雷州任司户参军。这一年，丁谓也被治罪了。

一时谬想

国家之间“没有永远的朋友，只有永远的利益”，这是英国一个叫帕麦斯顿的首相在十九世纪中叶讲过的一句话。后来，这句话就成了英国乃至全世界外交事务所把握的一个基本尺度。其实，这并不是什么高深的理论，世上的小人，都深谙此道，他们与人交往，跟这国与国之间的关系一样，从来都是把“利”字放在第一位的。比帕麦斯顿早出生七百年的中国人丁谓，就已经把这一套玩得炉火纯青。

早先，丁谓为了挤对王钦若，先去极力讨好寇准；寇准不理睬他，便又去和王钦若联手打击寇准；寇准一倒台，便开始利用宋真宗给王钦若使坏；收拾完王钦若，立即拉着曹利用，挥刀砍向复相后的寇准。你看这丁谓，他把人际关系吃得多透，他知道曹利用对寇准有意见，便拉上这个同盟军一起办坏事；他知道刘皇后恼恨寇准日“政事多宫中所决”，便奏请罢掉寇准宰相职务。这一路走下来，丁谓真可说是顺风顺水。这不，寇准都罢相一年多了，真宗才想起怎么眼中看不见寇准呢？这手段，着实令人佩服！不过，他这种小人行径，也让人一想起来就觉得恶心，最终为世人所不齿。

司马光这则笔记，在鞭挞小人丁谓的同时，对我们处世做人也有很好的启发意义。寇准作为一代名臣，优点是刚直，缺点是太刚直，他说话办事，从不考虑别人是不是能够接受得了。往近里说，他刚复相那阵子（1019），丁谓任参知政事，一次吃饭，见他胡须上粘有饭团，伸手替他捋去，不管丁谓出于啥目的，终归是给他服务巴结他的，他不仅不领情，反而当着许多人把丁谓训斥一顿，说他这样做有失一个做大臣的体面，羞得丁谓恨不能找个地裂缝钻进去，让丁谓因此恼恨他一辈子。往远处说，他当枢密使的时候（1014），曹利用任枢密副使，俩人搭班子管军务，可他总是看不起人家曹利用。两人一起商量事，一有意见不合，他张口就来：你一个武夫，你知道个啥！其实，这曹利用也颇不简单，他是开国大将曹彬的侄子，虽然出身行伍但经多见广，让你那样训斥怎么能受得了。所以，后来他和丁谓联手反对寇准也是情理中的事情。在对待刘太后的问题上，寇准的态度也是错误的。

说人家刘娥“出于侧微”，眼看真宗意见已经十分明确，就因为人家出身卑贱就去激烈反对，怎不让刘太后伤透了心呢?

令人心寒的是，赫赫有名的一代名相，就这样在真宗的眼皮底下被罢去“政事”，而且等真宗想起来问身边人“吾目中久不见寇准”时，居然已是一年之后的事了。更为可悲的是，“左右亦莫敢言”，都一年多过去了，连个敢替寇准说实情的人都没有。这其中，固然有惧怕丁谓一伙迫害的因素，然而，寇准平时说话不分场合，不讲方式，伤害人太多，极少有真心朋友，大概也是一个重要原因吧?

《孟子·离娄上》中说:“行有不得，反求诸己。”前半生轰轰烈烈的寇莱公，晚景竟然被丁谓一伙弄得如此凄惨，恐怕也得从他自己身上找一找原因吧。就他这样如此粗暴、任性地对待他人，就是大宋朝没有丁谓这样的小人，说不定还会出来一个张谓、李谓什么的，同样会对他有意见，甚至攻击他。所以，人情练达，说话有分寸、留余地，是为人处事必须把握好的重要方面。

司马光——丁谓荐陈彭年使其誉己

笔记原文[1] **（丁谓事六）**

晏公幼能为文……真宗面试诗赋，疑其宿成，明日再试，文采愈美。上大奇之，即除秘书省正字，令于龙图阁读书，师陈彭年。陈彭年亦抚州人，有文学而奸邪，丁谓荐之，置上左右，使其誉己。

词句简释

1 本则笔记录自司马光《温公日记·佚文》，有删节。

原文我读

晏殊很小的时候就会作文章，有官员把他推荐给宋真宗，真宗当场进行面试，让他写诗作赋，果然像大家夸赞的一样。真宗怀疑所作诗赋是原来已经做过的，让第二天再试一次，而再试时晏殊所作诗赋更有文采，真宗感到非常神奇，对其大加赞许，随即授予晏殊秘书省正字（官名），并让他在龙图阁继续读书，拜陈彭年为师。陈彭年也是江南西路抚州人，有很高的文学造诣，但为人奸邪，丁谓推荐他到龙图阁做经筵讲官，就是把他放在真宗的身边，让他经常为自己说好话。

一时谬想

这则笔记的原文，我略去了其中记录晏殊少时如何聪颖，以及相关官员怎么赏识他，然后把他推荐给宋真宗的一部分文字，目的是让大家把注意力集中到笔记末尾关于丁谓的一句话上。这句附在专门记录晏殊事迹后面的话，虽然极其简短，但司马温公这不经意间的一笔，反而更真实、更生动地反映了丁谓的钻营和奸佞。

这个丁谓，为了能尽快爬上高位，攫取更大的权力，真可谓处心积虑，把“工作”做到了极致。他清楚地知道，在君主制度下，尤其是在矫情、虚荣、内心空虚的真宗手下，只要讨得君主一个人欢心，便前途光明，一路凯歌。所以，他用人所长，物色了一个“有文学而奸邪”的陈彭年做“闲棋冷子”，放在龙图阁这个特殊但又不显眼的位置，让他随时地发出“光和热”，为自己获得真宗的赏识在关键时刻发挥关键作用。你可别小瞧了经筵讲官这个位置，他虽然级别不高，但时不时地要给真宗讲讲历史，说说诗词文章，借着讲课的机会，好似不经意之间夸夸朝中的大臣，就会在真宗心中留下很深的印象。等到用人的时候，说不定就会想起陈老师表扬过的那个人了。

这陈彭年为丁谓的上位究竟发挥作用了没有，他都是怎样为丁谓实现“誉己”目的而运作的，司马光没有说，但我想肯定是很成功的。理由至少有两点：第一，丁谓不久便成功拜相，如愿以偿地站在了一人之下万人之上的位置上；第二，这个陈彭年能荣列北宋“五鬼”行列，肯定是做出了一些“成绩”，才能获得人们的共识的。

成功只青睐那些有准备的人，这句话几乎人人都知道。可那么多想成功的人，又有几个人肯为成功提前做些认真准备呢？好多人都是在被动等待，在随波逐流中蹉跎了一生。等到许多年过去了，才回过头来，后悔当年该做的事情没有做到。所以，抛开丁谓基于极度自私而工于心计的一面，从积极行动、精心准备这个角度来看问题，丁谓的做法，对我们规划人生，应当也是有一些参考价值的。

张咏请斩丁谓人头置于国门

笔记原文（丁谓事七）

真宗造玉清昭应宫，张咏上言："不审[1]造宫观，竭天下之财，伤生民之命。此皆贼臣丁谓诳惑陛下，乞斩丁谓头置于国门[2]，以谢天下；然后斩咏头置于丁氏之门，以谢丁谓。"上亦不罪焉。

词句简释

1 不审：未审察，不慎重。2 国门：国都的城门。

原文我读

宋真宗要建造玉清昭应宫，张咏张乖崖上奏说："没有经过慎重考虑就贸然决定建造宫观，竭尽天下之财，伤害百姓性命。这都是贼臣丁谓诳骗、蛊惑陛下的结果，我请求砍下丁谓的人头放在京都城门楼上，用以向天下吏民谢罪；然后再砍掉我张咏的头颅放在丁谓家门口，用来向丁家人谢罪。"真宗听了只算是听听，也没有怪罪张咏。

一时谬想

上世纪八九十年代，黄日华版的电视连续剧《射雕英雄传》风靡全国，剧中的男一号郭靖，就是由道教的一支——全真教培养和扶持起来的。这部电视剧重现了两宋时期道教对国家政治生活所产生的重要影响，如果能把剧情和司马光这则笔记联系起来，就能够更好地理解那个时代人们的所作所为。

王钦若信奉道教。在他的鼓动和影响下，宋真宗也渐渐地对道教那一套说教产生了兴趣。泰山封禅历来被道教视为盛事，真宗自然也心向往之。但他即位以来，北边和契丹人打仗，西北边境得时时提防着西夏，这都要靡费大量的国家钱财，和辽国签订了澶渊之盟，虽说仗不打了，但每年都得给人家输以“岁币”，朝廷财政状况非常困难，经常捉襟见肘。真宗知道泰山封禅很费钱，正在犹豫不决的时候，把真宗的心思摸得门儿清的三司使丁谓说话了，他告诉真宗，没事儿，国库里有没有钱不用皇上操心，我有办法！真宗一听，自然是心花怒放，立即下定了东封泰山、西祀汾阴的决心。于是乎，大小官员一齐动员，行宫、庙观纷纷动工，一场旷日持久劳民伤财的运动，在全国轰轰烈烈地展开了。

司马光这则笔记中的“真宗造玉清昭应宫”，发生在封禅之后的大中祥符二年（1009）。据史料记载，泰山封禅之后，朝廷的财政状况已经几近崩溃，但真宗脑子里又冒出了建造玉清昭应宫的念头。由于东封西祀耗资巨大，真宗设想中的玉清宫又规模宏伟，很多大臣都提出了反对意见。这一回，又是丁谓挺身而出，他说：“陛下有天下之富，建一宫奉上帝，而且是用来祈皇嗣，群臣如有阻挠，我愿意与他辩论。”同时，他再次给真宗保证：财政没有任何问题，需要多少，就供给多少！

于是，真宗就任命丁谓为修宫使，由他来全权负责修造玉清昭应宫。前面我们曾读到一则关于林特的笔记，说林特为修宫副使，坚持每天向丁谓做三次汇报，说的便是这档子事。

鲁迅先生曾经说过，我们从古以来，就有埋头苦干的人，有拼命硬干的人，有为民请命的人，有舍身求法的人，……这就是中国的脊梁。即便真宗已经下了诏令，仍然有人站出来冒死反对建造玉清宫。那么，这位冒死进谏的张咏又是何许人呢？

张咏，字复之，号乖崖，太宗太平兴国年间进士及第，与寇准同年，和王禹偁是儿女亲家，以事功显赫一时，犹以治蜀著称。他不仅为人正直，待民宽厚，而且经历传奇，武功高强。淳化五年（994），平定了王小波、李顺起义；景德二年（1005），年逾六旬的他，发明了世界上最早的纸币——交子，被史家誉为“纸币之父”。

大中祥符四年（1011），年已六十有六的张咏因疾病缠身，不得已回到京都开封治疗。此前，张咏对王钦若、丁谓等所做之事已有耳闻。当他得知建造玉清昭应宫的情况后，怀着满腔悲愤给真宗上奏，怒斥“贼臣丁谓诳惑”，说近年来国库空虚，百姓劳役沉重，都是奸臣丁谓蛊惑造成的，如果不诛杀丁谓，就没法给天下百姓一个交代。请朝廷诛杀丁谓之后，再拿我的人头给丁谓家人一个交代！

人们常说，即便你有多大的声音，你永远叫不醒一个装睡的人。这时候的宋真宗，他正在装睡，任凭你张咏张乖崖言词多么激烈、多么真切，你就是把头叩烂，我就是不理你！司马温公不愧为史学大家、文章高手，“上亦不罪焉”五个字用得太精妙了。是啊，真宗既然“不罪”丁谓，又怎么会好意思来降“罪”这个为大宋江山着想而泣血上奏的人呢！

害人无数的丁谓，在宋真宗死后，希图继续把持朝政，勾结宦官雷允恭，要所有重要奏章先送其过目后再送内廷，终于铸成天怒人怨之势。群臣借着弹劾他包庇雷允恭的机会，将其种种罪行全部揭发出来，公元1022年，丁谓被罢去相位，贬至海南崖州。后来虽被朝廷召回，但不得入朝，“流落贬窜”十二年后，死在了河南光州。

一个天才式的人物，干尽了卑鄙龌龊的勾当，活着被列入“五鬼”，死后遗臭万年，不知道“贬窜”途中的丁朱崖想过没有，他这一生，活得有什么意义呢？

宋真宗——只有你能把这事处理好

笔记原文（宋吏办案事一）

张齐贤真宗时为相，戚里[1]有争分财不均者，更相[2]诉讼，又因入宫，自理于上前，更十余断，不能服。齐贤曰："是非台府[3]所能决也，臣请自治之。"上许之。齐贤坐相府，召讼者问曰："汝非以彼所分财多、汝所分少乎？"皆曰："然。"即命各供状结实[4]。乃召两吏趣[5]徙其家，令甲家入乙舍，乙家入甲舍，货财皆按堵如故，分书则交易之，讼者乃止。明日奏状，上大悦，曰："朕固知非君莫能定者。"右张贻孙云。

词句简释

1 戚里：帝王外戚聚居的地方。借指外戚。2 更相：相继，相互。3 台府：御史台。4 结实：签字画押。5 趣：通"促"，催促，督促。

原文我读

张齐贤是宋真宗在位时的宰相。当时发生了一个案子，外戚之中有一户人家分家，双方都认为财产分配不公，一直打官司，最后双方竟因此跑到宫中，拉着皇上让给他们评理。这个案子已经审理、判决了十多次，但都不服判。张齐贤对宋真宗说："这个案子不是御史台和开封府能够审理得了的，我请求由我来亲自办理这个案子。"宋真宗听罢，答应了他这个请求。

张齐贤坐在宰相府中，传来告状的人问道："你不就是认为对方所分的财产多、自己所分的财产少吗?"告状的双方都回答说："是这样。"张齐贤听罢，就命令他们分别在供词上签字画押。然后，安排衙役督促两家人搬家，命令甲家的人搬入乙家房舍，乙家的人搬进甲家房舍，双方原有的财物都按原样保持不动，原来的分家文书也相互交换。这样，双方诉讼便停止了。

第二天，张齐贤将案件办理情况向宋真宗作了汇报，宋真宗非常高兴，说："我就知道这事你不出马谁也处理不了。"

以上是听张贻孙讲的。

一时谬想

人们常说，清官难断家务事。纠纷中的双方总是各执一词，"公说公有理，婆说婆有理"，扯起簸箩乱动弹，这件事说罢了，那件事又出来了，他又不犯王法，任你天大本事，既给他撕扯不清楚，还拿他没有办法。老百姓如此，连皇亲国戚也不例外。现在，宋真宗就遇到了这样一件烦心事：老亲戚中有兄弟俩，因"分财不均"，居然"更相诉讼"，两家一直打官司，最后竟把官司一直打到他自己跟前。衙门里判了十几次，还是"不能服"。时任宰相的张齐贤，看到宋真宗作难，知道这官司"非台府所能决"，别人都断不了，"请自治之"，张齐贤毛遂自荐，这案子，御史台审不了，您交给我审理吧。真宗当然是求之不得，赶紧同意了。

读到这里，我们还真替张宰相捏一把汗，人家虽说是外戚，但是，连真宗都管不下来的事，你能有什么办法呢？这听不进劝诫的两家人，要是见了你宰相还不服气可咋办？哈哈，别担心，没有金刚钻，不揽瓷器活。这事，别看它能难住真宗，它难不住咱姓张的！这位胸有成竹的宰相到底有什么道行呢？

张齐贤，山东菏泽人，出生于公元942年，后来，为避战乱从山东搬家到了洛阳。他博览群书，善于思考，年轻时就识见非凡。当年宋太祖赵匡胤出巡经过洛阳，还是白身的张齐贤给太祖上书治国十条策略，深得太祖赏识。太平兴国二年，即公元977年，张齐贤进士及第，先后在地方和中央任职，颇有政声。他居相位前后二十一年，对北宋初期政治、军事、外交等方面都作出了极大贡献。早在张齐贤担任地方官时，他就留心刑狱，亲自纠正过许多疑案、冤案。所以，对各种案子，张齐贤是既有想法，又有办法，从没有出现过难住他的事情。

面对坐在相府里的张齐贤，真宗的两家亲戚依然是铜齿铁牙，都坚持说分家自己吃亏了，对方占了大便宜。张齐贤不露声色，说好好好，“即命各供状结实”，你们说完了，重要内容也都记在供状上了，都在供状上签字吧。然后迅雷不及掩耳，“召两吏趣徙其家”，我以子之矛攻子之盾，你们不都说对方占便宜、分财产多吗？那好，你们都给我赶快搬家，都搬出来，两家换一换，“甲家入乙舍，乙家入甲舍”，并且“货财皆按堵如故”，房子里原来所有的东西都不准动，甲方去乙家，乙方进甲家，你们两家换一换，都去占有那份最多的财产吧！这两家人，现在真是哑巴吃黄连——有苦也说不出啊！“讼者乃止”，算了，也折腾够了，不告了！

我以为，这两家人之所以反复闹腾，其实是一种怕吃亏心理在作祟，总想着对方分的东西多，自己分的少，现在换换，确实是没有啥话可说了。原来闹，是想占对方点小便宜，谁知碰上了“厉害主”，人家张齐贤不在具体财产上给你论短长，一招“拈花太极手”，送你们自己钻到自己的套子里去。

各级衙门“更十余断”，连宋真宗都没有办法的外戚财产纠纷，张齐贤另辟蹊径，挥手之间便给解决了。真宗听奏，当然“大悦”：这案子，哈哈，“朕固知非君莫能定者”！这话说的真有趣。

胡顺之

你们可以马上到府衙告我

笔记原文[1]（宋吏办案事二）

胡顺之为浮梁县令，民臧有金者，素豪横，不肯出租。畜犬数十头，里正近其门，辄噬之。绕垣密植橘柚，人不可入。每岁里正常代之输租，前县令不肯禁。顺之至官，里正白其事，顺之怒曰："汝辈[2]嫉其富，欲使顺之与为仇耳。安有王民不肯输租者邪？第往督之[3]。"及期，里正白不能督；顺之使快手继之，又曰不能入；又使押司录事继之，又白不能。顺之怅然曰："然则此租必使令自督邪？"乃命里正聚藁，自抵其居，以藁塞门而焚之。臧氏人皆逃逸，顺之悉令掩捕，驱至县。其家男子年十六以上尽痛杖之。乃召谓曰："胡顺之无道，既焚尔宅又杖尔父子兄弟，尔可速诣府自讼矣。"臧氏皆慑服，无敢诣府者。自是臧氏租常为一县先。冯广渊云。

词句简释

1 本段文字由司马光原笔记节选。2 汝辈：你们。3 第往督之：一个接一个地去他家督促他缴纳租税。第，依次。

原文我读

胡顺之担任浮梁县令的时候，有一个叫臧有金的县民，素以强梁蛮横闻名，从不向官府缴纳租税。臧家养有几十头恶狗，负责收税的里正每次到他家门口，都被他家恶狗咬伤。另外，环绕他家院墙的土地上都密密麻麻种着长势很强的橘柚，人根本走不进去。

每到收税时节，经常是由里正代其缴纳租税，以前的县令都不愿意去禁止他这种非法行为。胡顺之到任后，里正给他讲了这件事，他生气地说："你等是嫉妒人家富有，想让我和姓臧的结仇啊！哪有大宋朝治下的老百姓不肯缴纳租税的呀？你只管一个接一个地去他家督促他缴纳租税。"到了规定的时间，里正报告说督促不了；胡顺之便让专管缉捕的差役继续去督促，那差役回来报告说根本进不去门；胡顺之又派县衙的最高吏员押司录事再去督促，他回来也报告说办不了。胡顺之做出一副很失望的样子说："既然是这样，看来这臧有金家的租税，必须我这个当县令的亲自去督促他缴纳了？"

于是，他命令里正弄来大量藁草，亲自到了臧有金家门口，令人把藁草堆在臧家门口，接着便燃着烧了起来。臧家人看见火起，都逃跑出来，胡顺之命令衙役将他们全部抓起来送到县衙。凡是男子年龄在十六岁以上的，全都用刑杖痛打了一顿。最后，胡顺之把他们召集在一起，对他们说："我胡顺之是一个不讲道理的人，先是烧你家的宅院，接着又杖打你们父子兄弟，你们可以马上到府衙去告我！"臧家所有人都因恐惧而服从，没有一个敢到府里去告状的。从此，臧家成了全县第一个缴纳租税的人家。

以上故事是听冯广渊讲的。

一时谬想

自古以来，凡史书所称颂之廉吏能员，莫不有“抑豪强”之语。三千年封建史，也总少不了豪强的影子。

好一个胡顺之，好一个豪强克星！敢用雷霆手段，以恶制恶，以横制横，真个是强中自有强中手，恶人自有恶人磨。这故事，读来让人不由得拍案叫绝，顿生酣畅淋漓之感。想想臧家一群恶人，浓烟滚滚中抱头鼠窜，不亦快哉！

胡顺之，真宗朝进士及第，甘肃镇原人，在历史上虽没啥大名气，史家笔墨对他也很吝啬，记之仅数百字而已，而且还都是巧战“恶人”的事迹。他活着的时候颇受范仲淹赞许，去世后的墓志铭由后来官至宰相的苏颂所写，这也从另一方面说明，胡顺之的人品、官声肯定不错。胡顺之的家乡在西北地区，由于天高地远，豪强横行乡里的事件更是比比皆是，少年时代的胡顺之，目睹底层百姓在官府和豪强双重压榨下的苦难生活，心灵深处早就埋下了除暴安良的正义种子。胡顺之进士及第走上仕途后，凡遇恶人，必欲惩之而后快，他出手老辣，敢与豪强死磕到底。说来也怪，胡顺之几乎是战无不胜，攻无不克，每以完胜结束战斗，还颇有几分传奇色彩。

这则笔记所记载的就是其中的一例。这姓臧的刁民，真是看着就让人来气。冯广渊说他“素豪横”，看来，他蔑视官府，横行乡里，早已成了家常便饭。自古皇粮国税骨头差，哪个敢抗！他竟吃惯了酸梅子，抗着就是不缴，可怜的“村官”只得“代之输租”！更为恶劣的是，为防止官府去家里催缴，竟然搞国中之“国”，“畜犬数十头”，你们谁要是敢来，就放狗“噬之”；这家伙，不光坏，坏事还做得滴水不漏，颇得其法，绕垣墙密植橘柚，凭谁你也进不得我的院子。大凡能成豪强之人，多数都和《水浒传》里的牛二一样，社会上会传说他有一些背景，其实屁也没有。老百姓是怕事都不想惹他，主要原因是官府睁一只眼闭一只眼，最后竟任其坐大。你看，这个臧有金，不也是因为“前县令不肯禁”而使他越来越放肆的吗？

可是，这姓臧的毕竟只是个土鳖，外边信息竟一点也没有得到，新来的县令不光是个“健者”，还是个刺头，他似乎并不知晓。又到缴纳租税的时间了，胡县令先让里正督促他输租，他以为还是老一套，便又放狗咬人；胡县令又命“快手继之”，他觉得新县令不过如此，干脆不让快手进他家门；最后县令把最大的吏员押司录事都派上去了，他还是不识火色，又给顶了回去。已经给足臧有金面子的胡县令，此时此刻，那是怒从心头起，恶向胆边生，最后关头，他要亲自上阵了！如果不是司马光交代，恐怕打破脑袋，也想不出胡顺之会有这般主意！三国时诸葛亮是“三把火”烧出了刘备的半壁江山，胡顺之是“一把火”烧出了民意国威，真是解气！但这还不算完，对“逃逸”的臧家人，胡顺之“悉令掩捕”，凡“男子年十六以上”者，“尽痛杖之”。让你们无视国法，打的就是你们！恶气出完，胡顺之好汉做事好汉当，叫来臧家人说，我胡顺之“无道”，你们上府衙告我去吧！结果，臧氏不仅不敢去告状，以后缴纳租税反而成了“一县先”。杀气腾腾的宣战，换来了一团和气的结局，看来，正气压倒邪气，这是历史的必然。

为官一方，管理一方，只有菩萨心肠，没有霹雳手段，要想有所作为，那只能是一厢情愿。所谓的政通人和，其实是有实力在支撑。扬国威，顺民心，我为胡顺之的“无道”之举点赞！

胡顺之——施你杖刑不用送州府

笔记原文[1]**（宋吏办案事三）**

府尝遣教练使诣县，（胡）顺之闻之，曰："是固[2]欲来烦扰我也。"乃微使人随之，阴记其入驿舍及受驿吏供给之物。既至，入谒，色甚倨，顺之延与坐，徐谓曰："教练何官邪？"曰："本州职员耳。"曰："应入驿乎？"教练使踧踖[3]曰："道中无邸店，暂止驿中耳。"又曰："应受驿吏供给乎？"曰："道中无刍粮[4]，故受之。"又曰："应与命官坐乎？"教练使趣[5]下谢罪。顺之乃收械系狱，置暗室中，以粪十瓮环其侧。教练使不胜其苦，因顺之过狱，呼曰："令何不问我罪？"顺之笑谢曰："教练幸勿讶也，今方多事，未暇问也。"系十日，然后杖之二十，教练使不服，曰："我职员也，有罪当受杖于州。"顺之笑曰："教练久为职员，殊不知法，杖罪不送州邪？”卒杖之。自是府吏无敢扰县者。州虽恶之，然亦不能罪也。冯广渊云。

词句简释

1 本段文字由司马光原笔记节选。2 固：副词。必定，肯定。3 踧踖：cù jí，恭敬不安，意谓恭敬而不自然的样子。4 刍粮：粮草。多指供军队用的饲料和粮食，教练使以自己为公职，故有此语。5 趣：赶快，从速。

原文我读

有一次，府衙派遣一个职务为教练使的胥吏，到浮梁县里来办差。知县胡顺之得到了消息，说："这人肯定是来搅扰我的。"于是，他悄悄地安排人尾随着教练使，暗中记下他入住驿站客房和接受驿吏供给物品的情况。教练使来到县里后，到县衙拜见胡顺之，神情十分倨傲。胡顺之请他坐下，徐徐地问他道："教练使是什么官职啊？"那教练使回答说："不过是本州的一个吏员罢了。"胡顺之又问："应当入住驿站吗？"那教练使惶恐不安地回答说："因为路途上没有客店，只是暂时在驿站中停下歇息一下而已。"胡顺之又问："应当享受驿吏供给的物品吗？"教练使回答说："因为路上没有可食的东西，所以就接受了。"胡顺之再问道："你应当和朝廷命官平起平坐吗？"教练使赶忙跪下表示谢罪。于是，胡顺之命人给教练使上了械具，关在狱中一间暗室里，并在他的周围放置了十个装满粪便的大瓮。教练使忍受不了这样的苦楚，趁着胡顺之巡视牢狱的时候，高喊道："胡县令你为什么还不审讯我呀？"胡顺之笑着回答他说："教练使不要惊讶，这两天正好事儿比较多，没有时间问你这案子。"就这样，一直把这个教练使关了十天才做出判决，要打他二十大板，教练使不服，对胡顺之说："我是府里的职员，如果有罪，应在府里接受杖刑。"胡顺之笑着回答说："教练使做职员很长时间了，怎么还不知道法律规定呢，杖刑是不用送到州府去施行的呀？"最终就在县里打了他二十大板。

从这件事以后，府衙的胥吏再没有一个人敢到县里来滋扰了。知府虽然很厌恶他，但找不出理由怪罪他。

以上是冯广渊讲的。

一时谬想

看来，拉大旗作虎皮的事，真的是古已有之。这种戏之所以能反复上演，原因就在于普通老百姓，包括一些低级官吏都怕事，不想招惹是非，碰到这类狐假虎威的架势，吃个哑巴亏就算了。但胡顺之和一般人不一样，他就不信邪，眼里揉不得沙子，谁叫我碰上，就叫谁吃不了兜着走！

司马光笔记中的“教练使”，并非我们现在所说的帮助别人学习某种技能的师傅一类的人物。其实，司马光已经借教练使之口告诉我们，他的真实身份是“职员”，也就是“胥吏”，即没有官位、没有固定俸禄的官府工作人员。在古代，各级衙门都募请有相当数量的胥吏，他们大都是一些粗通文墨的富民，因为考取不了功名，又不想下田劳作，就只好来做一个胥吏混碗饭吃了。在王安石变法以前，胥吏是没有固定收入的，其薪水主要靠地方官根据能力表现从自己的俸禄中拨出。一些胥吏为了满足私欲，就借公务之便吃拿卡要，到基层巡察揩油便是他们惯用的手法之一。因为早就知道这些人的做派，胡顺之憋了一肚子气，正没处撒呢，不知趣的教练使来了。胡顺之马上付诸行动：首先“微使人随之，阴记其入驿舍及受驿吏供给之物”，掌握了教练使违法犯罪的基本证据。待胜券在握之后，胡顺之便一本正经地迎出来接待这位上级派来的大员。这人不识门槛高低，专往枪口上撞，胡顺之“延”与“坐”，他居然真的和县令面对面坐下了，还傲慢得把一张臭脸仰得老高。不幸的是，教练使这回碰上了硬茬，一台好戏就要开场了，哈哈！

胡顺之强压着心头的怒火，阴沉着脸，徐徐四句“诘问”，最终让这个教练使“趣下谢罪”。胡顺之损人的手段果然不同凡响，我现在不急着处理你，我忙，你的事我等等再问，先押牢里去。牢里环境好，一间暗室，“以粪十瓮环其侧”，你给我老老实实待上十天，好好闻闻臭气，认真反思反思。最后我判你的刑罚并不重，“杖之二十”。谁知刚一宣判，狗改不了吃屎，教练使的老毛病又犯了，不服气地说："我职员也，有罪当受杖于州。"意思是说，你胡顺之没资格处理我。胡顺之的回答简直是绝了："教练久为职员，殊不知法，杖罪不送州邪?"你老江湖了，难道不懂法？杖罪是不用送到州里去的，我今天打的就是你！

胡顺之这二十刑杖，竟然打出个清平世界，"自是府吏无敢扰县者"，那些刮地皮、揩油水的胥吏再也不敢来了。可是，胡顺之卸任了以后会怎么样呢？其他县的情况又是什么样的呢？一个人再厉害，也解决不了整个国家的根本问题！

李南公——他的伤是假的

笔记原文[1]（宋吏办案事四）

李南公[2]知长沙县，有斗者，甲强乙弱，各有青赤，南公召使前，自以指捏之，曰："乙真甲伪也。"诘之，果服。盖南方有榉柳，以叶涂肤，则青赤如殴伤者；剥其皮，横置肤上，以火熨之，则如掊[3]伤者，水洗不落。南公曰："殴伤者血聚而内硬，伪者不然，故知之。"

词句简释

1 本段文字由司马光原笔记节选。2 李南公：字楚老，进士及第后任浦江令、长沙令、提点陕西河北刑狱、京西转运副使、户部吏部侍郎、户部尚书等。3 掊：pǒu，打；抨击。

原文我读

李南公任长沙知县的时候，有两个人相互殴斗，甲身体强壮，乙身体瘦弱，但两人身上都青一块、红一块，像被人打伤了一样。李南公让他们走到自己跟前，亲自用手指捏了一下受伤的地方，说："乙的伤是真的，甲的伤是假的。"让衙役一讯问，甲果然承认了自己作假的事实。

我国南方有一种叫榉柳的树，用它的叶子捣汁涂抹皮肤，皮肤就会变得青一块、红一块像打伤的一样；把这种树的皮剥下来，横着放在皮肤上，然后用火在上面熨烫，皮肤上就会呈现出钝器打伤一样的现象，就是用水洗颜色也不会变化。李南公说："别人殴打致伤的，血会往受伤处聚集，致使皮肤里面发硬，假冒的伤不会这样，所以我捏一捏就知道谁的伤是真的，谁的是假的。"

一时谬想

长沙知县李南公辨伤，一不用仪器检查，二不用刨根问底，"以指捏之"，便知"乙真甲伪"，这在一般人看来，几近神人。传奇小说中常说的明察秋毫、慧眼如炬，大概就是这样的吧！

其实，李南公不过是在生活中比别人更留心一些，或者是读的书更多一点，把所得的知识运用到办案实践中。李南公可能是在"南方"见过，或者是在哪本书里读过，这榉柳的叶汁涂抹皮肤后会出现"青赤如殴伤"的现象，榉柳的树皮横放在皮肤上火烤后会出现如"棓伤"的样子，而且水洗不掉，可以骗过很多的人。但是，无论伪装是多么巧妙，毕竟只是事物的一种表象，一事物区别于他事物的内在根据是事物的本质，一个高明的司法者，必须掌握透过现象看本质的基本功。诚如李南公所言，"殴伤者血聚而内硬，伪者不然"。真伤和假伤的根本区别就是"血聚而内硬"，真正殴打所导致的伤害，皮下因气血瘀滞会变得发硬顶手，假伤只是表皮看着吓人，肌肉依然柔软如常。现在，由于技术进步，李南公的辨伤神法似乎已经没有太大的用场了，但他所运用的认识事物的基本方法，还是值得我们好好学习的。

即便神奇如当代神探李昌钰，也不是横空出世，一夜成名。刻苦读书、博闻广见，再加上缜密思考是所有高手之所以成为高手的不二法门。据说，李南公为人并不是太好，但善于学习，勤于思考，是他的长处，我们就学他这一点。

李南公——我立马就能让他吃饭

笔记原文[1]（宋吏办案事五）

（李南公）河北提点刑狱，有班行[2]犯罪，下狱按之，不服，闭口不食百余日，狱吏不敢考讯[3]，甚患之。南公曰："吾立能使之食。"引出，问曰："吾欲以一物塞君鼻，君能终不食乎？"其人惧，即食，且服罪。人问其故，南公曰："彼必善服气[4]者，以物塞鼻则气结，故惧。"

词句简释

1 本段文字由司马光原笔记节选。2 班行：朝班的行列，泛指朝官。行，háng。3 考讯：刑拷审讯。4 服气：又称"食气"，常和辟谷联用，道教养生术之一。服气指服食气体，辟谷指不食用五谷杂粮。修习到一定的功力后，可以断绝五谷，不思五味，饥渴不生。

原文我读

李南公任河北提点刑狱使时，有一个朝官犯了罪，被送到监狱继续审讯，但这个人不认罪，绷住嘴不说话不吃食物已经一百多天，狱吏也不敢去用刑审讯，办案人员非常发愁。李南公说："我立马就能让他吃饭。"狱吏把这人带出来后，李南公问他："我要用一个东西塞住你的鼻孔，你还能坚持住不吃东西吗？"那人听了大惊失色，非常害怕，立即开始吃饭，并且认罪服法。

围观的人见李南公一句话就让犯人举手投降，很好奇，就问其中的缘故，李南公说："这个人一定是一个善于食气的人，用一件东西塞住他的鼻孔，就会让他气机郁滞不通，这样他就活不下去了。所以，他听说我要塞他鼻孔，就非常害怕，不得不张口吃饭了。"

一时谬想

这个犯罪的"班行"，委实了得，居然可以"闭口不食百余日"，搞得一向凶神恶煞般的狱吏都"甚患之"，难道这监狱里关的是一个神仙？

然而，我们不禁要问，既然是神仙，那他为什么不逃遁呢？正当我们心存疑惑之际，让人更加惊诧的事情出现了：李南公叫过来那个"班行"，轻轻问了一句："我准备用一个东西，把你的鼻孔塞上，不知道你还能不能一直坚持不吃东西？"就这么简单一句话，竟有如泰山压顶，那家伙居然像断了脊梁骨的癞皮狗一样，顿时塌下架来，不仅惧而"即食"，而且立马"服罪"。这家伙，一定是打心底明白：糟了，碰上更厉害的主了，认栽吧！由此看来，知识既可以给人智慧，也能够给人力量。李南公分分钟的工夫，便解决了一群狱吏一百多天都没能拿下的案子。这事，敢算算效益吗？

《黄帝内经》上说，"百病皆生于气"，身体气机的调节和各种功能息息相关。哪怕你是钢打铁铸之身，只要气道一堵，多硬的功夫，都一无用处，再撑，便只有死路一条。李南公懂得气机运行，这个知识不仅帮助他办理了一些案件，据说，他靠运气养生，还活了一个大岁数呢！

李南公——不清则汝曹均分缴纳

笔记原文[1]**（宋吏办案事六）**

诸村多诡名，税存户亡，每岁户长代纳，亦不可差。南公悉召其村豪右，谓之曰："此田不过汝曹所典买[2]耳，与汝期一月，为我推究，不则汝曹均分输之。"及期，尽得冒佃之人，使各承其税。

词句简释

1 本段文字由司马光原笔记节选。2 典买：承典人支付典金占有出典人财产的行为。承典人有权在双方约定的典期内享有该财产的使用权和收益权。

原文我读

为逃避缴纳赋税，各村都有很多田地主人的名字是假的，国家的赋税虽然还记在这个村子里，但是田地的户主却找不到，一个村的赋税只好由户长代为缴纳，这样，全县的赋税就很难足额征收了。

李南公到任后，把这些村子里所有的富豪大户召集在一起，给他们开会，他说："这些户主找不到的田地不过是你们暂时租种的，我给你们一个月时间，搞清楚原来的户主都是谁，否则，这些田地的赋税由你们这些人平摊。"规定的时间一到，所有冒充佃户的田地主人都查得清清楚楚，李南公让他们按照各家实际的田亩数承担了相应的赋税。

一时谬想

有学者认为，冗官、冗兵、冗费问题，是压垮北宋王朝的三大巨石。由于"三冗"问题的存在，朝廷不得不向百姓课以沉重的赋税。宋朝实行户籍等级制度，国家赋税主要由居于一二等的豪绅、地主等富户缴纳。所以，富户们便想出各种各样的招数规避赋税。有的人把自家的土地与人丁分散为许多户头，以降低户等而少缴赋税，即所谓的"诡名子户"；有的人家假称把土地献纳于僧寺、道观，使私产成为义产而逃避税收，即所谓"诡名寄产"；有的假立契约，诡称把土地典卖给官户、形势户，甚至编造说土地的主人逃到外地去了，自己冒充佃户，从而逃避赋税，即所谓"诡名挟佃"。司马光笔记中所说的事实，应当属于这第三种情形，原本土地的所有者，现在一个个都变成了种地交租的佃户，而户主却是一个谁也不知道的假名字，官府要征税，那你找户主去吧！

宋代的所谓能吏干员，大都有两把"刷子"，一把是能抑制豪强，保得住一方平安；另一把是能给朝廷收上税来，为国库充足做出应有贡献。所以在宋人笔记中，有不少关于识破逃税、避税诡计，顺利收取赋税的"生动"记载。司马光笔下这个李南公，的确有两着棋走得颇为精妙，一是看透不说透，给这些豪绅、地主留足面子，好让他们下台。我明知这些土地都是你们自己的，我却说你们都是"典买"过来的，只是代人耕种。这样一说，就为下一步让他们承认土地是自己的铺设了一个台阶。二是巧妙利用人性弱点，让富户们自己动员起来把事实"推究"清楚。李南公相信，这些冒佃的富户，所占有的土地不可能家家一样多，所以，他告诉那些人，你们要是说不清楚谁家究竟是多少，我就让你们"均分输之"。一听说要均摊赋税，地少的户自然就不干了。正所谓堡垒最容易从内部攻破，很快，谁家多少地便清清楚楚了。这一招，多像武侠小说里的杀手锏啊，一亮相，便"一招致命"！

李南公解决问题的方式，值得我们学习。大宋朝如果能多几个李南公这样的能吏，国家的财政状况可能会稍好一些。但是，导致“诸村多诡名”出现的原因，如果不解决，就是有一群李南公出来，也是枉然！

向敏中——不见赃物就不能定案

笔记原文（宋吏办案事七）

向相[1]在西京，有僧暮过民家求寄止，主人不许，僧求寝于门外车箱中，许之。夜中有盗入其家，自墙上扶一妇人并囊衣而出。僧适不寐，见之。自念不为主人所纳而强求宿，而主人亡其妇及财，明日必执我诣县矣，因夜亡去。不敢循故道，走荒草中，忽堕眢井[2]，则妇人已为人所杀，先在其中矣。明日，主人搜访亡僧并子妇尸，得之井中，执以诣县，掠治，僧自诬云："与子妇奸，诱与俱亡，恐为人所得，因杀之投井中，暮夜不觉失足，亦坠其中。赃在井傍亡失，不知何人所取。"狱成，诣府，府皆不以为疑，独敏中以赃不获疑之。引僧诘问数四，僧服罪，但言："某前生当负此人死，无可言者。"敏中固[3]问之，僧乃以实对。敏中因密使吏访其贼。吏食于村店，店妪闻其自府中来，不知其吏也，问之曰："僧某者，其狱如何？"吏绐[4]之曰："昨日已笞死于市矣。"妪叹息曰："今若获贼，则何如？"吏曰："府已误决此狱矣，虽获贼，亦不敢问也。"妪曰："然则言之无伤矣。妇人者，乃此村少年某甲所杀也。"吏曰："其人安在？"妪指示其舍，吏就舍中掩捕，获之。案问具服，并得其赃。一府咸以为神。始平公云。

词句简释

1 向相：即向敏中，开封府人，太平兴国五年（980）进士及第，宋真宗咸平四年（1001）升任同平章事、集贤殿大学士，正式拜相。2 眢井：废井，干枯的井。眢，yuān。眢者，目无明也。井无水，若目无明。3 固：意为执意，坚决地。此处作副词用。4 绐：欺哄，欺骗。绐，dài。

原文我读

宰相向敏中任河南府知府兼西京留守期间，有一天傍晚，一个僧人路过一个村子，他看天色晚了，便来到一户村民家里，央求在他家借住一宿，但户主人不同意，僧人没办法，便请求在主人门外的车厢里睡一夜，主人只好同意了。

到了半夜，有一个盗贼进到这户人家房中，不一会儿，那贼人扶着一个妇人拿着一个包袱翻墙出来。睡在车厢里的僧人刚好醒来，把这一幕看得清清楚楚。僧人不由得在心中盘算：我傍晚时请求在这家借宿被主人拒绝了，后来又强求睡在门外车厢里，现在主人丢了妇人和财物，等天明必定要怀疑是我作的案，会把我扭送到县衙，不如趁夜赶紧逃走吧。僧人不敢沿着来时的道路逃走，慌张间竟走进了一片荒草地，一不留神，咕咚一声掉进一口枯井中。僧人掉下去后发现，那个被贼人掳走的妇人，已被强盗杀掉扔到了井中。

第二天，那家主人搜寻逃跑的僧人和失踪的儿媳妇，很快就在枯井中找到了僧人和儿媳的尸体，僧人被绑起来送到了县衙，县衙的官吏对僧人进行拷打讯问，僧人扛不住刑讯，只得违心地承认是自己作的案，说："我与他儿媳通奸，引诱她和我一起私奔，后来又害怕被人抓住，只好杀了妇人投到这枯井之中，自己也因夜里看不清楚失足掉进井里，所盗财物放在井边丢失了，不知是什么人取走的。"

案子了结以后，报告呈送西京河南府，满府的人都没有发现有什么可疑的地方，只有知府向敏中因为赃物没有找到而怀疑这个审理结果。于是，他把僧人叫出来反复讯问，那僧人表示认罪，还一个劲儿地说："我上辈子欠这个女人的命，注定要为这个人死，没有什么可说的了。"向敏中坚持继续讯问他，那僧人终于说出实情。于是，向敏中便派出密探到各地访查贼人。

一天，河南府派出的胥吏到一家村落小店里吃饭，店里的老妇人听说他从府里来的，但并不知道他是官府派来的吏员，就问胥吏说："那个僧人的案子，现在到哪一步了？"胥吏故意骗老妇人说："昨天已经在市上打死了。"那老妇人叹息道："现在如果抓到真凶，会怎么办呢？"胥吏回答说："知府已经错误地判决了这个案子，僧人也处死了，即使抓到了真凶，官府不敢再往下深究了。"老妇人说："这样看来，再说也没有妨碍了。那个死去的妇人是我们村里一个叫某甲（某人的代称）的年轻人杀的。"胥吏问："那个人现在在哪里？"老妇人把某甲的房舍指给了胥吏，胥吏在那房舍中将某甲抓获。经过审问，某甲对盗窃杀人供认不讳，办案人员又按其供述起获了赃物。

真凶抓到后，一府吏民都夸赞向敏中，说他料事如神。

以上是庞籍庞始平先生讲的。

一时谬想

真是怕处有鬼，痒处有虱，这僧人想躲麻烦，麻烦却偏偏像鬼魂附体一般，紧紧地黏他身上，甩都甩不掉。

原本很平常的一个僧人借宿，由于“主人不许”，只能“寝于门外车箱中”，谁知就那么赶巧，都半夜了，这僧人却仍然“不寐”，居然把盗贼掳走妇人、窃去财物的一幕看得清清楚楚。联想到傍晚和户主之间发生的不愉快，僧人考虑，天明以后，那户主肯定会怀疑自己，那不是跳进黄河也洗不清的，三十六计走为上，赶紧跑吧！真是人该倒霉时喝口凉水都塞牙，慌不择路的他竟然一脚踏空，掉进了贼人抛尸的枯井！这回可真是黄泥巴掉到裤裆里——不是事（屎）也变成事（屎）了。你说这妇人不是你杀的，你是走路不小心掉进来的，阎王爷没鼻子——连鬼都不信！僧人被押至县衙，一顿猛揍，只得违心“自诬”，认下是自己杀的人。

案子呈到河南府，满府的官吏都“不以为疑”，只有时任河南府知府的向敏中认为此案有些蹊跷，破案讲究人赃俱获，现在只有杀人的人和被杀的人，那盗走的包袱呢？这人命关天的大案，这么大的纰漏，怎么能结案呢？嫌犯肯定没有说实话！于是，向敏中“固问之”，经过耐心询问，僧人终于说出了实情。

向敏中“密使吏访其贼”的过程相当有趣，也颇耐人寻味。当府里派出的胥吏被饭店老板娘问及僧人杀人一案的进展时，聪明的小吏没有以实相告，反而欺骗她说：“昨日已笞死于市。”接着，胥吏听到了老妪的“叹息”声，便明白知情人出现了，当老妪问到“今若获贼，则何如”的时候，胥吏把瞎话说得更高明了：“府已误决此狱矣，虽获贼，亦不敢问也。”知府把人都杀了，即使抓到真凶，他也不敢往下再追究了。村店老妪这才放下心来：“然则言之无伤矣。”她以为说实话也没有问题了，便抬手指出了凶手的住处。

向敏中抓到了真凶，“一府咸以为神”，连今天的我们，也为他的负责精神和高超智慧所折服。在真心为向敏中点赞的同时，我们也不免暗暗心惊，如果不是碰见向敏中，这个僧人不就成了冤死鬼?！再进一步想，原来冤假错案竟是这样容易形成！还有，那小吏欺骗“店妪”的话，她为什么会相信呢？因为生活中原本就存在这样的事情！所以，错案一旦发生，想纠正，比上天都难。这两点，应当是对我们最深刻的警示。

钱若水——如此重案岂能不认真审查

笔记原文[1]（宋吏办案事八）

钱若水为同州推官，……有富民家小女奴逃亡，不知所之。奴父母讼于州，州命录事参军鞫[2]之。录事尝贷钱于富民，不获，乃劾富民父子数人共杀女奴，弃尸水中，遂失其尸；或为元谋，或从而加功，罪皆应死。富民不胜榜楚[3]，自诬服。具上，州官审复，无反异，皆以为得实。若水独疑之，留其狱，数日不决。录事诣若水厅事，诟之曰："若受富民钱，欲出其死罪邪？"若水笑谢曰："今数人当死，岂可不少留熟视其狱词邪？"留之且旬日，知州屡趣[4]之，不得，上下皆怪之。若水一旦诣州，屏人言曰："若水所以留其狱者，密使人访求女奴，今得之矣。"知州惊曰："安在？"若水因密使人送女奴于知州所。知州乃垂帘引女奴父母问曰："汝今日见汝女，识之乎？"对曰："安有不识也？"因从帘中推出示之。父母泣曰："是也。"乃引富民父子，悉破械纵之。其人号泣不肯去，曰："微使君之赐，则某灭族矣。"知州曰："推官之赐也，非我也。"其人趋诣若水厅事，若水闭门拒之，曰："知州自求得之，我何与焉？"其人不得人，绕垣而哭，倾家赀[5]以饭僧，为若水祈福。

词句简释

1 本段文字由司马光原笔记节选。2 鞫：通"鞫"。审讯，审查。3 榜楚：严刑拷打的痛苦。榜，泛指各种酷刑。楚，痛楚。4 趣：通"促"，动词，意为督促，催促。5 家赀：亦作"家资"，家中财产。

原文我读

钱若水担任同州推官的时候，有个富户家的女奴逃跑了，找了好久也没有找到，不知道逃到哪里去了。女奴的父母告到州衙，知州让一名录事参军来审理这个案子。这个录事参军曾经向涉事的富民借过钱，没借到，于是，他便以富民父子数人共同杀死女奴来逼取口供，让他们承认杀死女奴后把尸体扔到了水里，尸体因被水冲走找不到了；富民父子有的是主犯，有的则帮助实施，其罪行依律都应处死。富民一家人受不了狱吏严刑拷打的痛苦，只得含冤服罪。

录事参军将案卷呈报给州衙，知州等人复审后认为并无相反或异常的情形，都认为录事参军已经审出了此案的真实情况。只有钱若水怀疑这个案子有问题，便留下案卷继续审查，但过去了好多天也没有做出决断。负责办理这个案子的录事参军坐不住了，他跑到钱若水的视事办公的厅堂，给钱若水说难听话，责怪道："你是不是收受了那富民的钱财，想把他们的死罪免除啊?"钱若水笑着回答说："现在这个案件有好几个人要处死，怎么能不稍微放一放，再认真地审查一下案犯的供词呢?"案子搁置已经十多天了，知州多次催促他也没有结果，大家都感到很奇怪。

又过了几天，钱若水去见知州，让屋子里的人都出去后，他对知州说："我之所以搁置这个案子不下结论，是我在秘密派人寻找失踪的女奴，现在已经找到了。"知州吃惊地问道："人现在在哪里?"钱若水安排人悄悄地把女奴送到知州的住所。知州请来女奴的父母隔着竹帘对他们说："你们现在看见你们的女儿，能认出来吗?"女奴的父母回答说："哪有不认识的道理呢?"知州将女奴从帘子内推出来，让她父母辨认。女奴父母哭着说："这就是我的女儿!"于是，知州叫人带来富民父子，一个个卸下枷锁释放了。但是，富民却哭着不走，对知州说："如果没有您的恩赐，我们一家就要全被杀掉了。"知州说："这都是推官钱若水给你办的，不是我办的。"那富民又赶往钱若水办公的地方，钱若水关上门拒绝见他，说："这都是知州自己查访得到实情的，我并没有在里头做什么事啊!"那人见不到钱若水，便绕着钱若水住的房子大哭一场，然后倾尽全部家产施舍僧人，以给钱若水祈福。

一时谬想

人性的善恶两端，是个让人内心感到十分沉重的话题！不管是孟子的"性本善"，还是荀子的"性本恶"，都很难给我们一个完美的答案。

司马光在这则笔记中，以大量细致的笔墨来讲述钱若水断案，难道他就是想展现一个断案高手吗？我看未必。他是在做对比，在对比中给我们展示人性的多元性。文中的"录事参军"和"通判钱若水"似乎就是两个世界的人，一个无良，心狠手辣；一个温润，心怀善念。

录事参军，官名，掌总录众曹文簿，举弹善恶。唐朝规定，州录事参军上州从七品上，中州正八品上，下州从八品上。宋沿唐制，文中的这名录事参军，顶住天就是一个"比芝麻籽还小三圈"的七品官，竟然因为曾经"贷钱于富民，不获"而怀恨在心，要借这个案子出一出心中的恶气，以富民父子数人共同杀死女奴来逼取口供，想把富民全家都问成死罪。你看他那副嘴脸！在钱若水“留其狱，数日不决”时，这家伙竟然跑到钱若水那里，污蔑加恫吓，质问道：“若受富民钱，欲出其死罪邪?”如此一个小人物，竟这么猖獗，真让人不寒而栗！

推官，官名，宋朝三司各部和州府必设之官，品秩为从六品或正七品，三司下六部的推官主管“各案公事”，开封府的推官负责“掌刑狱诉讼”，相当于现在的法院院长；其他州府推官的职责是“与本府幕职官分治案事、佐理府政”。结合笔记中记录的事实，这位同州推官钱若水的职责，其中一项就是协助知州“掌治刑狱”，负责诉讼案件审理并为知州提供重要参考意见。如果硬要类比，他大概是一个负责案件质量把关的副院长的角色吧！而那个被知州分派“鞫”案的录事参军，不过是一名审判员罢了，对可能判处死刑的重案，他个人是不能单独作出决定的。所以，在这个案件审理过程中，录事参军虽然已经“鞫”出了结果，但是，当钱推官“疑之”的时候，他有权“留其狱”，把案件留下来予以审查。钱若水真是一名优秀的推官，当他看到这份主人谋杀女奴，导致富民家“罪皆应死”的案件时，心中便警觉起来。在包括知州在内的满府官员“皆以为得实”的情况下，钱若水“独疑之”，然后秘密地查找这个案件的关键证据——女奴。这期间，他是顶着巨大压力的，这压力既有知州和其他同僚的质疑，更有气急败坏的录事参军的恫吓威胁。案件事实搞清之后，他又谦虚、内敛，对感激涕零的“富民”避而不见，还把给他洗冤的功劳让给上司，说是“知州自求得之”，没有我一点事。一千年前的钱若水钱推官，向我们完美地诠释了谦谦君子“有而不居”的高尚品格。隔着时空，透过文字，我好像还能感受得到，钱若水在面对感激时悄然转身的那份淡然自若；我也能感受得到，小日子过得有滋有味的富民一家，从祸自天降到死里逃生后的那种“悲欣交集”！

天地之间有杆秤，那秤砣是老百姓。无论是哪一个国家、哪一个朝代，大凡是为老百姓做好事、办实事、解难事的清官，不仅会影响到当时的政风民风，而且当地的老百姓也都会永远地记住他。我们有理由相信，“为若水祈福”的人，在当时，不只是富民一家！

曹玮——他们是我专门派去的

笔记原文（宋吏办案事九）

（曹）玮[1]在秦州，有士卒十余人，叛赴虏[2]中。军吏[3]来告，玮方与客弈棋，不应。军吏亟[4]言之，玮怒，叱之曰："吾固遣之去，汝再三显言耶？"虏闻之，亟归告其将，尽杀之。伯康云。

词句简释

1 玮：曹玮，北宋开国名将曹彬次子，也为北宋著名将领。2 虏：古代对外族的贬称，此处指西蕃军。3 军吏：军官，主要指下层军官。4 亟：此处读qì，意为屡次。下文亟，读作jí，意为急切。

原文我读

曹玮带兵驻防秦州期间，有十多个士兵叛逃到西蕃军那边去了。带兵的军官跑来向曹玮报告，曹玮正在与客人下棋，没有顾上回应他。那小军官便反复向曹玮絮叨这件事，曹玮生气了，斥骂那个军官说："他们原是我派去的，你反复地在这儿说，非要让所有人都知道不可吗？"西蕃军的探子听说了这件事，马上跑回去报告给他们的首领，西蕃军把投过去的士兵全都杀掉了。

以上是伯康讲的。

一时谬想

郭沫若的《满江红》中有这样的诗句："沧海横流，方显出，英雄本色。"意思是说，只有在时局动荡艰难时期和千钧一发的危急关头，才能看得出英雄的本来面目。一群士兵叛变投敌了，深知其中利害的军吏慌慌张张地跑来向主帅报告，可人家身为主帅的曹玮呢？居然与客人弈棋如平常，跟没事人一样。这种气度，是何等了得！

司马光的这则笔记，以简洁的语言，记录了曹玮率军驻扎秦州时所发生的一次边防叛逃事件。当时，曹玮正在"与客弈棋"，属下跑来告知叛逃事件。按说，十几个士兵"叛赴虏中"，是一个很严重的问题，一是我方军事部署可能为敌军所掌握，二是会在很大程度上动摇军心。所以，负有责任的军吏要"亟言之"。但曹玮在刹那间的震惊之后，立即镇定下来，故作"不应"，一条计谋迅速在胸中形成。先是装作发"怒"，然后"叱之"，把一出假戏演得天衣无缝。在危急关头，曹玮显出了他的"英雄本色"。是的，曹玮的确不是一个等闲之辈，他是北宋开国大将曹彬的第四个儿子，自幼沉勇有谋，喜读书，通晓《春秋》三传，少年时便随父亲在外经见世面。较之于父亲曹彬的谦虚谨慎、待人宽厚，曹玮则是少年老成、赏罚立决、治军严整。他为将四十年，几乎没有打过败仗。曹玮心里十分清楚，这么多士兵逃走，敌方必有内应配合，所以，他将计就计，在恼"怒"之后，装作很不耐烦地训斥那个军吏："吾固遣之去，汝再三显言耶？"这些人原本都是我派出做卧底的，这是一件很保密的事情，难道你非要宣扬得所有人都知道不可？果然不出所料，此言一出，西蕃军方面立刻便知道了，把真正的降兵当作曹玮派来诈降的探子，将他们全数处斩。曹玮真是厉害，片语只言，便一石二鸟，既稳定了军心，又借他人之手杀了叛徒，的确是好生了得！

据说，曹彬去世前，真宗前去探望并请举荐守边人选，当时长子曹璨和四子曹玮都是军中名将，曹彬在弥留之际告诉真宗："璨不如玮。"知子莫若父，曹玮这种处变不惊、化险为夷、变被动为主动的高超本领，真的是青出于蓝而胜于蓝，与乃父相比，已然有过之而无不及。我为曹家父子点赞！

张咏——我从他额头发现破绽

笔记原文（宋吏办案事十）

张咏时，有僧行止不明，有司执之以白[1]咏，咏熟视，判其牒[2]曰："勘杀人贼。"既而案问，果一民也，与僧同行于道中，杀僧，取其祠部[3]戒牒三衣，因自披剃为僧。僚属问咏："何以知之？"咏曰："吾见其额上犹有系巾痕也。"王胜之云。

词句简释

1 白：告诉，陈述。2 牒：文书或证件。3 祠部：官署名。北宋前期设判部事一人，主管祠祭、国忌、休假日期，掌僧尼、道士、女冠、童行名籍，颁发度牒。元丰改制后稍有变化。

原文我读

枢密直学士张咏担任益州知州的时候，有一个僧人行止不明，负责治安的官员把他抓住向张咏报告，张咏盯着僧人仔细打量了一会儿，提笔在这个僧人随身带的度牒上写道："按杀人贼讯问。"随后经过审问，他果然是一个普通百姓，一天与僧人在路上同行，伺机杀了僧人，拿着朝廷祠部颁发给僧人的度牒和僧人所穿的衣服，然后自己剃掉头发扮成了僧人。下属问张咏：“你是根据什么知道这家伙是一个杀人贼的?”张咏回答说：“我看见他额头上还留着一般老百姓系头巾的痕迹。”

以上是王胜之讲的。

一 时 谬 想

小时候看《西游记》，十分羡慕孙悟空有七十二变，同时也觉得纳闷，他变飞禽、走兽、花木、昆虫之类，都一模一样，骗过了很多妖魔鬼怪。可怎么变神仙、变人甚至连变妖怪时都不好使，不一会儿就露馅了呢？后来，经见的多了，慢慢地才明白过来，原来是这孙悟空很难从根本上改变自己，虽然头脸身子变了，但尾巴总留着，好动的本性也改不了。所以，在跟妖怪斗争的时候，一不留神，猴性便显现出来，尾巴也撅起来了。

司马光笔记中说的“杀人贼”，虽然剃光了头发，穿上了僧人的百衲衣，怀里还揣着僧人的度牒，猛一看，与僧人毫无二致，多像会七十二变的孙悟空啊！不幸的是，他遇上了更厉害的主儿，益州知州张咏仔细一打量，分分钟就看清了他的原形。遵照知州的指示，“勘杀人贼”，按杀人嫌疑一讯问，不用衙皂们怎么用劲，便案情大白！僚属们对张咏的神机妙算佩服得五体投地，便问张咏是怎么知道原委的。一千年前的事情，我不在现场，但可以想象得到，一帮僚属听了张咏的回答，指定要扇自己的脸：这一层，我怎么没有想到呢！张咏说：“吾见其额上犹有系巾痕也。”这不分明是一个假和尚嘛，光头的和尚额头上哪来这样的痕迹呢？龟儿子，还穿着僧衣，揣着度牒！

张咏了不起，仅凭蛛丝马迹便发现杀人凶手。其实，暴露自己的还是杀人者自己，如果不是他“行止不明”，“系巾痕”尚在，怎么会让“有司”产生怀疑，怎么能让张咏看出破绽呢？俗话说得好，雪里盖不住死尸，伪装终究都是要被撕去的，只要你做了坏事，哪怕是你刮了光头、穿上了百衲衣，遇见了张咏，现出原形只是早早晚晚的事情！

第六章 读《渑水燕谈录》

《渑水燕谈录》

《渑水燕谈录》的“渑”字，读音为shéng，与河南省三门峡市渑池县的“渑”（miǎn）字同字不同音。渑水，古水名，在今山东省淄博市临淄区一带。《渑水燕谈录》的作者叫王辟之，宋哲宗绍圣四年（1097），王辟之从忠州任上致仕还乡回到临淄，隐居在渑水河畔，过着饮酒赋诗、悠闲自得的生活。他经常和朋友们欢宴相聚，追古抚今，指点江山，畅谈各处风土人情和官场趣闻。后来，王辟之把这些听来的故事，整理成了一部书。燕谈，闲谈的一种说法。因为是对渑水河畔闲谈内容的记录，所以，王辟之把这部书取名《渑水燕谈录》。

王辟之，字圣涂，宋英宗治平四年（1067）进士及第，宋哲宗元祐元年（1086）知河东县，绍圣二年（1095）知忠州。王辟之在任期间，以廉洁勤政、务实爱民赢得了当地百姓的拥戴。北宋著名文学家、书法家黄庭坚在《忠州复古记》中，称赞他“知务乐善，击强拨烦，才有余地”。

《渑水燕谈录》是北宋史料笔记中的代表性作品。从体裁上来说，《渑水燕谈录》属于历史琐闻类笔记；从写作目的看，作者脱离仕宦，悠游林下，追忆平生经历见闻，笔之于书，博记杂识，主要是为了“谈谑”。从写作内容和范围看，其所记大都是从北宋开国（960）到宋哲宗绍圣元年（1094）之间130余年的北宋杂事。

《渑水燕谈录》体裁广泛，内容丰富，对北宋时期政治、经济、军事、文化等都有详细的记载。书中内容热情歌颂爱民尊贤、勇于纳谏的明君以及廉洁务实、克己奉公的清官，高度赞美北宋时期一批文学家高洁傲岸的品质和灵敏机智的创作才华，对弄虚作假、不切实际、残害百姓等丑恶现象进行了讽刺和批判。《渑水燕谈录》语言简洁，叙事洗练，格调高雅，幽默诙谐，颇值一读。

余靖——它不能给老百姓带来福祉

笔记原文

庆历中，开宝寺塔灾，国家遣人凿塔基，得旧瘗[1]舍利，迎入内庭[2]。送本寺，令士庶瞻仰，传言在内庭时，颇有光怪，将复建塔。余襄公靖[3]言："彼一塔不能自卫，何福逮[4]于民？凡腐草皆有光，水精及珠之圆者夜亦有光，乌足异也。梁武[5]造长干塔，舍利长有光，台城之败，何能致福！乞不营造。"仁宗从之。

词句简释

1 瘗：yì，埋葬，埋藏。2 内庭：宫禁以内。3 余靖，北宋政治家，"庆历四谏官"之一。天圣二年（1024）进士及第，历任桂州知府、集贤院学士等职，以尚书左丞知广州，追赠刑部尚书，谥号为襄。4 逮：dài，达到，及。5 梁武：指梁武帝萧衍，沉溺佛教，造长干塔，公元548年，"侯景之乱"爆发，被囚于建康台城活活饿死。

原文我读

庆历年间，京城开宝寺的宝塔出了灾祸（倒塌了），朝廷派人开挖塔基，得到了过去埋藏在下面的舍利子并迎接到皇宫中。

后来，舍利子被送回开宝寺让官民瞻仰观看，有传言说，舍利子在皇宫存放时，有很亮很怪异的光发出来，朝廷因此商议将重新建塔。余襄公余靖（在朝议时）说："那舍利子连为它所建的一座塔都不能护佑，还能施与老百姓什么福祉呢？凡是腐烂的草木都会发光，水晶和圆形的珠宝类物体夜间也会发光，不足以大惊小怪。过去梁武帝信佛建造长干塔，舍利经常放光，可不久就有台城之败，它怎么能给我们带来福祉呢！我请求不要再建了。"

宋仁宗听从了余靖的意见。

一时谬想

这位余襄公要是活到现在，一定是一位对驳论有深入研究的辩论高手。你看他归谬法用得多么老练！有些人之所以主张重建倒塌的开宝寺塔，不就是说塔基里存放的舍利子灵异吗？好了，既然舍利子那么神奇，为什么连为自己遮挡风雨的那座砖塔都保不住呢？这就好比质问卖生发药水的秃子商人，你怎么不先用用让自己的头发长出来呢？接下来，他又层层深入，从自然规律、历史教训两个方面，向仁宗说明自己"乞不营造"的理由。最终，"仁宗从之"，一项劳民伤财的工程，就这样因为余靖的一番话寿终正寝了。

余靖谏阻复建开宝寺塔，距今将近一千年了，环绕在舍利子上的神秘色彩似乎还远远没有褪去。从余襄公余靖说过的那些话里，我们难道不应该有些感悟吗？

孙冕——通商卖盐公私皆便

笔记原文

咸平中，孙冕乞于江、淮、荆湖通商卖盐，许商人于边上入粮草，或京中纳钱帛[1]，一年之内，国家预得江、淮、荆湖三路卖盐课额[2]，而又公私之利有十倍焉。为陈恕等沮之[3]，遂寝。

词句简释

1 钱帛：金钱和丝帛。泛指财物。2 课额：赋税的总额。3 沮：jǔ，阻止。

原文我读

宋真宗咸平年间，孙冕向朝廷上折，奏请把江、淮、荆湖地区食盐运销由官卖区改为通商区，实行商运商销，并允许商人到边境上给国家缴纳粮食、草料等战争所需物资，或者到京城向官府缴纳钱帛，由官府计其代价（抵税），发给“交引”，然后商人凭“交引”到盐场领盐运销。这样做公私皆便，一年之中国家预计从江、淮、荆湖三路收到的盐税总额，比原来要高出十倍以上。但孙冕这个请求因为遭到陈恕等人的阻挠，就被搁置起来了。

一时谬想

孙冕，临江人，直史馆三十年，晚年方任海州知州，后转任苏州太守。在太守任上，政绩卓著，苏州有个五贤祠，纪念唐宋明三朝曾在那里任职的五个“市长”，其中之一便是这北宋的孙冕。

《宋史》对“孙冕乞通商卖盐”一事，有更为详细的记载。北宋盐政，因循五代旧法，食盐仍由民制、官收，但在运销环节实行官商并卖制，即把天下州、府、军、监分为官卖区和通商区，官卖区实行官运官销，通商区则实行商运商销。食盐官收、官卖，再加上官运、官销，整个过程被官府完全垄断，既滋生腐败，还效率低下，一方面价格昂贵，另一方面，国家赋税不能及时足额入库，所以当时许多有识之士都建议朝廷缩小官卖区，扩大通商区。

由于太宗雍熙年间朝廷对北辽用兵失利，边储逐年吃紧，在这种情况下，身为秘书丞直史馆的孙冕，向朝廷呈报了请求在江、淮、荆湖三路通商卖盐的奏折。他在奏折里说，“令江南、荆湖通商卖盐，公私皆便，为利实多”，既可以有效解决食盐运销中存在的问题，又可使“国家折中粮草，足赡边兵，中纳金银，实之官库”，还可以节省在南方征粮筹钱送至“穷边”的运输费用。应当说，这道理已经讲得十分透彻了，可孙冕的奏请到了朝堂，却遭到吏部侍郎陈恕等人的激烈反对。陈恕一帮人认为通商卖盐会导致国家盐政不能严格执行，且“立乏一年课额”——影响了当年的财政收入。就这样，一个原本利国利民的举措，在一帮短视的家伙的反对声中“遂寝”——被打入冷宫了。

读孙冕这段故事，不由得想起改革开放初期的那些争论。找点时间，读读历史，它会让你感到，真的是“太阳底下没有新鲜事”啊！

范仲淹——做将领不读书是不行的

笔记原文

狄武襄公青，初以散直[1]为延州指使[2]，是时西边用兵，公以才勇智略频立战功。常被发、面铜具驰突贼围，敌人畏慑，无敢当者。公识度宏远，士大夫翕然[3]称之，而尤为韩魏公、范文正公所深知，称为国器。文正以《春秋》《汉书》授之，曰："将不知古今，匹夫之勇，不足尚也。"公于是博览书史，通究[4]古今。已而立大功，登辅弼，书吏策，配享宗庙，为宋名将，天下称其贤。公初为延州指使，后显贵，天下独呼公为"狄天使"。

词句简释

1 散直：官名，侍从之官。2 指使：宋代将领（低级）。3 翕然：形容言论、行为一致。4 通究：全面、透彻地钻研。

原文我读

狄武襄公狄青起初是以一名侍从官的身份担任延州指使的，当时西部边境爆发战争，狄青因其才能、勇气和谋略，多次立下战功。他打仗时常常披头散发，面戴铜质面具，纵马冲入敌群，敌人非常害怕，没人敢阻挡他。

狄青见识、气度高远，士大夫们一致称颂他，特别为韩琦和范仲淹所赏识，他们把狄青看作国家栋梁之材。

范仲淹把《春秋》《汉书》送给狄青，对狄青说："作为一个将领，不能博览群书，不了解历史和现实，这是匹夫之勇，是不值得崇尚的。"狄青于是广泛阅读经史，全面、透彻地研究世事变化规律，不久便有了丰厚的知识。后来，狄青立了大功，担任辅佐君主的要职，名字被写入了史册，享受与皇帝一起被祭祀的待遇，成为宋朝一代名将，普天下百姓都称赞他的贤能。

狄公最初担任延州指使，后来地位显贵，所有的人都推崇他，竟把他称为狄天使。

一时谬想

这段故事谈到三个人物：狄青、韩琦、范仲淹，主角当然是狄青。狄青很幸运，尽管出身贫寒，并且是替犯罪的兄长戍边，但他精于骑射，作战勇敢，每战必身先士卒，且善于谋断，深得守将韩琦、范仲淹赏识。后来又勇于任事，加上勤奋读书，终于位极人臣。

在这个故事中，韩琦的名字一闪而过。其实，这个名字也应当像范仲淹三个字一样，被我们记在心里。韩琦和狄青同龄，十九岁进士及第，为相十载，辅佐三朝，为北宋的繁荣发展做出了重要贡献。欧阳修赞其"临大事，决大议，垂绅正笏，不动声色，措天下于泰山之安，可谓社稷之臣"。

故事主要讲的是狄青，但故事背后真正的巨匠是范仲淹。他不仅是伟大的政治家、文学家，还是一位杰出的军事家，特别是他戍边西北，逼李元昊向北宋称臣，令西夏军队不敢轻举妄动的事迹，被广为传颂。范仲淹长狄青将近二十岁，对狄青的奖掖提携，显现出他忠君报国、博爱无私的高尚情怀。当我读到范仲淹送给狄青《春秋》《汉书》，并告诉狄青“将不知古今，匹夫之勇，不足尚也”这一段时，胸中便会暖流四溢，仿佛一个宽厚的长者就坐在对面。

狄青从一名指使小官最终成为“国之重器”，他本人的先天条件和后天努力固然重要，但韩琦、范仲淹等人的提携、栽培和支持，也是必不可少的因素。现实生活中，多一些像韩琦、范仲淹这样的长者，既是后生之福，也是国家之幸。

庞庄敏——狄青一定能取得胜利

笔记原文

皇祐五年，侬智高陷二广，诏枢密副使狄青督诸将讨之。言事[1]者以青武人，不可专用，请以文臣副之。仁宗以问庞庄敏，公曰："向者王师所以屡败，由大将不足以统一，裨将人人自用，故遇敌辄北。刘平以来，败军覆将莫不由此。青勇敢有智略，善用兵，必能办贼，愿勿忧。"仁宗乃诏行营诸军皆受青节制；贼平处置民事，则与孙沔、余靖同议。及捷报至，上喜谓庄敏曰："岭表平殄[2]，皆卿之力也。"

词句简释

1 言事：古代专指向君王进谏或议论政事。2 平殄：píng tiǎn，平定殄灭。

原文我读

皇祐五年（1053），壮族首领侬智高攻陷了两广地区，宋仁宗下诏命枢密副使狄青率将讨伐。有人向皇上进谏说狄青是武人，不可以专用，请朝廷派文臣担任他的副手来钳制他。

宋仁宗因此询问庞籍，庞籍说："先前朝廷的军队之所以屡次败北，就是因为大将不能统率全军，副将人人自以为是，所以遭遇敌军总是吃败仗。从刘平以来，战斗失败、损兵折将都是这样的原因。狄青将军勇敢有谋略，善于用兵，必能惩办贼人，愿陛下不要担忧。"

于是，宋仁宗就下诏要求参战各路兵马都接受狄青将军的领导指挥；贼人平定之后，地方政务则由狄青和孙沔、余靖共同商议处置。

等打败贼人的捷报到了朝廷，宋仁宗高兴地对庞籍说："岭外平定殄灭叛贼，都是爱卿你的功劳啊！"

一时谬想

读这则笔记，我们会形成这样一个基本认识：狄青能有后来的赫赫战功，庞籍功不可没。甚至可以说，是庞籍成就了狄青光辉的一生。

王辟之这则笔记，记述的是宋仁宗皇祐五年朝廷平定侬智高之战的一个重要环节。侬智高在两广叛乱，朝廷多次派兵征剿，但"遇敌辄北"，屡战屡败。最后想起要派狄青出征，但有人却不放心，建议以"文臣副之"。其实，是要派人监督狄青。此时，庞籍站出来坚决反对，向宋仁宗陈明利害，建议授予狄青全部军事指挥权，以免相互掣肘，延误战机。这样，狄青才得以放开手脚，全面施展其军事才能，获得战役的完胜。

诚然，狄青有才干，打仗有办法。但南宋的岳飞、明代的袁崇焕呢？他们哪个军事才能又在狄青之下？他们为什么最终打不了胜仗呢？"青破贼，卿之力也。"（语见《宋史》）宋仁宗这句话，仔细想想，的确有些道理。

庞庄敏——再立功你拿什么赏他

笔记原文

狄武襄公既平岭南，仁宗欲以为枢密使、平章事，庞庄敏公曰："太祖遣曹彬平江南，止赐钱二十万，其重慎名器如此。今青功不及彬远矣，若用为平章事，富贵已极，后安肯为陛下用。万一后有寇盗，青更立功，陛下以何官赏之？"乃以青为护国军节度，诸子皆优官，厚赐金帛。

原文我读

狄武襄公狄青平定岭南叛乱之后，宋仁宗想任命他为枢密使并拜为宰相，庞庄敏公向仁宗上奏说："以前太祖派曹彬平定江南，只赏赐给他二十万银钱，太祖对国家的职位和荣誉就是如此慎重，现在狄青的功劳和曹彬相差很远，如果任用他为宰相，富贵到了极点，以后他怎么肯为陛下所用呢？再说，万一以后再有寇盗，狄青又立了功，陛下还能用什么官职奖赏他呢？"

这样，朝廷便任命狄青为护国军节度使，同时给他的几个儿子加官晋级，并赏赐给很多金帛。

一时谬想

人家狄青立了那么大的功，朝廷要重用，你姓庞的却竭力反对，你这不是嫉贤妒能吗？一般遇到这样的情况，我们都会这样想。可这一次，却恰恰搞错了。这个庞庄敏公，不仅不嫉妒狄青，而且还曾经帮过狄青大忙，可以说，是狄青仕途上的有力支持者。如果说是韩琦、范仲淹发现和培养了狄青，那么，真正奠定狄青一生功业的则是平定侬智高叛乱之役。在上一则笔记中，我们已经读到，在平叛侬智高之役中，力主授予狄青全面指挥权的，正是这个在宋朝历史上并不十分出名的大臣庞籍。

庞籍为什么要反对重用狄青呢？他给出的理由第一是没有先例，第二是担心狄青“富贵已极”后丧失战斗意志，第三是他以后再立功没法再提拔了。仔细看看这三条，想想古往今来的无数历史事实，你就会发现，这个庞籍说得还真有些道理。虽说他没有把狄青当“自己人”看，但这是那个时代的文化，那个时代官僚阶层的共同认识：通过科举考试的人是天子门生，士大夫是国家的精英群体；武人是靠不住的，绝不可使其位高权重。

有人甚至认为，庞籍此言，表面上看，是在为朝廷分忧，事实上他是在为狄青解难。可惜的是，当年的狄青没有悟透这一点。他没有睁大眼睛看看，“满朝朱紫贵，尽是读书人”，你一个替兄戍边的小卒，斗大的字不识一筐，仅凭勇猛就当上了副总司令（枢密副使），这本身已颠覆了很多人的三观，还不知足知止吗？

不久，宋仁宗还是顶住压力，力排众议，任命狄青为枢密使。但此举遭到了欧阳修等人的激烈反对，宋仁宗后来不得已又免去了狄青的枢密使职务，派他去管理陈州，当一个小小的知州。狄青想不开，最后抑郁而终。

每读这段历史，我总是忍不住要作这样的假设：如果他当时能听到庞籍的这席话，并且深谙其中的意味，或许，一代名将的结局就不一样了。甚至，整个大宋的历史就会重新改写。

王祚——请你回避一下好吗

笔记原文

宰相王溥父祚，少为太原掾属[1]，累迁宿州防御使。既老，溥劝其退居洛阳。居常怏怏。及溥为相，客或候祚，溥常朝服侍立，客不安席，求去，祚曰："学生劳贤者起避耶？"

词句简释

1 掾属：佐治的官吏。

原文我读

宰相王溥的父亲王祚年轻时在太原府做辅佐知府的属官，后来逐步升迁当上了宿州防御使。

王祚年纪大了以后，儿子王溥就劝他退职到洛阳居住。王祚到了洛阳，经常怏怏不乐。等到王溥担任了宰相，客人有时来看望王祚，儿子王溥常常穿着朝服侍立在一旁，客人坐在那里感到很不自在，请求王溥离开，王祚便对儿子王溥说："学生我劳请尊驾回避一下可以吗？"

一时谬想

乍读这则笔记，会觉得王祚是一个很奇怪的人。你一个做老爸的，咋能那样跟你儿子说话呢！

如果我们站在王祚的角度认真想一想，也就理解了。王祚从一个办事员干起，经历多少酸甜苦辣，最后才当上防御使，多难啊！早年，他跟着刘知远南征北战，人家都称帝了，他只当了个三司副使。到了后周，还不错，当上了刺史，管一个州的事，可就是总在调动，一会儿随州，一会儿华州，最后又调到颍州，都没有正儿八经排场过。后来到了大宋朝，刚当了个防御使，又为了儿子的进步，身体还好着就让退休了。想想，能不失落吗！

面对"居常怏怏"，满口都是风凉话的老父亲，已经做了宰相的儿子充分表现出了他的孝义本色——有人来看父亲，竟如仆人一般"侍立"跟前。都说家庭教育很重要，孩子的表现和父母的言传身教有关。看看王溥的行为，我们会发现，一个人通过自我努力、自我完善，是完全可以超越家庭出身的。王溥少时苦读诗书，后汉乾祐年间状元及第，做两代四朝宰相，为人低调，文采斐然，政绩卓著。而父亲王祚呢，就差多了，宦海浮沉几十年，处处使心机、耍小聪明，官声极其一般。看看，有如此平庸父，竟也可有那般不凡子！

历史是一面镜子。学习历史，从历史中取得借鉴，从历史中汲取智慧，是人类社会一个永远的课题。读这则小故事，我们会明白，怎样过一生，完全在于自己。尤其是年轻人，不能总抱怨父母没给你奠基铺路，想想一千年前的王溥，摊上那样一个父亲，人家不一样超越吗?!

读这则笔记，还会让人想起一句老话：前三十年看父敬子，后三十年看子敬父。做晚辈的，努力使自己优秀，从某种意义上讲，也是在尽一份孝心。

张齐贤——做一辈子厨子竟不会煮粥了

笔记原文

张仆射齐贤，以吏部尚书知青州六年，其治安静，民颇安之。好事者或谤其居官弛慢，朝廷召还。公或语人曰："向作宰相，幸无大过，今典一郡，乃招物议[1]，正如监御厨三十年，临老反煮粥不了。"士大夫闻之，深罪谤者。曾孙仲平为余言。

词句简释

1 物议：众人的议论，多指非议。

原文我读

仆射张齐贤曾以礼部尚书为本官担任青州知州六年，在他的治理下，社会平和安静，老百姓过得非常安稳。

一些喜欢拨弄是非的人诽谤张齐贤，说他做官松弛散漫，于是朝廷便把他召回了京师。

张齐贤曾对别人说："我先前担任宰相，所幸没有大的过错，如今管理一个州郡，反而招致人们的议论，这就好像在御厨里干了三十年，临老了反而煮不了粥了。"士大夫听了张齐贤的话，都十分怪罪那些说他坏话的人。

这是他的曾孙张仲平对我说的故事。

一时谬想

哈哈！张齐贤张仆射，多么郁闷、懊恼的一个老头啊！宰相不让当了，只让管理一个州的事务。六年下来，政通人和，社会安定，百姓称颂，可没想到，问题来了，居然有人说我"居官弛慢"！宰相我都干了，一个州的事我难道不知道咋办吗？这真是"监御厨三十年，临老反煮粥不了"，你们也不去青州老百姓那儿打听打听！哼！

其实，要我说，老仆射你也不用生气。第一，众人自有公断。士大夫听了"好事者"的非议，便"深责谤者"，青州的老百姓说你好，朝廷也没有怪罪你，这就不错了。第二，名满天下者必谤满天下。这是历史的规律，有一些不同意见也是正常的，哪个背后无人说，谁人背后不说人？别人有一些议论，很可能是他不了解真实情况。有时候，兴许还是你自己注意不够造成的呢！所以，遇到有不同意见，一味地生气摆老资格不好，不仅于事无补，还可能影响自己的健康。

还有，那些"好事者"，让我说你们什么好呢？

王德用——万一有人喝醉就坏事了

笔记原文

真宗上仙，时虽仲春，而大雪苦寒，庄献太后诏赐坐甲卫士[1]酒，独王德用令所辖禁旅不得饮。后以问德用，德用曰："卫士荷先帝恩德厚矣，今率土崩心，安忍纵饮！矧[2]嗣君[3]尚少，未亲万机，不幸一夫酗酒，奋臂狂呼，得不动人心耶！"后大叹息，自是有意大用。

词句简释

1 坐甲卫士：披甲待敌的侍卫。2 矧：shěn，何况，况且。3 嗣君：继位的国君。

原文我读

宋真宗去世了，当时虽然已是春季的第二个月，却下起了大雪，十分寒冷，庄献太后下诏，赏赐给穿着盔甲执勤的卫士酒喝，只有王德用下令他所管辖的禁卫军不得饮酒。

太后因此询问王德用，王德用说："卫士们接受先帝的恩德已经很多了，如今整个国家都处于悲痛当中，怎么能够忍心纵情饮酒；况且新继位的国君年龄还小，没有亲自治理国家，万一有一个人喝多了酒，张牙舞爪，狂呼乱叫，是不是会扰动人心造成混乱呢？"

太后很是感叹赞赏，从这以后就有意要重用他。

一时谬想

这个王德用，后来官职一直升到枢密副使，也就是宋朝军队的副总司令，还被封为鲁国公。王德用能有如此辉煌的一生，原因很多，但庄献太后的"有意大用"，着实起了至关重要的作用。

好多人以千里马自居，感叹没有遇到欣赏自己的伯乐。且不说你是不是千里马，就算真的是，依我看，如果没有得到伯乐的欣赏，责任也多半在你自己。不信的话，你可以认真读一读《战国策》中《汗明见春申君》那段故事，你就明白了。已经老了的千里马"服盐车而上太行"，伯乐首先看到的是千里马不堪重负的窘态，然而，它一旦发现伯乐在注意自己，便"俛（同'俯'）而喷，仰而鸣，声达于天，若出金石声者"，以其惊天动地之鸣，表明自己非同一般的过往。假如你从没有表现过与众不同之处，怎么让伯乐发现你呢？其实，伯乐识马的故事，只是汗明拿来给春申君说事的一个由头，历史上未必真有此事。一个真正的故事发生在公元1022年的春天，宋真宗死了，天气很冷，太后有懿旨让大家喝酒暖暖身子，可王德用偏偏不领情，严禁他管理的禁卫军喝酒。庄献太后知晓后，王德用一番话说得入情入理，甚至把问题上升到事关新君登基和天下安危的高度。几句话说罢，同千里马"俛而喷，仰而鸣"一样，引起了庄献太后的高度重视，并牢牢地把他记在了心中。

可能有人会说，这王德用真会投机！我说，这不叫投机，这叫养之有素，叫真功夫。

范仲淹——为郡立朝皆当忠于职守

笔记原文

景祐中，范文正公以言事触宰相，黜守饶州。到任，谢表云："此而为郡，陈优优布政之方[1]；必[2]也立朝，增蹇蹇匪躬之节[3]。"天下叹公至诚，许国始终不渝，不以进退易其守也。

词句简释

1 陈优优布政之方：采取宽和的施政方略。《诗经·商颂·长发》里有"敷政优优，百禄是遒"句，意为施政宽和，百福聚集。陈，安放，摆设。优优：宽和貌。2 必：假如。3 增蹇蹇匪躬之节：强化忠贞直言、奋不顾身的节操。蹇蹇，忠贞直言的样子。蹇，通"謇"，蹇蹇：正直貌。匪躬：不顾自身。匪，不。躬，身体。

原文我读

景祐年间，范仲淹因议论政事触犯了当朝宰相，被贬职到饶州担任太守（知州）。到任后，他在给朝廷的谢表中写道："到这里做了地方官，要采取宽和的施政方略；要是到朝廷辅佐君王，就要强化忠贞直言奋不顾身的节操。”

所有人都感叹范仲淹为人真诚，报效国家的态度始终不变，不会因为官位上的进退留转就改变他的操守。

一时谬想

到地方做官，我要采取宽和的施政方略；假如在朝廷里当差，我要更加忠贞直言奋不顾身。一句话，升我官，贬我职，那都无所谓，一颗赤子之心都不会变，在哪里我都会恪尽职守，把黎民百姓和江山社稷放在第一位！好一个范文正公！这心胸，真是高山景行，万世楷模。透过这段文字，我仿佛看到一位清瘦、倔强的身影，在时光隧道的那端，心怀家国，坚毅前行，义无反顾……

仁宗庆历四年（1044）春，范仲淹应巴陵郡守滕子京之嘱，写下千古名篇《岳阳楼记》，表达了他“先天下之忧而忧，后天下之乐而乐”的伟大政治抱负和仁人志士节操。今天，我们通过王辟之这则笔记可以看出，早在至少八年前的景祐三年（1036），也就是在范仲淹被黜守饶州的时候，他的这一志向就已经在胸中形成了。

什么叫光明磊落？什么叫心怀天下？什么叫胸中有丘壑？这昂首向前的身影，就是答案！

王辟之

边疆军民都称他龙图老子

笔记原文

范文正公以龙图阁直学士帅邠、延、泾、庆四郡，威德著闻，夷夏[1]耸服[2]，属户[3]蕃部[4]率称曰龙图老子，至于元昊，亦以是呼之。

词句简释

1 夷夏：夷狄与华夏的并称，古代常以指中国境内的各族人民。2 耸服：极为佩服。3 属户：在宋代，大宋与西夏之间，存在一些特殊的区域，这些区域宋朝与西夏都认为拥有治权，所以叫作“两属地”。生活在两属地的居民，叫“两属户”。笔记中的“属户”疑为“两属户”的略称。4 蕃部：吐谷浑和吐蕃人的统称。宋代对生活在与西夏接壤地区的党项人、吐谷浑和吐蕃人的统称。

原文我读

范文正公范仲淹以龙图阁直学士的职名统领邠、延、泾、庆四郡军民，威势、德政远近闻名，边疆各族人民都极为佩服。生活在边境一带的汉族百姓和少数民族群众都称他为“龙图老子”，后来连西夏“国王”李元昊也是这样称呼范仲淹的。

一时谬想

这篇小短文，最先引起我兴趣的是“属户”一词，查了很多资料，都说不清是什么意思，有的说是官员家属，有的则不负责任地释为“属地住户”，但都和文意不合。后来，找到一篇关于北宋边境时状的论文，文中说到北宋与西夏接壤地区有“两属户”存在，他们本为汉族百姓，但大宋和西夏都认为对他们有统治权，于是大胆猜想，王辟之笔记中的“属户”应该就是这篇论文中的“两属户”的省称。问题弄清了，自然很高兴，但同时又心生悲哀：国家弱了，百姓好苦啊，不光安全没有保障，还要承担双重的赋税和徭役，日子怎么过啊！

范文正公用的什么方法而“威德著闻”，使“夷夏耸服”呢？史书上说，他深察边民之不易，懂得爱民爱兵之道，每次朝廷奖赏给他的金银财物，他都全部分赠部属官兵和当地群众尤其是少数民族同胞。他统军严明，训谕部属“王者之师，有征无战，不杀非辜”，保持了较好的军地军民关系。

范仲淹守边期间，曾有过一次严重的僭越之行：以个人名义致书西夏李元昊。自古“人臣无外交”，戍边大臣如果私自与别国君主交往，便是犯下了杀头之罪。但是，为了江山社稷，范仲淹置个人安危于不顾，以个人名义写信给李元昊，陈说事实，晓以利害：“骚事纷起，耕者废耒，织者废杼，边界萧然，岂独汉民之劳弊耶？”希望双方本着“救生命之患，合天地之仁”的原则，使边疆实现“有耕无战”“往来如家”的和平局面。

立德立功立言的范文正公，坦荡于天地间，以自己的实际行动诠释了一个读书人的至高境界。云山苍苍，延水泱泱，范公之风，山高水长。

王辟之

有人感动得流下眼泪

笔记原文

范文正公守邠州，暇日率僚属登楼置酒，未举觞，见缞绖[1]数人营理葬具者。公亟令询之，乃寓居士人卒于邠，将出殡近郊，赗敛[2]、棺椁皆所未具。公怃然，即彻宴席，厚赒[3]给之，使毕其事。坐客感叹有泣下者。

词句简释

1 缞绖：cuī dié，缞指丧服，绖指丧带，缞绖合在一起指整套丧服。2 赗敛：fèng liǎn，下葬时入殓的衣服；助丧之物。3 赒：zhōu，接济；救济。

原文我读

范仲淹在邠州做太守（知州），有一天闲暇，带领部属登上楼台摆酒宴准备小酌，还没等举起酒杯，就看见几个穿着丧服的人，正在筹办丧葬事宜。

范仲淹急忙派人去询问，原来是外地在此暂住的读书人死在了邠州，将要埋葬在近郊，用于下葬的衣物和棺椁都还没有备齐。

范仲淹很难过，立即撤掉了酒席，送给那些人足够的救济物品，让他们能顺利完成埋葬事宜。

在座各位见了都很感慨，有的流下了眼泪。

一时谬想

生活中，谁不曾遇到过陷入困境的人，但有几个真的动过恻隐之心？又有几次真正地伸出过救援之手？比比一千年前的范文正公，扪心自问，我们有差距吗？

无论是吟诗作赋、激扬文字的范文正公，还是金戈铁马、效命疆场的经略安抚招讨使，都令人十分敬仰，但在我看来，范文正公最让人感佩的，是他有一颗柔软的心，一颗仁爱的心，一怀悲天悯人的深情！我等凡夫，既无范公八斗之才学，也难遇将兵边关之机缘，但立足本职，办点小事，尽自己的力量，多去帮帮别人，还是可以做到的。怕就怕什么也不做，甚至连想也不想！

王质
我巴望着成为范公党人

笔记原文

初，范文正公贬饶州，朝廷方治朋党，士大夫莫敢往别，王待制质独扶病饯于国门，大臣责之曰："君，长者，何自陷朋党？"王曰："范公天下贤者，顾质何敢望之；若得为范公党人，公之赐质厚矣！"闻者为之缩颈。

原文我读

当初范仲淹被贬到饶州时，朝廷正在整治朋党问题，士大夫们都不敢前去送别，只有待制王质抱病在城门外设宴为他饯行。

有大臣责怪他说："你是一个长者，为何要自己去陷入朋党的旋涡呢？"王质说："范仲淹先生是天下闻名的贤人，以我王质的德才怎么敢高攀他；如果他真的结党，我能有幸成为范仲淹先生的党人，那是他对我王质多大的恩赐啊！"听的人吓得缩起了脖子。

一时谬想

读这段文字，国门饯行的场景仿佛就在眼前——

公元1036年五月，宋都汴梁，东城门外。

阴云密布，风雨欲来。一位两鬓斑白的长者，久久地站立道旁，一阵挟着细沙的黄风吹来，抖起他的袍角，他一动不动，双眼望着远处的城门……他就是王质，在等待被贬职的范仲淹从城中走出来。

倒了霉的范仲淹，依然是幸运的。他画《百官图》，得罪了丞相吕夷简等一大帮人，被指“勾结朋党、离间君臣”，但仍有人在国门外为之设宴饯行。扪心自问，我们有这样的朋友吗？我们的德行配有这样的朋友吗？

王质何许人也？《宋史·王质传》说他虽出身世家，但“少谨厚淳约，力学问”，成年后“克己好善，自奉简素如寒士”。在世人看来，国门设宴为范公饯行，可谓惊世骇俗之举；以不能做范公“党人”为憾，不亚石破天惊之语。但是，就王质本人而言，不过是其真情自然流露而已。所以，欲成真名士，必须有真性情！

王辟之——富公面前无难事

笔记原文

富公熙宁中，罢相，镇[1]亳，常深居养病，罕出视事。时幕府诸公事须禀命，常以状白公，公批数字于纸尾，莫不尽其理。或有难决之事、诸公忧疑不能措手者，相与求见公，公以一二言裁处，徐语它事，诸公晓然，率常失其所疑者。退而叹服，以为世莫可及也。公早使虏，以片言折狡谋，尊中国。及总大政，视天下事若不足为者，矧退处一郡乎！

词句简释

1 镇：即出镇。多用于宰执级官员贬职后到一地负责政务。

原 文 我 读

富弼在熙宁年间，被罢免宰相职务，到亳州担任知州，在亳州期间他常待在室内里养病，很少出来办理公务。

当时他的幕僚们有公务需要禀告，常用书写文书的方式给富弼汇报，富弼看了，总是批几个字在文书的末端。他写的批示无一不是切中要害，符合情理。

有时遇到难以解决的事情，各位幕僚犹豫不决，不知道从哪里入手去办，就会一起去求见富弼，富弼只用一两句话就能够进行裁处，然后再慢慢地说些看似无关的事情，各位幕僚听后就明白了，大抵也消除了心头的疑虑。幕僚们退出之后，都对富弼赞叹佩服，认为世上没有人能赶上他。

富弼早年出使辽国，曾经用只言片语就揭穿了辽国狡猾的阴谋，维护了宋廷的尊严。等他总管天下大事后，总是认为天下事没有不能办好的，何况他现在下来管理一个郡的政务呢！

一 时 谬 想

读富弼这段传奇，让我想起了早几年在火车上听到的一个故事。

讲故事的人说，他过去曾在一个县里当县委书记，有一年，一个部门的负责人退休了，要选一个新的同志来接替，分管干部工作的副书记提了个候选人，这人“文化大革命”时造过反，当过县革委会副主任，后来拨乱反正被免了职，只好在这个小部门做个办事员。对这个过去曾做过大事的人，有说行的，也有说不行的，反对的人说他只有唱功没有做功，太空；赞成的人说人家县一级领导都当了，大布衫改小褂，指定行。后来，县委采纳了后一种意见，让他当副局长主持工作。结果一年不到，这个单位便被他搞得一塌糊涂，原来他啥问题都解决不好。

看来，大布衫改成的小褂子也不一定好穿。看小褂子好不好，这还得看那大布衫是什么料子，原来穿起来怎么样。

研究富弼的经历，就会发现他做宰相前，曾多年周旋于辽、夏之间，做的大都是外交工作。那时的大宋，所面对的北辽和西夏，都是异常强悍的对手，在富弼等人的苦心经营下，才形成了三足鼎立之势。这工作，对于军事力量薄弱的北宋来说，不仅需要敏锐的眼光，还需要精准的分析判断。可以说，正是这高难度的工作，磨炼、提高了富弼的领导水平。拜相之后，更是“操术闳远”“计安宗社”，令“天下皆知其有可用之贤，而不闻其有可罢之罪（欧阳修语）”。

用现在的话说，富弼已经具备了准确把控问题的能力，掌握了正确处理问题的方法，所以，他“批数字”即可“尽其理”，说“一二言”便可“裁处”事。

对古人可以崇拜但不要迷信。这个故事启发我们，只要掌握了科学的世界观和方法论，就会像富弼说的，天下事没有不可以解决的。与其临渊羡鱼，不如退而结网，读书、思考，不断地总结、改进，水平慢慢就提高了。

于令仪——你夜里带钱走怕有麻烦

笔记原文

曹州于令仪者，市井人也。长厚不忤物[1]。晚年家颇丰富。一夕，盗入其家，诸子擒之，乃邻舍子也。令仪曰："汝素寡悔[2]，何苦而为盗邪？"曰："迫于贫耳。"问其所欲。曰："得十千，足以衣食。"如其欲与之。既去，复呼之，盗大恐。谓曰："汝贫甚，夜负十千以归，恐为人所诘。"留之，至明使去。盗大感愧，卒为良民。

词句简释

1 忤物：触犯人；与人不合。2 寡悔：很少有懊悔，意为很少做错事。

原文我读

曹州人于令仪是一个普通的小市民，他为人宽厚，从不触犯他人，晚年家道殷实。

一天晚上，一个盗贼潜入于令仪家行窃，被他的几个儿子抓住了，一看原来是邻居家的孩子。于令仪问他："你一向为人本分，平时很少做错事，何苦要当盗贼呢？"那人回答说："都是被贫穷逼成这样的。"于令仪问他想要什么东西，他说："能得到十千钱就足够穿衣吃饭了。"于令仪就按他说的数目把钱给了他。

那个孩子拿了钱已经走出门了，于令仪忽然又叫他，孩子听见喊他，非常害怕。于令仪说："你这么穷困，夜里背着十千钱回家，恐怕你在路上要被人怀疑盘问。"于是便留下这个邻家的孩子在自己家里过夜，天亮后才让他回家。

经过这件事，这个不得已偷盗的孩子很受感动，很惭愧自己办了错事，后来终于成了一个好百姓。

一时谬想

在《渑水燕谈录》里，多说官场中事、士大夫中人，很少言及市井小人。这篇济盗成良的故事，主角则是一个地道的平头百姓。因为他为人忠厚，勤俭持家，才过上富裕的生活。

一个富裕人家，如果抓住了小偷，没有去报官，甚或如于令仪这样，又给小偷拿些钱物，也算不得什么。但是，在小偷拿了东西要走，又担心小偷夜间背着东西行路会遇上麻烦，让偷盗者留在家里过夜，这就大不寻常了。于令仪之所以让人感念，就在于这一点。这说明，他是真厚道、真仁爱，他善待小偷，不是良心发现，也没有丝毫居高临下的优越感。一句"恐为人所诘"，让人为之动容！

见贤思齐，重在追其德。有的行为，不能简单模仿。为盗者不见得都是"迫于贫耳"，不过，你要是认定他是"素寡悔"者，能施以援手，也未尝不可。

王沂公——这东西不值得炫耀

笔记原文

祥符中，王沂公奉使契丹，馆伴[1]耶律祥颇肆谈辨，深自炫鬻，且矜新赐铁券，公曰："铁券，盖勋臣有功高不赏之惧，赐之以安反侧耳，何为辄及亲贤？"祥大沮矣。

词句简释

1 馆伴：古代陪同外族宾客人士的官员。

原文我读

大中祥符年间，王曾王沂公奉命出使契丹，契丹负责接待他的官员叫耶律祥。此人盛气凌人，说话尖刻，很喜欢自夸卖弄，还洋洋得意地向王曾炫耀契丹皇帝刚刚赏赐他的铁券。

对耶律祥这样的嘚瑟，王曾毫不客气，说道："你主子发给你这铁券，并不说明他对你亲近，更不代表对你信任。我们中国有句话，叫'勇略震主者身危，功盖天下者不赏’。皇上为啥要赏赐勋臣铁券呢？首先是勋臣感到自己功劳太大，产生了一种忧虑，担心皇上没有办法赏赐他，反而要设法陷害他。于是，皇上猜透了臣子的心思，便赐给他这物件让他睡得安稳些。所以，赐给你铁券，这不过是为了稳住你，防止你造反而已，这东西怎么会赐给真正的忠贤之人呢!”

耶律祥听了，大为沮丧。从此，在王曾面前再也不敢张狂了。

一时谬想

所谓铁券，就是中国君主专制时代帝王赐给功臣的一种带有奖赏和盟约性质的凭证，后来发展成为允许其世代享有、可以免去死罪的一种特别证件，也叫免死铁券。由于最初时铁券上的信词使用丹砂书写，所以，不少文学作品中也常常有“丹书铁契”的说法。

王沂公说得对，那块铁券真没有什么好炫耀的——怕你担心功高盖主睡不踏实，给你弄一支安慰剂，让你安生两天罢了。你可别当真，如果你的行为真的危及江山社稷，照样让你脑袋搬家！这个契丹人大概不知道，这“丹书铁券”制度，原本是汉高祖刘邦的发明，他弄那么多“丹书铁券”发给那些和他一同打天下的铁哥们儿，结果怎么样呢？

王沂公生气，除了不喜欢耶律祥小人得志的做派外，还有一层深意：那铁券上，肯定浸透了中原人民的血泪。两宋外患，先是北辽，接着是西夏，然后被金人逼到秦岭—淮河以南，最终被元军所灭。宋人的外交，大都处于弱势地位。战场上打不过人家，我们崇敬的王沂公也只能在外交场上得些口舌之快罢了。

寇准——你一个大臣竟做这种事

笔记原文

寇莱公秉政，丁谓初为参知政事，尝会食中书，羹汙[1]莱公须，谓为公拂之，公曰："君为参政大臣，而为宰相拂须耶！"谓大愧。及章圣[2]倦政[3]，谓迎合太后，建临朝之策。莱公言太子德足以任天下事，极言谓奸邪，不可辅幼主。明日，谓党飞语中公。罢相，贬雷州司户。

词句简释

1 汙：同"污"。2 章圣：指宋真宗。宋真宗赵恒死后谥号为"文明武定章圣元孝皇帝"，宋人常以"章圣"称真宗。3 倦政：指厌倦政事。

原文我读

寇准寇莱公当宰相主持中书政务时，丁谓才当上参知政事（副宰相），一次，他们在中书政事堂一起吃饭，汤羹弄脏了寇准的胡须，丁谓赶忙起身为寇准擦拭胡须上的汤羹。寇准说：“你作为一个参政大臣，来给宰相擦拭胡子啊！”丁谓听了，十分羞愧。

后来，宋真宗身体多病，倦怠政事，丁谓便迎合刘太后的心意，提出请太后垂帘听政的意见。寇准则上书说，以太子之德望，完全可以承担管理天下的大任，并且严厉地批评丁谓是一个奸邪之人，不能让他辅佐幼主。就在寇准上书揭露丁谓的第二天，丁谓一伙便散布流言蜚语，中伤寇准。不久，寇准被免去宰相之职，贬为雷州司户。

一时谬想

溜须拍马这个成语有意思，四个字竟源于两个朝代。据说，“拍马”一词来自元代，蒙古人见面相互“拍马屁”以示友好，这一习俗后来就传到了中原。而“溜须”的典故，则源于王辟之所讲的这个故事。

史载，丁谓参加吏部省试时，寇准是主考官。按照过去的惯例，丁谓应尊寇准为师，是寇准名誉上的学生。要是从师生关系这个角度看，丁谓给寇准捋去了胡子上的汤汁，也算说得过去。可是，为什么寇准不仅不领情，还大为光火呢?

丁谓人极聪明，但心术不正。宋真宗喜欢谈论神仙之事，他就积极迎合，因此“天下目为奸邪”。而寇准呢?偏偏是一个光明磊落、刚直不阿的人，水火不相容，看到丁谓这种有失身份的举动，寇准心头的火苗便“腾”的一下蹿了上来：一边去！擦胡子这事是你一个做大臣的应当干的吗?

丁谓拿自己的热脸贴了寇准的冷屁股，会作何反应呢?《宋史·寇准传》说，“谓甚愧之，由是倾构日深”。你看，丁谓这个小人，他感到难堪了，不是由此反思改过，反而因为这件事生出排斥陷害寇准的心思，而且还越来越重。果不其然，不多久，丁谓一伙便“飞语中公”，致使寇准“罢相，贬雷州司户”。

人活世上，难免与小人打交道。如何处好关系，洪应明在《菜根谭》中说：“待小人不难于严，而难于不恶。”意思是说，对小人做到严厉苛刻比较容易，但做到“不恶”——打心眼里不憎恶他，却是很难的。古人说话有个特点，大凡是说难做的事，都是他们所提倡的，也是他们认为提高个人修为应当去努力践行的。但怎么样做到“不恶”，洪应明没有讲，我也搞不清。反正，寇准这样不分场合，不管对方能否接受，由着自己性子来的做法，现在看来，是不大对头的。

胡宿——要提升自己静以待时

笔记原文

胡文恭公宿，平生守道，不以进退为意，在文馆二十余年，每语后进曰："富贵贫贱，莫不有命，士人当修身俟时，无为造物者所嗤。"世以为名言。

原文我读

胡宿胡文恭公一辈子遵守儒家道义，从不把官职的升降当作一回事。他在文馆任职二十多年，经常对新来的人说："富贵贫贱，没有不是命中注定的。每一个官员都应当好好修炼自己，静候时机到来，不要被造物主耻笑。"世人把他这句话当作名言。

一时谬想

胡宿，1024年进士及第，1067年以太子少师的身份退休，在职场前后四十三年，开始做属官，当副职，主官只做过湖州知州和杭州知州，其中知杭州只有不到一年时间。王辟之说，胡宿在文馆一口气任职二十余年，是符合历史事实的。

在宋朝，官、职、差遣是三个相互分离的不同概念。官，也称官阶，相当于现在的级别，按官的品级确定俸禄的高低；差遣是具体工作，比如“知湖州”，就是让你管理湖州政务，和官的大小并无必然联系。职是授予三馆（昭文馆、史馆、集贤院）和秘阁中高级文臣的头衔，如大学士、学士、待制等，并非实有所掌。一个官员收入的高低，一是看官居何品，二是看具体差遣。收入最低权力最小的，就是那些长期在三馆这类“清水衙门”里做文职的官员。胡宿能在文馆坚持二十多年，天天爬格子“修起居注”，替朝廷起草诏书，是极其不容易的。

我相信，胡宿经常给后来人讲的“富贵贫贱，莫不有命”和“修身俟时，无为造物者所嗤”，就是他所持守的人生观、价值观。对此，可能有人会讥之为宿命论，但这和只问耕耘不问收获的说法，又有什么本质不同呢？对待仕途，胡文恭公的“莫不有命”，那是一份淡定；对于成长，胡文恭公的“修身俟时”，又表现出一种积极态度。所以，胡公说的这几句话，应当引起我们深思。

陈尧咨

以后我要推荐他当御史

笔记原文

荣州张昭及，刚毅不畏强御。故为栎杨主簿，陈尧咨庄仆恃势干县政，输赋不以时，昭及捕而杖之。尧咨闻而叹曰："张子一主簿而能如此，它日当荐为御史。"使人召之。昭及竟不往也。

原文我读

荣州人张昭及，性格刚毅不畏强权。过去曾在栎杨县担任主簿一职，陈尧咨的庄仆依仗权势，干预县里政务，还不按时缴纳赋税，张昭及派人把他抓到县衙并施以杖刑。陈尧咨听说了这件事后感叹道："张昭及这个人不过是一个主簿，却能做出这样的事来，以后有机会我要推荐他当一个御史。"

随后，陈尧咨派人去请张昭及见面，张昭及竟然置之不理没有应召前往。

一 时 谬 想

这个陈尧咨，大家都知道，问卖油翁“汝亦知射乎”的，就是他。

陈尧咨是北宋时期一个响当当的人物。他和父亲、两个哥哥都是进士及第，他本人、大哥和妹夫则是状元及第，号称一门四进士，一家三状元。史书上说，陈尧咨在宋真宗咸平三年（1000）状元及第，他性刚戾，武功强，射技超群，长期在军中带兵打仗，官至武信军节度使，卒后加赠太尉官衔，赐谥“康肃”。应该说，这是一个不好惹的主。

陈尧咨官做大了，在栎杨县置买了庄园。有庄园就要用庄仆，庄仆以为有陈尧咨撑腰，便胆大妄为，不光干预县里政事办理，还不按时缴纳赋税。谁知这回不行了，恰巧遇上个不怕事的主簿张昭及，“捕而杖之”，看你能怎么样！出人意料的是，在卖油翁跟前那么傲慢的陈尧咨，竟然十分大度，不仅没有怪罪张昭及“你打狗不看主人面”，反而感叹一主簿能做到这一点，是一个当御史的好材料！

是什么感动了陈尧咨？第一，不畏强权的品格；第二，忠于职守的担当；第三，秉公执法的果敢。其实，具备了这三点，做人做事就有了底气，不管他陈尧咨怎么想，都可以不怕他。你派人请我，对不起，我没工夫！

胡旦——何不说他年轻时曾“操刀以割”

笔记原文

胡旦文辞敏丽[1]，见推[2]一时。晚年病目，闭门闲居。一日，史馆共议作一贵侯传，其人少贱，尝屠豕猪。史官以为讳之即非实录，书之即难为辞。相与见旦，旦曰：“何不曰‘某少尝操刀以割’，示有宰天下之志。”莫不叹服。

词句简释

1 敏丽：敏捷、华丽。2 见推：被人推崇。见，加在动词前表被动。

原文我读

胡旦写文章，不仅文思敏捷，而且用辞华丽、传神，在当时很为人们所推崇。

到了晚年，胡旦因眼疾在家闭门闲居。一天，国史馆的人在一起商量给某位尊贵的侯爷作传，这个侯爷出身贫贱，年轻时曾杀过猪。史官们认为，如果避讳不写这段历史，就有悖作传的原则，不符合实录的要求，但如实写又很难措辞。于是，几个人商量后一起去请教胡旦。胡旦听后问道："为什么不说'这个人年轻时曾经持刀用以切割'，表示其有切割天下的志向？"大家听了，无不叹服。

一时谬想

胡旦真是个文字高手，一句话便化腐朽为神奇，把一个杀猪卖肉的勾当和治理天下的壮举联系起来了。

胡旦这样说，大概是借鉴了《史记》里的一个典故。汉丞相陈平年轻的时候，所居住的地方祭祀土地神，由他负责把祭肉分割后分给大家，结果分得很均匀，乡亲们都夸他。陈平回答说，假使让我主宰天下，也会像这次分肉一样分得很好。怎么样，高明吧？汉丞相年轻时割过肉，我们的"贵侯"年轻时也割过肉，说明贵侯年轻时就是和陈平一样，有宰割天下的大志。不知道这位贵侯的家人是否理解这里面的深意，如果理解，一定会给胡旦他们送上一份不菲的润笔！

不少人，尤其是那"少也贱"，曾做过一些"鄙事"的人，在功成名就之后，最忌讳的就是别人提起过去那些事，特别是当着很多人的面说道。有一流传很广的故事，说朱元璋小时候，曾跟张三、李四一起去给有钱人家割草，晌午时，东家送来一罐绿豆汤，盛好放在地头案子上。朱元璋饿极了，伸手就去端，结果忘了放下手中的镰刀，不小心让镰刀带翻了案子，几碗绿豆汤全都泼到了地上。饥肠辘辘的几个伙伴，只好蹲那儿把豆子捡起来吃了。后来，朱元璋发迹了，张三去找他，手下问你是谁，张三说是当年一起割草的老伙计，结果被朱元璋喝令推了出去。不久，李四也来了，先自报家门：我，曾跟哥哥一起出生入死的小兄弟，当年我们一起大战草场坡，哥哥手持钩镰枪，一枪钩翻那坡头大案，生生活捉了一群豆将军……李四还没说完，朱元璋便哈哈大笑，走下宝座，拉住了李四的手。

要想语言修辞达到和胡旦一样的水平，那是很不容易的，一般人学不来，也没必要。但有一点应注意，不管是谁，人家当年的事情，不想让人提起的，最好别说，尤其是在人多的时候。

王昭素——他不会多要我钱

笔记原文

王昭素先生素纯直，入市买物，随所索偿其直，不复商较[1]。或曰：“市井徒例高其价以邀利，非实直也。”先生曰：“彼肯欺我邪？”给之不疑。自是，市人相戒，王先生市物，率以实告，无敢绐[2]之者。

词句简释

1 商较：亦作“商校”，研究比较。2 绐：dài，欺骗。

原文我读

王昭素先生平素为人单纯、率直，到市场上买东西，总是按卖家索要的价格付钱，从不与卖家讨价还价。有人告诉他说：“集市上的人为了更多的赚钱获利，总是虚高报价，他卖那东西不值那么多钱。”王昭素先生问那人：

“他们会欺骗我吗?”然后照样按对方喊价付款，一点怀疑的表示也没有。

从这件事以后，集市上的人相互告诫，逐步形成了一个规矩，凡王先生来市场买东西，都告诉他实价，没有再敢欺骗他的人了。

一时谬想

这个故事讲得好。像王先生这样率直的人，一开始，还是真有人骗他的。“无敢绐之”的新局面，出现在有人告诉了王先生真相，而王先生依然“给之不疑”之后，这样就比较符合事物发展规律了。在我老家一带，至今还流传着一个故事，说在过去，有一个菜把儿（种菜把式），不识秤（不认识秤上的标记），谁来买菜，拿秤往对方怀里一塞:“自己称吧!”多年都这样，方圆三里五村，竟没一个人去多拿老菜把儿一根葱的。

生活中，有好多人的性情也和这王昭素先生一样，吃过亏，也愿意吃亏，但是后来变了。变的原因多半是觉得沾光的一方不知感恩，甚或认为对方把自己当成傻瓜，在捉弄自己。就因为这，有不少原本很好的亲戚、朋友、同事之间，出现了裂痕，变得生涩起来。其实，究其根源，还是修为不到家。要是也像王先生那样，始终都认为“他骗我，那不可能”，然后照样“给之不疑”，你不妨看看，会有一个什么结果呢?

查了一下《宋史》，这位王昭素先生，开封酸枣（今河南延津）人，被宋太祖亲授国子博士。他为人敦厚，不慕荣利，乐善好施，安享高寿八十九岁，最后寿终正寝于原籍。看来，不怕吃亏，乐于吃亏，能活大岁数，好!

史延寿——不开门我就走了

笔记原文

史延寿，嘉州人，以善相游京师，贵人争延之。视贵贱如一，坐辄箕踞称尔我[1]，人号曰“史不拘”，又曰“史我”。吕文靖公尝邀之，延寿至，怒阍者[2]不开门，叱之。阍者曰：“此相公宅，虽侍臣亦就客次[3]。”延寿曰：“彼来者皆有求于相公，我无求，相公自欲见我耳。不开门，我竟还矣。”阍者走白公，公开门迎之。延寿挟术以游于世，无心于用舍，故能自重也如此。

词句简释

1 尔我：相互之间不讲究礼仪的称呼。2 阍者：守门人。《礼记·祭统》：守门之贱者也。3 客次：接待宾客的处所。

原 文 我 读

嘉州有个叫史延寿的人，凭着精通相术游走于京城，达官贵人都争着请他看相。

史延寿对那些请他看相的人，无论贵贱，态度都一样，说话时像簸箕一样岔开双腿坐着，且时常以“尔”“我”指代对方和自己，因为他如此轻慢不拘礼节，所以人们称他“史不拘”，也有称他“史我”的。有一次，宰相吕夷简邀请史延寿到家中看相，史延寿到吕家时，对看门人不给他打开大门很恼火，骂了看门人一顿。看门人说：“这是宰相的住宅，即便是皇帝身边的近臣来，也只能到门口的接待室等候接见。”史延寿说：“那些来拜见的人，都是有求于宰相的；我不是来求宰相的，是宰相自己提出来想见我的啊！不给我开门，我就回去了。”看门人看到史延寿那架势，就赶紧小跑着进去报告吕夷简，吕夷简听了，亲自打开大门迎接史延寿。

史延寿仗着自己的本事周游于世间，从不把取舍、得失放在心上，所以，他才能做到这样自重。

一 时 谬 想

史延寿说得好，那些人之所以愿意坐在接待室恭恭敬敬地等候，是因为他们有求于宰相。我嘛，反过来了，是他求我的，他就得开门来迎我！看来，人以什么样的姿态出现，全在一个“求”字上！

公元207年，刘备带着关羽、张飞到南阳卧龙岗请诸葛亮，那时他虽然只占据一个新野县城，但毕竟曾经被朝廷封过镇东将军、宜城亭侯，还当过豫州牧，而诸葛亮不过一介布衣，刘备放下身段，三顾茅庐，说了那么多软话。为什么呢？他有求于诸葛亮，想请人家帮他的忙。

公元前324年，刚刚当上相国的惠子，听说庄子也到了魏国，要来和他争夺相位，怕得要命，下命令在全国搜捕三天想抓到庄子。结果，庄子自己出来了，主动去见惠子，还很轻松地给惠子讲了一个鹓雏和鸱（凤凰和猫头鹰）的故事，讲得惠子很不好意思。庄子为什么能这么洒脱呢？原因很简单，他压根儿就没有想过要谋取相国这个位置！

清代有一个叫陈伯崖的人，他本人名气不大，有一学生特厉害，就是大文学家纪晓岚。他曾经撰写过这样一副对联："事能知足心常泰，人到无求品自高。"这两句话很好，可以请人写成横幅装裱了挂在客厅里。不过，有一点不能忘了，要不求人，须得自己有真本事，至少得有谋得衣食的本事。否则，你不求人，只能是自己跟自己过不去，甚至只是嘴上说说而已。

延伸阅读

"尔""我"古今：尔，初时用法和"你"字相近，唐宋以降，逐步演化为含轻视色彩。如欧阳修《归田录·卖油翁》里，一开始陈尧咨问一旁观看的卖油翁"汝亦知射乎"，因为卖油翁说他箭法好不过是"手熟尔"，陈尧咨便生气了，"忿然曰：'尔安敢轻吾射。'"顷刻之间，"汝"字变成了"尔"字。现在，一些古诗文中我们还经常见到的"尔等""尔曹"等带"尔"的词，都带有明显的轻视意味。"我"在甲骨文里指武器，《说文解字》里也说："我，古杀字。"在商代，制造、使用"我"这种武器的部族也称"我"，是商王族最亲近的部族。随着商朝的灭亡，叫"我"的这个部族也消亡了。西周以后，"我"之义逐步演化为和"吾""余""予"等字一样指代自己。古人崇尚礼仪，认为与人交谈直接用"我""吾"等字眼，有自以为是，和对方平起平坐的意思。而"我"字因"出身"不好，古人更是羞于在正式场合使用。据考证，从晋朝开始，各级官僚已经不再使用"我""吾"等第一人称代词来指代自己，而热衷于自称"下官"来显示自己的谦卑。到唐宋，又逐步出现"小生""晚生""卑职"等，自称"我"的人则被视为不懂礼仪而遭人耻笑。

宋太宗——我不认为读书有多辛苦

笔记原文

太宗锐意文史。太平兴国中，诏李昉、扈蒙、徐铉、张洎等，门类群书为一千卷，赐名《太平御览》。又诏昉等撰集野史为《太平广记》五百卷；类选前代文章为一千卷，曰《文苑英华》。太宗日阅《御览》三卷，因事有阙，暇日追补之。尝曰：“开卷有益，朕不以为劳也。”

原文我读

宋太宗赵匡义对文史典籍非常重视，钻研学习的意志十分坚决。在太平兴国年间，他令李昉、扈蒙、徐铉、张洎等人，把过去比较重要的书籍分门别类整理成一千卷，并亲自给这套书定名叫《太平御览》。又下令叫李昉等人把民间流传的各种历史故事编成《太平广记》五百卷；分类选取历朝历代优秀文章一千卷，取名叫《文苑英华》。太宗每天都要读完三卷《太平御览》，如果哪天因为有事没有读够三卷，随后就利用空闲时间及时补上。他曾经说："打开书卷，就有收获，我不认为读书是一件多么辛劳的事情。"

一时谬想

看前边的"原文我读"，读者可能会有疑惑，怎么说"宋太宗赵匡义"？人家叫赵光义，你搞错了吧！我告诉你，是不应该这样叫。但宋太宗原来的确就叫赵匡义，跟他哥赵匡胤一辈儿嘛，中间都是同样一个"匡"字。后来，赵匡胤陈桥兵变黄袍加身当了皇帝，为了避他哥的讳，才改成赵光义的。

赵光义即位后，继续进行统一事业，鼓励垦荒，发展农业生产，扩大科举取士规模，编纂大型类书，设考课院、审官院，加强对官员的考察与选拔，进一步限制节度使权力，彻底改变唐五代以来武人当政的局面，确立文官政治。著名学者陈寅恪认为："华夏民族文化，历数千载之演进，造极于赵宋之世。"赵光义虽因"不知兵"（毛泽东语）而屡败于契丹，但在文化建设方面却颇有建树。他喜好书法，擅长草、隶、行、篆、八分、飞白六种字体，尤其善书飞白体，成为一代名家。他开创的升平诗歌，在宋代皇族和大臣中得到积极响应，形成了宋代诗歌的重要特征之一。赵光义孜孜不倦读书的精神，为当时官员和士大夫阶层所效仿，连平常不怎么读书的宰相赵普，也在他的影响下，开始深入研读《论语》，史有"半部论语治天下"之谓。

"开卷有益"是赵光义的名言，因富于哲理而广泛传扬，最终固化为一个成语。开卷有益的核心要义在于见缝插针，哪怕是三两分钟的时间，都要利用起来，只要打开书，自然就有收获。爱因斯坦说："人与人之间的差异，最终在于业余时间如何利用。"一个普通成年人的一天，有八小时在工作，八小时在睡觉，还有八小时可以自由安排。前面两个"八小时"，大多数人都一样，并无太大差异；人与人之间的不同，就在于剩下的八小时怎么度过。欧阳修一生著作等身，成一代文坛领袖，他自己说，在马上、枕上、厕上的"属思"起了重要作用，好多文章都是在"三上"构思出来的。

我们好多该读的书之所以没有读下去，原因就在于缺乏"开卷有益"的认识，没有"日阅三卷"的坚持，更不具"因事有阙，暇日追补"的韧劲。宋太宗那文治武功咱学不来，但他"锐意文史"，刻苦读书的劲头，还是可以学学的。

杜暹——我这书卖和借均为不孝之举

笔记原文

唐杜暹（xiān）家书，跋尾[1]皆自题诗以戒子孙，曰：“清俸买来手自校，子孙读之知圣教[2]，鬻及借人为不孝。”

词句简释

1 跋尾：即跋文。写在书籍或文章后面，多用以评介内容或说明写作经过等。2 圣教：指儒教（学）。

原文我读

唐朝有个叫杜暹的宰相，在他家的所有藏书的跋文里都要题上自己写的三句诗，用以告诫子孙。这三句诗的大意是：“我所收藏的每一本书，都是用我那微薄的俸禄买来且亲手校订过的，为的是让子孙攻读以学习圣贤之道。你们都给我听好了，这些书，不管是卖掉还是借给别人，都是不孝的表现。”

一时谬想

据史书记载，杜暹是河南濮阳人，开元十四年（726）被唐玄宗拜为宰相。杜暹居官多年，始终以公清勤俭为己任，从不接受他人馈赠，即使亲友也不例外，是一个难得的廉吏。

对杜暹这个藏书家训，后人多有非议。宋代一个叫周辉的官员曾经评价说："鬻为不孝可也，借为不孝过矣。"清人梁章钜也说："以借为不孝，则偏矣。"在中国封建社会，不孝是很严重的不端行为，在有些朝代，这个罪名，甚至可能招来杀头之祸。所以，一般是没有人愿意背上这一罪名的。杜暹在书后写这几句话，连劝带吓，可谓用心良苦！杜暹之所以这样做，与其聚书之艰辛分不开。杜暹为官清廉，又五代同居，人口众多，家境并不宽裕，能积聚万卷藏书，全凭节衣缩食而得，正如他自己写的，卷卷都是"清俸买来"，其如此珍惜，无可厚非。何况还真有不少借书人特健忘，一旦把书借走，便永无再还之时。哪一个爱书人没有几段这样的"惨痛"记忆！

其实，杜暹这三句诗的真实想法，是担心自己死后，子孙守不住他留下来的藏书，无奈之下，才做出近于咒语般的告诫。历史上，很多藏书家都有过类似的行为。明末清初，宁波有一个藏书家叫万贞一，他在藏书印中这样告诉后人："吾存宁可食吾肉，吾亡宁可发吾椁，子子孙孙永勿鬻，熟此自可供膳粥。"看看，话都说到这份上了，子孙能不为之感动吗！但现实是残酷的，不管是杜暹的恐吓，还是万贞一的祈求，最终都没有保住藏书散落的结局。

对藏书，也不是人人都秉持这种"子孙世守"的陈旧观念，清末浙江有一汤姓藏书家，其藏书印所言就很豁达："见即买，有必借，窘尽卖。高阁勤晒，国粹公器勿污坏。"过去书很值钱，困住了卖几本还能换袋米吃。现在的书，特别是近些年出的书，在自己手里觉得是财富，要想在急用时拿来换钱，恐怕就很难了。所以，喜欢了就买，有人借就给。不求天长地久，但求曾经拥有。只要曾经在自己书柜里放过，就很好！

王辟之——他的书没有什么影响

笔记原文

龙昌期，陵州人。祥符中，别注[1]《易》《诗》《书》《论语》《孝经》《阴符》《道德经》，携所注游京师。范雍荐之朝，不用。韩魏公安抚剑南，奏以为国子四门助教。文潞公又荐，授校书郎，讲说府学。明镐再奏，授太子洗马致仕。明堂泛恩，改殿中丞。又注《礼论》，注《政书》《帝王心鉴》《八卦图精义》《入神绝笔书》《河图》《照心宝鉴》《春秋复道》《三教图通》《天保正名》等论，《竹轩小集》。昌期该洽[2]过人，著撰虽多，然所学杂驳[3]，又好排斥先儒，故为通人[4]所罪，而其书亦不行。年八十九，卒，鲜于子骏为志其墓。

词 句 简 释

1 别注：辨别注解。别，辨别，区分。2 该洽：博通，广博。3 杂驳：混杂不纯。4 通人：学识渊博、贯通古今的人。

原 文 我 读

龙昌期，陵州人氏，在大中祥符年间，注释了《易》《诗》《书》《论语》《孝经》《阴符》《道德经》，他带着这些著作进京游学，范雍范忠献公把他推荐给朝廷，但没有得到使用。后来，韩琦韩魏公担任剑南安抚使，奏举龙昌期到国子监当了一名助教。文彦博文潞公担任成都太守时，又向朝廷推荐，龙昌期被任命为校书郎，专职在府学讲说学问。到了晚年，经过文烈公明镐的再次奏举，龙昌期被授予太子洗马，然后，就退休了。不久，朝廷降恩，又任命龙昌期为殿中丞。龙昌期又注解了《礼论》《政书》《帝王心鉴》《八卦图精义》《入神绝笔书》《河图》《照心宝鉴》《春秋复道》《三教图通》《天保正名》等论和《竹轩小集》。

龙昌期这个人学问广博，远远地超过了一般的读书人。他的著作撰述虽然很多，但是，他的学问太杂、太混乱，又好排斥先贤，所以那些学识渊博又能融会贯通的人都不能接纳他，甚至排斥他，他写的书在士大夫中间也没有什么影响。

龙昌期八十九岁那年去世了，是苏轼的朋友鲜于子骏给他撰写的墓志铭。

一 时 谬 想

我数了一下，这龙昌期别注的著作，光是王辟之罗列出来的，就有十八部之多。而且他注的东西，部部都是“国学经典”，不要说深入研究注解写成文章，就是都读懂，那也不是一件容易的事情。由此可见，这个龙昌期，无怪乎王辟之称赞他“该洽过人”，真是拥有一个了不起的“最强大脑”！按说，历史应该给他一个像样的位置，但结果怎么样呢？其行“为通人所罪”，“其书亦不行”，当时的人不赞成他，史册里连他一个影子也没有！

一开始，人们还是很看重龙昌期的，北宋著名的文学大家都竭力推举他，光是王辟之提到名字的就有范雍、韩琦、文彦博。可是，这颗“巨星”最终却没有按照人们的预期放射出光芒。为什么呢？两条！第一，“所学杂驳”；第二，“好排斥先儒”。“杂驳”是压在龙昌期身上沉重的负担。一个人，不管你的大脑多么强大，但毕竟容量有限，一味往里边塞东西而不去消化它，这些东西就只能算作“零件”，或者“原材料”，最终也变不成产品，形不成生产力，反而压着你让你动不起来。“排斥先儒”则是招致龙昌期被“通人所罪”的毒瘤。龙昌期你博学本来是好事，但不能总是大放厥词排斥先贤，史料里说，连周公都被龙昌期骂得一文不值，那怎么行啊！周公是谁呀，那是中华民族的文化先驱，道德完人，是士大夫心目中神一样的存在，怎么在你龙昌期眼里，竟然成了“贼人”，人们能容你吗？

孔子说：“道不远人，人之为道而远人，不可以为道。”龙昌期背先儒的“道”而行，用自己所谓的“道”来排斥他人，他所谓的才学，只是哗众取宠的行头，不足以传道。所以，龙昌期他走不远！

如果只是“杂驳”，不过被讥为两脚书橱罢了，总还有人夸你知道的东西不少；如果数典忘祖，以排斥先儒为能事，那便为人们所不齿了！

一个如此博学的人，却终生一事无成，对于今人治学，应有一些启发意义。

晏殊——这道题我已做过，请换一个

笔记原文

晏元献公[1]七岁，文章敏妙，张文节公荐之，真宗召见，赐出身。后二日，又召试诗赋，公徐曰："臣尝私为此赋，不敢隐，乞易题。"真宗益叹异之，乃易以他题。

词句简释

1 晏元献公，即晏殊（991—1055），字同叔，谥号"元献"，江南西路抚州临川县人，北宋政治家、文学家。晏殊十四岁以神童入试，赐同进士出身。历任知制诰、翰林学士。宋仁宗亲政后，官拜集贤殿大学士、同平章事兼枢密使。

原文我读

晏元献公晏殊在七岁时，文章就写得又快又好。晏殊十四岁那年，经张知白张文节公推荐，宋真宗召见了他，赐予同进士出身，任命为秘书正字。又过了两天，宋真宗让晏殊参加召试考其诗赋写作，晏殊看到试题，徐徐地对宋真宗说："我曾经私下做过这个题，现在不敢隐瞒，请更换一个题目。"

宋真宗听了，对晏殊更加赞叹高看，就重新换成了别的考题。

一时谬想

一个小故事，说到俩宰相。推荐晏殊去见宋真宗的张文节，本名张知白，死后谥文节，公元989年登进士第，1025年以工部尚书同中书门下平章事，做了宰相。1005年，十四岁的晏殊以神童入试，赐同进士出身。1042年，晚张知白十七年，晏殊以枢密使加平章事，也官拜宰相。

一千年前晏元献公在宋真宗面前那番轻声细语，今天读来，依然如春雷阵阵，隆隆滚过人的心头。真宗亲自出了个考题，竟是他已经做过的。搁别人身上，不知道怎么偷着乐呢！可人家晏殊就不："陛下，这个题我已经做过了，考这个考不出我的真水平，请换一个题目吧！" 在一篇文章几乎可以决定一个人命运的时代，能说出这样的话来，需要多大的勇气、坦诚和自信啊！

据史料记载，张知白是在江西任安抚使期间，听说治下有一个叫晏殊的神童后向朝廷推荐的。不知道他对晏殊是不是做过认真考察，相信通过这次真宗的亲自测试，他便可以完全放心了。以后晏殊的表现，更进一步证明张知白确有识才慧眼。

据史料记载，晏殊十四岁以神童入试，宋真宗赐同进士出身，并任命为秘书正字（与王辟之笔记所记有不同），到二十岁时就已经官至六品，后来更是成为北宋初年的一代名相。晏殊多年身居枢要，朝乾夕惕，勤于政事，政绩卓著。他唯贤是举，范仲淹、王安石等均出自其门下；韩琦、富弼、欧阳修等经他栽培、荐引，都得到重用。同时，晏殊也是欧阳修之前的文坛领袖，在文学上有多方面的成就和贡献，他能诗、善词，文章典丽，书法皆工，而以词最为突出，有"宰相词人"之称。

在晏殊身上，最耀眼的光点是坦诚、不欺。王辟之说得好，晏殊这句话，让"真宗益叹异之"。可以断定，晏殊后来的仕途之所以一路顺风，与这个良好的开端是决然分不开的。北宋仁宗朝，南阳邓州出了个叫贾黯的状元，他在襄州做通判的时候，恰值范仲淹知邓州。贾黯仰范之英名，半年之中，竟三次回乡拜见。范仲淹为贾黯的诚恳所感动，书“不欺”二字相赠。贾黯如获至宝，将范公手书制成腰牌随身佩戴，并以此严格要求自己，做到上不欺骗朝廷，下不欺压百姓，更不自己欺哄自己。贾黯的行事作风，很快得到朝野上下普遍认可，三十六岁即为翰林学士，四十岁累迁尚书左司郎中，知开封府，四十二岁任给事中兼御史中丞。如不是英年早逝，必将会有更大作为。

坦诚、不欺，晏殊持守之，贾黯奉之为圭臬，皆受用无穷。我们常说要效法先贤，真正做到是很难的，先从不欺做起，倒不失为一个好走的门径。

宋真宗——竟有这样清廉贫穷的官员

笔记原文

祥符中，有刘偁（chēng）者久困铨调[1]，为陕州司法参军，廉慎至贫。及罢官，无以为归计，卖所乘马办装，跨驴以归。魏野以诗赠行云："谁似甘棠[2]刘法掾[3]，来时乘马去骑驴。"未几，真宗祀汾阴过陕，诏征野赴行在[4]。野避不奉诏。上遣中使就野家索其所著，得赠偁诗。上叹赏久之，语宰臣曰："小官中有廉贫如此者。"使召之。偁方为江南幕吏，至，以为京官，知青州博兴县。后有差除，上曰："得如刘偁者可矣。"未数年，亟迁主客郎中、三司户部判官。真宗之奖拔廉吏如此，然由野一诗发之也。

词句简释

1 铨调：根据考绩迁调官职。2 甘棠：比喻德行高尚的官员。《史记·燕召公世家》：周武王“封召公于北燕……召公巡行乡邑，有棠树，决狱政事其下，自侯伯至庶人各得其所，无失职者。召公卒，而民……作《甘棠》之诗”。3 法掾：司法参军属官的省称。掾，古代官署属员的统称。刘偁因以司法参军之职被铨调，故魏野在诗中称之为“刘法掾”。4 行在：帝王巡幸所居之地。

原文我读

有个叫刘偁的人，在做陕州（今河南三门峡市）司法参军的时候，廉洁谨慎，家境十分贫寒，当时因为一件小事处理不当，一直被吏部审查，等了很久也没有等到新的任命。

后来刘偁还是被罢了官，返家时，连路上必要的花销都没有，只好把来上任时骑的那匹马卖掉，置办了一些行装，用剩下的钱买了一头毛驴骑着离开了陕州城。有一位叫魏野的隐者写了一首诗为刘偁送行，其中两句是：

谁似甘棠刘法掾，来时乘马去骑驴。

就在刘偁离开陕州后不久，宋真宗赵恒到汾阴祭祀路过陕州，下诏通知魏野到他所住的地方等候接见。魏野并没有接受诏令，而是借故躲避开了。真宗便派遣身边的人，到魏野家中查找他写的东西，结果发现了他赠给刘偁的这首诗。真宗看后，赞叹了好久，对身边的大臣们说：“在下级官吏中竟有清廉贫穷到如此程度的人！”于是，派人召刘偁回京。这时的刘偁刚在江南谋得一个属吏的差事。刘偁回京后，先被任命为京官，然后到青州博兴县当知县。以后，每逢有新的职位需要任命官员，真宗便说：“如果能像刘偁这样清廉，就可以了！”没过几年时间，刘偁便很快升到主客郎中、三司户部判官。宋真宗就是这样地重视奖励选拔任用廉吏，竟从魏野的一首诗中发现了刘傌这个典型。

一时谬想

可能会有人说，要是没有魏野这首诗，刘傌恐怕从此就要淹没于浩瀚的天地之间了。可是，我们为什么不说，要是没有刘傌的“廉慎至贫”“骑驴还乡”，那个连宋真宗都不愿见的魏野先生能为之感动吗？

这涉及一个因果关系问题。假若没有刘傌长期清廉自律，就不会有连回家的路费都没有的尴尬局面，更不会引起隐士魏野的关注并将其事迹入诗。所以，刘傌廉慎是因，魏野感叹写诗是果。我们还可以再往下想，如果魏野不是真正的名士，“过陕”的真宗也不会派人找他；如果魏野平时就没有写什么文章出来，真宗也不会搜寻他的住处；如果没有搜寻的事情，也就发现不了这首诗；如果没有这首诗……这一连串的“如果”，就是一对对的因果关系。一句话，你必须得先是金子，人们才能看到你耀眼的光芒！

有一点特别重要：刘傌在坚守清贫的日子里，他断没有指望他的行为会感动魏野，会让宋真宗发现。上面讲了那么多“如果”，其实最重要的一个“如果”是：如果刘傌真的怀了那份贪念，也就没有后来那一系列的“如果”了。

范仲淹——必须让孩子苦读诗书

笔记原文

范文正公未免乳[1]丧其父，随母嫁淄州[2]长白山朱氏。既冠，文章过人，一试为南宫第一人[3]，遂擢第[4]。仕宦四十年。晚镇青，西望故居才百余里。以诗寄其乡人曰："长白一寒儒[5]，登荣三纪余[6]。百花春满地，二麦雨随车[7]。鼓吹前迎道，烟霞指旧庐。乡人莫相羡，教子苦诗书。"

词句简释

1 免乳：分娩。《夷坚甲志 玉津三道士》："闻侍妾免乳，亟入视之，生一男。"《汉书·外戚传上·孝宣许皇后》："妇人免乳大故，十死一生。"颜师古注："免乳，谓产子也。"（按：《渑水燕谈录》所记与《宋史》不一致，《宋史》记范仲淹两岁时父亲去世，本书"我读"从权。）2 淄州：地名，在今山东省邹平市境内。3 一试为南宫第一人：第一次参加礼部会试就考了第一名。宋代礼部考试称会试，录取者为贡生，取得参加殿试资格。南宫，礼部的雅称。4 擢第：即科举考试及第。5 长白寒儒：范仲淹继父朱文瀚在淄州任长史时，安排其在邹平县长白山居住读书。6 三纪余：三十六年以上，以文义应为四十年。古时以十二年为一纪。7 雨随车：指时雨跟着车子而降。用来比喻官吏施行仁政及时为民解忧。

原文我读

范仲淹的父亲很早就去世了，在他两岁的时候，迫于生计，母亲改嫁，他便跟着母亲到了山东淄州长山县（今邹平市长山镇范公村）朱家生活。

范仲淹成年以后，文章写得很好，远远超过一般的学子，第一次参加礼部会试便考了第一名，随即通过殿试，取得做官资格。范仲淹宦海沉浮四十年，到了晚年，被朝廷派往青州任知州。赴任途中，他向西遥望当年曾经居住过的淄州长白山，想到两地相距不过一百多里地，感慨万千，便给长白山的乡亲们赋诗一首：

我本是长白山一介儒生，
登显位已经有四十秋冬。
看如今百花开春色满地，
春雨好润麦苗随车入境。
一路上鼓乐鸣夹道欢迎，
想故居烟缭绕彩霞照明。
众乡亲细思量莫只眼羡，
教子孙读诗书须下苦功。

一时谬想

范仲淹自称长白寒儒，源于他青年时代的一段艰苦生活。

公元1008年，范仲淹按继父的安排，来到长白山醴泉寺，开始了他三年的苦读生涯。宋代一个叫释文莹的人，在其所著的《湘山野录》中说："范仲淹少贫，读书长白山僧舍，作粥一器，经宿遂凝，以刀画为四块，早晚取两块，断齑（jī，切碎的腌菜或酱菜）数十茎啖之，如此者三年。"成语"断齑画粥"就出自这里。不过，这里说的长白山，和吉林长白山是两回事，它位于山东省邹平市南部，宋代属淄州，东距青州八十公里，所以，范仲淹赴青州上任途中，思念故乡，有“西望”之说。

范仲淹在寺里读书，前一天晚上煮一锅粥，放一夜，像凉粉坨一样凝住了，用刀切成四块，早晚各取两块，就着几根腌菜吃下，吃完继续读书。“如此者三年”，范仲淹不仅熬过来了，而且收获满满，为后来的发展打下了坚实基础。

公元1011年，范仲淹二十三岁，一个偶然的机会，他知道了自己的身世，为了洗去压在心头的屈辱，他带着一柄心爱的宝剑悄然离开长白山。他向母亲发誓：“十年，十年之后，等我中第，我就回来接母亲。”好男儿一诺千金。1015年，离开长白山四年之后，范仲淹进士及第，被任命为广德军司理参军，不久，便把母亲接到身边奉养，后又归宗复姓，从此漂泊在外，一直未回长白山。

从二十三岁愤然离开，到六十三岁回归故里，已经步入晚景的范仲淹，心中一定有很多感慨，也一定有很多话要和乡亲们讲说。这首诗，乍读，好像有一些得意，也有那么点炫耀，但仔细咂摸，才得见范公良苦用心。他是想告诉乡亲们：读书可以改变命运。想我范仲淹当年，不过长白山里一个穷书生，现在能有这样的好光景，不是我祖坟埋对了地方，也不是命中注定就有富贵，是刻苦读书让我摆脱了贫困。你们不要羡慕我的现在，应该记住我的当年，一定要教导子孙好好读书。

往事如烟，千帆过尽，依然和少时一样，唯有读书才是范仲淹内心的人生刻度。励志专栏作家孙衍有本新书出版，书名很长，也很好听：《愿你出走半生，归来仍是少年》。范仲淹范文正公正如是。

翟院深——我想画天上那朵云彩

笔记原文

翟院深，营丘伶人[1]，师李成山水[2]，颇得其体。一日，府宴张乐[3]，院深击鼓为节，忽停挝[4]仰望，鼓声不续，左右惊愕。太守召问之，对曰：“适乐作次[5]，有孤云横飞，淡伫[6]可爱。意欲图写[7]，凝思久之，不知鼓声之失节也。”太守笑而释之。

词句简释

1 伶人：乐师。2 山水：山水画。3 张乐：举办盛大的音乐演奏。4 挝：zhuā，同“抓”。挝鼓，击鼓之意。5 适乐作次：刚才乐曲演奏过程中。次，本意“第二”，引申指“中间”，如“胸次”。6 淡伫：dàn zhù，犹澹泞（dàn nìng），和舒、荡漾。7 图写：图物写貌，绘画。

原文我读

翟院深，本是营丘（今山东临淄）的一个乐师，后来跟李成学画山水，很有成就，已经基本掌握了李成绘画的要旨。

一天，太守府上举办盛大的音乐演奏活动，由翟院深司鼓为乐队领奏。在演奏中间，翟院深忽然停下鼓槌，抬头仰望天空，鼓声跟着停了下来，在场的人都很震惊。太守便叫住翟院深询问是怎么回事，翟院深回答说："刚才在演奏乐曲中，我无意往天上瞟了一眼，看到有一朵云彩整块飘移过来，颜色清深，卷舒适意，心里就想着怎样把它画下来，一时陷入沉思，竟然连鼓声停了也没有发现。"

太守听罢，笑着让他走了。

一时谬想

翟院深"停鼓望云"的故事和贾岛的"驴背推敲"非常相似，都是执着于自己喜爱的事业，都是在关键时刻出了岔子，都是几乎要坏了高位者的兴头，又都是最终得到了大官的谅解甚至赞赏。应当注意的是，这里有两个关键点，一是你所喜爱、迷恋的事得是好事，而且还得有一定的层次；二是你执着的样子得萌萌哒，让人觉得可爱有趣。

翟院深"停鼓望云"的故事和贾岛"驴背推敲"比较，似乎层次更高一些。想一想，那鼓手手持鼓槌，雕塑一样面向天空，那份投入，那种忘我，那副超然物外的神态，是多么地美妙，多么地让人神往啊！作为一个伶人，翟院深是合格的，因为在他胸中，还保持着一种浪漫情调；作为一个画家，翟院深也是优秀的，因为在他的身上，我们能够感受到他对大自然的那种一往情深。

一个人，能操作一种器具歌唱生活——有的用鼓，有的用琴，有的用喇叭，有的用手中的笔，都是幸福的。但最浪漫、最美好、最值得称颂的，莫过于能不顾一切、痛快淋漓地去爱山水，爱蓝天白云，爱盛开的鲜花……

郊外风光正好，能不能放下手中的俗务，去看看？如果实在忙，就早一点起床，晨光也很好！

王著

过早说好并不好

笔记原文

太宗朝，有王著[1]学右军[2]书，深得其法，侍书翰林。帝听政之余，留心笔札，数遣内侍持书示著，著每以为未善，太宗益刻意临学。又以问著，对如初。或询其意，著曰："书固佳矣。若遽称善，恐帝不复用意。"其后，帝笔法精绝，超越前古，世以为由著之规益也。

词句简释

1 王著：字知微，成都人，前蜀明经及第，入宋任卫寺丞、史馆祗候，后受太宗召见，加著作佐郎、翰林侍书与侍读。2 右军：指东晋大臣、书法家王羲之。王羲之字逸少，历任东晋江州刺史、会稽太守，累迁右军将军，人称"王右军"。

原文我读

宋太宗在位时，有个名叫王著的人学习王羲之书法，深得其中要领，被安排在翰林院任翰林侍书，专门侍奉皇帝学习书法。太宗在处理政务之余，喜欢练习书法，注意研究碑帖，曾经数次让自己身边的太监拿着写好的字让王著品评，但每次王著都说还不够好，于是太宗更加用心地去临摹学习。过了一段时间，太宗再一次让人拿着他新写的字去问王著，王著的回答依然和起初一样。有人询问王著这样做的用意，王著说："是的，皇上的字是已经写得很好了，但如果马上说好，恐怕皇上就不会再像原来一样用心了。"

后来，太宗的书法精妙绝伦，超过了很多以前的书法大家，人们说这都得益于王著的勉励。

一时谬想

据说，翰林侍书这一官职，有宋一朝，只有王著一个人做过，换句话说，这个位置就是宋太宗为王著，也就是为他自己专设的。从教学效果看，这个王著还是十分称职的，不光王辟之说宋太宗"笔法精绝，超越前古"，读者如果有机会看看他写的《黄鹤楼》草书（影印件），想必也会心服口服的。

人的心理是微妙的。宋太宗为什么总拿着写好的书法作品让王著看呢？人家王老师每次都说你还不行，你就安心练呗，总是让老师看，不就是想听一句夸嘛！不到火候的夸奖是有害的，人们大多都是经不起夸的，一夸就想翘尾巴，一翘尾巴就不想好好赶路了。还是王著说得好："若遽称善，恐帝不复用意。"表扬得早了，连宋太宗这样要强的人都不能免俗，何况一般人呢？

想起一位朋友讲过的一件事。他的孩子学习不太用心，便给送到了一个补习班。他每次见到办班的负责人，人家总说孩子聪明，进步大，表现也好，考上名牌学校肯定没问题。可一学期下来，孩子的学习成绩反而不如以前了。不知道这和王著讲的不能"遽称善"，有没有相似的地方？

陈母——这不是你父亲所希望的

笔记原文

陈尧咨善射，百发百中，世以为神，常自号曰“小由基[1]”。及守荆南回，其母冯夫人问：“汝典郡，有何异政？”尧咨云：“荆南当要冲，日有宴集，尧咨每以弓矢为乐，坐客罔不叹服。”母曰：“汝父教汝以忠孝辅国家，今汝不务行仁化，而专一夫之伎，岂汝先人志邪？”杖之，碎其金鱼[2]。

词句简释

1 由基：养由基，嬴姓养氏，字叔，名由基，春秋时期楚国将领、神射手。2 金鱼：官服配饰。北宋前期，三品以上官员着紫服配金鱼。

原文我读

陈尧咨长于箭术，功夫很好，能百发百中，当时的人都称他是神箭手，他也经常拿自己和春秋时期的楚国名将养由基相提并论，称自己是“小由基”。

陈尧咨做荆南知州期间，有一次回家看望母亲，他母亲冯夫人问他说：“你主持一个州的政事已经有一段时间了，有什么特别的政绩吗?”陈尧咨回答说：“荆南地处交通要冲，每天都有宴饮集会，儿子我每天以射箭为乐，经常给大家表演箭术，来的客人没有不拍手叫好的。”冯夫人听罢，非常生气，怒斥儿子道：“你父亲在时，经常教导你，要你以忠孝来辅佐朝廷治理国家，现在，你不拿出全副精力去推行仁政，教化百姓，反而去操弄一个普通武夫的技艺，这难道是你的先人所希望的吗?”

冯夫人骂完，举起手杖打了陈尧咨一顿，还不解气，又砸了他腰里佩戴的金鱼。

一时谬想

陈尧咨总是忍不住要卖弄他的箭术，卖油翁那番奚落，他大概早就忘了。箭射得准，没有什么了不起啊，“惟手熟尔”——不就是射得多了，熟能生巧罢了！更何况，你怎么总在“箭圃”里射给人们看，为什么不到战场上去射敌人呢?

一人，一家，一团体，一国家，大凡有一两件特别强大的东西，或者自以为强过别人许多的手段，或者别人都没有的珍贵物件，都是要时不时拿出来亮一亮的。美国的航空母舰，时不时开出来溜上一圈；朝鲜隔上几天，就要发射一两颗“疑似”某种东西的物体。在我国历史上，最忍不住技痒的是三国时曹操的手下杨修，明知道主子嫉妒心极强，偏偏忍不住要逞能，曹操在门上写个“活”字，他赶紧叫手下拆了重建；人家在酥上写个“合”字，他立马让大家一人一口把那酥给分吃了……还有那《水浒传》里的武松，杀了人就跑呗，也逞能，刷刷刷，专门在粉壁上写下“杀人者打虎武松”七个大字。结果怎样？杨修很快被曹操杀掉了，武松不得不上了梁山。

杨修也好，武松也好，如果他们也有一个像冯夫人这样的母亲，能及时地挨一顿痛骂和杖打，也许都会是另外一种景象。还有，前面说的那两个让人不可理喻的国家，我相信，它们将来也是要吃亏的。

我国历史上有孟母三迁教子、陶母封酢责子、欧母画荻教子、岳母刺字诫子故事，这才四大贤母，现在不是兴十全十美吗？建议有关部门搞一个十大贤母选评，届时，我一定投陈母一票！

王辟之——有些人还不如这条狗

笔记原文

平原刘永锡，天圣末，以虞曹员外郎知千乘县，一日与门生对食。永锡以馒头[1]食畜犬，生曰："犬彘[2]食人食，古人所讥，况珍味耶。"犬不食，嗔视之以去，数日不知所在。一夕，犬至，跑门阈[3]下，将入。生起视之，知其将害己，卷衾诈作人卧床上，升栋以避之。犬入，登床噬之，觉非人，吼怒出户，掷尾作声，移刻而死。今夫衣士人衣冠，首鼠[4]贵游门下，以猎哺啜，嗟[5]来不愧，曾斯犬之不若也。

词句简释

1 馒头：宋代指含肉馅的食品，相当于现在的"肉包子"。2 犬彘：狗和猪。3 门阈：意思是门槛，泛指门口附近的地方。4 首鼠：迟疑不决，窥伺观望。5 嗟：不礼貌的招呼声。

原文我读

德州平原县有个叫刘永锡的人，在北宋天圣年后期以虞曹员外郎的身份担任千乘县知县。

一天，刘永锡和自己的一个门生在一起吃饭，家里养的狗跑了过来，刘永锡就拿手中的肉包子喂它吃，门生见了，劝他说："让猪狗这些畜生吃人的食物，是古人所反对的行为，何况这还是很珍贵的东西。"

刘永锡听了门生的话，就不再拿肉包子喂狗了。这只狗因为得不到食物，便用仇恨的目光瞪了那门生一眼，悻悻地离开了，从此好几天不见踪影。

几天后的一个晚上，这条狗回来了。在它跑到了大门口就要进入院子时，门生听到外边有动静，起来察看，从这条狗凶狠的样子，门生感觉这狗要害他，便把被子卷成一个人躺卧的形状，装作自己在床上睡觉。然后，爬到房梁上躲了起来。门生刚躲开，那条狗便冲进屋里跳到床上一阵撕咬，最后察觉它所咬的不是门生，又掉过头来，吼叫着冲出门外，将一条大尾巴甩得呼呼作响，过了不大一会儿竟然气绝死了。

现在，有些人一副士大夫的打扮，窥伺观望，徘徊游走于达官贵人的门下来猎取一点吃喝，被人家呼来唤去的，明知人家瞧不起却不知羞愧，这种做派真是连这条狗都不如啊！

一时谬想

读懂这个故事，得先知道一点历史知识。在古代，饮食方式、食品名称和现在是不尽相同的。宋代人把现在肉馅的包子叫馒头，把现在的馒头叫炊饼，却把现在只包菜不包肉的菜包子叫包子。记得电视剧《水浒传》里的镜头吗？我们看到那武大郎挑出来的明明是馒头，他偏要吆喝："炊饼——炊饼热的！"

知道了古今食物叫法上的这点差异，便可以大体明白为什么刘永锡的门生会那样劝告自己的业师了。

这是一条什么样的狗啊，那么尊贵，又那么凶残！

我想，它一定是一条极聪明极有本事的狗，不聪明，它听不懂书生的话；没有本事，刘永锡不会拿馒头——肉包子去喂它。这个当县令的也不是钱多得花不完，料想肉包子也不是经常吃，要不，那门生就不会感到诧异而呼之为“珍味”了。

这条狗同时又是一条极有自尊的狗。门生那几句话竟深深地刺激了它，眼一瞪走了，好多天跑得无影无踪。后来发觉自己被人欺骗了，要咬死的不是人，竟当场气死！

这条狗还是一条兽性十足的极残忍的恶狗。一个靠嗟来之食为生的东西，竟然有那么坚韧的复仇意志和缜密的杀人计划，它之所以让人“数日不知所在”，兴许就是等门生松懈了防备才发动突然袭击的。

登床“噬”人的狗固然可憎，但似乎比那些“首鼠贵游门下，以猎哺啜”的人，还要强上那么一点点。这些人身无长物，不知道廉耻为何事，守在达官贵人的门口，点头哈腰、曲意逢迎，看着主子的眼色行事，求主子赏一口饭吃。在王辟之看来，那是连狗都不如的。

大家都说狗是人类最好的朋友，但坊间还是不时有狗咬人的事情发生。动物毕竟是动物，野性不会完全泯灭，包括那些聪明可爱、忠于主子，天天吃包子馒头的狗，都要时时提防。

贾天恩——你就说信公给你托梦了

笔记原文

萧椰，字大珍，后梁宗室。为青州刺史，有惠爱，笃信于民。及死，民为立祠千乘县西，相与谥曰“信公”。嘉祐中，祠宇颓敝。主庙者贾天恩，老伶也。有王乂者，金家苍头[1]也，幼苦痛寒，汗不洽，病腰不能行，偻而丐且十年，一旦人为灸之，遂愈。天恩教之曰：“第云[2]信公召语：‘能为吾修庙，则使尔腰伸。’诺之，腰即伸。”于是远近闻之凑奔，争施钱帛以新庙貌。逾年，得钱数千缗[3]，功未卒而二人争钱相殴。事稍喧，施者因不复来。

词句简释

1 苍头：颜师古注《汉书》引孟康曰："汉名奴为苍头，非纯黑，以别于良人也。"2 第云：一味强调，一口咬定。3 缗：mín，本意为穿铜钱的绳子，后演化为钱的计量单位，一缗为一千文。

原文我读

萧榔，字大珍，是后梁国主的后裔，他在担任青州刺史期间，对老百姓有仁爱之心，竭尽全力造福于民。萧榔去世以后，民众集资在千乘县西边给他立了一个祠堂，经过大家共同商量，给他议定了一个"信公"的谥号。但是，到了嘉祐年间，祠堂房舍便破败不堪了。负责管理祠堂的贾天恩，过去是一个乐工，老了之后才来干这个行当的。

有个叫王乂的人，原是金姓人家的奴仆，小时候因患伤寒病，汗出不止，落下腰病不能正常行走，驼着背行乞已经十年了。有一天，有人给他做了一次针灸，他病了十年的腰居然直起来了。贾天恩见到王乂的病突然好了，便教唆王乂说："你以后见了人，就咬死说是信公给你托梦了，而且信公在梦里对你讲：'如果你能为我修缮庙宇，我就让你的腰伸直。'你答应了他，早上醒来腰就伸直了。"经过王乂的宣传，方圆左近听到消息的老百姓，都赶到信公祠堂，纷纷施舍钱帛用以修缮祠堂，要让信公祠焕然一新。

一年以后，贾天恩、王乂两人便募得几千缗钱来。但还没有等募足修庙的钱数，他两个便因为争钱打了起来。这个事渐渐地传到社会上，施舍的人便不再来了。

一时谬想

按说，贾天恩是个可怜人，乐队的活路干不动了，只得守着一间破庙走完风烛残年；王乂也是个可悲的家伙，穷了一辈子，整天佝偻着身子挨户乞讨，人家高兴打发了，才有得一口饭吃。

两个可怜人，竟做成了这等丑事，奇怪吗？

大凡丑事，都要经过起意、作孽和败露三个过程。这两个人的天性恰恰符合三个过程生发所需要的基本要素，一旦时机成熟便会付诸行动。

那贾天恩，从他当年所从事的行当里没有学到忠孝节义，竟耳濡目染学到不少投机取巧、瞒天过海的把戏。突然间见到王乂的罗锅腰居然直了起来，平时肚子里积累的坏水便开始冒泡，一个贪婪的念头也就很快涌现在脑际。那王乂“偻而丐且十年”，多么艰难的日子啊！可一旦直起了腰，喜从天降，便把持不住了：既然一针下去，弯了十年的腰都能直起来，保不住还有什么喜事在等着我呢！正当他心里哼着“一切皆有可能”小曲儿的时候，机会来了——贾天恩一席话，让他忍不住拍手叫好，立马便打开了肉喇叭。

其实，俩人一年多担惊受怕，得钱也不过“数千缗”，如能拿出一点儿把那祠堂胡乱修一下，事情也就过去了，顶多是施了钱帛的人觉得里面有猫腻，议论一阵子也就罢了。可偏偏两个家伙修为太差，“功未卒”便为“争钱相殴”，一不留神失了密，让自己原形毕露。仔细想想，这两个人也就这么点能耐，说破天就会演这一出装神弄鬼、欺骗平头百姓的把戏，杀人越货、占山为王、抢劫“生辰纲”一类的事，恐怕是做梦也不敢想的。

生活在穷困中的人有点贪心是可以理解的，有时还可能成为前进的动力。但是千万不要因为贪欲起了骗诈的念头，尤其是欺心欺天的妄念，那注定是要遗臭万年的。

刘贡父——再挖一个同样的池子

笔记原文

往年士大夫好讲水利。有言欲涸梁山泊以为农田者，或诘之曰："梁山泊，古巨野泽，广袤数百里。今若涸之，不幸秋夏之交行潦[1]四集，诸水并入，何以受之？"贡父适在坐，徐曰："却于泊之傍凿一池，大小正同，则可受其水矣。"坐中皆绝倒，言者大惭沮。

词句简释

1 行潦：沟中的积水。潦，lǎo，雨后的积水。

原文我读

在过去，士大夫们都喜欢谈论有关水利方面的事情。

有一天，一帮人凑在了一起闲谈，其中有一位讲，要把梁山泊的水全部抽干改造成农田。有人追问他说："那梁山泊是巨野泽的一部分，而巨野泽又是上古九泽之一，方圆有数百里，现在如果把里面的水抽干变成了农田，到了夏秋雨水多的时候，周围沟渠中的积水就会汇集过来，各条河流的水也往这里流入，用什么来容纳这些水呢？"

当时，恰好刘贡父也在场，他听了以后便慢慢地说道："那就在梁山泊旁边挖一个池子，面积深浅和梁山泊一样，就可以容纳下那些水了！"

刘贡父说罢，在场的人都笑弯了腰，说要抽干梁山泊水来造田的那个人，羞得无地自容，现出一副狼狈的样子。

一时谬想

王辟之说，刘贡父的回答令"坐中皆绝倒"，我读完这则小故事，竟一个人笑出声来。以后每每想起来，还是忍俊不禁，要偷偷乐上一阵子。

好吧，就算你说得对，梁山泊里面的水可以让你引出来，也可以让你改成农田耕种。

可等到来年夏秋两季汛期来了，那么多的水怎么办呢？只有在梁山泊旁边再挖一个大池子来装它了！可是，那梁山泊面积好大、水好深啊，得挖多大一个池子呢？

往大处挖！往深处挖！让新挖的池子和梁山泊原来一样大小，再来的水就盛下了。

哈哈，那不等于和原来的情况一模一样吗?!

刘贡父驳斥那位"好水利"者的方法，按现在的理论，用的就是驳论之归谬法。先假定你说的正确，然后，按你那"正确"的观点或者方法，得出一个新的结果，而这个结果大家一看，不用怎么分析，便知道是荒谬的。不知道这个"好水利"的学问家在讲话前想过没有，"欲涸"八百里梁山泊之水为农田，除了来年"行潦四集、诸水并入"没有地方承受外，它还需要有多大的投入才能完成啊？

生活中，确有不少和这位"好水利"者一样的人。他们不学无术，不懂装懂，说话不经大脑，只图出语惊人，能吸引大家眼球，一有机会便只管夸夸其谈。这种做派很不好，于己，遗人笑柄，影响形象；于治事，游言嬉戏，有害风气。

人行走于世间，应当把调子放低一点，不要老想着出风头，要把握住自己，少说些没油少盐的淡话。

贾存道——贪酒染病痛悔难追

笔记原文

蔡文忠公[1]喜酒，饮量过人。既登第[2]，通判济州，日饮醇酎[3]，往往至醉。是时，太夫人年已高，颇忧之。一日，山东贾存道先生过济，文忠馆之数日。先生爱文忠之贤，虑其酒废学生疾[4]，乃为诗示文忠曰："圣君恩重龙头选，慈母年高鹤发垂。君宠母恩俱未报，酒如成病悔何追。"文忠瞿然起谢之。自是，非亲客不对酒，终身未尝至醉。

词句简释

1 蔡文忠公：即北宋户部侍郎蔡齐，河南禹州人，真宗大中祥符八年（1015）获殿试第一名，高中状元。2 登第：犹登科，指科举时考试及格。第，指科举考试录取列榜的甲乙次第。3 醇酎：味道醇厚的美酒。4 废学生疾：并列词组。荒废学业，产生疾病。

原文我读

蔡齐蔡文忠公以前喜欢喝酒，且酒量过人。科考登第后，被任命为济州通判，他每天都要饮用味道醇厚的美酒，常常是不醉不休。

当时，蔡齐的母亲年事已高，对儿子“喜酒”一事非常担忧。一天，山东的贾存道先生路过济州，蔡齐一连几天安排他吃饭住宿。贾存道先生爱惜蔡齐的贤德，担心他喝酒荒废了学业，又落下病来，于是作了一首诗给蔡齐：

主圣明恩浩荡选你状元，
母慈爱年事高白发飘垂。
君爱宠母厚恩你曾报谁？
贪酒喝染重病痛悔难追。

蔡齐读罢贾先生写的诗，大惊失色，赶忙站起向先生道歉。从那以后，如果没有客人来需要接待，蔡齐便不再沾酒了，一生再没有喝醉过。

一时谬想

贾存道先生诗写得这么好，想查询一下他的事迹，可惜除了写诗劝友戒酒这件事，什么也没找到。不过转念又想，一介书生，历史走过一千年，能有一首诗还在人间传颂，也就非常不错了！想那贾先生，应该是知足的。

这世间，所有不良嗜好中，唯有烟、酒二事最难戒除。想那年事已高的蔡母，对儿子喝酒“往往至醉”“颇忧”，肯定劝过数十次了，说不定还是流着眼泪，一次又一次地唠叨过呢！劝人戒烟戒酒，如果功夫不到家，话说得不到位，那就像隔靴搔痒，一点作用也不会起的。

俗语说，话是开心斧。只要你斧头砍到墨儿上，还是可以解决一些问题的。你看人家贾存道，四句诗，第一句说国，第二句说家，第三句直指要害，最后一句点醒梦中人，层层递进，句句戳心，真个是振聋发聩，令蔡文忠不得不“瞿然起谢”。我有一熟人，是一位级别不低的领导干部，平时律己甚严，也颇爱廉名，但唯有一好，就是烟不离口。一日觉身体不适，去北京出差顺带看病，当晚老乡请吃饭，专门请了要找的医生。医生听完主诉，悠悠说道：“你这病啊，不用治的。好烟有人买，抽不完也怪可惜的；将来病重了也不用怕，你们这一级干部，吃药报销，好药尽你用！”一番话说得我朋友面红耳赤，当即把香烟、打火机掏出来扔进了垃圾桶。二十多年过去了，他再也没有吸过一口烟。

话说回来，劝人的人本事再大，还得被劝的人认可、接受并付诸行动。他要是一根木头，任谁也没有办法。既然“粪土之墙不可圬”，那就等着它倒掉吧！

关中百姓——他不是咱要见的韩公

笔记原文

（韩忠献）公旧有德于关中，秦人爱之。后，子华[1]自丞相出宣抚陕西，父老有远来观于道旁者，愕然相谓曰："吾以谓韩公[2]，乃非也。"于是相引以去。

词句简释

1 子华：韩绛，字子华，真定灵寿人。进士及第后担任太子中允、陈州通判、权知开封府等职。宋神宗即位，拜枢密副使、参知政事，熙宁三年（1070）拜昭文相（首相），出任陕西经略安抚招讨使。2 韩公：指韩琦。韩琦，字稚圭，相州安阳人，北宋政治家、词人。宋仁宗天圣五年（1027）进士及第，累官永兴节度使、守司徒兼侍中，封爵魏国公。去世后追赠尚书令，谥号"忠献"，并准其配享英宗庙庭。

原文我读

韩琦韩忠献公在署理关中政务期间，曾有恩德于地方，深得陕西一带老百姓的爱戴。

后来，韩绛韩子华以宰相身份到陕西传达圣命、安抚百姓，关中的父老乡亲们以为是韩琦韩忠献公又回来了，好多人从很远的地方专程赶来，聚集在道路两边等着和韩公见面。后来，人们看清楚了来人的面目，感到很吃惊，便奔走相告："我们原以为是韩忠献公呢，现在，终于看清楚了，错了，压根儿就不是!"

于是，你喊我，我叫你，人群像落潮一般散去了。

一时谬想

韩琦，北宋政治家、词人，相州安阳（今河南安阳）人。史书上说，韩琦为相十载、辅佐三朝，在朝中，运筹帷幄，使"朝迁清明，天下乐业"；在地方，忠于职守，勤政爱民，为北宋的繁荣发展做出了重大贡献。

韩琦究竟为陕西人民做过什么好事，能让"秦人"如此感念呢？查历史资料，韩琦参与陕西政务有两个时期，但都是不到一年时间。一是1039年到1040年宋夏战争期间，韩琦先是做过一段陕西安抚使，后来宋夏之战失败，韩琦降为右司谏，兼任秦州知州。做陕西安抚使期间，他曾免除苛捐杂税，为百姓办过一些事情。二是1043年春夏之交到1044年春天，陕南大旱，饥民纷纷揭竿造反。韩琦宣抚陕西，发放官粮赈济饥民，蠲（juān，除去，去掉）免各种苛杂的赋役，让老百姓过上了一段安定的生活。

韩琦所做的，无非是免除苛捐杂税、开仓救济灾民这些事嘛！这其实是一个有良知、有正义的官员在特殊时期的正常履职。但老百姓是善良的，只要你为他们曾做过一点好事，甚至只是没有戕害过他们，他们都会记在心上。同时，群众的眼睛也是雪亮的，你如果心里没有他们，他们便不会给你掌声，即使你也姓韩，他们一样不会给你面子，"相引以去"那是早晚的事情。

1947年10月，转战陕北的毛泽东，有感而发，挥笔为佳县县委题写了"站在最大多数劳动人民的一面"十三个大字。这是一句朴实无华但富含真理的话语，每一个公务员都应当时时想起，以此检讨自己的行为。

王辟之——不要做与民争利的事情

笔记原文

蜀虽阻剑州之险，而郡县无城池之固。民性懦弱，俗尚文学。而世以为蜀人好乱，殊不知公孙述及刘辟、王建、孟知祥[1]辈，率非土人，皆以奸雄乘中国多事，盗据一方耳。本朝王小波、李顺[2]、王均辈啸聚西蜀，盖朝廷初平孟氏，蜀之帑藏尽归京师；其后，言利者争述功利，置博易务[3]，禁私市，商贾不行，蜀民不足，故小波得以激怒其人曰："吾疾[4]贫富不均，今为汝均之。"贫者附之益众。向使无加赋之苦，得循良抚绥之，安有此乱！古人云："与其蓄聚敛之臣，宁蓄盗臣。"聚敛之为害如此，可不戒哉！均则本神卫卒校，盖赵延顺怨钤辖符昭寿，推均为师[5]尔。

词 句 简 释

1 孟知祥：五代十国时期后蜀开国皇帝。2 王小波、李顺：宋朝前期发生在四川一带的农民起义将领。3 博易务：宋代设置的官营贸易机构。以物易物为博易，以金银交易为博买。4 疾：痛苦；疾苦。5 师：首领。

原 文 我 读

蜀地虽然有剑州一带险要的地势阻隔，但所有的郡县都没有坚固的城池。老百姓生性懦弱，民风崇尚文学。然而，有很多人都认为蜀地百姓不好管理，容易生乱，殊不知从公孙述到刘辟、王建、孟知祥等人，全都不是西蜀本地人，他们都是奸诈而又有野心的人，趁中原地区发生战乱，跑到蜀地占据一方的。

至于本朝王小波、李顺、王均这些人啸聚西蜀，是因为朝廷平定孟知祥后，把西蜀所有的钱币、财产全部运往京城；后来，那些热衷于谈论为朝廷聚财之道的人，竞相提出获利之策，设置博易务等官营贸易机构，关闭市场，禁止民间自由贸易，使商贩不能经营，老百姓的农产品卖不出去，造成蜀地百姓收入微薄、生活困难。这样，王小波、李顺等人便找到了鼓动老百姓造反的理由。他们对老百姓说："我们苦就苦在贫富不均上，我现在就是要为你们均分财富。"这样，依附他的穷人就越来越多了。

如果过去一直没有让老百姓承受这样沉重的负担，能有安分守己、奉公守法的官吏安抚他们，怎么会有这样的祸乱呢！古人说："与其使用那些打着国家的旗号，一味实行与民争利政策的人，还不如使用那些贪污盗窃国家财产的人。"与民争利的危害是这样严重，一定要引以为戒啊！

前边说到的王均，他原本是益州神卫卒校官，因为神卫卒赵延顺对兵马钤辖官符昭寿不满，借机杀掉符昭寿后，才把他推作首领的。

一时谬想

两百字短文，一大篇至理。

“天下未乱蜀先乱，天下既治蜀未治。”“蜀乱”问题，百姓关注，朝廷揪心，然其根源何在?

王辟之不直接回答，先讲三个观点：第一，蜀人生性懦弱，民风淳厚，崇尚文学，不喜乱；第二，历史上乱蜀者，皆非蜀人，新莽时期的公孙述，唐代的刘辟、王建和后蜀的孟知祥“率非土人”；第三，本朝造反的几个毛贼，之所以能闹出点动静，是因为有可乘之机：商贾不行，蜀民不足。

三个观点立住了，道理也就不言自明：蜀乱的根子还在朝廷，是朝廷没有善待蜀地百姓。

“与其蓄聚敛之臣，宁蓄盗臣。”王辟之在文章将要收笔时引用古人这句话，格外发人深思。两相比较，“聚敛之臣”对国家、对黎民百姓危害更大、更严重。因为“聚敛之臣”动摇的是国家根本，是从基础上离间朝廷和百姓关系的。但是，“聚敛之臣”往往打着为朝廷着想，替国家聚财的旗号，他们的论调更具迷惑性，更容易被朝中那些决策者所接受。所以，王辟之告诫人们，民为邦本，千万不要被那些为国聚财的大话所蒙骗，

读史，以史为镜，可以让我们少走些弯路。

张舜民

大家都讳称王安石门生

笔记原文

荆国王文公，以多闻博学为世宗师。当世学者得出其门下者，自以为荣，一被称与，往往名重天下。公之治经，尤尚解字，末流务多新奇，浸成[1]穿凿。朝廷患之，诏学者兼用旧传注，不专治新经，禁援引《字解》。于是学者皆变所学，至有著书以诋公之学者，且讳称公门人。故芸叟为挽词云："今日江湖从学者，人人讳道是门生。"传士林。及后诏公配享神庙，赠官并谥，俾学者复治新经，用《字解》。昔从学者，稍稍[2]复称公门人。有无名子改芸叟词云："人人却道是门生。"

词句简释

1 浸成：逐渐形成。2 稍稍：逐渐。

原文我读

荆国公王安石先生，以其多闻博学受到世人尊崇并被奉为师表。当时的学者，能够得到王安石指教成为其门生的，都自以为荣，一旦被称作王安石门生，便名声远扬，人人羡慕。

王安石研究经学，特别偏重于解释文字，又按自己对文字的解释去阐明经义。一些学问不精的人为了求得新奇，逐渐演变成为用生拉硬扯的方法解释儒家经典。朝廷为此深感忧虑，遂诏令读书人兼用旧的传注，不要专一研究新经一门学问，禁止在著述中援引王安石所著《字解》一书的内容。于是，读书人都改变了他们所学的内容，甚至有人写文章诋毁王安石的学说，而且忌讳别人再称自己是王安石的门生。所以，张舜民（字芸叟）在给王安石的挽词中写道："今日江湖从学者，人人讳道是门生。"这副挽联很快就传遍了整个士大夫阶层和知识界。后来，朝廷又下诏让王安石配享神宗庙庭，追赠官位，并且评给谥号，从这时起，那些原来学习王安石学说的人，又开始钻研新经并使用《字解》。过去就学于王安石的人也逐渐回过头来称自己是王安石的门生。不知道是谁将张舜民的挽词改了一个字，原来的挽联就成了"人人却道是门生"。

一时谬想

在王安石生前身后，大宋朝廷给他开了一个玩笑，王安石的门生们由此也给世人上演了一出闹剧。

1074年四月，正当王安石改革的艰难时刻，宋神宗罢免了他的宰相职务。罢了也就罢了，可时隔十个月之后，宋神宗又于1075年二月让他再次担任宰相；更让人觉得吊诡的是，第二次拜相才一年多时间，朝廷又于1076年十月同意王安石辞去宰相。这不是开玩笑吗?

1086年四月，王安石走完了他罢相后的十年灰暗岁月，病逝于江宁半山园，仅获赠太傅名号。八年之后，宋哲宗亲政，支持"变法"的章惇拜相执政，九泉之下的王安石得以配享神宗庙庭，而且还得到了一个“文”的谥号。

张舜民挽词中所说的“人人讳道是门生”，应当是从公元1076年王安石二次罢相，到公元1094年配享神宗庙庭这十八年间的事情。“无名子”所改后的“人人却道是门生”，很清楚，应该是公元1094年章惇拜相以后的事情。

其实，像这样开始以出入王公门下“为荣”，到“讳称门人”，以至“复称门人”这类现象，历史上不乏先例，现今也比比皆是。公元前262年，赵王中了秦国的反间计，罢了廉颇的职务，长平之战惨败后不得已又复用廉颇。就在廉颇经历免职、复用的人生起落之际，廉颇的门客们先是“尽去”，然后“又复至”，有一个门客，在廉颇愤怒地驱赶他时，竟然面不改色地教训起廉颇来：“吁！君何见之晚也？夫天下以市道交，君有势，我则从君，君无势则去，此固其理也，有何怨乎？”

据说，再度被罢相后的王安石晚年倾心于佛学，对故旧门生尽行离去是不是在意，从资料中查不到相关记载。我想，以荆国公的大才和胸怀，他是不会放在心上的。因为在他的心中，还有庙堂，还有社稷，甚至还有他的“变法”成效呢！

人和人之间的关系，是不是真的就应该像廉颇那个门客说的“以市道交”，一时是很难说得清楚的。但是，不要把它纠结在心头，终归是不错的。

张文宝——这鹭鸶的脚太长了

笔记原文

张文宝，永州人，博学有文。从子仲达以诗一轴示文宝，自炫《鹭丝诗》最为得意，云："沧浪最深处，鲈鱼初得时。"文宝云："更宜雕琢。"仲达云："如何雕琢？"文宝云："诗固佳矣，但鹭丝脚太长尔。"仲达赧服。

原文我读

五代后唐的时候，永州有个叫张文宝的人，学问广博，文学造诣也很深。

有一天，张文宝的侄儿张仲达拿着自己写的一轴诗稿给他看，并且自我夸耀说，有一首题为《鹭丝诗》的写得最为得意，其中两句是："沧浪最深处，鲈鱼初得时。"

张文宝读了侄儿写的诗，对侄儿说："我看还应当好好推敲，作进一步修改。"

张仲达问叔父："你叫我怎么修改？"

张文宝回答说："这两句诗虽然文字很美，但是不符合实际，你那样写，鹭丝的脚显得太长了。"

张仲达听罢，羞得红了脸，为叔叔的学问所折服。

一时谬想

张仲达这两句诗，乍一看，没有什么毛病；再往深处想，也觉不出错在哪里。鹭鸶不就是人们常说的能抓鱼的鱼鹰吗？鹭鸶是可以钻到水里抓鱼的，就是浪大水深也不要紧啊！怎么就因为诗中有个"沧浪最深处"的话，就会让鹭鸶的脚显得太长了？

后来，又想了许久，才似乎明白了一些。这两句诗，作者是不是要表达这样一种意象呢？青苍色的江水泛着白色的浪花，一只雄健的鹭鸶，刚刚从江水深处抓到一条鲈鱼，它昂着长长的脖颈，骄傲地站立在水中，浪花在鹭鸶两条长长的细腿边涌动，而那条已经成了鹭鸶俘虏的鲈鱼，还在它那钢叉般的长长的尖喙两边扭动……

这意象，真美，无怪乎仲达得意，连叔叔文宝也不得不说"诗固佳矣"。但是，文章是要经得起推敲的。既然要表达鹭鸶"初得时"的得意，就不能忘掉鹭鸶"初得时"所处的环境——刚从"沧浪最深处"捉到了鲈鱼的鹭鸶，要有多长两条腿，才能立在沧浪之中炫耀其本领呢？

写诗，夸张的手法固然是可以用的，如果单单只说鹭鸶腿长，你把它比作两根长竹子也未尝不可。但是，当同一首诗中出现了两物两景共存的时候，就不能顾此失彼了。宋代有一个叫王祈的诗人，写咏竹诗给苏轼看，也自炫其中"叶垂千口剑，干耸万条枪"两句最好。苏轼看罢，笑了笑说："诗是好诗，只可惜竹子的长势太差了。"王祈听了不解，用疑问的目光望着苏轼，苏轼笑着回答："十根竹子才有一片叶哟！"

说话、做事，和写诗也有相通的地方，都要尽量考虑周详些，别只图华丽好看，反而出了自相矛盾的差错。

宋太祖——不能让一个伶人去当刺史

笔记原文

开宝中，教坊使[1]魏某年老当补外，援[2]后唐故事，求领小郡。太祖曰："伶人为刺史岂治朝事，尚可法耶！"第令于本部中迁叙，乃以为太常太乐令。

词句简释

1 教坊使：官名，为教坊长官。唐武德年间置教坊于禁中，按习雅乐。至五代，沿袭不改。宋、金皆置。2 援：引用。

原文我读

开宝年间，在宫廷里负责管理教习乐舞的官员魏某，因为年纪大了，应当放到外地去做地方官，沿袭后唐的先例，魏某请求到一个小一点的州郡去担任管理职务（做知州）。

宋太祖知道后说："让一个乐官去担任刺史（知州、府事），怎么能办好朝廷安排的政务呢？这种做法不能再沿袭下去了！"

随后，他下令让这个魏某就在本部门内部升迁，让他担任了太常太乐令的职务。

一时谬想

教坊使干的时间长了，放到地方上去当刺史、太守一类的官，而且还是“援后唐故事”。看来，“伶人”能做官，已经是有些年头的事了。

韩愈在《师说》里讲得很好，术业有专攻，一个人技能业务各有钻研与擅长，把戏唱好，很不容易，年头长了，有了一定贡献，的确应当给予肯定和奖励。但为什么非要让他来管理一个地方呢？这个魏某人还算有点自知之明，只要求“领小郡”。但他不知道，麻雀虽小，五脏俱全，小郡就是好领的吗？司马迁曾经说过，郡县治，天下安。地方治理是一件涉及国泰民安的大事，那是一点也马虎不得的。

“文革”期间，类似的事情不少。眼下虽然不多了，但也还有耳闻。比如，让宾馆经理去当县长，叫大学教授去当市长，等等，当然，也不是都不行，但不行的概率太高就不好了。因为那镇守一方的事情，一旦走岔了道，是很难再拐回来重走的。

如教坊使一类的人员，有了贡献，或者年资高了，应当怎么给予奖励呢？宋朝的做法值得我们借鉴——“令于本部中迁叙”。如果实在是贡献太大，级别、待遇都可以往更高处定，但要让其镇守一方甚或管理一个方面的工作，还是应当慎重的。

有人说，很多现实中的问题都可以从历史中找到答案。读这篇小故事，我也有这样的感觉。

王旦——临死不能为宗亲求官

笔记原文

王魏公与杨文公大年友善，疾笃，延大年于卧内，托草遗奏，言“忝为宰相，不可以将尽之言为宗亲求官，止叙平生遭遇之际”。表上，真宗叹惜之，遽遣就第，名数进录。

原文我读

王魏公王旦与杨文公杨大年关系很好，他病重的时候，请杨大年到他卧室里，委托杨大年替他起草遗奏，并向杨大年说，自己作为宰相，不能在快死的时候，用遗奏的方式为自己同宗的亲属求官，要他在遗奏里只叙述一生的机缘际遇。

（杨大年按王旦的意思写好了遗奏，并）上呈给宋真宗，真宗看了甚为赞叹，立即派人到王旦家中，将其子弟的人数、姓名都记录在档案里，以备将来安排职位。（按：笔记原文此处疑有脱文。）

一 时 谬 想

读这篇短文，不少读者可能会觉得不理解：临终之际给皇帝写汇报，说说一辈子都干的啥，不为自己的子侄求官，一件很平常的事啊！有什么好说的？就这点事还能让真宗“叹惜之”？

我想，王辟之之所以记下这件事，大概是因为王旦这样做，在大宋朝比较稀奇吧。宋朝有恩荫制度，一个官员退休或者去世后，朝廷都要根据他生前的职务、德行、贡献等，对其子侄做相应的安排。既然朝廷有制度，又有可以争取的余地，利用最后一次上奏折的机会向朝廷提点要求，也就是一件很正常的事情了。史书上说，王旦为相十二年，掌权十八载，死后谥号“文正”，宋仁宗称其为“全德元老”，一生放光生彩之处应该很多，王辟之舍它而记此，足见其难得与不易。

读有关沈括的资料就会发现，这位大名鼎鼎的科学家，也曾经享受过恩荫的好处。按说，沈括少时绝顶聪明，参加科举考试挣个出身应是件轻而易举的事情。但他在父亲死后，仍然以父荫入仕，在海州沭阳县当了九年主簿，三十二岁那年，才去参加科举考试，进士及第后，才当上了扬州司理参军。沈括为什么要这样做呢？大概这样做一是容易，二是保险，三是可以边挣钱边读书，减轻家庭负担。

类似的事情在过去——也就二十多年前吧，在党政机关和企事业单位也是常常可以见到的。单位里有人去世了，家属往往会提出一系列问题，子女就业、孩子调动、抚恤补助等等。历史的惯性如此强大，宋人的脚步走过了千年还不愿收住。现在，大家之所以觉得王旦在遗奏里不为宗亲求官的事不值得大惊小怪，是因为现在已经在制度上取消了这类“优惠”政策，人人都没有了想头，也就不再有人趁机提什么要求了。

公元 1532 年，参加明朝科举考试的举子林大钦在试卷里写道，宋朝昏弱并致使其最后灭亡的主要问题，都产生于冗官、冗兵、冗费这“三冗”之上。其中官员太多，与它貌似仁慈的恩荫制度有直接关系。官员太多，不仅造成国家财政不堪重负，还导致官场风气败坏，大量的官吏无正事可做，

“生非”便是必然的事情了。

一个大宋朝，虽然出了赵普、王旦、范仲淹、欧阳修、王安石等那么多时代精英，但后边有这一大批冗官拖着，国事能好到哪里去呢？

我为王旦点赞，但同时也为大宋朝痛心。

陈贯——我宁愿做一个合格学士

笔记原文

陈贯自盐铁副使除直昭文馆，知相州。先是三司副使[1]例得待制，而贯独得直馆。或唁[2]贯者，贯曰："与其居天章作不才待制，何如在昭文为有道学士。"唁者愧服。贯子安石，今为吏部侍郎；女嫁文潞公。

词句简释

1 三司副使：宋代以盐铁、度支、户部为三司，主理财赋，设三司使一员总领财政，下设三个副使分管三部。2 唁：对遭遇非常变故者表示慰问。

原文我读

陈贯由盐铁司副使一职改任直昭文馆（省称直馆），并以直馆的职名管理相州（任相州知州）。按以往惯例，三司副使做到一定程度，应当升为待制一职，而只有陈贯一人得到一个直馆的职务（位在待制之下）。

有人因此来安慰陈贯，而陈贯却说：“与其在天章阁做一个不称职的待制（皇帝文学侍从官），还不如在昭文馆当一个合格的学士。”前来慰问的人听了，感到很羞愧，十分佩服陈贯的胸怀。

陈贯的儿子叫陈安石，现在是吏部侍郎；他的女儿嫁给了文彦博文潞公。

一时谬想

要读懂陈贯的故事，还得对宋代官制做进一步的了解。

前面已经介绍过，宋代官制有官、职、差遣之别，而所谓“职”，就是专为在昭文馆、史馆、集贤院和秘阁中工作的官员安排的“职名”。宋代的三馆和秘阁，主要任务是负责经典著作的收藏、校正、研究和国史的编修工作。三馆秘阁官除宋初或有实事外，“职名”皆无职事，为内外差遣所带荣衔。三馆秘阁官除了宰相所带昭文馆大学士等三个职名外，从高到低依次有学士、直学士、待制、直馆（院、阁）、校理、修撰等，统称为馆职。在馆职中，只有学士、直学士、待制等三职能和宰相、参知政事、枢密使、枢密副使、尚书、御史中丞、知制诰等一样，进入国家的核心领导层。在这三个高级别的馆职中，待制最低。待制之下，是直馆、直院、直阁（三职级相同），也就是说，担任直馆一职的官员，需要再晋升一个级别，才能进入国家领导核心。

习惯上，人们把那些在馆阁中任职，但还没有升为学士，甚至还没有升为待制的官员也称为学士，这是因为他们都是国家的精英、未来的栋梁，作为溢美之词把未来的学士也称作学士。比如我们常说的苏门四学士，其实没一个真正当上过学士，职名最高的张耒也只是个待制。

宋朝的三司是干什么的呢?

简单地说，就是总理国家财政的衙门，是仅次于中书、枢密院的重要国家机构，俗称为“计省”，包括盐铁、度支、户部三个系统。三司官员设置时常变动，宋真宗时，设三司使一员，另设有盐铁副使、度支副使和户部副使，三司使被称为“计相”，地位略低于参知政事。以此类推，三司副使的级别应略低于尚书、待制两职的级别。

在陈贯的这则故事里，说“三司副使例得待制”，就是因为他现在的级别只是略低于待制，既然变动职务，按惯例就应该稍微提升一下安排为待制一职，而不应该做比待制还低的直馆。可是，任命通知已经来了，偏偏就是让陈贯“独得直馆”，难怪就有人打抱不平，要来“唁”陈贯了！

不知道陈贯说的话是不是发自内心，但道理却是正确的。一个官员，如果他还不具备那个较高层级所必须具备的素养，硬要把他放上去，不仅对事业是一种损害，对他个人，也是一种折磨，甚至还是伤害。对农林业熟悉的人都知道，南方的植物，要移到北方去种植，必须在暖温带经过一个锻炼适应的时期。没有这个时期，甚或是这个时期太短，那植物到了北方就会很难成活。只不过人类社会没有大自然来得干脆利落，有的人能力虽然不适应他所在的岗位，却也能勉强待下去，只是干得好坏说话罢了。

那个去“唁”陈贯的人，肯定是说了话的。他具体说了些什么呢？王辟之没有交代，只是说陈贯的话令其愧服。我估计，那“唁者”一定是想说，朝廷用人怎么怎么不公平，是某某人从中起了什么不好的作用等等。大凡在这个节骨眼“唁”人的人，大都是这套话术，被“唁”之人一定要当心，不要受其蛊惑。

朝廷用人，自有它的道理，它要不指派你去“唁”人，你最好不要自作多情，去干那些出力不讨好的事情。至于那些自发的、业余的“唁者”，没有当然最好，如果非要有人主动找上门来，被“唁”的人一定要像陈贯这样有定力，随他呱呱，别往耳朵里去。

冯守信——我不能欺骗主上

笔记原文

冯守信仕真宗，为步军指挥使。会郊礼，其弟欲以其子为守信之子冒取高荫，守信曰："吾自行伍，主上拔擢至此，每愧无以报称，奈何欺之邪?"是岁己子无所荫，以明于弟无所爱。

原文我读

冯守信历任太宗、真宗二朝，逐步升迁，在真宗时任步军指挥使。

一次，赶上宋真宗要举行祭祀天地的大礼，冯守信的弟弟想利用朝廷"大礼荫补"的机会，让自己的儿子冒充冯守信之子来骗取恩荫，冯守信拒绝说："我起自行伍，现在被主上提拔到这样重要的岗位，想起来每每感到惭愧，觉得无法报答皇上的大恩，怎么能欺骗主上呢?"这一年，冯守信自己的孩子也未受恩荫，他以此来向弟弟证明，自己并不是因为偏爱自己的孩子才拒绝弟弟的。

一时谬想

读这则故事，大家可能觉得奇怪：官员在退休和去世时可以提出让朝廷给子侄安排工作，享受恩荫，难道在郊礼时官员也有得到恩荫的机会吗？你别说，还真有，大宋朝就有这规矩，不光官员告老退休时有致仕荫补，临死时上奏折有遗表荫补，另外，在每三年举办一次的郊祀上，还有一次大礼荫补，每年天子诞辰时更有一次圣节荫补。据史料载，有的功臣从开始蒙恩一直到去世，子侄中前后竟有二十多人享受恩荫。

冯守信的做法是正确的。对他自己来说，自己的儿子还没享受恩荫，就让弟弟的儿子冒名顶替，他就犯下了欺君之罪。就算朝廷没有发现，他也会于心不安，正如他自己说的，自己一个行伍出身没有功名的人，因为打过几次胜仗，就被主上提拔到如此高位，自己想起来就觉得无以报答，时常感到羞愧难当，怎么能再忍心欺骗主上呢？就是对他的侄儿，也不见得是一件好事。如果真的骗得朝廷恩荫，当上一官半职，他的一生可能都要在忐忑不安中度过了，不只觉得人前抬不起头来，还会时常担心这弄虚作假的勾当败露，随时会受到朝廷的处罚。

据史料记载，冯守信有十三个儿子，其中长子冯文懿于太平兴国三年（978）以进士第三名及第。冯守信死后，"因其子官显"，经屡次追赠至中书令，并追封鲁国公。我分析，使冯守信被追赠、追封的那个"子"，大概就是冯文懿吧！因为冯守信有两子早夭，其他十子后来都是在军中当一个仅有九品的小官。冯守信这十个儿子，很可能都是靠恩荫入仕的。

由此看来，这恩荫，就是给官员的子侄们找口饭吃而已。从某种角度上讲，恩荫对官员们的子侄也不见得就是多好的事情，很多人不靠官荫，经过自己的努力奋斗，反而前途要更好一些。而那些靠官荫入仕的人，大都因满足现状不再读书进取，终生只能靠一份微薄的俸禄过日子了。

卢亿 富贵骤至并非好事

笔记原文

卢朱崖[1]父亿，性俭素，恬于荣进，以少府监告老归洛中，以棋酒自放，不亲俗事。及多逊参大政，服玩渐侈，亿叹而泣曰："家本寒素，今富贵骤至，不知税驾[2]地矣！"其后，多逊果败。士大夫高其先识也。

词句简释

1 卢朱崖：即卢多逊，怀州河内（今河南沁阳市）人，北宋初期宰相，牵涉秦王赵廷美案，坐罪流放海南崖州。2 税驾：犹言解驾也。谓休息或归宿，税驾地，引申为死后葬身之地。

原文我读

卢多逊的父亲卢亿生性节俭朴素，把荣华富贵和官职晋升看得很淡，年纪大了以后以少府监之官退休回到洛中老家，终日以下棋饮酒为乐，不近俗事，过着散淡放逸的生活。卢多逊在做了参知政事和宰相之后，服饰、器用等玩好之物越来越多，他的生活逐渐变得奢侈起来。卢亿对此非常忧愁，一天到晚叹息不已，他曾哭着对人们说：“我们原本是贫寒俭朴之家，现在富贵突然到来，我不知日后葬身之地在哪里啊。”

后来，卢多逊果然败落，士人皆叹服卢亿有先见之明。

一时谬想

真是书越读越觉得自己知识贫乏啊！原来只知道古人可以做官地、分封地而得名——比如，刘备当上豫州刺史后，人们便称他叫刘豫州，郭子仪被册封为汾阳郡王之后，大家都尊称他为郭汾阳。现在读这则小故事，才知道贬官地、流放地竟也可以作为名人的“字号”。这故事中的卢朱崖，就是被流放到海南崖州的大宋原宰相卢多逊。因为崖州也称珠崖郡，珠朱相通，所以他就被叫作卢朱崖了。后来又发现，历史上竟有三个因流放在海南而称作朱崖的人，一个是唐朝的李德裕李朱崖，另一个也是宋朝的，叫丁谓丁朱崖。这三个叫作朱崖的人，都是曾经做过宰相的大人物。

老话说得好，当局者迷，旁观者清。那卢多逊先是被宋太祖提拔为参知政事，宋太宗登位后又将他正位成宰相，真是顺风顺水，得意至极。然而，人得意会忘形，得意至极，就会忘掉他自己姓啥名谁，就会觉得这世上没有他不能干的事，也没有他办不成的事。“服玩渐侈”的卢多逊，正是在这种心态的支配下，一步一步走上“邪路”的。

老卢亿是清醒的。但儿子的官位太高，声名太隆，连人们说起他卢亿都要称“卢多逊他爹”了，儿子哪还能听他絮叨呢？面对儿子的狂妄和奢侈，“俭素”而又“恬于荣进”的老父亲已经无可奈何，只能仰天长叹，甩一把老泪了。清醒的人是最痛苦的人，想一想，早就看透儿子结局的老父亲，那年月是何等地悲伤啊！

“富贵骤至”，福耶？祸耶？

王辟之——为什么你们都不说话

笔记原文

故事，亲王女皆封郡、县主。赵普以元勋，诸女封郡主；高怀德二女特封县主，当时礼官不言其失，谏官不言其非，此典礼之误也。

原文我读

按过去历代的做法，亲王的女儿可以封为郡主或者县主。

宰相赵普因为是开国元勋，他的女儿们都被封为郡主；武胜军节度使高怀德的两个女儿，也跟着被特封为县主。对这件事，当时主管礼仪的官员都沉默不语，没有人指出这样做有失礼仪；负责规劝君主过失的官员也装聋作哑，没有人提出这样做是错误的。

这种做法，于礼仪制度不合，是错误的。

一时谬想

一篇四十九字的短文，竟有四层意思。先说传统的做法。宋人崇尚汉唐礼仪制度，过去亲王的女儿可以封为郡主、县主，本朝也应当这样做，而且也只能这样做。第二层讲错误事实。赵普、高怀德虽然是开国元勋，但封赠其女儿的时候他们都不是亲王，所以封他们的女儿为郡主、县主没有根据，于礼法不合。接着开始陈说礼官、谏官的失职和罪过——前者不言其失，后者不言其非。最后一句是结语：此典礼之误也。

这则笔记的精彩之笔就在“礼官不言其失，谏官不言其非”这十二个字上。据史料记载，汉代只有君主之女可以封为公主，因为以县名为封号，所以也称县公主。隋唐以后，才有诸王之女封县主的惯例。以宋人重文重礼仪，由士大夫统领朝政的实际情况，朝堂上那么多的饱学之士，不可能不知道这点历史知识。但是，为什么没有一个人提出不同意见呢？对两位大臣女儿的封赠即便不是由礼官提出来的，但相关的手续必须由他来办理，他一定能够预先知道这件事，也一定懂得这样做是错误的，可他为什么只字不提呢？给两位大臣女儿封号是一件大事，肯定要经过相关的程序来进行，谏官也应当是知道的，他的任务就是发现君主的过失并进行规劝，他怎么也一言不发呢？

一边是专管给封号的礼官，一边是专门提意见的谏官，两方面的人都不说话，是想巴结讨好这两位开国功臣呢，还是怕得罪了他们以后给小鞋穿呢？

王辟之——赵元老啥书都读过

笔记原文

元丰中，高丽使朴寅亮至明州，象山尉张中以诗送之，寅亮答诗序有“花面艳吹，愧邻妇青唇之敛[1]；桑间陋曲，续郢人白雪之音”之语。有司劾中小官不当外交夷使。奏上，神宗顾左右“青唇何事”，皆不能对。乃以问赵元老，元老奏：“不经之语，不敢以闻。”神宗再谕之，元老诵《太平广记》云：“有睹邻夫见其妇吹火，赠诗云：‘吹火朱唇动，添薪玉腕斜。遥看烟里面，恰似雾中花。’其妇告其夫曰：‘君岂不能学也。’夫曰：‘汝当吹火，吾亦效之。’夫乃为诗云：‘吹火青唇动，添薪墨腕斜。遥看烟里面，恰似鸠盘茶[2]。’”元老之强记如此，虽怪僻小说，无不该览[3]。

词句简释

1 敛：收起；收住。2 鸠盘茶：佛书中一种食人精气的鬼，形如瓮状。又称冬瓜鬼。3 该览：广泛阅读。

原文我读

宋神宗元丰年间，高丽国使者朴寅亮到了明州，时任明州象山县县尉的张中因参与救援工作认识了朴寅亮，还写了一首诗送给他。朴寅亮收到张中的诗后，也作了一首诗相和，在和诗的序言中有这样两句骈文：

花面艳吹，愧邻妇青唇之敛；
桑间陋曲，续郢人白雪之音。

这件事传到了京师，便有言官上奏皇上，弹劾张中作为一个地方小官吏，不应当与夷使往来。宋神宗看罢弹劾的奏折，不明白其中讲到的“青唇”一词指的是什么，便询问身边的大臣“青唇是啥意思”，大家都回答不上来。于是又去问赵元老，赵元老奏道：“这是经典里没有的词汇，臣不敢说给陛下听闻。”宋神宗再次吩咐让元老回答，元老便背诵《太平广记》中的内容道：有夫妇两人，隔着院墙看邻居小两口生火做饭的过程，年轻的丈夫见小媳妇拿嘴吹火的样子很可爱，便给媳妇写了四句诗：

吹火朱唇动，添薪玉腕斜。
遥看烟里面，恰似雾中花。

这一家妇人看到这里，煞是艳羡，便扭头对她丈夫说：“你难道不能跟着人家学学吗！”丈夫听了，说：“你也去吹火，我也学人家作一首诗给你。”于是，这家男的便比葫芦画瓢，也诌出了这样几句“诗”来：

吹火青唇动，添薪墨腕斜。
遥看烟里面，恰似鸠盘茶。

赵元老如此博闻强记，像《太平广记》这一类的怪僻小说，他也都广泛地阅读记诵。

一时谬想

这段文字信息量很大，从中我们可以读到九百多年前很多鲜为人知的历史事实——

其一，宋神宗在位时北辽仍然是大宋重要的边患。高丽国在中国东北，其使团为什么不从山东一带来华，而要走水路绕行至明州——今浙江宁波登陆，显然是为了避开契丹的滋扰。

其二，此时的高丽和宋廷的关系已经是邦交关系。从文中所使用的“使”“外交”等字眼，以及朝臣们对张中与朴寅亮交往的重视程度可以看出，从唐朝开始形成的中国和高丽的宗藩关系已不复存在，两者此时已经成为平等的两个国家了。

其三，自古以来外交都是国家事权。在宋代，由于北辽、西夏以及金国的出现和兴盛，皇朝的邦交关系逐步成熟完善，尽管宋朝对外不够强硬，但外交权却是不允许地方官员染指的。据《续资治通鉴》记载，高丽国使臣朴寅亮一行于神宗元丰二年（1079）出使中国，行至明州海域遇到了风浪，象山尉张中是因为参与救援认识朴寅亮并写诗相赠的。就这一件小事，朝廷便“诏中冲替”——给张中下诏要予以贬黜处理，直到五个月后，由于高丽使说明情况才“落冲替”解除处分。

其四，汉文化在高丽国影响深远。高丽国使臣朴寅亮高超的汉诗语言技能，可以说是高丽国社会上层汉文化水平的代表。文中没有交代朴诗的内容，但仅是四句诗序就足以说明朴寅亮的汉学功底。诗序前两句巧妙地运用了《太平广记》中的“吹火”典故，称道张中所赠诗作就是艳如鲜花的少妇，而自己的和诗就如同效颦的丑妇，唯有自惭形秽而已。后两句，朴寅亮运用宋玉《对楚王问》中典故，谦称自己的和诗不过是仅传唱于乡间的《下里》《巴人》，而张中的原诗是高雅的《阳春》《白雪》。这四句残存的诗序，构思精巧、对仗工整、典故运用自如，充分地体现了骈文的文体之美。

其五，大宋朝廷确有重视读书做学问的传统。按说，在北宋九位君主中，宋神宗的文学造诣排位是比较靠后的，但从这则故事可以看出，他对文史方面的问题也是颇有兴趣的。拿到了谏官的参奏，对所劾何事不去了解，而对“青唇”一词却产生浓厚兴趣，当左右“皆不能对”时，又吩咐去问赵元老；听赵元老说“不敢以闻”，便“再谕之”。那样子，不问出个所以然来是决不肯罢休的。

其六，唐宋时代的中国真是一个诗词的国度。从故事中给出的场景看，吹火、看吹火的两对夫妻应该都是普通百姓，但诗歌已经融入他们的日常生活，连相互间的调笑都要作诗一首。“吹火朱唇动，添薪玉腕斜。遥看烟里面，恰似雾中花。”一个普通劳动妇女，让四句诗给描绘得如同西施一般美丽动人。那被老婆逼着作诗的邻家汉子，想必是书读得少一些，只会比葫芦画瓢改人家的诗，虽然改得不雅，却恰好说明诗在当时人们心目中的位置。

其七，还真有学富五车，过目不忘的超强大脑。《太平广记》是宋代编撰的一部古代文言纪实小说总集，全书五百卷，用现代印刷技术印出来也有厚厚十几本子。其中所收内容多是“不经之语”，主要是供人们茶余饭后消遣之用，并非必读之书，赵元老能将其中一个小故事记诵得如此清楚，对一般人来说是难以想象的。

……

读史，尤其是读典故一类的史料，你会有很多收获，有时会产生一种难以言表的愉悦。当一个久久萦绕在你心头的疑惑因读书倏然间得到解答的时候，那种豁然开朗、柳暗花明的感觉便会顿时溢满心头；当一种认识还在游移不定而一下子获得典籍支持的时候，那种充实和自信，就会像农人望着满仓的粮食一样感到幸福和满足。

见缝插针读旧史，快哉！

第七章

读《归田录》

《归田录》

《归田录》的作者，是我国北宋时期文坛领袖，著名的政治家、文学家、历史学家欧阳修。那篇脍炙人口的《醉翁亭记》便出自他的笔下。《归田录》中所记内容，多系作者在为官期间的所见、所闻、所思，因该书是在作者辞官归田后才整理成书的，故名《归田录》。

欧阳修（1007—1072），字永叔，号醉翁，晚号六一居士，祖籍庐陵（今属江西）。史书上说，欧阳修“少孤，贫而好学”。宋仁宗天圣八年（1030）进士及第，先后担任过知制诰、翰林学士、枢密副使等职。欧阳修是北宋文坛领袖，“唐宋八大家”核心人物，在文学上师承韩愈，和苏轼有师生之谊。欧阳修注意提携后进，曾巩、王安石、苏舜钦、苏轼父子等都出于他的门下。他在诗、词、文多方面都取得了很高的成就，可谓著作等身。

《归田录》属历史琐闻类笔记，多记北宋前期朝廷旧事和士大夫琐事。因所记内容皆为作者自己耳闻目睹，故比较确切真实。关于《归田录》的写

作缘由，欧阳修在自序中说："朝廷之遗事，史官之所不记，与夫士大夫笑谈之余而可录者，录之以备闲居之览也。"作者所谓的"备闲居之览"，应该是一种谦虚之辞，其真实目的，是把一些他认为比较重要而正史不收的事实行诸文字，以备后世研究之用。《归田录》的体例略近李肇的《唐国史补》，所记如宋太宗知人、宋仁宗恭俭、吕蒙正拒贿、田元均自嘲、卖油翁论射、薛宗道识人等，都饶有趣味且寓意深刻。

宋神宗熙宁四年（1071）六月，欧阳修以太子少师的身份辞官，开始整理、写作《归田录》，次年（1072）七月便去世了。也就是说，在写作本书时，欧阳修已远离政治旋涡，少去了很多顾虑和忌讳。所以，《归田录》中的文字相对于正史，应当更为客观真实一些。

《归田录》作为正史的有益补充，文笔优美，谐趣横生，也是一部优秀的文学作品。如有时间，可以好好读一读。

赞宁——见在佛不拜过去佛

笔记原文

太祖皇帝初幸相国寺，至佛像前烧香，问当拜与不拜。僧录赞宁[1]对曰："不拜。"问其何故，对曰："见在佛不拜过去佛。"赞宁者，颇知书，有口辩，其语虽类俳优[2]，然适会上意，故微笑而颔之，遂以为定制。至今行幸焚香，皆不拜也。

词句简释

1 僧录赞宁：掌理僧众人事事务的僧官赞宁。僧录，佛教僧官，掌理僧众之人事等事务。《大宋僧史略》卷中："至元和长庆间，立左右街僧录，总录僧尼，或有事则先白录司，后报官方也。"赞宁，北宋僧人，佛教史学家。兼通儒老百家，擅诗文，宋太宗赐紫衣及"通惠大师"号。2 俳优：古代演滑稽杂耍的艺人。

原文我读

宋太祖第一次到相国寺，到佛像前烧香，皇帝问要不要跪拜，僧录赞宁回答说："不用拜。"皇帝问为什么，赞宁回答说："陛下是现在佛，现在佛不拜过去佛。"赞宁这个人，博学，有口才，虽然他的话有点像艺人般搞笑，但是这番话是符合皇帝心意的。皇帝听了，微笑着点头表示认可，并把它作为以后皇帝拜佛的规矩确定下来。到现在，皇帝去佛寺里烧香，都不用跪拜。

一时谬想

要是给阿谀奉承者评职称，赞宁算得上一个大师级人物了。佛本来是应当跪拜的，这谁都知道。现在皇帝这样问，心里分明是不愿拜的。赞宁把主子的心思看得透透的，不光把"不拜"说得斩钉截铁，还把"不拜"的理由说得冠冕堂皇——您是现在佛，当然可以不拜过去佛啦！一句话让赵匡胤心里像喝了蜜一样，舒舒服服，"微笑而颔之"。不过，从欧阳文忠公日记里的议论可以看出，他老人家是看不上这个紫衣僧的—— 一边说他"颇知书，有口辩"，一边又说他"语类俳优"，"适会上意"。这个紫衣僧，欧阳公鄙之，我也鄙之。

郭进——不能让我失信

笔记原文

太祖时，郭进为西山巡检[1]，有告其阴通河东[2]刘继元[3]，将有异志者。太祖大怒，以其诬害忠臣，命缚其人予进，使自处置。进得而不杀，谓曰："尔能为我取继元一城、一寨，不止赎尔死，当请赏尔一官。"岁余，其人诱其一城来降。进具其事送之于朝，请赏以官。太祖曰："尔诬害我忠良，此才可赎死尔，赏不可得也！"命以其人还进，进复请曰："使臣失信，则不能用人矣。"太祖于是赏以一官。

词句简释

1 巡检：巡检使省称。官署名巡检司，官名巡检使，省称巡检。宋代于京师府界东西两路，各置都同巡检二人，京城四门巡检各一人。又于沿边、沿江、沿海置巡检司。掌训练甲兵，巡逻州邑，职权颇重。2 河东：北汉都城晋阳（今山西省太原市），管辖范围大致为现在的山西省中部和北部，属于黄河以东地区，史称河东。3 刘继元：北汉末代皇帝。本姓何，其母为北汉建立者刘崇的女儿，因做其舅父刘承钧养子而姓刘。

原文我读

太祖时，郭进做西山巡检使，有人告发他私通北汉皇帝刘继元，将要谋反。太祖听后大怒，以告发之人诬陷忠臣为由，命令把诬告者绑起来送给郭进，让郭进自行处置。郭进接到人后并没有杀他，反而对他说："你要是能帮我夺取刘继元的一座城池，或者一个寨子，不但能抵销你的死罪，我还要为你请功让你当官。"一年后的一天，这个人果然引诱刘继元一城的兵民来投降。郭进把他所做的事情详细向朝廷做了报告，并将他送交朝廷，请求朝廷赏给他官职。太祖对那人说："你诬陷我忠臣，现在立的功劳只能抵销你的死罪，再赏你官当是不可能的！" 遂下令将那人送还郭进，郭进再次奏请说："如果让我失信于这个人，那以后就没有人给我办事了。"太祖于是赏赐那人一个官职。

一时谬想

郭进真是一位有大智慧的人！面对别人泼来的脏水和陷害，他没有以牙还牙，而是借力打力，为我所用，既成全了别人，也成就了自己。本来，他完全可以借宋太祖之手除却心头之恨，但是他并没有这样做，而是化敌为友，用人之长。郭进有胆有识，一诺千金，想尽办法兑现诺言，既有雷霆手段，又有菩萨心肠，真是一个堂堂君子！

预浩

不久西北风就会把它吹正

笔记原文

开宝寺塔，在京师诸塔中最高，而制度甚精，都料匠[1]预浩所造也。塔初成，望之不正而势倾西北。人怪而问之，浩曰："京师地平无山而多西北风，吹之不百年，当正也。"其用心之精，盖如此！国朝[2]以来木工，一人而已。至今木工皆以预都料为法，有《木经》三卷行于世。

词句简释

1 都料匠：古代营造师、总工匠的称谓，是专门从事建筑设计、施工的阶层。2 国朝：本朝。指宋朝。

原文我读

开宝寺塔，是汴梁城最高的一座塔，它的规制形状及内部结构都非常精巧，这座塔是都料匠预浩主持建造的。

开宝寺塔刚建成时，人们发现塔身有些不正，稍微向西北方向倾斜。不少人感到奇怪，来问预浩是怎么回事，预浩回答说："京城一带地处平原，没有高山，常年有西北风吹到塔身上，不到一百年时间就会把它吹正了。"预浩用心精细、虑事周全竟到了这种地步！宋朝开国以来的木匠，预浩是最优秀的一个。直到现在，木匠们仍然按照预浩所创制的营造规范进行设计和施工。他有著作《木经》三卷留给后人。

一 时 谬 想

大道至简！与其说预浩是一个前瞻性极强的人，不如说预浩是一个对客观规律有精准把握的人。一门技术、一门学问，觉得很深奥是因为没有看透实质，感觉很复杂是因为没有抓住其关键。预浩专门将开宝寺塔建得"势倾西北"，而且能预见塔身被西北风"吹之不百年当正"，就是因为他勤于观察，看到了汴京"地平无山而多西北风"的基本事实，抓住了塔经风吹受力变化的关键问题，加之他对工程力学技术的深入研究，他可以对开宝寺塔建成后五十年至一百年的"复正"过程作出准确预判。

勤于观察，善于思考，一切从实际出发，努力认识和把握事物发展变化的规律，应该是预浩能够成为大宋开国以来第一都料匠给我们的启示。

欧阳修

他是这样的谦恭不自夸

笔记原文

曹武惠王彬，国朝名将，勋业之盛，无与为比。尝曰：“自吾为将，杀人多矣，然未尝以私喜怒辄戮一人。”其所居堂室[1]弊坏，子弟请加修葺，公曰：“时方大冬，墙壁瓦石之间百虫所蛰，不可伤其生。”其仁心爱物盖如此。既平江南回，诣[2]阁门[3]入见，牓子[4]称“奉敕江南勾当[5]公事回”。其谦恭不伐[6]又如此。

词句简释

1 堂室：厅堂和内室。2 诣：晋谒。3 阁门：大门旁边的小门，文中指宫殿的侧门。4 牓子：札子、奏折。牓，bǎng。5 勾当：担当、料理事务。文中作动词。6 伐：自夸。

原文我读

曹武惠王曹彬，是本朝名将，功劳之大，声誉之隆，在当时没有人可以跟他相比。他曾经说过："我当将领以来，杀了很多人，但是从来没有因为个人的喜怒好恶而轻易杀过一个人。"曹彬所住的房舍，厅堂、内室都已经很破败了，家里的小辈要求进行修缮，他说："现在正是严冬时节，墙壁瓦石之间有许多小虫蛰伏在里面过冬，不能因为修屋子而伤害了它们的生命。"他就是这样仁慈地爱护生灵的。在平定南唐回朝时，他从侧门入宫觐见皇上，而奏折上写的是"受皇命到江南料理完公事回朝"。他谦逊恭谨不夸耀自己的功劳竟达到这样的地步。

一时谬想

曾国藩曾作过这样一副对联来表明心迹：

大勇却慈祥，论古略同曹武惠；
至诚相许与，有章曾荐郭汾阳。

曾国藩所推崇的两个历史人物，一个是郭汾阳，唐朝著名政治家、军事家郭子仪，被朝廷封为汾阳王，大家都耳熟能详；另一个被曾国藩誉为"大勇却慈祥"的曹武惠，就鲜为人知了。这位曹武惠，就是欧阳修笔记中的曹武惠王曹彬。曹彬，字国华，北宋初年大将，中国古代武人典型，曾随宋太祖南征北战，军功显赫，封鲁国公，死后赠中书令，追封济阳郡王，谥武惠。

一位著名作家曾经说过，要让人们了解一个人，最好的办法就是讲一两件他做过的典型事。欧阳修通过这两个小故事，把曹彬仁慈、谦逊的形象在我们面前活脱脱地立了起来。一个开国大将，在勇武背后，还能柔情似水，对过冬的虫儿竟充满着怜惜，这样爱惜生灵，让人自愧弗如，不由得心头为之一颤；灭了南唐回朝，本可傲视群臣，却只说是“受命到江南办事回来”，如此“谦恭不伐”，直叫人佩服得五体投地。“凭君莫话封侯事，一将功成万骨枯。”唐代诗人曹松这两句诗，本是说给别人听的，而在宋代将军曹彬的心中，可能已经千遍万遍地默念过。已经“杀人多矣”的曹彬，深谙生灵涂炭之惨烈，生民流离之艰辛，是故愈发慈爱、谦恭。

曹彬之举，和张爱玲“因为懂得，所以慈悲”的说法应该是一致的。虽然一千年过去了，但人类美好的情感是相通的。去做一个悲悯的人吧，它会让我们收获爱！

欧阳修——钱思公真乃纯德之人

笔记原文

钱思公[1]生长富贵，而性俭约，闺门[2]用度，为法甚谨，子弟辈非时不能辄取一钱。公有一珊瑚笔格[3]，平生尤所珍惜，常置之几案。子弟有欲钱者，辄窃而藏之。公即怅然自失，乃榜于家庭，以钱十千赎之。居一二日，子弟佯为求得以献，公欣然以十千赐之。他日，有欲钱者又窃去，一岁中率五七如此，公终不悟也。余官西都，在公幕亲见之，每与同僚叹公之纯德也。

词句简释

1 钱思公：吴越忠懿王钱俶（chù）第七子钱惟演，北宋大臣，文学家。去世后获赠侍中，谥号“思”。2 闺门：指宫苑、内室的门，借指宫廷、家庭。3 笔格：笔架。

原文我读

钱思公虽生长在富贵人家，但本性节约俭朴，家中各项开支都有很严格的规定，家里的子弟不到规定的时间连一个铜钱也领不到。他有一个珊瑚笔架，平生尤为珍惜，经常放在几案上。他的子弟中有想要钱的，常偷偷把笔架拿走给藏了起来。钱思公找不到笔架，便怅然若失，在家中庭院张榜，许诺用十千钱来赎回笔架。过了一两天，偷走笔架的那个子弟佯装找到笔架并送给钱思公，钱思公便欣然赏赐给那人十千钱。以后但凡有想问钱思公要钱的，便再偷走这个笔架，一年中总有五、七次这样的事情，但钱思公好像一直都没有醒悟过来。我在西都（洛阳）做官，在钱思公的府署亲眼见到过这些事情，常常向同僚感叹钱思公有如此纯粹的德行。

一时谬想

一边是故伎重演，一“窃”再“窃”；一边是“终不悟也”，赏钱照付。以钱惟演公之明，这样的小把戏，他真能看不明白吗？显然不是。为什么呢？欧阳修叹为钱公之“纯德”，这正是他大智若愚、宽厚慈爱性情的自然流露——都是自家人，何必看重这些小钱呢？此一举，使长者愈发显得慈爱，日子变得其乐融融，可谓一举多得也。

话又说回来，钱思公这种做法，会不会诱使不良风气形成呢？想来想去，还是有些担心，他这法子，还是不去仿效为好。

欧阳修——我所作文章多在『三上』

笔记原文

钱思公虽生长富贵，而少所嗜好。在西洛时尝语僚属，言平生惟好读书，坐则读经史，卧则读小说，上厕则阅小辞，盖未尝顷刻释卷也。谢希深[1]亦言："宋公垂[2]同在史院，每走厕，必挟书以往，讽诵之声，琅然闻于远近，其笃学如此。"余因谓希深曰："余平生所作文章，多在三上，乃马上、枕上、厕上也。盖惟此尤[3]可以属思[4]尔。"

词句简释

1 谢希深：谢绛，字希深，浙江富阳人，北宋文学家、诗人，北宋大中祥符八年（1015）登进士甲科，授太常寺奉礼郎。2 宋公垂：宋绶，字公垂，北宋名臣、学者及藏书家。3 尤：更，尤其。4 属思：构思。

原文我读

钱思公虽然生长在富贵之家，但是没什么嗜好。在西京洛阳时他曾经告诉僚属，说他这一生只喜欢读书，坐着的时候就读经史，躺在床上就读各种小说杂记，上厕所的时候就读一些短小的诗词，从没有片刻离开书的时候。谢希深也对我说："与他同在史馆任职的宋公垂，每当去厕所时都要带着一本书，诵读的声音清脆响亮，周围好远的地方都能听到，他就是如此地专心好学。"我于是对谢希深说："我平生所作的文章，多在'三上'，就是马上、枕上、厕上。大概只有这些地方更有利于构思文章吧。"

一时谬想

欧阳修这篇短文，别看只有百余字，其内容却相当丰富，先是给我们推出了钱惟演、宋绶两人读书的特写镜头，又顺带说出了自己利用"三上"进行文章构思的经验。其实，三个人的故事说的是一个道理：读书要孜孜以求，作文应集腋成裘，干事须聚精会神。吾辈读书作文欲有所成就，就要效法钱、谢、欧阳三人，不能让任何一点一滴的时间虚掷。古人说，展卷有益。只要打开书本，哪怕时间再短，也会有所收获。如果只期盼着某年某月等有大把时间了再读什么什么书，其结果只能像《明日歌》里说的，"万事成蹉跎"。有本书里说过，我们一天中，有好多个"五分钟"都无所事事。用好这些"五分钟"，就是再忙，也有读书学习的时间。

鲁宗道——你就实话实说

笔记原文

仁宗在东宫，鲁肃简公宗道为谕德[1]。其居在宋门外，俗谓之浴堂巷，有酒肆在其侧，号仁和，酒有名于京师，公往往易服微行，饮于其中。一日，真宗急召公，将有所问，使者及门而公不在。移时乃自仁和肆中饮归，中使[2]遽先入白，乃与公约曰："上若怪公来迟，当托何事以对，幸先见教，冀[3]不异同。"公曰："但以实告。"中使曰："然则当得罪。"公曰："饮酒，人之常情；欺君，臣子之大罪也。"中使嗟叹而去。真宗果问，使者具如公对。真宗问曰："何故私入酒家？"公谢曰："臣家贫无器皿，酒肆百物具备，宾至如归。适有乡里亲客自远来，遂与之饮。然臣既易服，市人亦无识臣者。"真宗笑曰："卿为宫臣[4]，恐为御史所弹。”然自此奇公，以为忠实可大用。

词句简释

1 谕德：官职名，掌对皇太子教谕道德。2 中使：宫中派出的使者。多指宦官。3 冀：希望。4 宫臣：太子的属官。

原文我读

仁宗还是太子时，鲁简肃公鲁宗道在东宫担任谕德一职，他住在宋门外面的一条巷子里，这个巷子俗称浴堂巷，有一个酒肆在它的一侧，字号叫仁和，这家酒肆卖的酒在京师很出名，鲁宗道常常换了便服在那里饮酒。一天，真宗有事紧急召见鲁宗道，派宦官到他家找他却不在。过了一会儿，鲁宗道从仁和酒肆中喝罢酒回来，宦官急忙走到跟前，跟他相约说：“皇上要是怪罪你去迟了，应该用什么理由来给皇上说呢？恳请您给我明示一下，希望皇上问时不要说得不一致了。”鲁宗道说：“你尽管把实情告诉皇上。”宦官说：“这样说可是要获罪的。”鲁宗道说：“喝酒是人之常情，欺骗国君可是做臣子的大罪啊。”宦官听了，叹息一声便走了。回去后真宗果然问宦官，他就按鲁宗道说的那样如实作了回答。真宗一见鲁宗道便问道：“为什么私自进入酒家？”鲁宗道道歉说：“臣家贫穷没有喝酒的器皿，酒肆里什么都具备，宾客去到那里好像回家一样，正好我有老家的亲戚从远方来，我就跟他们在那里喝了酒，不过我已更换了便服，街面上的人也没有认识我的。”宋真宗笑着说：“你是在太子身边为官的，你私入酒家这事恐怕会被御史们弹劾。”话虽这么说，宋真宗自此对鲁宗道另眼相看，认为他忠诚实在可以重用。

一时谬想

欧阳修这则笔记中的鲁简肃公，名宗道，字贯之，北宋著名谏官，死后赠兵部尚书，谥号“简肃”。鲁宗道曾任海盐县令、歙州军事判官等职，天禧元年（1017）为右正言谏章，官至吏部侍郎、参知政事。鲁宗道以敢于直言闻名于朝，宋真宗在金殿墙上书“鲁直”二字，号召大家向他学习。那些贪墨的贵戚、权臣对他既畏惧又憎恶，私下称之为“鱼头参政”，一是因他姓氏“鲁”字的上半部分为“鱼”字，二是说他性格脾气硬得好像鱼头一样。

读欧阳修此文，颇喜这位“鱼头参政”。鲁宗道做谏官，耿介正直；居官位，安于清贫；待亲戚，竭尽所能；处同事，以诚相待；为臣下，忠诚不瞒。真是一位值得交往的性情中人！其实诚如此，连皇帝都替他担心，焉能不另眼相看！现在，有一句很文艺的话是这样说的——欣赏一个人，始于颜值，敬于才华，合于性格，久于善良，终于人品。看来，从古至今，虽时光流逝，但道理没变。

这则笔记中有一句话特别发人深思。当“召公”的宦官问鲁宗道自己见皇上“何事以对”时，鲁宗道先是吩咐他“但以实告”，然后说：“饮酒，人之常情，欺君，臣子之大罪也。”这话，不仅是鲁宗道对皇上的忠诚的实证，也是为人处事的辩证法，应当好好地琢磨琢磨。

欧阳修——这可以让我们引以为戒

笔记原文

邓州花蜡烛名著天下，虽京师不能造，相传云是寇莱公烛法。公尝知邓州，而自少年富贵，不点油灯，尤好夜宴剧饮，虽寝室亦燃烛达旦。每罢官去后，人至官舍，见厕溷[1]间烛泪在地，往往成堆。杜祁公[2]为人清俭，在官未尝燃官烛，油灯一炷，荧然欲灭，与客相对，清谈而已。二公皆为名臣，而奢俭不同如此。然祁公寿考终吉，莱公晚有南迁之祸，遂殁不返。虽其不幸，亦可以为戒也。

词句简释

1 厕溷：厕所。溷，hùn。2 杜祁公：即杜衍。杜衍，字世昌，越州山阴人，北宋名臣。大中祥符元年（1008）登进士第，庆历四年（1044）拜同平章事，因支持“庆历新政”，为相百日而罢，以太子少师致仕，封祁国公。嘉祐二年（1057）去世，年八十。

原文我读

邓州的花蜡烛名扬天下，即便是京师的工匠也不能制造，相传是寇准寇莱公发明的蜡烛制造方法。寇准曾经在邓州担任知州，他从小就享受荣华富贵，照明从不用油灯，而且特别喜欢在夜宴上痛快地饮酒，即使在卧室里也是通宵达旦地点着蜡烛。每次寇准职务调动离开之后，人们来到他的官邸，就会看见即便是厕所里也有烛泪流在地面上，而且常常是成堆成堆的。杜衍杜祁公为人清廉节俭，在当官的时候从来不曾点燃官家的蜡烛，夜里只点一盏油灯，火头小得几乎要灭掉一般，他和客人见面也就是清谈而已。寇准和杜衍两人都是大宋名臣，但是他们一个奢华一个节俭，竟有这么大的差距。不过杜衍长寿善终，而寇准晚年有被贬南方的祸患，最后死在南方不能返回京城。虽然这是寇准个人的不幸，但这也可以作为我们的教训啊。

一时谬想

欧阳修这则笔记，从一支蜡烛说到人生归宿，颇值得一读。乍一看，欧阳修这话似乎有些唯心。寇莱公他“好夜宴剧饮”“寝室亦燃烛达旦”“厕溷间烛泪在地”，就指定下场不好？其实，透过现象看本质，从寇准这些行为，我们不难推断出，他定然是直率而又任性，担当却不拘小节，勇于任事又喜好铺张，这种做派，最终必定会得罪同僚，结怨成仇。所以，他后来被诬陷、遭贬谪，晚景凄凉也是必然的。相反，杜衍公为官清廉节俭，一生谨言慎行，能够“寿考终吉”也是人之常情。

《周易》中说：“夫大人者，与天地合其德。”意思是居高位者要有顺应天地之大德，更应该严格要求自己。《朱子家训》也有言：“一粥一饭，当思来处不易；半丝半缕，恒念物力维艰。”节俭是为官持家之必需，也是做人处世之美德，牢记“物力维艰”，节约每一个铜板，会有好处的。看来，对照《周易》和《朱子家训》的标准，寇准作为一代名臣，和杜衍还是有差距的，其结局不好还真不是欧阳公“唯心”。

言事官——这是轻薄之举

笔记原文

太宗时，亲试[1]进士，每以先进卷子者赐第一人及第。孙何与李庶几同在科场，皆有时名。庶几文思敏速，何尤苦思迟。会言事者上言：“举子轻薄，为文不求义理，惟以敏速相夸。”因言：“庶几与举子于饼肆中作赋，以一饼熟成一韵[2]者为胜。”太宗闻之大怒，是岁殿试，庶几最先进卷子，遽叱出之，由是何为第一。

词句简释

1 亲试：殿试的别名。2 一韵：一首诗或一篇赋。唐李肇《唐国史补》卷上：“郭暖……盛集文士，即席赋诗……端曰：‘愿赋一韵。’”

原文我读

宋太宗在位的时候，每次举行殿试，都是把最先交卷子的人赐为进士科登第第一名。孙何和李庶几同一年参加省试，然后又同一年参加殿试，当时两人在士林中都有很大名气。李庶几文思敏捷，孙何则苦于思维迟慢。一次，恰好赶上一个人向太宗进谏说："现在参加考试的举子太轻薄，做文章的时候不管文章的深度够不够，义理明不明，只以做得快为荣。"还举例说："有个叫李庶几的举子，曾经和人在卖饼子的店里比试作赋，以一个饼子烤熟能完成一篇赋者为胜家。"太宗听了非常气愤。这一年殿试的时候，恰好李庶几最先交卷，结果立刻被太宗喝斥赶了出去。这样，孙何便得了个第一名。

一时谬想

很多人读了这个故事，都为李庶几鸣不平。依我看，他是老奶奶吃鸡蛋——不（补）亏！且不说文章写得快未必就好，多么高大上的一件事，你竟然在那种地方比高低，又拿什么"一饼熟成"做参照系来比快慢！这不就是所谓的有辱斯文嘛？如果我是见到这件事的"言事者"，我也认为这是"轻浮"之举！所以，该严肃的事，还是要庄重一些去做。杜甫有诗云："文章千古事，得失寸心知。"为文作赋，不管笔力如何，抱着恭敬的心去做方为正道。即便真的如袁宏、苏轼般才思敏捷、文思泉涌，但文章的立意、深度又怎么保证呢？"敏"是天赋，"恭"则是修养，对文章恭敬，对老师恭敬，对考试恭敬，即是对知识学问的尊重，对国家制度的敬畏。孔夫子有言："恭则不侮。"恭敬处世，对别人好，又何尝不有益于自己呢？

舆论——他们怎能领导好百官

笔记原文

故老能言五代时事者云：冯相（道）、和相（凝）同在中书，一日，和问冯曰："公靴新买，其直几何?"冯举左足示和，曰："九百。"和性褊急[1]，遽回顾小吏云："吾靴何得用一千八百?"因诟责[2]久之。冯徐举其右足曰："此亦九百。"于是烘堂大笑。时谓宰相如此，何以镇服[3]百僚。

词句简释

1 褊急：气量狭小，性情急躁。2 诟责：斥责，责骂。3 镇服：用威力使服从。

原文我读

一位能够讲述五代故事的老者讲过这样一件事：宰相冯道与宰相和凝共同在中书办公。有一天，和凝问冯道说："您这新买的靴子，花了多少钱?"

冯道举起左脚给和凝看了看说："九百钱。"和凝性情急躁，立刻回头问服务他的小吏："我的靴子为什么用了一千八百钱？"因而责骂小吏很长时间。冯道这时又慢慢举起右脚说："这只也是九百钱。"于是引起哄堂大笑。当时就有人说，做宰相是这个样子，如何能在百官中建立威信让大家服从呢？

一时谬想

欧阳修在《新五代史》中写道：五代是一个"君君臣臣父父子子之道乖，而宗庙朝廷人鬼皆失其序"的"乱世"。冯道就是这个"乱世"中的枭雄，政治上的不倒翁。冯道擅长的手段是揣度胜败、估量强弱，然后舍弃败弱，奉迎胜强。靠着这个法宝，他当宰相事"四姓十君"，长享富贵。和凝号称五代十国第一文士，却因为一只靴子钱，在大庭广众之下"诟责"小吏"久之"，怎能不让人嗤之以鼻！两个国之重臣，于堂堂宰相官署重地，把军国大事弃置脑后，一个作故弄玄虚状，另一个呈气急败坏样，真是洋相出尽，寡廉鲜耻！作为百官之首的宰相尚且如此优游嬉戏，他们带出来的班子，能有什么作为呢？那该是怎样的吏治，怎样的朝廷？欧阳公说得对，"乱世"一个！

王曾——怨恨让谁承担呢

笔记原文

王文正公曾，为人方正持重，在中书最为贤相。尝谓："大臣执政，不当收恩避怨。"公尝语尹师鲁曰："恩欲归己，怨使谁当?"闻者叹服，以为名言。

原文我读

王曾王文正公品行端正，为人持重，中书各位宰执大臣中数他最为贤明。他经常对人们讲："作为执掌朝政的大臣，不应当只图别人感恩，更不能躲避他人怨恨。"王文正公曾亲自对尹师鲁说："如果把所有的感激都归于自己，那么怨恨又让谁来承担呢?"听过王曾这话的人，都非常佩服，认为这是至理名言。

一时谬想

我们首先来对王曾其人做一个简单了解：王曾，字孝先，青州益都人，北宋名相、诗人，去世后获赠侍中，谥号“文正”。史料里讲，王曾少年孤苦，善作文辞，参加科考连中三元（发解试、省试、殿试皆第一），累官吏部侍郎，两拜参知政事，宋仁宗即位后拜中书侍郎、同中书门下平章事（宰相）。王曾为官以忠厚著名，“居大位，不植私恩，孜孜推进人物，终身勿使知……”史学家司马光曾说：“文正是谥之极美，无以复加。”古时给大臣追谥，只有功德第一等者，方可谥号文正，如宋之范仲淹，清之曾国藩。王曾能获文正之谥，足可见其身之正、功德之伟。

“恩欲归己，怨使谁当？”此一问，可谓振聋发聩。一个集体，一个团队，若一把手一味“收恩”，必怨气滋生；如副手们都去“避怨”，必涣散无力。王曾说，“大臣执政，不当收恩避怨”，其实，即使一个几十人，甚或十几人的小单位，做领导的也不能“收恩避怨”。“群众的眼睛是雪亮的”，你总那么做，早晚会穿帮的。那时，你的日子就不好过了。

薛宗道——凡人简重则尊严

笔记原文

薛简肃公[1]知开封府，时明参政（镐）为府曹官[2]，简肃待之甚厚，直以公辅[3]期之。其后公守秦、益，常辟以自随，优礼特异。有问于公“何以知其必贵”者，公曰：“其为人端肃，其言简而理尽。凡人简重则尊严，此贵臣相也。”其后果至参知政事以卒，时皆服公知人。

词句简释

1 薛简肃公：字宗道，北宋名臣，曾任开封知府，死后谥号“简肃”。2 府曹官：宋朝州府录事参军、司户参军等属官的统称。3 公辅：古代三公、四辅，均为天子之佐。借指宰相一类的大臣。

原 文 我 读

薛宗道薛简肃公任开封知府的时候，明镐只是一名录事参军一类的府曹官，简肃公对他非常好，认为他将来一定会有一个很好的前途，一直以宰辅大臣来期望他。后来，薛宗道担任秦、益两地知州，都让明镐跟随自己，对他特别优待礼遇。有人问薛宗道，你凭什么知道明镐以后一定会显贵呢？薛宗道说："明镐为人端正严肃，他说话语言简练但是道理清晰详尽。大凡一个人为人庄严持重就显得尊贵威严，这是高官贵臣的相貌呀。"后来明镐果然做官做到了参知政事，当时的人都佩服薛宗道慧眼识才。

一 时 谬 想

史料里说，薛宗道去世了，朝廷让太常们给议一下，给他追封一个恰当的谥号，大家议论，按《谥法》，"一德不懈曰简，持心决断为肃"，薛老先生生前的一言一行都和这两条相符合，就谥予他"简肃"之号吧！看来，自古至今，简、肃、端、重、严，都是极好的字眼，也是人们很赞赏的行为表现。所以，当薛宗道看到明镐"为人端肃""言简而理尽"时，判定明镐有"贵臣相"，也就在情理之中了。明镐没有辜负薛宗道的期望，他正直寡言，驭军严明，处事沉稳得体，最后一直做到了参知政事（副宰相）。这些，显然不是薛宗道有揣骨观相之术，而是他通过无数次的观察，逐步得出的预判。

由于成长环境、所受教育诸方面的不同，每个人的行为方式也会有很大的差异。不过，明镐他们的表现，也不见得都是与生俱来的。你现在可能不优秀，但通过努力，一定会有所进步。曾国藩说："人之气质，由于天生，本难改变，唯读书则可以变化气质。古之精于相法者，并言读书可以变换骨相，欲求变之之法，总须先立坚卓之志。"读书应是变经气质、变换"骨相"的一个重要途径。但坚持读书，并不是一件容易的事情，仅知读书要紧还不够，还要有坚定的志向、远大的抱负。

卖油翁——无他，手熟尔

笔记原文

陈康肃公（尧咨）善射，当世无双，公亦以此自矜[1]。尝射于家圃，有卖油翁释担而立，睨之久而不去。见其发矢十中八九，但微颔之。康肃问曰："汝亦知射乎？吾射不亦精乎？"翁曰："无他，但手熟尔。"康肃忿然曰："尔安敢轻吾射！"翁曰："以我酌油知之。"乃取一葫芦置于地，以钱覆其口，徐以杓酌油沥之，自钱孔入而钱不湿，因曰："我亦无他，惟[2]手熟尔。"康肃笑而遣之。此与庄生所谓"解牛""斫轮"者何异？

词句简释

1 自矜：自负，自夸。2 但、惟：均为副词，表示限制，二者语气程度稍有不同。

原 文 我 读

康肃公陈尧咨善于射箭，在当时没有能比得上他，他也因此而十分自负。有一次，陈尧咨在家里专门用于射箭的场地上射箭，有个路过的卖油老翁放下担子站在那里，乜斜着眼看他，很久都没有离开。卖油老头看他射出十箭能中八九箭，只是微微点点头表示赞成。陈尧咨便问卖油老头："你也懂得射箭吗？我的箭法不高明吗？"卖油老头回答说："没有别的什么奥妙，只不过是手法熟练罢了。"陈尧咨听后气愤地说："你怎么敢轻视我射箭的本领！"老头说："凭我卖油装油的经验就可以懂得这个道理。"于是，他拿出一个葫芦放在地上，把一枚铜钱盖在葫芦口上，慢慢地用油杓舀油注入葫芦里，油从钱孔注入而钱却没有被打湿。他说："我这也没有别的奥妙，也只不过是手法熟练罢了。"陈尧咨听了以后，笑着将他打发走了。这和庄子所讲的"庖丁解牛""轮扁斫轮"有什么区别呢？

一 时 谬 想

《醉翁亭记》和《卖油翁》，都是欧阳修作品中的名篇，相信在大家的脑海中，都留下有深刻的印象。你可能已经不会背诵《卖油翁》的全文，但你一定还记得那三个字——"手熟尔"！不过，我估计，诸位读者看到这个标题，很多人是不看"原文"和"我读"，就直接跳到"谬想"上来了。而且还边看边嘀咕，我看你的《宋人笔记选读》，是想从你那里了解一些宋代的情况，我都滚瓜烂熟的东西，还需要你再浪费笔墨吗？这是你没看仔细，我这里选的《卖油翁》，和你在中学时读过的《卖油翁》是不一样的：你读的《卖油翁》是一百三十三字，我呈给你的《卖油翁》是一百四十六字，我这《卖油翁》的最后，欧阳修自己还说有十三个字，你不一定见过。其实，欧阳修之所以讲这个故事，其用意就在这十三个字上——"此与庄生所谓'解牛''斫轮'者何异？"

在庄子的《庖丁解牛》中，庖丁说他"方今之时"，杀牛"以神遇而不以目视，官知止而神欲行"。好家伙，他竟是用心神去"解牛"的，已经不再用眼睛看牛了，眼睛的视觉仿佛停止了，只凭精神在活动。而听了庖丁这番“因其固然”“依乎天理”的吹嘘，那个梁惠王竟然佩服得五体投地，感叹说：“善哉！吾闻庖丁之言，得养生焉。”看看，听人家讲半天杀牛，他竟学到了养生之道！

在庄子的《轮扁斫轮》中，那个叫扁的车轮匠对齐桓公说，你现在所读的书都是“古人之糟粕”。见齐桓公生气了，扁又说，这是他依据自己做车轮得出的体会——他告诉齐桓公，自己虽然在“斫轮”时能做到“得之于手而应于心”，却不能把道理和技艺全部讲给自己的儿子，因此古人也不可能把他们的思想都准确地写在书中。

射箭、酌油、解牛、斫轮，做到精熟，都是一个理：得之于手而应于心，心手合一，这便是世间事最高的境界。这境界，书中得不到，别人教不了，浅尝辄止更不行，它靠实践，靠悟，靠积累，从实践中来，到实践中去，循环往复，以至无穷，方可渐至佳境。

欧阳修

人与人的差距竟然这么大呀

笔记原文

宋宣献公（绶）、夏英公（竦）同试童行[1]诵经。有一行者[2]诵《法华经》不过，问其习业几年矣，曰："十年也。"二公笑且闵[3]之，因各取《法华经》一部诵之，宋公十日，夏公七日，不复遗一字。人性之相远如此。

词句简释

1 童行：指出家入寺观尚未取得度牒的少年。2 行者：佛教语。指行脚乞食修苦行的头陀僧人，出家修行但未经过剃度的佛教徒，也指所有修行佛道的人。3 闵：古同"悯"。

原文我读

宋绶、夏竦一同去测试还没有取得度牒的小和尚诵经水平，有一个出家人在背诵《法华经》时没有通过考试，宋、夏两人问他修习佛学多长时间了

（指背诵《法华经》），行者回答说："十年了。"两人听后笑了，很同情这个和尚，于是他们各自拿了一本《法华经》诵读，宋绶花了十天时间，夏竦花了七日工夫，竟然都把《法华经》背诵下来且一字不漏。人与人的差距竟然大到这种程度。

一时谬想

在欧阳修生活的时代，"享富贵者，必有异于人"，是一种普遍的社会观念，以至"世以其异故贵"。这种"异"就是天资、天赋，"异"造就了人之不同。看来，欧阳修是承认这一点的，所以，他记下了这个故事。读这个故事，我们在感叹"人性之相远如此"。同时，还可以明白另一个道理：即使是天才，即使你有如宋绶、夏竦般超强的记忆力，要想成功，也得付出努力。你看，为背诵这《法华经》，"宋公十日，夏公七日"，都是下了功夫的。我们总是感叹自己的记忆力不好，可又有谁肯为背诵一篇文章，用去十天的时间呢？咱们是没有大胆去尝试啊！所以，大家都不要沮丧，咱虽不是天才，不是宋绶、夏竦，背不了《法华经》，咱可以背《岳阳楼记》，可以背《出师表》，可以背《陋室铭》，可以背很多很多。只要脚踏实地，能够下苦功，舍得多流汗，就一定能记诵很多经典的东西。

田元均——我直笑得面如靴皮

笔记原文

京师诸司库务，皆由三司举官监当。而权贵之家子弟亲戚因缘请托，不可胜数，为三司使者常以为患。田元均为人宽厚长者，其在三司，深厌干请[1]者，虽不能从，然不欲峻拒之，每温颜强笑以遣之。尝谓人曰："作三司使数年，强笑多矣，直笑得面似靴皮[2]。"士大夫闻者传以为笑，然皆服其德量也。

词句简释

1 干请：请托。2 靴皮：覆在靴子上面的皮革，俗称靴面。

原文我读

在总管国家财务的盐铁、度支、户部三司下面，设有专管京城储蓄受给的库务官，按惯例，库务官都是由三司史推举官员担任，而权贵家的子弟亲戚因为各种各样的原因请求推举的，多得数都数不过来，担任三司使的官员常常因此感到十分为难。田元均是一个宽厚长者，他做三司使的时候，非常讨厌来求他推举的人。他虽然不去听从“干请”，但也不想很严厉地拒绝，每次都是强作笑脸，好言相劝打发走请求的人。他曾经对人说：“我当三司使这几年，强颜欢笑多呀，笑得脸就像皮靴的靴面一样。” 社会上有声望的知识分子和官吏听到了，虽然把这作为笑料来讲，但是都佩服田元均的品德与度量。

一时谬想

这是一则专道做官不易的小故事，细细读来，人情之难却，为官之不易，别有一番滋味在心头。查史料可知，这田元均少时即有大志，喜读书手不释卷，无不读之书，也无不记之事。他写文章不仅倚马千言，且宏伟博大，华美绮丽，被天下人称颂。田元均曾协助范仲淹抵御外敌进犯，原是一位能文能武、雄才大略的儒将！他这样一个人，能在三司使这个被人情包围的职位上，收敛锋芒，虽“深厌干请者”不给其情面，但又公私兼顾，强颜欢笑，拒而不“峻”，真是了不得啊！想想那个进士及第、雄姿英发的田元均，再想想那个驰骋疆场、奋力杀敌的田元均，再看看现在这个每天“温颜强笑”“直笑得面似靴皮”的田元均，怎能不让人感慨万千呢！

胡旦——下棋到底是难还是易

笔记原文

太宗时有待诏[1]贾玄以棋供奉，号为国手，迩来数十年，未有继者。近时有李憨子者，颇为人所称，云举世无敌手。然其人状貌昏浊，垢秽不可近，盖里巷庸人也，不足置之罇俎[2]间。故胡旦尝语人曰："以棋为易解，则如旦聪明尚或不能；以为难解，则愚下小人往往造于精绝。"信如其言也。

词句简释

1 待诏：官名，待命供奉内廷的人。2 罇俎：古代盛酒食的器皿。罇以盛酒，俎以置肉。借指宴席，引申为"台面"。

原文我读

宋太宗在位的时候，有一个叫贾玄的待诏，依靠高超的棋艺侍奉皇上，号称国手，近几十年来，没有能够接替他的。最近有一个叫作李憨子的人，颇为人们所称赞，说他的棋艺天下没有对手。但是这个人容貌污秽难看，身上肮脏得让人不能接近，根本就是一个市井俗人，一个上不了台面的邋遢鬼。所以胡旦曾经对人说："如果以为弈棋是一件很简单的事，像我这么聪明的人却不能下好；如果以为弈棋是一件很难的事，那些愚笨粗俗的普通百姓却往往能达到很精妙的程度。"事情确实像他所说的。

一时谬想

史书上说，胡旦喜读书，少有才学，善于文辞，是太平兴国三年（978）戊寅科状元。宋太宗很赏识他，让他以尚书户部员外郎的身份专门给自己起草诏书。而这个"垢秽不可近"的"里巷庸人"李憨子，真名叫李重恩，《集事渊海》里就有他的大名，说他除了弈棋之外，一无所知。难怪状元郎胡旦要说：如果说弈棋之道很容易，很多绝顶聪明的人却研究不透；如果说弈棋之道很难，一些愚笨粗俗之人却往往下得十分精妙。由此看来，每一个人身上，都有闪光的地方——比如这邋遢至极的李憨子，他的闪光点就是下棋。其实，每个人身上都有一个，甚或几个亮点，关键是看他能不能把这个点给找出来并发扬光大。

如果我是一支辣椒，我不和冬瓜比大小，我红、我辣就行；如果你是一个冬瓜，你不要和辣椒比辣味儿，你大、你好吃就蛮好。找到自己的长项，把它做大做强，你在人间就有位置！

钱惟演——没参加科考是终生遗憾

笔记原文

钱思公官兼将相，阶、勋、品皆第一。自云："平生不足者，不得于黄纸书名。"每以为恨也。

原文我读

钱惟演钱思公做官做到身兼将军和宰相，他的官阶、功勋、品秩都是当世第一。他自己说他这一生唯一遗憾的地方，就是没能在黄纸（科举考试卷子用纸）上写上自己的名字，每次想起来，都觉得这是一件让他十分懊悔的事情。

一时谬想

钱思公钱惟演是吴越王钱俶的第七个儿子，太平兴国三年（978）随父归宋。按大宋的制度，他可以不参加科举考试就出任政府官员。但是，没有参加过考试不见得他没有才华，据史料记载，钱惟演博学多才，善写文章，在文学创作上颇有建树，为"西昆体"诗人群体的骨干。这样一个出身富贵、才华横溢、出将入相，“阶、勋、品皆第一”的人，为什么会在暮年之时因为自己没有参加科举而悔恨呢？

钱惟演虽然因为出身富贵而直接入仕，但他那满腹经纶也是通过寒窗苦读而获得的。就因为缺少了那次同场竞技，没经过那段忐忑不安，不曾品味过那份悲喜交集，在人生千帆过尽之后，作为一个读书人，倔强自尊凸显，内心的遗憾便油然而生。一个真正有理想、有抱负，经过打拼的人，回首往事，可能有缺憾，但绝不会因为投机取巧而沾沾自喜，反而常常会因那些应当经历而没有经历，需要奋力攀登而轻松度过的往事而抱愧终生。我想，一千年前的钱惟演就是这样的人。

人生是一个不断追求目标，并为实现目标而努力奋斗的过程。不要放弃过程，更不要希图走捷径，“只有在那崎岖的山路上不畏艰险”，经过了“奋勇攀登”的人生，才是有意义的、无悔的人生。

蔡襄——可惜香饼来迟了

笔记原文

蔡君谟既为余书《集古录目序》刻石，其字尤精劲，为世所珍，余以鼠须栗尾笔、铜绿笔格、大小龙茶、惠山泉等物为润笔，君谟大笑，以为太清而不俗。后月余，有人遗[1]余以清泉香饼一箧[2]者，君谟闻之叹曰："香饼来迟，使我润笔独无此一种佳物。"兹又可笑也。清泉，地名；香饼，石炭也。用以焚香，一饼之火可终日不灭。

词句简释

1 遗：wèi，赠与，送给。2 箧：qiè，小箱子。

原文我读

蔡君谟给我书写了《集古录目序》，我请人把它刻在了石头上，他的字更显得精妙遒劲，被世人所珍爱。我用鼠须栗尾笔、铜绿笔格、大小福建龙茶、无锡惠山泉水等物品当作给他的润笔费，蔡君谟见了大笑，认为我给他的东西虽不太值钱但很清雅，没有俗气。一个月之后，有人送给我一箱子清泉香饼，蔡君谟听说之后，感叹道："这个香饼来得太迟了，让我的润笔钱中唯独没有这个好东西。"这话说得有趣，让人会心一笑。

清泉，是一个地名；香饼，即石炭。这种东西是用来焚香的，一个清泉香饼能燃烧一整天都不会熄灭。

一时谬想

明朝大文学家张岱张宗子曾经这样写道："人无癖不可与交，以其无深情也；人无疵不可与交，以其无真气也。"欧阳修、蔡襄他们，正是张岱笔下这种有深情又有真气的人。有深情、有真气者，便是性情中人，我喜欢！

老话说，君子之交淡如水。欧、蔡之交，物质上是清淡的，但情感上却是奔涌流淌的，他们的友谊，如欢快的溪流——干净、清澈、活泼，充满诗情画意。——哈哈，我那珍爱的小玩意儿全都给你了啊，别嫌不好！——送你石头块子的人也真是，咋不早点送呢？可惜了，可惜了，我又少得一件小宝贝儿！两个大学士，一堆小物件。这样往来，真的是"清而不俗"，让人心向往之。

吕蒙正

我这脸不需要这么好的镜子

笔记原文

吕文穆公（蒙正）以宽厚为宰相，太宗尤所眷遇。有一朝士，家藏古鉴，自言能照二百里，欲因公弟献以求知。其弟伺间从容言之，公笑曰："吾面不过楪子大，安用照二百里？"其弟遂不复敢言。闻者叹服，以谓贤于李卫公远矣。盖寡好而不为物累者，昔贤之所难也。

原文我读

文穆公吕蒙正以宽厚待人作为他行使宰相职务的基本宗旨，特别为宋太宗赵光义所优待。有一个朝廷官员，家里收藏一面古镜，他自己说此镜能照二百里远，想通过吕蒙正的弟弟把古镜献给吕蒙正来求得赏识。吕蒙正的弟弟瞅准一个机会，装作不经意的样子，不慌不忙地把这件事说了出来，吕蒙正听了，笑着说："我的脸面只不过像碟子一样大小，何必要用照二百里远的镜子呢？"他的弟弟于是不敢再提这件事了。听到此事的人都对文穆公赞叹佩服，说他比李卫公更贤德。

嗜好很少而且能够不被身外之物所牵累，这是连古代的贤人也很难做到的。

一时谬想

“吾面不过楪子大，安用照二百里？”文穆公问得真好！“寡好而不为物累者，昔贤之所难也。”文穆公真个是把人生的道理悟透了！为什么很多人明知三尺之地即可以容身，却要置下那么多的房产？很清楚一日不过三餐，却聚敛那么多钱财？两个字：糊涂！“平生只恨聚无多，待到多时眼闭了。”这是《红楼梦》里的话。“莫伸手，伸手必被捉！”这是陈毅元帅讲的。道理想明白了，脑袋瓜子里那根弦绷紧了，就不会犯错误。

还有一类人，一定得警惕。你看，这个当兄弟的，跟人家多一心，表现得多么好——“伺间从容言之”！遇到这种情况，即便再亲近的人，也别抹不开脸，要学吕蒙正之法，使之“复不敢言”。

欧阳修——『烘柹』并不用火

笔记原文[1]

凡物有相感者，出于自然，非人智虑所及，皆因其旧俗而习知之。今唐、邓间多大柹，其初生涩，坚实如石。凡百十柹以一榠樝[2]置其中（榅桲[3]亦可），则红熟烂如泥而可食。土人谓之烘柹者，非用火，乃用此尔……

词句简释

1 本段文字由欧阳修原笔记节选。2 榠樝：míng zhā，木瓜。3 榅桲：wēn po，木梨。

原文我读

凡是事物之间有相互感应的，都是出于自然，人的智慧有时还不能弄清其中的缘由，好些方法都是人们沿袭旧俗在实践中逐步摸索出来的。如今在唐州、邓州之间生长有很多个头很大的柿子，开始时味道生涩，坚硬得像石头一般。把百十个柿子放在一起，拿一个木瓜放在这些柿子里面（木梨也可以），柿子就会变红熟透，烂软得像泥巴一样，这样就可以吃了。当地人所谓的“烘柿”，并不是用火来烘烤，而是用的这种方法。

一时谬想

欧阳文忠公为文，多是字词严整议论国是，层层剥笋述说义理，借物喻理劝讽世人，像“烘柿”这篇以质朴之言记述生活琐事的着实不多，读来令人欣喜不已。

小时候，邻家有柿树，每到收获季节，就见人家摘了那些原本硬得像石头一般的玩意儿，收在一个大盆中，不知道在里面放了什么神物，几天后，一盆子红如火炭，形似软壳鸡蛋，甜得像蜜一样的烘柿便出来了。当时，只觉得奇怪，多年后，才明白原来是在里面放上了成熟的水果，熟水果能够产生大量的乙烯，而乙烯是一种功能强大的催熟剂，可以使生柿子快速成熟。欧阳修所说的在百十个柿子里面放一个木瓜，能够让柿子“红熟烂如泥”，就是因为木瓜能分泌大量的乙烯，而河南省西南部的唐河、邓州一带又广有栽植，老百姓在实践中通过对比，最终选择了用木瓜来“烘”柿子。不过，现在你要做这个活计，就不一定非用木瓜不可了，成熟的香蕉、苹果、梨子都很好。

欧阳修说：“凡物有相感者，出于自然，非人智虑所及。”这话我们现在看来，是不全面的。我们已经知道，很多“物”之间的“相感”，其实是相互之间的必然联系，有的就是一种化学反应，现代科学已经给予清楚完整的解释，也就是说，人的“智虑”是可“及”的。千百年来，人类为了生存，在与自然的斗争中，正像欧阳修所说，“因其旧俗而习知之”，总结出了很多类似“烘柿”的经验，但知其然而不知其所以然，便以为是“非人智虑所及”。其实，人们对事物的认识，是有一个过程的，随着时间的推移和人们认识能力的提升，现在“智虑”不及的东西，将来一定会搞清楚的。

欧阳修——他待桑氏子孙如骨肉

笔记原文

桑赞[1]以旌节[2]镇彭城，张文节[3]在幕下。桑月给幕职厨料，人十五千以下，文节家贫，食甚众，命倍给之。文节亦止取其半，或不得已过有所用，即具所用之因闻于桑，归其余于帑藏[4]。赞虽武人，尝谓文节曰："公异日必大用，恨吾老，不得见也。"祥符中，文节为京东路转运使，奏称："昔在桑赞幕下，知臣良厚，今赞死葬济州，子弟悉官于外，臣乞每遇寒食，暂至赞墓拜扫。"诏可之。自是岁一往，祭奉之礼如在。洎[5]在相府，凡桑氏子孙来见者，待之有如骨肉。[6]

词句简释

1 桑赞：北宋低级武将，史书中可见其名，无具体事迹。2 旌节：古代镇守一方的官员所拥有的节。3张文节：即张知白。沧州清池人，官至宰相，端拱二年（989）进士，性节俭，卒于任上，谥文节。4 帑藏：tǎng cáng，国库。泛指管钱粮的仓库。5 洎：到，及。6 “祭奉之礼如在。洎在相府……”句：本则笔记各版本文字、断句均有不同，本书录自大象出版社《全宋笔记》第八册《归田录·佚文》。

原文我读

桑赞握持旄节镇守彭城时，张知白是他的一个幕僚。桑赞每月供给幕僚们的伙食钱，每人不超过十五千，张知白家里贫穷，吃饭的人又多，桑赞就下令给张知白双倍的伙食钱。但是，张知白也只拿走其中的一半，有时候不得已用超了，就把使用的原因如实报告给桑赞，并且把用剩下的钱如数归还到仓库（管钱之处）。桑赞虽然只是一介武夫，但颇有见识，曾经对张知白说：“你将来必定能做出更大的事业，可惜我老了，不能看到了。”到了大中祥符年间，张知白当上了京东路转运使，他向宋真宗报告说：“过去我在桑赞幕下当差，桑赞对我非常好，现在他死了，葬在济州，他的子弟都在很远的地方为官，请陛下同意我每年寒食节到桑赞墓前祭拜扫墓。”宋真宗下诏同意了这个请求。从此以后，每年他都要去桑赞墓上祭拜一次，祭祀供奉时礼仪非常周全，态度十分虔诚，好像桑赞就在面前一样。等到张知白做宰相后，凡有桑氏子孙来相府见他的，张知白都像对待自己的亲人那样来对待他们。

一时谬想

“宋之贤相，莫盛于真、仁之世。”这是《宋史》里面的原话。不错，宋朝真宗、仁宗两朝，那真是一个“相才”辈出的年代！在这些“相才”中，你可以叫出一长串名字：吕蒙正、寇准、吕端、鲁宗道、晏殊、韩琦、文彦博、富弼、钱惟演……但你不一定知道一个叫张知白的人。这个张知白，和那一串名字一样，也做过宰相，也清正廉洁，也政绩卓著，也和范仲淹一样，当过河南邓州的知州。

司马光在《训俭示康》中尊张知白为“大贤”，说他是中国古代廉吏的代表。史书上也说张知白“立朝以清廉自持，无毫厘为私，虽身居显贵，其俭朴如寒士”。想一想当年张知白在桑赞幕下当差的往事，便不难知道，他在“身居显贵”之后，为什么会有“俭朴如寒士”的表现了——我尽管“家贫，食甚众”，官长让我领双份“厨料”，但我“亦止取其半”。更难能可贵的是，有时“不得已过有所用”，便立即把用多的原因如实告诉桑赞，又“归其余于帑藏”，用剩下的如数交公。通过这一件事，我们便可知道，张知白律己严，为人诚，不是做给谁看的，而是一种出自内心的自我要求，一道刻在他心头的道德准则。

读此文，不只为桑赞之识人击节，更为张知白之知恩图报所感动。对亡者，“祭奉之礼如在”；对桑氏子孙，“待之有如骨肉”。遥想相府当年，门楼高耸，车水马龙，一人之下，万人之上的张知白，还能念念不忘旧情，怎能不让人感怀？

“投我以木瓜，报之以琼琚。匪报也，永以为好也！投我以木桃，报之以琼瑶。匪报也，永以为好也！投我以木李，报之以琼玖。匪报也，永以为好也。”吟《诗经·木瓜》，读张文节故事，好似置身于一个洁净、明亮的世界。

杨玢——不妨站在这废墟上想一想

笔记原文

杨玢[1]，靖恭[2]虞卿之曾孙也，仕前伪蜀王建至显官，随王衍[3]归后唐。以老得工部尚书，致仕归长安，旧居多为邻里侵占，子弟欲诣府诉其事，以状白玢，玢批纸尾云："四邻侵我我从伊，毕竟须思未有时。试上含元殿基望，秋风秋草正离离。"子弟不敢复言。

词句简释

1 杨玢，五代时虢州弘农人，杨虞卿曾孙，前蜀礼部尚书，前蜀亡，归后唐，任给事中，充集贤殿学士。欧阳修所记之事，发生在杨玢退休回到长安后。2 靖恭：唐代弘农杨氏的旁支。3 王建、王衍：王建为五代十国之前蜀创立者，公元907年朱温篡位（建立后梁）后在成都称帝。王衍，王建之子，继父位为前蜀末代皇帝，后唐军攻入成都后归附后唐。

原文我读

杨玢，唐代靖恭杨家杨虞卿的曾孙，在前蜀王建手下为官逐步走上高位，后来随王衍归附后唐。因为年老以得工部尚书职位辞官回到长安，其旧居多为邻里侵占，子弟们准备到府衙告状，拿着写好的状纸给杨玢看，杨玢拿起笔在状纸末尾批道："四邻侵我我从伊，毕竟须思未有时。试上含元殿基望，秋风秋草正离离。"子弟们见了，便不敢再说什么了。

一时谬想

先得弄清杨玢这首诗是什么意思。

杨玢告诉子弟们：你们说四邻侵占我们的房产了，那就让他们去侵占好了！为啥？你们都不想想，他们要是占完了，不就和当初咱们没有置办这些房产一样了嘛！如果你们还想不通，不妨到含元殿废墟去，站在那殿基上看一看，当年那繁华富丽的亭台楼阁，现在什么也没有了。放眼望去，只有秋风萧瑟，荒草遍地。

"千里修书只为墙，让他三尺又何妨？万里长城今犹在，不见当年秦始皇。"这是清代文华殿大学士张英劝诫家人的四句诗。两相比较，杨玢这四句诗的格调和讽劝功效，明显高出张英一筹。"试上含元殿基望，秋风秋草正离离。"往日繁华，已经随风而逝；秋风秋草，萧瑟迷离，似在诉说过往，也在警示后人。任你千般颟顸，读罢也不能不为之所动。

古人讲修齐治平，修在前，齐在后，个人没有深厚的学养，是很难管好家庭、教育好子女的。听欧阳修讲故事，得先给自己加压，自己首先把书读好，把心性修养好。

欧阳修——天长日久见怪不怪

笔记原文

往时学士循唐故事，见宰相不具靴笏[1]，系鞋坐玉堂[2]上，遣院吏[3]计会[4]堂头直省官[5]，学士将至，宰相出迎。近时学士始具靴笏，至中书与常参官[6]杂坐于客位，有移时不得见者。学士日益自卑，丞相礼亦渐薄，盖习见已久，恬然不复为怪也。

词句简释

1 靴笏，xuē hù，靴与笏，古代官员在朝觐或其他正式场合用。2 玉堂：宋代设翰林学士院，简称学士院，掌起草制、诰、诏、令等朝廷文件，俗称学士院正厅为玉堂，宋太宗曾赐其匾额，题为“玉堂之署”。3 院吏：学士院属官。4 计会：安排、筹划。《大宋宣和遗事·贞集》：“引帝至一官府，计会朝见。”5 直省官：宰相属官。凡百官诣宰相，皆以其引接。6 常参官：宋朝指常朝日参见皇帝的高级官员，亦称朝官。

原文我读

从前，遵循唐朝的旧例，学士见宰相时不用穿靴子拿笏板，依然穿着一般的鞋子坐在学士院的正厅里，派学士院办事的小吏，和宰相跟前负责引接的直省官筹划对接好了，学士才起身，快到宰相办公的中书政事堂时，宰相出来迎接。现在的学士要见宰相，要先穿上朝靴，带上笏板，到了中书政事堂门外，和其他朝官混杂着坐在客位上等候，常常出现过了很长时间学士也得不到宰相接见的情况。

学士的地位一天比一天低下，宰相对学士的礼仪也渐渐地简单下来，时间一长，习惯成自然，没人放在心上也就不再感到奇怪了。

一时谬想

欧阳修这一则笔记，再现了宋代学士和宰相关系的变化过程，读来发人深思。

学士的地位一天天衰落了：想见宰相，得穿朝靴、带笏板，先把行头准备好；不光宰相不出来迎接了，到了人家那里你还得长时间候着；等候的时候你连个专门的座位也没有，得和其他官员混杂着坐在一起……更为严重的是，这种情况“习见已久”，大家已经“恬然不复为怪”了。

《宋会要·职官》里说：“学士之职，资望极峻，无吏守、无职掌，惟出入侍从备顾问而已。”学士现在不是宰相，宰相曾经也是学士，从“资望极峻”、宰相亲自“出迎”，到穿靴带笏、“杂坐”干等，学士这边“日益自卑”，宰相那边“礼亦渐薄”。为什么会发生这样的变化呢？欧阳修没有说。也许，这就叫春秋笔法，文忠公也在“微言大义”，诸位看官就仁者见仁，智者见智，自己想吧！

宋仁宗——何必讳言呢

笔记原文

仁宗退朝，常命侍臣讲读于迩英阁。贾侍中（昌朝）时为侍讲，讲《春秋左氏传》，每至诸侯淫乱事则略而不说。上问其故，贾以实对。上曰："《六经》载此，所以为后王鉴戒，何必讳？"

原文我读

宋仁宗退朝后，常常让侍讲官在迩英阁讲读经书文章。贾昌朝当时为天章阁侍讲，他讲《春秋左氏传》，每次讲到春秋诸侯淫乱的事情就省去不说。仁宗问他为什么不讲，贾昌朝便以实情相告。仁宗说："《六经》既然记载了这些内容，就是要用它作为后来君王的鉴戒，何必要避讳不讲呢?"

一时谬想

现如今，最火爆的影视剧是历史类题材，但多为戏说，且低级趣味，有的以粗俗为荣，有的又极尽油腔滑调之能事。相比之下，贾昌朝老夫子还是非常可敬的，虽然太过道貌岸然，但其严肃庄重也是出于本心。对春秋时期“诸侯淫乱事”，他竟然和上世纪七八十年代的生理卫生课老师一样，在讲到生殖系统时“略而不说”，但“不说”并不是认为不重要，而是不想说、耻于说、怕说了有副作用。这，乍一看，好像是道学家面孔，细思量，却正是书生本色。

与贾老夫子的“不说”相比，仁宗的话说得似乎更好：《六经》记载这些内容，就是为后来的帝王作鉴戒的，你何必讳言呢？尽管如实讲好了！你别担心，我抗得住。况且，从灾祸中我可以学到更多更有价值的东西！仅此一句话，我们就不难知道，在北宋王朝的天空，为什么会群星闪烁！

宋太祖——这样会让他感激你

笔记原文

太祖时，以李汉超为关南巡检使捍[1]北虏，与兵三千而已，然其齐州赋税最多，乃以为齐州[2]防御使，悉与一州之赋，俾之养士。而汉超武人，所为多不法。久之，关南百姓诣阙讼汉超贷民钱不还及掠其女以为妾。太祖召百姓入见便殿，赐以酒食慰劳之，徐问曰："自汉超在关南，契丹入寇者几？"百姓对曰："无也。"太祖曰："往时契丹入寇，边将不能御，河北之民岁遭劫虏，汝于此时能保全其赀财、妇女乎？今汉超所取，孰与契丹之多？"又问讼女者曰："汝家几女，所嫁何人？"百姓具以对。太祖曰："然则所嫁皆村夫也。若汉超者，吾之贵臣也，以爱汝女则取之，得之必不使失所，与其嫁村夫，孰若处汉超家富贵！"

于是百姓皆感悦而去。太祖使人语汉超曰：“汝须钱，何不告我，而取于民乎！”乃赐以银数百两，曰：“汝自还之，使其感汝也。”汉超感泣，誓以死报。

词句简释

1 捍：抵御。2 齐州：区划名，治所在历城县（今山东济南市）。

原文我读

宋太祖赵匡胤在位的时候，让李汉超担任关南巡检使，以抵御北方的少数民族，但只给了他三千士兵。他辖地内的齐州每年上交的赋税最多，太祖就任命他兼任齐州防御使，把一个州的赋税全部给了他，让他用这些钱来养士兵。但是李汉超是一个武人，他的所作所为很多都是违法的，时间久了，关南的百姓就跑到皇宫告状，说李汉超借了老百姓的钱不还，抢夺老百姓的女儿给自己当妾。宋太祖在便殿召见了告状的百姓，并赐给他们酒食表示慰劳，然后徐徐地问他们：“自从李汉超到关南后，契丹人来进犯了几次？”百姓回答说：“没有了。”宋太祖又说：“从前契丹侵犯，边将不能防御，河北的老百姓每年遭受抢劫虏掠，你们那个时候能保全你们的财产和妻女吗？如今李汉超在你们那里夺取的，和契丹比起来哪个更多呢？”宋太祖又问因为被抢了女儿来告状的人：“你家几个女儿，嫁给了什么人？”告状的老百姓都详细地做了回答。宋太祖说：“那你的女儿所嫁的都是农夫呀。像李汉超这样的人，是我的重要臣子，他是因为喜欢你的女儿才纳她为妾的，以后一定不会让她失去安身之处的。与其嫁给农夫，哪里比得上嫁给李汉超家富贵呢！”于是告状的老百姓都高高兴兴地离开了。宋太祖又派人告诉李汉超说：“你需要钱，为什么不告诉我，却要到老百姓那儿抢呢？”于是又赐给李汉超数百两白银，并嘱咐说：“你把钱还给老百姓，这样可以让他们对你感恩戴德。”李汉超听了太祖的话，感激得流下了眼泪，发誓要以死报效宋太祖。

一时谬想

宋太祖所为，不仅让当时的“汉超感泣”，就是一千多年后的我们，也为之动容。李汉超是幸运的，生逢乱世，几易其主，还能深得太祖信任、理解、关爱，实属不易。宋太祖也很了不起，为化解矛盾，身居九五至尊的他，竟能亲自接待“上访”群众，且慈爱、啰嗦如老妈妈，家长里短，两相对比，权衡得失，好言相劝，把话说到了百姓的心坎里。对李汉超犯下的错误，作为战时特殊情况，不是简单予以处分，而是给予改过机会和条件，特事特办灵活处置，于情于理于法皆合。人世间没有无缘无故的爱，也没有无缘无故的恨，读史，是为了明智，有关李汉超的这段往事，好好想想，或许会有所收获。

宋太祖——他是要求我以礼相待啊

笔记原文

陶尚书（谷）[1]为学士，尝晚召对，太祖御便殿[2]，陶至，望见上，将前而复却者数四，左右催宣甚急，谷终彷徨不进，太祖笑曰："此措大[3]索事分[4]！"顾左右取袍带来，上已束带，谷遽趋入。

词句简释

1 陶尚书（谷）：陶谷，本姓唐，字秀实，邠州人。历仕后晋、后汉、后周，后晋时回避晋高祖石敬瑭名讳，改姓为陶。后周时任兵部侍郎、翰林学士承旨。宋朝建立后任礼部尚书，仍充任翰林承旨。太祖受禅，事先拟周恭帝禅位书以献。2 便殿：正殿以外的其他宫殿，也称别殿，为皇帝宴息之处。3 措大：旧指贫寒失意的读书人。4 事分：犹言事体，指体统、礼仪、规矩之类。"索事分"即要求以礼接见。

原文我读

陶谷陶尚书同时担任翰林学士承旨（翰林学士之长），曾经在晚上被宋太祖召去问话。陶谷赶到皇宫时，宋太祖已经在平时休息宴饮的别殿里等候他，陶谷望见皇帝后，将要上前却又退了回来，这样竟反复了三四次，太祖身边的侍者急切地督促他上前觐见，陶谷却始终彷徨不敢上前。宋太祖笑着说："这个讲究礼仪的穷酸书生在要求我以礼接见呢！"遂让侍者把自己穿的袍带拿来。等太祖穿戴好了，陶谷就立即走进了便殿。

一时谬想

欧阳修真不愧是作文大家，短短六十余字，便将一幅君臣相会的生动场景描绘出来了。在便殿接待臣下，应当是皇帝给予的"隆恩"，身为翰林学士承旨的陶谷大概是还记着当年在太祖受禅仪式上，将禅文"出诸怀中"而造成太祖恼恨的教训，所以他这次非常谨慎，望见身着便装的太祖皇帝后，"将前而复却者数四"，虽然"左右催宣甚急"，但始终"彷徨不进"。这是在向皇帝表明：陛下您身份高贵，我一卑微臣子，不敢受此隆恩！其实，陶谷当时的心思赵匡胤也明白——他并不是嫌我礼数不周，而是怕他自己承受不起。所以便笑着骂道："此措大索事分！"

唐宋散文八大家，宋朝古文四家，欧阳修都是翘楚，原因何在？读此小文便略知根由。

胡旦——不做第一便是虚度一生

笔记原文[1]

胡旦少有俊才，尚气凌物，尝语人曰："应举不作状元，仕宦不作宰相，乃虚生也。"随计[2]之秋，郡守坐中闻雁，旦赋诗曰："明年春色里，领取一行归。"时人皆壮其言。明年果魁天下。终以俊才忤物[3]，不登显位而卒。

词句简释

1 本则笔记选自《归田录·佚文》，各版本文字有差异，本书据中华书局本改。2 随计：本谓应征召之人偕计吏同行，后遂以"随计"指举子赴试。3 忤物：触犯人，与人不合。

原文我读

胡旦少年时才华横溢，锋芒毕露，盛气凌人。他曾对人们说："参加科考要是中不了状元，步入仕途如果当不了宰相，就算虚度人生了！"赴京参加科考那年秋天，在郡守（知州）给举子们饯行的宴席上，听见了大雁鸣叫，胡旦当即赋诗道：“明年春色里，领取一行归。”大家听了以后，都夸他诗作得好，很豪迈。第二年胡旦果然大魁天下，中了状元。

但是，胡旦最终因为才华横溢而不知收敛，恃才傲物，心胸狭窄，还没有当上高官便死去了。

一时谬想

胡旦在历史上是个有争议的人物，有人说，可以用聪明伶俐、恃才傲物、厚颜无耻和机会主义四个词来形容他的一生。史书上说他喜读书，少有才学，善于文辞，是太宗朝继吕蒙正后第二个状元。那副著名的对联——“逆水行舟，橹速（鲁肃）不如帆快（樊哙）；迎风奏乐，笛清（狄青）怎比箫和（萧何）”，就是他的杰作。

往事如烟，虽时隔千年，胡氏斯人，仿佛就在眼前。想他那样绝顶聪明一个人，最终只做了一个替皇帝起草诏书的知制诰，不由得一声叹息。《史记·淮阴侯列传》里说韩信一生：“成也萧何，败也萧何。”这个胡旦呢？因为“少有俊才”而出人头地，也因为颖悟太过时时投机而处处碰壁。

美国人诺曼·文森特·皮尔说：“性格决定命运，态度决定一切。”每个人都有自己的个性，对具体事物的看法不一样，解决问题的方法也就各不相同，所以就造就了不同人不同的命运。胡旦出生于955年，宋太宗太平兴国三年（978）状元及第，历任通判、史馆修撰等职，终以尚书户部员外郎身份知制诰。和胡旦同时代的还有一个才华横溢的人叫吕蒙正，太平兴国二年（977）状元及第，一生恪守本分，以坚守正道自律，遇事敢讲真话，每次讨论时政，他认为不公允的一定要坚持反对意见，虽多次遭贬谪却不以为意，最终仍得朝廷重用，在第三次担任宰相后致仕（退休）。两试两状元，两魁两结局。培根说，读史使人明智。从胡旦、吕蒙正这里，我们应当有些感悟。

杨亿

眼中人是面前人

笔记原文

寇莱公在中书[1]，与同列戏云："水底日为天上日"，未有对，而会杨大年适来白事，因请其对，大年应声曰"眼中人是面前人"。一坐称为的对[2]。

词句简释

1 中书：北宋最高政务机构中书门下的省称，其治事之所（宰相办公处）称政事堂。2 的对：十分贴切的对句。

原文我读

有一天，寇准在政事堂办公闲暇之时，和同僚开玩笑，说了一个对句的出句："水底日为天上日。"在场的人没有一个能对得上来。

当时刚好赶上杨大年过来说事，于是就有人请他来对。杨大年听了出句，便应声对道："眼中人是面前人。"在座的都说这是最贴切的对句。

一 时 谬 想

出句、对句，是过去文人的基本功，不仅从发蒙起就要习练，而且以后作诗著文都要用到，甚至读书人聚到一起，也要时不时出上两三对，用以调节气氛，切磋学问。你看，就连一向不苟言笑的宰相寇准，有时候也参与其中。这个出句真的很难对上来，首先是方位，一个水底，一个天上，一上一下且是两种叫法；其次是对象，须两处共见且此处是彼处的映像。

我们会怎么对呢？大家首先会想到镜子，然后脱口而出："镜中人是镜前人。"不行吗？我觉得可以。但中书那班人可都是有大学问的人，他们为什么不这样对呢？他们不会犯我们这样低级的错误。怎么了？方位词前后有重复的字，跟人家寇准的出句不对称啊！

仔细想想，还是人家杨亿杨大年对得好！不然，满屋子的饱学之士不会称之为"的对"，作为一代文宗的欧阳文忠公也不会记下这件事。寇准的大名家喻户晓，就不用说了。杨大年也是大宋朝一位响当当的人物，史书上说他性耿介，尚气节，是北宋文学家，西昆体诗歌主要作家。两个文章高手巧遇，一对佳句珠联，真是一段文坛佳话！这故事，今天读来，依然似饮琼露，如食甘饴，这，大概就是文学的魅力吧！

庞籍　不能等干不动了　再辞官

笔记原文

治平中，公自定州归朝，既入见，退诣中书，白执政[1]以求致仕。执政曰："康宁如是，又主上意方厚，而求去如此之坚，何也？"公曰："若待筋力不支，人主厌弃后去，乃不得已也，岂得为止足哉！"因退归私第，坚卧不起。自青州至是三年，凡七上表，其劄子[2]不可胜数，朝廷乃许之，以太保致仕。是时论者皆谓公精力克壮，未必肯决去，至是乃服。

词句简释

1 执政：宋朝对参知政事、门下侍郎等官员的统称。2 劄子：zhá zi，古代一种公文，多用于上奏。

原文我读

宋英宗治平年间，庞籍从定州回到京城，觐见英宗皇帝出来后便直接到政事堂，对参知政事讲明了自己要求退休的想法。参知政事说："你身体这样健康，主上现在又十分赏识你，你这样坚决地要求辞职，是因为什么呢？"庞公说："如果等到将来精力不支了，主上不耐烦了再去辞职，那是不得已而为之，怎么能称得上知止、知足呢！"回到家里之后，便一直称病卧床不起。自从他在青州提出辞职到现在这三年中间，已经七次上表，写的劄子更是不计其数，朝廷终于答应了他的请求，让他以太子太保辞官退休。

当时（在青州）庞籍公提出辞官，一些好发议论的人都说，庞公精力正旺盛，未必是真的想离开岗位，现在大家都服气了。

一时谬想

读欧阳修这则笔记，首先遇到一个问题：笔记的第一句话说，"公自定州归朝"。这个"公"指的是谁呢？反复阅读笔记全文，不得而知。查司马光的《涑水记闻》，也有关于此"公"的类似记载，只是多了两个字，是"始平公自定州归朝"。始平公何许人也？查遍资料，也是杳无音信。所幸天不负人，终于在网上找到河南师范大学李伟国先生1982年撰写的一篇文章，他说，这个始平公可能就是庞籍。再查庞籍资料，始知他是北宋仁宗朝的宰相，曾知青州，后又被调往定州，嘉祐五年（1060）上书告老，以太子太保致仕。这些都和欧阳、司马二公所记相符，看来李国伟先生说得不差，此"公"就是庞籍庞醇之（庞籍字醇之）。

"致"字除了有"表达""招引"这些义项外，在古汉语中，还有"送达""归还"等义，所以，古代官员退休叫作"致仕"，即向朝廷"交还官职"。宋朝官员致仕的年龄一般为七十岁，有疾患的可以提前。官员以何官职致仕，致仕后的俸禄、荣誉等待遇，与其原官品、功绩及皇帝的恩宠程度有关。这种自行申请、以礼致仕的制度，对保持和谐融洽的君臣关系，巩固帝王的统治基础非常重要。“知足”“知止”，为官不恋栈，是士大夫阶层所大力倡导的一种人生理念。文中的庞籍，就是贯彻这一理念的典型人物，他在“上意方厚”时，坚决要求辞职，你不答应，我就“坚卧不起”——装病，睡床上不起来了。想想，就不禁哑然失笑。细品味，小文不仅写出了庞籍的大度、清高和无私，还把一个老顽童的“小心机”表现得淋漓尽致，通过君臣之间这样反复请辞和回绝，彬彬有礼，间接表现出当时社会文风蔚然，和谐有序。为欧阳公这篇小文点赞！